FIRST

Tutti i personaggi e gli eventi descritti in questo libro, tranne quelli di pubblico dominio, sono frutto dell'immaginazione dell'autrice e qualsiasi somiglianza con persone reali, viventi o defunte, è puramente casuale.

Titolo originale: *Someone to Love*

Published by Skyscape, New York

Traduzione di Federica Gianotti Tabarin

Prima edizione: agosto 2017

Roma, Casella postale 6214

ISBN 978-88-227-0607-2

www.newtoncompton.com

Realizzazione a cura di Il Paragrafo, Udine
Stampato nell'agosto 2017 presso Puntoweb s.r.l., Ariccia (Roma)
su carta prodotta con pasta termomeccanica, senza utilizzo di cloro, proveniente da foreste controllate, nel rispetto delle normative ambientali vigenti.

Addison Moore

Qualcuno di speciale

Newton Compton editori

A mio marito,
che mi ha insegnato cos'è il meglio dell'amore.

Prefazione

Era arrivata per me quella stagione della vita, l'età in cui, come donna, non vedevo l'ora di conoscere i segreti dell'universo – quelli travolgenti legati al potere della lussuria e del desiderio –, di sapere ciò che davvero guida la frenesia sessuale e sospinge l'umanità sulle tremolanti ali dell'erotismo.

Ho sempre pensato all'amore come a un coltello molto affilato che porta in sé la promessa di una deliziosa sofferenza, mai di qualcosa che ti soddisfa, né di un'idea che ti avvolge e ti coccola, ti fa sentire protetta e al sicuro, per sempre. L'amore era un terreno pericoloso. Era il terreno in cui incontravi i nemici e li facevi a pezzi per poi saccheggiare i loro averi, andandotene molto prima che l'inchiostro sulle carte del divorzio si fosse asciugato, secondo l'insegnamento di mia madre.

Nel mio universo c'ero solo io. Avevo custodito il mio cuore, lo avevo congelato e sepolto nella tundra dei miei stessi timori. Ma ora che ero libera, dall'altra parte del Paese alla Garrison University, desiderio e passione avevano alzato le loro terribili teste. Il mio corpo agognava di conoscere certe cose, e quel tipo di insegnamento poteva venire solo da un altro corpo in calore schiacciato contro il mio.

Il sesso si manifestava in tutte le cose. Mi circondava da tutte le parti – nel pistillo appiccicoso dell'ibisco e nel suo stame desideroso di dare libero sfogo al polline; nella base perfettamente rotonda della pesca; nell'albero di fico carico di frutti gonfi appesi come sacchi e pieni di semi; nella gatta randagia in calore che cercava un compagno. Era ovunque, virale e prolifico. Tutta la natura faceva l'amore, e incoraggiava l'uomo a fare altrettanto con i suoi ineludibili sussurri. Ogni giorno risuonava quell'eco erotica. Io ero invidiosa, avida di sperimentare fianchi che si strofinavano gli uni contro gli altri, dita che si intrecciavano, ginocchia che si infilavano contro le mie. Volevo arrivare, per esperienza diretta, a comprendere tutto quel sapere sensuale.

Mi ero mantenuta vergine e giudiziosa abbastanza a lungo – ero rimasta lontana dal nemico anche troppo tempo. E adesso eccomi qui, davanti al dio della Garrison, con indosso la stessa quantità di indumenti con cui sono nata. Fremo ed esulto in ogni più intima parte di me davanti alla rivoluzione carnale che ho appena scoperto.

«Giù», ordina.

Mi metto in ginocchio e lui mi tira la testa indietro. Istintivamente so che proverò dolore, ma voglio che sia così. Voglio sentire tutto quello che Cruise può darmi, tutto quello che vuole spingere dentro di me.

Mi si avvicina e si sbottona i jeans. Si tocca la cerniera e sembra fare un ghigno malizioso.

«Con i denti», ordina.

E io obbedisco.

1
Piacere di conoscerti

Kendall

«Coca o Pepsi?», mi chiede l'adone che ho davanti, come se l'unica cosa che ha in mente di soddisfare fosse la mia sete. Penso sia molto più importante che faccia di me la sua schiava d'amore per quella sera.

È alto con le spalle larghe e gli occhi di un azzurro chiaro simile a quello che potrebbe avere la pioggia. Non si è rasato quella mattina e la barba incolta che ha sul viso è un po' più scura dei capelli color caramello che spuntano dal berretto da baseball. Gli zigomi sono alti e squadrati. È uno di *quei* ragazzi... quelli che ti fanno stringere lo stomaco anche solo se ti guardano di sfuggita. Ci siamo lanciati varie occhiate di sottecchi per quasi un'ora anche se era accerchiato da sette ragazze, due delle quali gli stavano attaccate mordicchiandogli l'orecchio e il collo.

Le luci natalizie sull'anemico albero dietro di lui lampeggiano a intermittenza in un arcobaleno di sfumature festose con un'unica luce rosa che è fuori sincrono.

«Non faccio il gioco delle domande dalla prima superiore», gli dico, e mi volto verso la folla che sta aumentando, come se non fossi interessata. Non è che non abbia capito che mi stava offrendo una bibita. Onestamente, se un ragazzo con uno spessore morale dubbio come il suo vuole passare la notte con me, la prima cosa che mi viene in mente è di far fare almeno qualche esercizio ai suoi neuroni... cioè, se mai ne avesse qualcuno.

Tutto ciò che veramente desidero è trovare Pennington e convincerlo a smettere di tracannare quelle bevande piene di caffeina per un tempo sufficiente a mostrarmi dove si trovi la mia stanza. Ecco, quella era stata la prima mossa stupida di quel che si sarebbe rivelato un vero e proprio fiasco: fidarmi di un imbecille per sistemare la questione del mio alloggio.

«Il gioco delle domande?». L'adone si intromette nei miei pensieri con un sorriso libidinoso che gli spunta sulle labbra. Indossa una T-shirt bianca di cotone e un paio di jeans neri, la combinazione che mi è sempre piaciuta addosso a un ragazzo. Le sue scarpe da ginnastica mostrano di aver già fatto il loro dovere all'aria aperta. Forse è uno di quei tipi che si sfiancano in una mezza dozzina di sport sexy prima di colazione. Scommetto che è uno di quelli fissati con le scariche di adrenalina. Sa il cielo quanto stia facendo salire la mia.

Mi divora con uno sguardo carezzevole, mi spoglia con quegli occhi di un azzurro trasparente. Nella sua mente corre e supera tutte le basi – mi ha già sbattuta in casa base, lo so[1].

«Hai presente il gioco delle domande?», gli dico. «Coca o Pepsi, maschio o femmina, dentro o fuori?». Non sono sicura che vivacizzare la conversazione con vari doppi sensi sia una buona idea, anche se vorrebbe dire parlare la sua lingua. Guardo la folla dietro di lui, cercando di non pensare al fatto che, visto così da vicino, è addirittura molto più bello, e in modo preoccupante, di quanto fosse sembrato, seppure chiaramente, quando si trovava dall'altra parte della stanza.

«*Dentro* o *fuori*?», dice in modo sensuale. «Decisamente dentro, e di sicuro, femmina». Quel sussurro caldo proprio all'orecchio accende un fuoco nel mio intimo e risveglia qualcosa di primordiale in me. La sua voce risuona sopra la musica rauca, e chiudo involontariamente gli occhi davanti a quella mezza avance.

Merda. Mi sorprendo di essermi comportata tanto da stupida e comincio a scrutare la stanza in cerca di quel babbeo che potrei decidere di strangolare senza appello non appena lo avrò scovato. È il mio primo giorno alla Garrison, e sono piombata, con la valigia messa in un angolo e ancora fresca di aeroporto, a una festa della confraternita Alpha Sigma Phi organizzata da Pennington, il figlio della migliore amica di mia mamma.

L'adone sfodera un sorriso e sbucano fuori un paio

[1] Il gioco del baseball è usato nell'inglese americano come metafora dell'approccio sessuale. Per prima base si intende il bacio, per seconda base il petting, per terza base il sesso orale e per casa base il rapporto completo. (*n.d.t.*)

di fossette profonde, davanti alle quali mi ritrovo senza difese.

Santo cielo, sono lì lì per trascinare Mr Coca o Pepsi in un angolo e strusciarmi contro di lui. Non che abbia mai fatto una cosa del genere prima d'ora, né che abbia mai avuto motivo di farla. Ma dopo una lunga giornata di viaggio e una sosta di quattro ore su tacchi dodici, desiderare istintivamente un po' di sesso non mi sembra poi tanto strano.

«Cruise Elton». Allunga una mano verso di me come se stessimo per concludere un affare, e provo una certa tenerezza nei suoi confronti. I suoi occhi di ghiaccio si infiammano dentro i miei. Mi sta guardando, e quei due bacini d'acqua penetrano nei miei recessi più intimi. Sta scrutando la mia essenza, dentro le fondamenta del mio stesso essere. Scommetto che si sta arrovellando su delicate questioni filosofiche, tipo se so come usare correttamente la lingua e se ho un piercing che lo possa eccitare nel nirvana dell'eros.

«Kendall Jordan», urlo per superare il frastuono della musica, e gli stringo quelle dita calde, forti. Mi appare sicuro di sé, affidabile, e quando ci tocchiamo qualcosa mi si smuove dentro.

«Piacere, Kenny». Fa un sorriso malizioso e ruota i fianchi contro i miei. Si sta ancora comportando come il playboy che è stato nell'ultima ora, ma il suo sguardo si fa un po' più dolce quando dice il mio nome, anche se non è quello giusto.

«Mi chiamo *Kendall*», ripeto, strofinandogli il pollice sulle nocche, per memorizzare l'impressione che mi ha trasmesso, prima di togliere la mano. Vorrei essere una di "quelle" ragazze. Se dovessi esserlo per una volta, stasera sarebbe quella giusta.

«Per me hai la faccia più da Kenny. Carina e sportiva». Si toglie il berretto da baseball mostrando i capelli mossi color biondo scuro, poi se lo rimette in testa. La maglietta gli si alza sulla pancia abbronzata, offrendomi un accenno di muscoli guizzanti, duri come il granito, e resisto alla voglia di accarezzarli con le dita come in una sorta di Braille erotico.

Non so cosa voglia da me. Almeno sei ragazze sono pronte a commettere un intero repertorio di atti osceni insieme a lui in quella sala comune senza preoccuparsi minimamente di tutte le altre persone che vi si trovano stipate. Per quel che riguarda i ragazzi, io sono ancora nella fase "sguardi impacciati". Di sicuro, non ho preso il diploma in rapporti occasionali di una notte e via alle feste delle confraternite.

Sfrego il tacco sul pavimento. Forse sono stati i tacchi a spillo sensuali che indosso ad avergli dato l'ispirazione di strisciare verso di me.

«Vai alla Garrison?». Beve un sorso della bevanda gassata. Strano che non sia una birra, ma solo un semplice tonic dissetante. A pensarci meglio, avrà architettato qualcosa per potenziarlo e portarlo al quaranta per cento di alcol.

«Mi ci sono appena trasferita». Mi sforzo di non pensare alla possibilità di suscitargli un'erezione, ma lui in un balzo torna nel mio campo visivo. «Senti...», sospiro. «In realtà sono impegnata con Pennington».

Purtroppo ho spiattellato la verità senza pormi troppi problemi nella speranza che trovi qualcun'altra da molestare questa sera.

Manca poco che si strozzi con la bibita. «Davvero?». Il viso gli si illumina in un sorriso che gli va da orecchio a orecchio come se sapesse che sto mentendo.

«Davvero. Le nostre madri hanno combinato tutto quando avevamo dodici anni». Tralascio la parte in cui ho incontrato Pen per la prima volta la scorsa settimana su internet. «È carino». Carino come il culo di una scimmia, ma questi non sono certo affari di Cruise Elton. Per di più, non mi piace l'espressione compiaciuta che ha sul viso, come se io fossi carne fresca pronta a essere portata al macello del sesso.

«Che peccato quella promessa di matrimonio», dice, facendosi più vicino proprio quando un'intera scia di persone lo spinge da dietro. Il suo profumo delicato mi avvolge come un paio di braccia robuste, e sento il calore che emana il suo corpo, come se fossi coperta da un cappotto.

Un difensore di football americano con un barile di birra tra le braccia si muove rapido verso il centro della stanza, dividendo la folla come fosse il miracolo del Mar Rosso. Tutta quella umanità ammassata che si sposta costringe Cruise a venirmi addosso e ci ritroviamo schiacciati contro il muro, i suoi addominali d'acciaio premono con tanta forza su di me che non sarebbe possibile farci passare neppure un quarto di dollaro. I suoi fianchi aderiscono ai miei e mi preme sulla coscia un'evidente protuberanza.

Lo sguardo intenso di Cruise si sposta su ciascun

tratto del mio viso. Involontariamente schiude le labbra. Ci fissiamo, e nessuno dei due si sposta nonostante la posizione compromettente.

La musica sfuma e subito gli altoparlanti rimandano le note di un celebre canto natalizio, che un gruppetto di ragazze in un angolo usa come ispirazione per cominciare a cantare.

Lui si sfiora il labbro inferiore con quei denti così perfetti e regolari, d'un bianco tanto splendente che sembra soprannaturale. «Credi nell'amore a prima vista, Kenny?».

Mi sento gelare dalla testa ai piedi. Se credessi nell'amore a prima vista, spererei che fosse con qualcuno simile a una divinità come lo è Cruise Elton, al quale è parso del tutto naturale spingermi in un angolo e concedermi il sommo privilegio di essere schiacciata dal suo corpo duro come la roccia... ma, ahimè, la risposta è no.

«Dopo la fine del quinto matrimonio di mia mamma, ho smesso di credere nell'amore, e in Babbo Natale». Il tono in cui l'ho detto è molto più allegro di quanto meriterebbe una notizia così triste.

Mi sorride in un modo talmente sensuale che mi sento infiammare in posti in cui prima d'ora non è mai bruciato nulla.

«Neanch'io ci credo. Ma non venirmi a dire che Babbo Natale non esiste». Il sorriso si allarga. «Lo sapevo che mi piacevi». Mi prende il viso tra le mani e deglutisce a fatica. Scomparso lo spensierato dongiovanni, subito i tratti del suo viso si fanno seri. Chiude gli occhi e si avvicina per colpire la preda. Il cuore inizia a battermi un po' più violentemente, mettendomi in allerta: Cruise uccello-infuocato Elton avrebbe il potere di provocarmi un attacco cardiaco se lo volesse.

«Aspetta». Gli sbatto le mani sul torace e lo spingo via. «Scusa, cowboy, c'è anche da dire che non sono una da una botta e via. Lo capisco. Davvero», dico, cercando di spostarmi per togliermelo di dosso. «In questo momento il tuo uccello sta offrendo una magnifica performance a tutto tondo, e, credimi, sono l'ultima persona che vorrebbe evitare che ciò accadesse. Ma l'operazione occupazione-della-mia-vagina è vietata, per stasera».

«Una performance a tutto tondo», ripete, confuso di fronte alla metafora sessuale rivolta al suo pene, tanto quanto basta perché io riesca a liberarmi contorcendomi e a dirigermi in tutta fretta verso due ragazze, come se le conoscessi. Stanno in piedi davanti a un'ampia scelta di bevande, ciascuna delle quali ti garantisce la sbornia, fatta eccezione per la Coca Cola e la Pepsi.

Lancio un'occhiata a Cruise solo per scoprire che è nuovamente circondato dal suo harem di ragazze dall'ormone impazzito.

Una moretta affonda la mano nella parte posteriore dei suoi jeans mentre una graziosa biondina gli sussurra qualcosa all'orecchio, provocandogli una risata. Mi si stringe lo stomaco alla vista di quelle oche giulive che lo palpeggiano da tutte le parti. Un'inattesa fitta di gelosia s'irradia dentro di me, e mi costringo a distogliere lo sguardo.

«Salve», sussurro.

«Ally Monroe». Una bionda sorridente con un rossetto rosso acceso mi stringe la mano. È avvolta da un cappotto a quadri bianco e nero, abbinato a stivali di pelle lucida sopra il ginocchio. Io indosso il mio giubbotto di jeans che non mi tiene caldo, e un paio di false Manolo Blahnik col tacco a spillo. Avendo sempre vissuto a Los Angeles, sono abbastanza sicura di non essere preparata adeguatamente al rigido inverno del Massachusetts.

«Kendall», dico alle due ragazze.

«Lauren Ashby». La mora accenna un saluto con il capo. Una massa di capelli ondulati le ricade sulle spalle, e per un attimo ne resto ammirata. I miei capelli sono lunghi e, per lo più, ricadono lisci, scuri come fuliggine, con l'effetto di sembrare la brutta copia di una parrucca di Halloween. «Abbiamo visto che hai conosciuto Cruise». Reclina la testa e si mette a ridere, mostrando così un paio di orecchini che si accendono a forma di albero di Natale nascosti dietro i riccioli castani.

«Si tratta forse di un requisito per conseguire la laurea?», chiedo. Non che ne sia neppure lontanamente prossima. Sono una studentessa del secondo anno che solo di recente ha scelto le scienze umanistiche come specializzazione nel suo percorso universitario, senza essere davvero convinta di poterci ricavare qualcosa di costruttivo.

Lauren ride così forte che sputa quel che sta bevendo sui suoi tacchi di un rosso acceso. «No, ma non sarebbe fantastico? In realtà, è un tipo incasinato. Stagli alla larga. Ha passato un brutto periodo l'estate scorsa, e adesso non è altro che un concentrato di testosterone pronto a esplodere».

«Se lo sono trattato molto male», annuisce Ally come se fosse sotto giuramento.

«Lo *hanno* trattato molto male», la trafigge Lauren con lo sguardo. «Usa la grammatica».

Pennington avanza con il colletto alzato da fighetto e un paio di occhiali da sole piantati sul viso, tanto per confermare qualsiasi dubbio sulla reputazione di stronzo che gli posso aver affibbiato. Ho visto abbastanza fotografie per sapere che è lui, e in più ci siamo visti su Skype due volte la scorsa settimana per definire gli ultimi dettagli. Sarebbe dovuto venire a prendermi in aeroporto, ma ha detto di aver avuto "un'emergenza" all'ultimo minuto, così ho fatto fuori la metà delle banconote da venti dollari che avevo nel portafoglio solo per farmi trasportare in questo ricettacolo di immoralità. Qualcosa mi dice che l'imprevisto c'entra con un liquore a base di malto.

«Ecco il mio futuro marito», dico in modo sarcastico, più a me stessa che a Lauren e Ally impegnate in una serrata e accesa discussione sulla semantica.

«Pennington?». Ally resta col fiato sospeso e poi le due scoppiano in una sonora risata.

Gli vado incontro di corsa e lo trascino via.

«Ciao! Come va? Sono io, Kendall!», e gli propino tutto il finto entusiasmo che riesco a mettere insieme. «La festa è stata divertente, e anche tutto il resto, ma adesso vorrei solo potermi sistemare nella mia stanza. Posso avere la chiave?».

Pennington mi ha riservato una stanza nel dormitorio del campus, cosa alquanto difficile da fare dato che di solito sono prenotate da agosto e adesso siamo a dicembre, quindi penso che questo sia una specie di miracolo di Natale tutto per me.

Increspa le labbra. «A questo proposito...».

O forse no.

«Cosa è successo?». Non devo certo essere Nancy Drew per capire che la faccenda non finirà bene.

«Non è successo nulla». Rovescia il drink sul pavimento, come per cercare di scacciare una tale assurdità. Pennington è alto e passabile per quel che riguarda l'aspetto, non del genere intossicante salta-nel-mio-letto come Cruise... Pen è più il genere del vicino di casa tossico. Sono sicura che non c'è niente che una qualsiasi ragazza nel raggio di trenta chilometri desidererebbe di più che trascinare Cruise dietro i cespugli più vicini, ma Pennington... be', è il motivo per cui le ragazze portano lo spray al peperoncino nella borsa.

Piega leggermente il capo nella mia direzione. «Dovrai sistemarti qui per qualche notte, solo fino a quando non avrò messo tutto a posto con il dipartimento che si occupa degli alloggi. Ora viene fuori che non ho presentato il tuo nome in tempo». Alza gli occhi al cielo, come se insignificanti particolari come questo fossero solo una seccatura senza importanza. «Ma sei in lista d'attesa, ti ci ho messo io».

«Cosa?». Mi invade il panico. «Sono senza un tetto?». Suona più come un lamento che come una domanda.

«No». Inizia a barcollare perché, è chiaro, è rimasto a corto delle sue idee da irresponsabile. «Quando riprendono le lezioni, risolveremo tutta questa stupida faccenda».

«Tutta questa stupida faccenda?». Sono così arrabbiata che sono pronta a innaffiarlo con il contenuto del bicchiere di plastica di color rosso acceso che tiene in mano. «La scuola resta chiusa per altre tre settimane», sbraito. «Avrei dovuto potermi sistemare, non essere arrestata per violazione di domicilio. Non posso stare qui». Agito in aria le braccia per riferirmi a quel luogo dissoluto proprio mentre un ragazzo castano vomita al centro della stanza.

«Fa' come vuoi». Comincia ad allontanarsi. «Ehi, mia mamma ti invita a cena per la vigilia». Alza il pollice prima di mescolarsi alla folla. Pennington Andrew Alexander III è uno stronzo di prima categoria. E con un nome del genere, chi potrebbe biasimarlo?

Cosa fare?

Cosa accidenti *fare!?*

Suppongo che rimanga sempre zia Jackie. Non è veramente mia zia, e non l'ho ancora mai vista né le ho mai parlato. Tutto quel che so è che lei era la migliore amica di mia madre e che sono cresciute insieme e si sono tenute in contatto negli anni. Sono andate entrambe alla Garrison e adesso il suo bambino inaffidabile e io seguiremo i loro passi. Suppongo che potrei strattonare Pennington fino a farmi dare il suo numero. Sono sicura che lei non vorrebbe che mi sistemassi sulle panchine del parco o nei locali della confraternita pieni di vomito. Anche se non è che sia molto entusiasta nemmeno di andare a vivere con i grandi. Sogno di fare l'esperienza della vita al college in modo completo sin da quando ho ricevuto a maggio la lettera di accettazione. Aver dovuto aspettare fino all'inverno è già stato sufficientemente sgradevole.

Scruto la stanza in cerca di Lauren e Ally. Di sicuro, loro hanno un divano sul quale posso dormire stanotte e forse anche nelle prossime tre settimane... ma a questo punto, mi basterebbero anche solo i prossimi tre giorni. Mi affretto e comincio a girare per la stanza. Lauren ride fragorosamente all'entrata e noto che entrambe stanno uscendo.

«Aspettate!». Corro a prendere la valigia prima di imbarcarmi verso la porta, ma trovare la via d'uscita in mezzo a quel dedalo di persone è come spostare un macigno.

Arrivo al portico, e la fredda rugiada mi battezza con il profumo degli abeti. La valigia rimbalza fuori e mi colpisce da dietro facendomi un bel taglio profondo sulla caviglia.

«*Pennington!*». In qualche modo urlare quel nome come fosse una parolaccia rende tutta la situazione un po' più sopportabile.

Faccio in tempo ad alzare lo sguardo per vedere una jeep nera che si allontana con Ally sul sedile del passeggero.

«Fantastico». Faccio un sospiro profondo e saltello per scendere le scale che mi restano da fare come se davvero avessi un posto dove andare. In lontananza, un gufo emette un grido inquietante. Il vento mi lecca la ferita alla caviglia con la sua lingua ghiacciata, e rabbrividisco. Prima di oggi non mi sono mai trovata così da sola, in una città che non conosco senza un posto in cui andare. È come se fossi stata presa da una tagliola, le cui atroci ganasce di ferro mi stritolano.

Una coppia alla mia sinistra ride avvinta in un abbraccio. Solo quando si staccano l'uno dall'altra vedo che si tratta di Cruise e di una rossa alta che indossa stivali fino alle cosce e una minigonna che viola le leggi della pubblica indecenza più di quel che le sarebbe concesso fare.

Lui cattura il mio sguardo e lo trattiene per un secondo prima di abbassare gli occhi e notare la valigia. Una vampata di calore mi invade le viscere. Cruise sussurra qualcosa all'orecchio di lei, suggerendomi di voltarmi come se fossi alla fermata dell'autobus in attesa di prenderne uno invisibile. Solo che non mi trovo a nessuna fermata. Sono bloccata alla Garrison, niente meno che presso la confraternita Alpha Sigma Phi. Domani è la vigilia di Natale, non ho un alloggio e ho fame, e i piedi, oltre a sanguinare, mi fanno male da morire.

«Ciao, Kenny». Cruise arriva in picchiata con un sorriso da spaccone.

Faccio in tempo a vedere che la ragazza con gli stivali alti fino alle cosce sta tornando alla festa.

Sorrido tra me e me al pensiero che Cruise si sia beccato il due di picche quasi a mezzanotte.

«Avrei detto che era una capace di arrivare fino alla casa base», dico.

«E lo era». Mi fa un sorriso sghembo e prende la valigia. «Ma preferisco andare a mangiare un boccone con te».

Cruise

La luna brilla nel cielo come fosse un lampione per strada, e fa sembrare le nuvole sagome di carta nera contro la distesa blu notte del firmamento. Il cielo minaccia pioggia, ma dato che ho il riscaldamento rotto a casa, con la fortuna che mi ritrovo, scommetto che nevicherà.

Ma per una ragione sconosciuta, il mio periodo nero sembra essersi momentaneamente interrotto perché una dea di nome Kendall Jordan è seduta nel mio pick up con un corpo da sballo. E, accidenti, quanto mi piacerebbe sballarmi sbattendomi quel corpo. Ma non è una di quelle che si fanno sbattere. Lo ha messo in chiaro senza mezzi termini quando ha accusato il mio uccello di offrirle una magnifica "performance a tutto tondo". Comunque, è divertente da morire, devo riconoscerglielo.

Entriamo nel parcheggio di Johnny Burgers, e rallento superando l'entrata.

«Mangiamo in auto o dentro?», le chiedo, alludendo al gioco delle domande di poco fa.

Si piega e dà un'occhiata al posto. I capelli le ricadono dalle spalle come una lunga sciarpa nera, e gli occhi grigio chiaro brillano come quelli di un gatto. Istintivamente, provo il desiderio di allungare una mano e toccarla, ma resisto. Ho la sensazione che nel prossimo futuro dovrò resistere a parecchie cose che riguardano Kenny. Non è il tipo di ragazza che si mette in ginocchio di sua spontanea volontà, e già questo di per sé me la fa desiderare il doppio.

Guardo il fast-food. Alle finestre è dipinta una scena con Babbo Natale che, sotto la neve, scende da un camino con un sacco pieno di hamburger e patatine. Lunghe ghirlande di agrifoglio decorano le porte. Cerco il vischio, sarebbe chiedere troppo.

Kenny sbircia dentro tra le lunghe ciglia scure, e in quel momento le luci del locale si spengono prima che possa rispondere.

«Suppongo che mangeremo in auto», dico, avanzando lentamente, e subito facciamo le nostre ordinazioni. Kenny non ha parlato tanto, tranne che per raccontarmi quel che Pennington le ha combinato a proposito dell'alloggio raffazzonato. Non sono abituato a ragazze che stanno in silenzio. A ragazze che ansimano, a ragazze che urlano, a *quelle* sì che sono abituato. Il silenzio mi inquieta, mi fa sentire come se stessi sbagliando qualcosa.

Allunga un braccio per prendere la borsa.

«No, ci penso io». Pago la ragazza attraverso il finestrino prima che Kenny possa fare il gesto di pagare anche lei. Noto che mi guarda intensamente con quello che spero sia desiderio fisico, ma che potrebbe altrettanto probabilmente essere il rimpianto di aver messo piede sul mio pick up. Così mi attardo a mettere via il portafogli. «Sei talmente bella che sfiori l'indecenza». Lo dico lentamente, più come un dato di fatto che come un piano architettato per portarmela a letto. Penso che sia io che il mio uccello abbiamo accettato il fatto che Kenny Jordan stasera non sceglierà l'opzione *dentro*.

Arrossisce acquistando un'intensa tonalità granata, e una vampata di calore mi trapassa le viscere. Non riesco a ricordarmi quando sia stata l'ultima volta in cui ho fatto arrossire una ragazza. Accidenti, non sapevo nemmeno che potessero arrossire, almeno non le mangiatrici di uomini che frequento io.

«Grazie, direi». Distoglie lo sguardo e lo sposta sul finestrino oscurato.

Resto colpito dalla sua carnagione pallida e dalle perfette labbra carnose. Mi martella il cuore nel petto, avvisandomi di smetterla o rischio che mi si spezzi di nuovo inavvertitamente.

Il cibo arriva attraverso il finestrino, così passo a Kenny i sacchetti e le bevande prima di dirigermi verso il belvedere dall'altra parte della strada. Possiamo mangiare in pace sulla scogliera senza null'altro, a parte l'Atlantico, a distrarci da noi stessi.

«Dove stiamo andando?». La voce le si è fatta acuta come se all'improvviso temesse per la sua stessa vita.

«Solo dall'altra parte della strada». Entro nel parcheggio e mi fermo dritto davanti alla recinzione di legno che ci separa da uno strapiombo di sessanta metri. «Da qui puoi vedere la spiaggia». Bevo velocemente un sorso della bevanda gassata. «Allora, da dove vieni?»

«Dalla California. Amo la spiaggia. Praticamente ci sono cresciuta». Gioca con la sottile catenina d'oro che ha al collo mentre osserva in lontananza la distesa d'acqua. «Non ero mai stata in Massachusetts prima d'ora. Sembra carino da quel che posso vedere». Annuisce guardando attraverso il parabrezza. «Mia mamma ha fortemente voluto che venissi alla Garrison». Si toglie la cintura di sicurezza e infila la mano in un sacchetto, porgendomi un hamburger. «Sai» – distoglie lo sguardo – «per prendere il diploma in MRS, ovvero per frequentare l'università e intanto trovare marito». E lo dice con una risatina sensuale. «O almeno è quello che vorrebbe lei».

«MRS, eh?». Il gorgoglio di una risata mi attraversa la gola. «Ti auguro buona fortuna». Do un morso gigantesco al nemico delle arterie che ho in mano e lo mando giù con un sorso della mia bevanda. «L'ultimo posto in cui mi puoi trovare sarà sull'altare. Sono abbastanza sicuro che non mi sposerò mai». Ho una stretta allo stomaco, perché forse non sarei dovuto essere tanto veloce a disilludere qualunque fantasia matrimoniale errata lei potesse avere... soprattutto se riguardava me. Sono abbastanza certo che sarei felice di far parte di tutte le dannate fantasie in cui lei avesse voglia di includermi.

Tira fuori le patatine e me ne offre una, che io accetto. Non c'è assolutamente nulla che non accetterei in questo momento se mi venisse offerto da Kenny.

«Niente matrimonio per te, eh? Perché sei uno a cui piace sedurre, un dongiovanni». Lo dice come se fosse un dato di fatto.

Tiro leggermente indietro la testa. «Chi ha detto che sono un dongiovanni?».

Sono un dongiovanni, uno a cui piace sedurre? Merda. Guardo un momento fuori dal finestrino, senza parole. Ecco quello che sono diventato. Suppongo che passare la notte a scorrere tutto l'alfabeto della confraternita femminile, grazie alle ragazze che ne fanno parte, faccia diventare un dongiovanni chiunque.

«Sì, sei un dongiovanni». Alza lo sguardo su di me attraverso quelle ciglia che dicono ti-sfido-a-portarmi-a-letto, e intanto beve a piccoli sorsi il suo frullato.

Abbasso lo sguardo per un attimo, e resto colpito dalla sua scollatura così piena e florida, incredibilmente morbida, e il mio uccello si ringalluzzisce. Cambio posizione e metto il sacchetto sulle gambe nell'eventualità che le cose decidano di andare un po' fuori controllo dentro i Levi's.

«Ci sono arrivata da sola». Lo dice a voce bassa, come se stesse facendo le fusa – femmina dalla testa ai piedi, una tipa tosta. «Avevi dieci ragazze che ti ronzavano attorno stasera. Penso che una di loro ti abbia mordicchiato l'orecchio sinistro».

Sbircio nello specchietto retrovisore il lobo dell'orecchio leggermente arrossato. «Mi sembra che si chiami Gina, e in sua difesa posso dire che mi stava offrendo una dimostrazione di quel che sapeva fare con la bocca». Sorrido di nascosto, gustandomi il rossore che le sboccia sul viso e le accende la carnagione. «E tu? Come stai messa a seduzione?». Lo chiedo soprattutto per vedere se riesco a farla avvampare dieci volte di più, per vedere se il rossore arrivi a espandersi più giù fino al collo e le accenda le tette come due belle palle di Natale. Far imbarazzare Kenny al punto da farla arrossire è diventata ormai la mia missione. Inoltre, so già che Kenny Jordan è lungi dall'essere una seduttrice e, sfortunatamente per me, anche solo per questo non rientra nella rosa delle mie compagne di giochi. Peccato che io non sia interessato ad avere una ragazza; se lo fossi, combatterei fino alla morte per essere sicuro che fosse lei. «A pensarci bene, non mi rispondere. Non penso proprio che tu sappia nemmeno cosa usare per sedurre». Questa volta soffoco un sorriso e mi impegno per farla arrivare al massimo, al rosso cardinalizio. Non appena la vedo avvampare di un rosso scuro come quello del velluto, mi sento bruciare in tutto il corpo.

Spalanca la bocca. «No, non sono una seduttrice», dice scandendo bene le parole, incredula che l'abbia punzecchiata fino a quel punto. «Ma potrei diventarlo». Arriccia le labbra e sorride, e una minuscola fossetta le compare sulla guancia sinistra. «Se lo volessi».

Dannatamente sensuale.

Quando si piega in avanti la scollatura trabocca come per magia, e all'improvviso mi ritrovo nella necessità di risistemare il sacchetto che ho sulle gambe.

«Anche se», si tocca il labbro inferiore con un dito, facendo schizzare il mio pene in modalità pura libidine, «in realtà non ho mai nemmeno baciato qualcuno, a parte una volta, da ubriaca, durante l'ultimo anno di liceo».

«Davvero?». Che cazzo hanno che non va i ragazzi californiani?

«Proprio così». E si passa un dito lungo il contorno delle labbra.

Mi piacerebbe che glielo facessi io... con la lingua.

«Quindi deduco che ciò significhi che sei vergine». Merda. L'ho detto veramente? Sembra che stia facendo di tutto perché Kenny resti quanto più alla larga da me. Non c'è niente di meglio che un'azione di auto-sabotaggio unita a un affondo contro la sua verginità per stare certi che si salvi dalla mia performance sessuale a tutto tondo. Kenny non ha bisogno di me, ma di un bravo ragazzo che la faccia innamorare sul serio. Santo cielo, io ho delle catene appese ai montanti del letto. No. Ultimamente non c'è niente che si salvi in me.

«Non è una sentenza di morte», mi ammonisce. «Inoltre, forse potrei seguire il consiglio un po' anticonformista di mia madre. Potrei uscire con Pennington e vedere cosa succede». Fa una faccia come se quella fosse l'ultima cosa al mondo che vorrebbe.

Soffoco una risata. «Sono abbastanza sicuro che Pennington non è quello giusto per te».

Sfrega i fianchi sul sedile e si mette in una posizione provocante. «Be', devo pur iniziare da qualche parte per diventare la tua versione femminile, o no?». Si morde le labbra per non sorridere, come se volesse sbeffeggiarmi.

«La mia versione femminile?». Concetto intrigante, ma non mi convince. Dubito che ne sia convinta lei stessa.

«Forse devo sistemare la questione da sola», sorride maliziosa, «iniziando con l'approfittare di tutta la carne fresca che la Garrison ha da offrire. Sai, una specie di esperimento sociale».

«Un esperimento sociale?». Trattengo una risata. Se non lo sapessi io stesso penserei che ha letto la mia tesi. Ha letto la mia tesi?

«Esatto, posso fare delle ricerche documentate su ciò che significa diventare un predatore donna. Esistono, sai. I maschi non hanno l'esclusiva del dominio sessuale».

«Tu vuoi essere una che domina da un punto di vista sessuale». Ne dubito. E d'altronde, se è così determinata a tuffarsi nel letamaio delle malattie sessualmente trasmissibili senza valutare rischi e pericoli, chi sono io per fermarla? In effetti, potrei iniziarla all'uso delle catene un po' prima del previsto. «E, certamente, mi offro volontario per le ricerche da fare in zona». La mia pubblicazione uscirà entro l'autunno.

«Potrei essere la prossima grande seduttrice della Garrison», dice, meravigliata della sua stessa ammissione. «Scommetto che ne sarei capace quanto te».

«No, non penso». Bevo velocemente un sorso della bevanda gassata. Inutile compiacerla con falsi ideali. Una gattina come lei sarebbe mangiata viva, sessualmente parlando, nei modi più stravaganti, se fosse lasciata a quegli orsi rabbiosi che si trovano nel campus.

«Be', allora devo solo dimostrarti che hai torto». Flette il collo in modo sensuale, è bianco come la carta e lungo come una colonna.

Accetta la sfida come se gliene avessi appena lanciata una. Dovrei spiegarle bene come funzionano le cose e metterla in guardia, liberarla dalla schiavitù di diventare simile a me in qualcosa, ma la mia bocca fa marcia indietro.

«Allora deduco che avrai bisogno di qualche suggerimento». Accendo il pick up e a retromarcia esco dal parcheggio senza dare alla mia coscienza la possibilità di intervenire sull'argomento.

Quando l'auto si muove lei si piega in avanti e il petto le esce un po' fuori dalla T-shirt, aumentando il mio appetito di qualcosa che va ben oltre il cibo.

«Dove andiamo?», sussurra, preoccupata per la mia improvvisa offerta di aiuto, ne sono sicuro.

«A casa mia». Prima che abbia finito con lei, sarà costretta a scappare nel convento più vicino. «È ora di andare a letto».

2
L'esperimento

Kendall

Letto?

Guardo la luna distesa sull'acqua come un'amante, le onde che lambiscono la riva con quel bagliore scintillante così particolare. Cruise sta guidando per una strada statale tutta curve, solitaria e buia, con una fila di abeti da una parte e dall'altra della carreggiata. Mi sta portando in un posto ancora segreto che lui ha allegramente definito "casa sua". E sono abbastanza sicura che dopo che si sarà divertito con me a suo piacimento, ci sono buone probabilità che mi faccia a pezzi.

Non riesco a credere quanto sia stata stupida a salire in auto con uno sconosciuto. Si dice di non farsi mai portare in nessun posto da uno che potrebbe volerti sequestrare, ma tecnicamente non sono stata sequestrata perché sono salita in auto di mia spontanea volontà. Anche se a mia difesa devo dire che un sacco di persone che poi sono state rapite sono salite sul sedile del passeggero con il pretesto di prendere un hamburger con patatine.

Stiamo allontanandoci da qualunque segno di civiltà, proprio come sospettavo, per entrare in un buco nero che alla fine ci conduce a un cartello con su scritto "Contea di Carrington" e poi a un altro cartello più piccolo dove è scritto "Elton House Bed and Breakfast".

«Mia mamma gestisce questo posto», dice senza essere interrogato mentre entriamo nel cortile. «Le è stato dato da mio nonno». Irrigidisce i muscoli della mascella mentre guarda con attenzione l'alta costruzione gialla. A una diramazione svoltiamo e ci fermiamo davanti a una piccola casa di mattoni nascosta dietro al bed and breakfast. «Ho una stanza in più. Il bagno non ha la serratura, ma ti prometto di fare un sacco di rumore prima di imbucarmici... forse». Sorride in modo sinistro e poi spegne il motore. «La stanza è tua se la vuoi, per tutto il tempo che ne avrai bisogno».

«Grazie», dico, esitante. «Ma non ho soldi per pagare l'affitto», confesso. E sono abbastanza sicura che la mia borsa di studio non preveda che io vada a vivere con ragazzi belli all'inverosimile. Ma immagino che una notte non sarà poi tanto grave. Lui sembra piuttosto sano di mente. Comunque non sono tanto sicura che riuscirei a tenerlo a bada se decidesse di saltarmi addosso. Dovrò dormire con un tacco a spillo in mano pronto nel caso in cui si presentasse la necessità di ficcarglielo in un occhio.

«Non ti preoccupare. Dovrai prepararmi la colazione in cambio di vitto e alloggio», dice un po' perplesso come fosse lui il pasto in questione. «Così saremo pari».

Lo seguo nel minuscolo portico mentre trascina la mia valigia. L'aria è gelata come una brezza polare, e così, semplicemente respirando, ci si forma una nuvola di fumo attorno alla testa.

Cruise si illumina con quell'aureola che lo circonda, e io sorrido maliziosa pensando a quel che potrebbe succedere stanotte.

Apre la porta e accende le luci prima di fare un passo indietro nel portico.

«Prima le donne». E mi fa segno di entrare.

Dentro è tutto pulito. Un ampio soggiorno conduce a una cucina dagli elettrodomestici in acciaio inossidabile e i pavimenti di legno scuro. Veramente, mi aspettavo di trovare un colossale bong al centro del tavolo a mo' di vaso, o forse un laboratorio di metanfetamine che spuntasse dal lavello. Ma con mia somma sorpresa, non c'è traccia di attività criminali.

«Carino», dico, dirigendomi verso il divano a forma di U. «Grazie per avermi offerto la possibilità di sistemarmi sul divano».

«Non devi. Ho un letto che ti aspetta». Inarca le sopracciglia con aria da seduttore mentre mi conduce in una stanzetta con un letto enorme. In un angolo è sistemata una cassettiera di legno d'acero. La stanza sembra abbastanza innocua. Niente che implichi un comportamento da depravato, nessun segno di corde o nastro adesivo, quindi già mi sento meglio.

«Io sono in questa qui». Accende le luci nella stanza accanto, mostrando un letto disfatto con una scia di calzini lungo tutto il pavimento. C'è un contenitore di cartone della pizza abbandonato sul comodino e una marea di carte di merendine sparse in giro.

Mi rendo conto che le sue conquiste notturne lo lasciano con la fame addosso, e il bisogno di avere del cibo a portata di mano supera qualunque attenzione per una alimentazione sana.

Due catene pendono dai montanti del letto, e il mio stomaco ha un sussulto del tutto innaturale per l'eccitazione – o la paura – o forse entrambe.

«Bagno». Fa un cenno con la testa alle mie spalle. «Vado ad accendere il fuoco per riscaldare un po' gli ambienti. La caldaia è fuori uso, ma ci penso io». Cruise si appoggia allo stipite della porta e mi esamina con l'accuratezza di un esperto. Punta gli occhi nei miei, e l'accenno di un sorriso sfrontato fa capolino sulle sue labbra.

Oddio, quanto è affascinante, sono sicura che un viso come quello e un letto a meno di tre metri di distanza sono una combinazione alquanto pericolosa.

«Allora, che ne pensi?». Freme.

«Ehm...». Sono preoccupata di essermi persa un mare di indizi che a una persona più esperta, e più abituata ad avere rapporti occasionali di una notte e via, avrebbero accordato il diritto di stare già a testare le molle di quel materasso. «Penso che sia gentile da parte tua permettermi di passare qui la notte». Sul serio? *Gentile da parte tua permettermi di passare qui la notte?* Sono sicura che simili parole non sono mai state pronunciate sotto questo tetto prima d'ora. In effetti, scommetto che finezze tipo *per piacere* e *grazie* siano state solo urlate durante rapporti di sesso estremo nella sua tana da pervertito, bloccati dalle catene e dalla pizza stantia.

Mi guida nuovamente in soggiorno e io mi siedo sul tappeto di pelle di pecora posto proprio davanti al fuoco. Non sono un investigatore, ma deduco facilmente che la carcassa pelosa sulla quale mi sono sistemata reca abbondanti tracce dei peccati consumati. Comunque, in questo momento sto gelando e non mi importa nulla di quale sia il discutibile stato di pulizia della suddetta creatura morta. Ho talmente freddo che potrei davvero buttarmi nel fuoco solo per scongelarmi.

Dalla piccola apertura si vede che il fuoco ha preso vigore, e la stanza acquista una luce rosata.

«Grazie», sussurro, circondata dal calore.

«Per te questo e altro». Ringhia con un sorriso perverso che gli sfiora le labbra.

Cruise mi si siede accanto. Osserviamo il fuoco che lecca l'aria con le sue lingue appuntite e vigorose, e intanto cerco di fare congetture sul significato di quel "e altro" e sullo sforzo fisico che potrebbe implicare.

«Allora, cos'è successo la scorsa estate?». Nell'eventualità che pensi che le mie parti intime possano essere un posto interessante dove stipare l'erezione che sta sbocciando nei suoi jeans, ho pensato di buttar lì un riferimento vago sulla sua ex. «Gira voce che non sia stata proprio una passeggiata». Mi preparo spiritualmente per la tragedia tutt'altro che romantica che sta per essermi raccontata. Penso che siano coinvolte studentesse a seno nudo.

«Si è trattato solo di una storia che è finita come tantissime altre. Tutti ne hanno avuta una, no?». Urta la mia scarpa con la sua e si avvicina. Le vene sulle braccia si ingrossano e sporgono dalla pelle, e i muscoli si gonfiano senza un'apparente buona ragione. Mi viene voglia di toccarli e di sentire come sono.

«Per me nessuna storia finita in modo triste», sussurro. «Se non dai il cuore a nessuno, non puoi fartelo spezzare».

Fissa gli occhi chiari nei miei. Non svia lo sguardo, duro come l'acciaio.

«Mai parole furono più vere», dice a voce bassa, triste, come se le condividesse sul serio, anche troppo.

Cruise si addolcisce e accenna un sorriso. Mi guarda in modo così tenero che dentro sono tutta un pizzicore.

C'è qualcosa che bolle dentro di lui, dentro di me, e che io non ho mai provato prima d'ora. Forse sono solo i suoi ormoni esplosivi che hanno questo effetto su di me – i feromoni che ci scambiamo nostro malgrado. Scommetto che di notte ammazza le donne con la stessa scusa della "caldaia rotta". Sospetto che da un momento all'altro si offrirà volontario per mantenermi al caldo con il calore del suo corpo. O almeno lo spero.

«Capisco perché le ragazze si riversano tutte su di te». Giro il viso verso il fuoco sforzandomi di rompere l'incantesimo.

«Perché?». Intercetta di nuovo il mio sguardo, e questa volta è impossibile sviarlo.

«Perché chiunque ti può avere». Non mi interessa dirgli che è bello. Sono certa che ne è già consapevole grazie ai numerosi e incoraggianti successi vaginali. «Non sono neppure tre ore che mi conosci, e scommetto che se mi abbassassi i jeans, non rifiuteresti l'offerta». Merda. Penso di essermi appena proposta in modo alquanto subliminale.

«Sei una ragazza intelligente, Kenny... e anche bella». Incurva le labbra in un sorriso indecente e dentro di me divampa un incendio.

Nessuno con un pene in mezzo alle gambe mi ha mai definita bella prima d'ora, quindi quello che mi ha detto mi fa stranamente molto piacere. È come se ne avessi avuto bisogno, come se lo avessi desiderato con tutta me stessa tanto quanto il mio cuore riarso e assetato avrebbe bisogno di un bicchiere d'acqua.

«Allora, quando arriviamo ai jeans abbassati?», si informa con molto più entusiasmo di quel che mi aspettavo, e mi parte una risatina nervosa che mi solletica tutta.

«Suppongo che pensi che il mio esperimento dovrebbe cominciare con te». Ti prego, mio Dio, fa' che dica di sì.

«L'esperimento nel quale assalti gli ignari genitali di ogni essere umano di sesso maschile presente nel campus? A meno che, naturalmente, tu non intenda includere anche i cadaveri in questa divertente scorribanda nella terra del sesso sfrenato. Li teniamo nel dipartimento di Scienze della salute». Sorride poco convinto. «Godiamocela, Kenny». Suona come una provocazione e intanto mi penetra con lo sguardo in modo seducente da sotto le palpebre socchiuse. Un sorriso malizioso costringe le sue fossette a contrarsi una alla volta.

«Comincerò con Pennington, ricordi?». Lo ridimensiono subito. Pennington probabilmente vale come cadavere. «Inoltre, mia madre sarebbe molto felice se lui fosse il mio primo ex marito. Penso che lei sbavi di più per la buonuscita in contanti piuttosto che per il concetto vagamente romantico della figlia che brucia d'amore e di sesso nel vincolo del matrimonio con il figlio della sua migliore amica di un tempo».

«Suona piuttosto triste».

«E lo è». Resto colpita dalle sue labbra carnose, dagli zigomi alti. Mi fa impazzire la barba incolta. Le palpebre sono socchiuse mentre mi guarda apertamente la scollatura. «Comunque, dovrei probabilmente fare qualche altra esperienza nelle zone basse prima di puntare a un premio come Pennington. Sai, tipo fare pratica nella nobile arte di come passarsi la saliva, tra l'altro». Oddio, come vorrei fare pratica nella nobile arte di scambiarsi i fluidi corporei con Cruise lascia-che-ti-salvi-dalla-verginità Elton.

Mi esamina un numero eccessivo di volte. Poi mi prende una mano e preme le labbra sul dorso, morbide e calde. Mi sento avvampare dalla testa ai piedi.

«Sono più che felice di offrirti i miei servizi come insegnante». Appoggia la schiena e mi guarda tutta come fossi una cosa da mangiare, ma c'è un che di triste nascosto nei suoi occhi, proprio sotto la superficie.

«Allora, quando iniziamo?». Non sono sicura di essere pronta a darmi completamente a un ragazzo che conosco a malapena, qui in Massachusetts, accanto a un fuoco che arde, anche se è proprio quello che implora una piccola parte di me.

«Domani». Una veloce strizzatina d'occhio mentre mi aiuta a mettermi in piedi. «Perché non vai a letto?»

«E tu dove vai?». Mi sento a terra. Probabilmente ha uno stuolo di ragazze che stanno facendo la fila per passare la notte con lui e che sono più che qualificate a cavarsela con qualunque cosa lui abbia voglia di dispensar loro – e per il fatto stesso che insisto a preservare la mia verginità, non sarò certo una di loro.

«Mi aspetta una doccia fredda», dice, allontanandosi.

Una doccia fredda?

Vedo Cruise che scompare in corridoio, poi le tubature del bagno stridono e tornano in vita.

Non posso crederci che un dongiovanni come Cruise Elton non abbia cercato di approfittare di me. È ovvio che le vergini non sono in cima alla sua lista delle cose da fare stasera.

Forse Cruise Elton non è quel dongiovanni che vuole apparire.

Molto nell'intimo, anch'io spero che non lo sia.

Cruise

Al mattino mi sveglio di soprassalto a causa di un sogno inquietante nel quale affogavo in un mare di braccia e gambe lunghe e morbide.

Non so con sicurezza cosa abbia trovato di così inquietante dato che altrimenti potrei dire che si è trattato di un tipico venerdì sera. Mi strofino gli occhi e mi butto sotto la doccia.

Poi mi sforzo di indossare un paio di jeans che abbiano visto l'interno della lavatrice questo mese.

La porta di Kenny è chiusa, quindi posso solo supporre che sia ancora qui. La immagino distesa sul letto, nuda, con i capelli aperti a ventaglio tutt'intorno, come fossero lunghe piume nere. Mi piacerebbe vederla con i miei occhi. Se non fosse così dannatamente dolce, avrei insistito un po' di più per essere testimone di una tale visione in diretta.

Preparo la colazione per entrambi mentre un mare di nuvoloni scuri osserva silenzioso fuori dalla finestra della cucina. Sono sparsi nel cielo, pesanti e carichi, come coperte di lana.

Kenny entra lentamente nella stanza con i capelli tirati indietro in una coda di cavallo. La lunga T-shirt le tira sul petto, rivelando che non indossa il reggiseno. Non che mi dia fastidio che i suoi splendidi capezzoli rotondi mi guardino in faccia.

L'aria sfrigola, e la stanza si rianima e torna in vita quando lei vi è dentro. Kenny riesce a far risplendere la casa con una luce tutta sua.

«'giorno, raggio di sole». Faccio un sorriso sghembo mentre infilzo velocemente una montagna di bacon. Ne metto in ciascun piatto una quantità sufficiente a ostruire le arterie decenni prima del previsto.

«'giorno». Geme pronunciando quella parola. Ha il

mascara leggermente colato. Con gli occhi assonnati è sexy da far male.

«Mi hai sognato?». Metto in tavola due piatti colmi e torno di corsa a prendere il caffè.

«Penso che la vera domanda sia se tu hai sognato *me*». Si siede a tavola e alza lo sguardo con quegli occhi che sembrano due diamanti e la mente mi si svuota da ogni pensiero, tanto che non riesco a risponderle. Tutto ciò che riguarda Kenny mi sembra un sogno, specialmente il fatto che ieri sera non sia venuta a letto con me, il che è successo soprattutto per colpa mia. Non ho ancora mai traviato una vergine, e sono abbastanza sicuro che non comincerò proprio da Kenny.

Sposta gli occhi su un paio di guinzagli accanto alla porta sul retro, e mi si gela il sangue perché so cosa dirà adesso.

«Allora, dove sono i cani?». Lo dice allegramente, in modo troppo innocente per pensare che stia mentendo. Ero certo che la natura piccante dei guinzagli, gli spessi spuntoni di metallo, le nappe in pelle rossa che pendevano dal collare, rendessero chiaro il fatto che servissero esclusivamente per scopi umani... o disumani, fate voi.

«Sono fuori?». Sbircia dalla finestra ancora convinta dell'innocente prospettiva di una compagnia pelosa.

«Non ci sono cani, Kenny», le dico, leggermente divertito. Sollevo il mento, e mi si stringe lo stomaco nel constatare quanto è bella di prima mattina in tutto il suo splendore un po' arruffato. «Quei guinzagli non servono per fare passeggiate, signorina». Soffoco una risata.

«Sembra che tu possieda la bravura e la maestria del sofisticato playboy-in-affitto».

Spalanca gli occhi e le esplode la fossetta, il che mi fa emozionare in un modo che non ho mai provato prima.

«Si tratta della mia prima lezione?». Lo dice come fosse una proposta. «Pelle e lacci?».

Nascondo un sorriso in un angolo della bocca. «Non sei ancora pronta per questo, tesoro». Una scarica elettrica passa tra noi quando alzo la tazza. «Buon Natale».

«È oggi! Be', domani». Si illumina in volto. «Mi sono completamente dimenticata che è la vigilia di Natale. Buon Natale». Il sorriso le si smorza lentamente sulle labbra mentre passa la forchetta sulle uova. «Comunque, è strano. Non sono mai stata lontana da mia mamma o da mio fratello, Morgan. Adesso lui è in Oregon con una borsa di studio per giocare a baseball».

«Ho una sorella che puoi adottare per queste vacanze, se senti il bisogno di ricolmare qualcuno di regali». Molly è una pazza patentata, ma ometto questa parte.

Kenny potrebbe ricoprirmi di regali di tipo fisico se si sentisse particolarmente desiderosa di farlo, ma mi trattengo dal farglielo presente.

«Mi piacerebbe ricolmare tua sorella di regali. Cioè, se avessi i soldi». Fa una smorfia. «La mia vicina di casa fa la hostess e io ero in lista d'attesa su un volo economico. Mi ha aiutato a prendere il biglietto e così sono dovuta partire. Ed eccomi qui per Natale, molto sola».

«Sembra proprio che Babbo Natale abbia lasciato una bellissima mora nella mia calza. Dovrai trascorrere la festa insieme a me».

«Be', se Babbo Natale insiste». Si inumidisce il labbro inferiore con la lingua, e io mi sento andare a fuoco.

Mi viene all'improvviso il desiderio di ripulire la tavola e prenderla lì sopra, ma mi affretto a resistere a una simile voglia.

«Sarebbe una buona idea se andassimo a prendere un albero», dico, entusiasta all'idea di fare una qualunque cosa con Kenny. Ammiro i lunghi capelli color ebano che le ricadono sulle spalle, le gambe abbronzate che salgono oltre la T-shirt, e mi chiedo se potrebbe mai volere uno come me. «L'albero... vero o finto?»

«Voglio che tutto ciò che viviamo insieme sia vero». Ammicca sorridendo brevemente.

Anch'io lo voglio. «Ha tutta l'aria di un appuntamento».

3
Magia nell'aria

Kendall

Il vivaio che vende gli alberi di Natale è stranamente affollato, anche in questo giorno, l'ultima sera per decorare degli arbusti sovrastimati. I bambini corrono scatenati con le tazze di cacao in mano, mentre gruppi di gente stanno lì intorno a ridere e parlare. Ho la sensazione che così sarà la vita sociale quando l'esperienza delle confraternite universitarie sarà finita e si manifesteranno gli istinti della procreazione.

Le nuvole sopra di noi sono rivestite di un colore viola sbiadito, eppure in qualche modo gli abeti riescono ancora a fare ombra su quell'ampia distesa di sporcizia che si estende pallida per parecchi acri.

«L'ultimo giorno al vivaio è sempre un manicomio», dice Cruise, guidandomi attraverso tutta quella confusione. Osservo i muscoli del collo che gli si gonfiano quando deglutisce; la mascella riacquista la sua linea dopo quella minima flessione. Sorride teneramente ai bambini che ci passano accanto correndo allegri, e con quella semplice dimostrazione di affetto mi fa emozionare. Tutto quel che riguarda Cruise risveglia il mio interesse, e mi porta a chiedere da dove derivino certi sentimenti. Li ho conservati per tutto questo tempo per qualcuno come Cruise? Mia mamma ha mai sentito qualcosa del genere durante uno dei suoi matrimoni seriali? Forse questa è la magia da cui tutto ha inizio, poi svanisce, e ti ritrovi a cercare un appartamento con due figli al seguito.

«A casa è il contrario», gli dico mentre passiamo su un cuscino di aghi di pino profondo almeno trenta centimetri. «Tutte le persone che conosco cominciano a decorare l'ingresso di casa il giorno dopo la festa del Ringraziamento... e i vivai sono vuoti dopo la seconda metà di dicembre».

«Casa tua deve essere un bel posto». Si forma un pennacchio di nebbia che esce dalle sue labbra mentre sorride lentamente, questa volta rivolto solo a me. Mi prende la mano e mi guida attraverso la folla. «Posso?». Mi stringe delicatamente le dita.

«Certo», gli dico mentre le scarpe scricchiolano su grossi rami scartati. «Dobbiamo pur cominciare da qualche parte se hai intenzione di insegnarmi i metodi che usi per conquistare una donna». Cerco di farlo sembrare una cosa qualunque, ma la verità è che mi sento debole, ho la nausea, e le vertigini al pensiero di tenergli la mano. Mi sento elettrizzata, come se fossi veramente strafatta ma di una sostanza che è molto più potente di qualunque altro stupefacente che si conosca. Dove vivo io i ragazzi non avevano il potere di farmi sentire così. E sicuramente non desidero toccare Pennington da nessuna parte, figuriamoci i suoi amici della confraternita ubriachi dai quali vorrei solo fuggire. E da quando avrei aggiunto la nobile arte della menzogna al mio curriculum personale? E a quale scopo? Per portarlo con l'inganno a vivere una specie di relazione contorta e complicata? Comunque, uno come Cruise non è interessato a un rapporto di lunga durata, e per la stessa mia ragione. Alla fine non funziona mai.

Scaccio quel pensiero dalla mente.

«Diventerai una mangiatrice di uomini entro Capodanno», garantisce mentre ci facciamo strada tra la folla radunata vicino alla cassa. «Oggi c'è un avvenimento speciale, le parrocchie della zona vengono a comprare altri alberi di Natale per le famiglie meno fortunate. È una tradizione da queste parti».

«Che bello». Mi piace questo lato altruistico della contea di Carrington. Cerco di riprendere fiato mentre mi porta verso la parte più estrema della proprietà, dove si apre una radura con dozzine di alberi tra cui scegliere.

Cruise si dirige verso un minuscolo alberello anemico con pochi aghi e valuta la mia reazione.

Scuoto la testa. Non gli dico che è lo stesso albero che mia madre ha comprato un anno dopo l'altro perché era l'unico che potevamo permetterci, mentre io sognavo alberi così grossi da mangiarsi l'intero soggiorno, addobbati con decorazioni scintillanti e preziose come gioielli e con una stella bianca luminosa sulla punta. Suppongo che trasferire i miei sogni su Cruise per vederli realizzati non sia una grande idea, ma sembra che non riesca proprio a farne a meno. Per chissà quale ragione, voglio che sia lui a realizzarli tutti.

Strano, dal momento che lo conosco appena.

«E così tu sei quel genere di ragazza per cui contano le dimensioni», lo dice a bassa voce, in modo perfino troppo sensuale, dato che è ancora presto.

Leggere gocce di pioggia mi si posano sui capelli, e tirando fuori una mano resto sorpresa di trovare dei minuscoli fiocchi bianchi sui polpastrelli.

«Non ho mai visto la neve», confesso in un sussurro. «È incantevole. È bella».

«Tu sei incantevole». Fa un passo verso di me finché non siamo a pochi centimetri l'uno dall'altra. «Sei bella, Kenny». Mi avvolge con lo sguardo, e osserva i fiocchi di neve sparsi sulla mia capigliatura scura.

Cruise si piega in avanti.

Sento che sta per succedere.

Mi fanno male le labbra per quanto desidero che lo faccia.

Cominciano a sudarmi i palmi delle mani, e sento il cuore che mi martella dentro quasi volesse schizzarmi fuori dal petto, uccidendo così entrambi.

«Questo», dico, senza fiato, tirando il ramo di un abete di Douglas prima che svenga alla sola idea di un suo bacio.

«E così abbiamo il nostro primo albero», dice, senza mai togliermi gli occhi di dosso.

Un fuoco mi lacera dentro al pensiero di avere una

storia con Cruise che possa andare avanti in un futuro imperscrutabile, trascorrendo un Natale dopo l'altro con quel suo sorriso che ti fa fermare il cuore.

«Kenny...». Il suo alito alla menta mi graffia una guancia come fosse di fuoco. «Ti dà fastidio se ora ti bacio?».

Nego con la testa, e così facendo appaio un tantino troppo impaziente.

«È Natale». Un sorriso gli si insinua in viso. «E sta nevicando. Penso che il tuo primo vero bacio debba essere indimenticabile». Mi guarda con occhi carichi di affetto sincero. «Voglio rendere indimenticabile per te tutto quello che vivremo insieme».

Oddio, ha intenzione di prendermi proprio qui sulla neve. Sto per perdere la verginità la vigilia della nascita di Gesù davanti a degli ignari parrocchiani. Tra pochi minuti, quei bambini che corrono scalmanati grideranno per una ragione completamente diversa.

«Buon Natale, Cruise». Ansimo come se avessi appena corso per chilometri e chilometri.

Con le braccia mi cinge la vita e mi attira a sé. Riesco a stento a guardarlo. Cruise è davvero troppo bello perché io riesca a capacitarmene.

«Buon Natale, Kenny». Compaiono le fossette. «Grazie per il regalo».

«Quale regalo?»

«Questo». Chiude gli occhi e mi sfiora le labbra con le sue che sono morbide come piume, per poi concedersi qualcosa di più profondo, qualcosa che appare così pericolosamente sacro e giusto da farmi implodere dal piacere. Ansimo involontariamente quando la sua lingua sfiora la mia, e ci gioca, e l'accarezza. Quel delizioso scambio sembra continuare all'infinito.

Ci baciamo per ore, settimane, decenni, mentre la neve si accumula attorno a noi. Cerca di raffreddare l'inferno che ci consuma, ma è uno sforzo inutile.

Stiamo plasmando un ricordo che durerà tutta la vita, due vite. Questa con Cruise è pura estasi.

È un desiderio di Natale che si avvera.

Una cosa che non sapevo neppure di aver desiderato.

Cruise

Io e Kenny lasciamo il vivaio, più ricchi di un bell'abete folto, e ci godiamo il rientro a casa, ancora fuori di testa per il bacio appassionato che ci siamo dati. Ho baciato un buon numero di ragazze. Ho consumato le labbra mentre collezionavo una conquista dietro l'altra e giuro che non ho mai vissuto un'esperienza straordinaria come quella che mi ha fatto vivere Kenny. Forse è dipeso dal fatto che sono particolarmente eccitato al pensiero di toccare una vergine, di guidarla per un qualche oscuro sentiero dei piaceri della carne, ma qualsiasi cosa sia stata, mi è rimasto impresso nella memoria come un momento davvero incredibile.

Arriviamo a casa ed entro a marcia indietro nel vialetto d'accesso, cercando di ignorare il fatto che ho appena distrutto il giardino che mia mamma ha piantato in primavera come recinzione. A mia discolpa, c'è da dire che nell'arco di tempo che abbiamo impiegato ad andare e tornare dal vivaio una coltre di neve ha ricoperto il terreno. Parcheggiare a retromarcia non è mai stato il mio forte, anche se non confesserò mai che non sono quell'asso del volante che invece dico di essere.

Lancio un'occhiata a Kenny che ha i capelli leggermente bagnati a causa della neve e la pelle d'oca sul petto per i brividi, e mi manca il respiro.

Accidenti, quanto è eccitante. Sbatto gli occhi e le sorrido velocemente, dandole qualche colpetto sul ginocchio come fossi uno zio depravato.

«Facciamo così», dico.

Kenny mi aiuta a scaricare il mostro frondoso che una volta si ergeva fiero quale membro della foresta e che adesso è ridotto a una mera decorazione del soggiorno per quella sola notte. Ma non mi interessa. Non ricordo quando sia stata l'ultima volta che ho fatto l'albero, tolte quelle in cui vivevo con mamma e Molly nel bed and breakfast.

«Ha un profumo così buono!». Inspira a fondo, sbattendo le palpebre. Sembra che sia lì lì per esplodere dal piacere, mentre io le resto a tre metri di distanza e mi perdo tutto il divertimento.

«Certo. Il profumo di Dio», le dico, trascinandolo in casa e appoggiandolo contro la parete più lontana dal caminetto. A che pro incendiare il nostro nido d'amore prima che abbia svolto la sua corretta funzione coniugale?

Indietreggio e mi perdo a fissare Kenny.

«Cosa c'è?». Si morde il labbro inferiore, e sporge il fianco come se mi si stesse offrendo. Per essere una ragazza che dice di non aver fatto nulla a parte un bacio quando era ubriaca, Kenny di sicuro sa come far salire la temperatura anche involontariamente. Ma che cavolo dico, funzione coniugale? Kenny non è una delle puttanelle che rimorchio nelle mie incursioni notturne a caccia di intimità tra le fila delle ragazze della confraternita. Sono abbastanza sicuro che lei sia una fonte di giovinezza e bellezza alla quale non attingerò tanto presto. Il ragazzo buono che c'è in me non lo permetterà. Mi piacerebbe distruggere quella parte di me, prenderla a badilate e seppellirla mentre si trasforma in un cuore sanguinante contro la mia volontà.

Kenny si avvicina con quegli occhi chiari azzurro cielo, e faccio fatica a riprender fiato.

«Ragazzo, sei silenzioso», sussurra.

«Ammiro solo lo spettacolo». La pura verità. Kenny è una dea che dovrebbe essere ammirata da tutti. «Allora che ne facciamo?». Accenno un minimo sorriso e cerco di sedurla come faccio con le altre ragazze. Ma per lei, il mio cuore non batte in modo regolare, e non sono sicuro che mi piaccia quel che ciò significa... non sono sicuro di aver mai provato qualcosa di simile prima d'ora.

«Dai, vieni». Mi strattona per farmi sedere sul tappeto, poi pieghiamo un po' la schiena all'indietro per ammirare la forma storta dell'albero.

Mi sento a mio agio con Kenny. Le spingo una spalla per gioco, e lei fa altrettanto ridendo di gusto.

«Mi hai baciata», sussurra, con la testa leggermente abbassata, guardandomi attraverso le ciglia folte.

«Solo perché le tue labbra mi imploravano di farlo».

«Ti piacerebbe». Le guance arrossiscono, forse perché veramente mi *avevano implorato* di farlo, dopotutto.

Kenny fissa quei suoi splendidi occhi grigi come l'acciaio nei miei e non distoglie lo sguardo. Per un secondo mi immagino mentre la cavalco – accidenti, è lei che cavalca *me* con quel corpo così assurdamente perfetto, le gambe calde che mi avvolgono la schiena come fossero un fiocco.

Mi travolge un'ondata di calore, e abbasso lo sguardo sul troncone nudo dell'albero nello sforzo di bloccare l'alzabandiera che sta salendo dentro i miei jeans per salutarla con i dovuti onori.

«Pensi che dovremmo decorarlo?». Strofina un piede sopra il mio, e una scarica elettrica mi arriva direttamente all'inguine.

Sì, con un preservativo, vorrei dirle, senza pensare all'albero. Invece, opto per qualcosa di più appropriato e fattibile. «Mia mamma forse ha uno scatolone pieno di decorazioni che sarebbe ben contenta di darci». Do un colpetto con il piede al suo e sento un'altra impennata di calore che mi schizza in tutto il corpo. Resto affascinato dall'effetto fisiologico che lei ha il potere di sollecitare. Ovviamente, fare sesso con una equipaggiata fisicamente come Kenny mi ucciderebbe all'istante. Ma chi se ne frega, dico, ragazzi, pronti a buttarsi nella mischia. Partecipo a una missione suicida.

Per un attimo, mi immagino sdraiato su una barella con l'uccello che fuma.

Tiro fuori il telefonino e mando un messaggio veloce a mamma prima di perdere il controllo e finire strusciandomi su e giù contro l'abete solo per non impazzire.

«Abbiamo proprio bisogno delle decorazioni». Si sposta e mi valuta come se mi vedesse solo allora per la prima volta. Solleva lo sguardo su di me con quelle labbra a cuore, e una palla di fuoco incandescente mi scoppia dentro.

Merda. Non sono abituato a una cosa simile. Non ho una ragazza vera e propria da tanto tempo – non l'ho *mai* avuta in realtà, e sta oramai diventando sempre più ovvio che il mio corpo non sa come dovrebbe comportarsi con lei. Cavolo, so quali *esigenze* ha verso di lei, ma la maggior parte delle cose che vorrebbe farle non sono legali in nessuno dei cinquanta Stati.

«Raccontami qualcosa di te», dice, sdraiandosi sulla schiena. «Cosa ti fa eccitare dell'universo femminile?».

Mi appoggio su un gomito e da quella posizione più avvantaggiata la osservo.

«Siete una specie meravigliosa. Puoi farmene una colpa?». Adesso non voglio mettermi a psicanalizzare con lei la mia ultima, niente-affatto-entusiasmante delusione amorosa. In più, ne sono ormai uscito. Ecco il nuovo me, uno che non ha bisogno di garanzie, ma solo di una confezione di preservativi in tasca ed è pronto per andare.

Si mette comoda e il seno le rimbalza nei posti giusti,

il che mi provoca un gemito di piacere. Sento il vecchio me che vorrebbe saltar fuori e fare mia Kenny in un modo molto più intimo di quelli usati negli ultimi mesi con la lunga sfilza di ragazze che ho ridotto semplicemente a parti di un corpo. Ma stare dentro a quelle parti, e godersele, è divertente, mentre ritrovarsi le palle infilzate da un tacco a spillo non lo è poi tanto.

«Be', penso che *tu sia* una specie meravigliosa». Si accoccola e mi si fa più vicina. Sento che sta puntando a farsi baciare di nuovo, ma è troppo timida per spingersi fino a quel punto da sola.

Calcia via le scarpe mostrando le unghie dei piedi laccate di rosso. Kenny rotola verso di me con il fianco sollevato in modo seducente, la spalla leggermente abbassata indietro come se stesse davvero in posa. Il mio corpo comincia a fremere, e la respirazione accelera.

Mi abbasso verso di lei come fosse un avvertimento e lei non mi ferma. Al contrario, spalanca gli occhi, e comincia a respirare in modo più irregolare, lasciandomi intendere che lo vuole anche lei. Chiudo gli occhi e sono pronto a colpire.

«Allora» – e si tira su di colpo come svegliandosi da un brutto sogno – «dovremo cominciare a pensare a qualcosa per il nostro esperimento. Sai, stabilire qualche regola di base».

«Il nostro esperimento?», resto deluso, come se le mie labbra fossero state abbattute da un missile in arrivo, e mi ritiro.

«Sì, lo sai». Spinge la spalla contro la mia e la stessa scarica elettrica mi attraversa di nuovo il petto. «Tu sei il mio intrepido capo. Tu dovrai mostrarmi tutto, a partire dalle basi», accenna con la testa al guinzaglio sul pavimento, «letteralmente».

«Vuoi farlo sul serio?». Resto leggermente deluso. Pensavo che forse avrebbe capitolato, che avrebbe deciso di essere la donna di un solo uomo e forse, ma proprio forse, quell'uomo avrei anche potuto essere io.

«Sì». Lo dice come se non fosse sicura. «Voglio dire, solo se sei interessato. Se mi trovi ripugnante, posso cercare un insegnante altrove». Le si arricciano le labbra davanti alla durezza di quelle parole, come se avesse avuto intenzione di dirle in tono scherzoso e poi si fosse scontrata con una realtà che ha inibito il suo ego.

«Poco ma sicuro che non ti trovo ripugnante, e non intendo abbandonare la mia migliore allieva. Credimi, farò in modo che riuscirai a portarti a letto un buon numero di ragazzi della confraternita entro Capodanno».

Tira un poco indietro la testa rifiutando quasi quell'idea.

Lo sapevo. Non è sincera, non è quello che vuole davvero.

Un sorriso mi solletica le labbra, ma non cedo.

«Capodanno?». Nega con la testa. «Che ne dici di San Valentino? Sarebbe un tocco davvero geniale. Sono sentimentale in quel senso». Sorride in modo malizioso.

Faccio rapidamente i conti. «Sette settimane senza sesso? Da che pianeta vieni?».

Apre la bocca per protestare, ma le metto un dito su quelle labbra che sembrano di burro.

«Sto scherzando». Seguo il profilo delle labbra e lei inarca la schiena dal piacere. «Non mi sono dimenticato che sei vergine. E credimi se ti dico che ti darò un'ottima preparazione». Con il dito scendo giù sul collo, e lei non riesce a controllare un fremito.

«Non vorrei rubarti troppo tempo». Per un attimo sembra dispiaciuta, ma forse le farebbe piacere rubarmi un po' più di tempo rispetto a quello che dà a vedere. «Voglio dire, lo sai, non vorrei che il tabellone dei punti sul montante del letto rimanesse a secco per colpa mia».

Cosa non farei a Kenny con quella sua innocenza che la porta a spalancare gli occhi, con quel suo livello impensabile di vulnerabilità che fa schizzare il mio testosterone alle stelle.

«Il tabellone forse dovrebbe avere un attimo di respiro. Stavo comunque pensando di prendermi una pausa. In questo modo posso concentrarmi solo su di te». Mi fermo perché ci manca poco che le faccia degli esempi di intimità che mi sono venuti sulla punta della lingua. Non la darò mai in pasto a quell'orda di ragazzi che c'è alla Garrison o in qualunque altro posto. Le insegnerò solo una cosa o due sull'anatomia maschile. Accidenti, forse quella fetta di torta della genetica le piacerà a tal punto che vorrà restare nei paraggi, tornare per fare il bis, una volta ancora, e poi un'altra.

«Quindi, deduco che tu sarai il primo». Si abbassa e i seni sembrano traboccare dal maglione scollato.

Cerco di mantenere lo sguardo in linea con il suo, ma è molto dura.

«Suppongo di sì».

Sono incantato dalla dea che ho di fronte. Il pensiero di stare con Kenny, di toccarle la pelle calda con la mia, di infilarmi dentro di lei, mi fa schizzare il sangue in posti che tra qualche minuto potrebbero diventare argomento di un'interessante conversazione, e comincio a sudare.

Cosa cavolo mi rende così nervoso? È una cosa che faccio sempre. Per giunta è praticamente la mia vocazione. Ho avuto scambi fisici con una quantità indiscriminata di donne tutte le settimane negli ultimi sette mesi, e nemmeno una volta mi sono sentito uno studentello che sta per invitare al ballo di fine anno la ragazza più carina della scuola. Kendall Jordan vuole semplicemente che io le insegni la nobile arte di scopare in giro per il campus, niente di più, niente di meno.

«Da dove dovremmo cominciare?» *Di' "camera da letto"*.

Mi avvicino e aspetto la risposta.

«Forse dobbiamo andare con calma». Trasalisce. «Forse potremmo iniziare con un film?». Sembra ritrarsi quando lo dice, e mi ritrovo a soffocare una risata che invece vorrebbe saltarmi fuori dalla gola.

«Un film». Annuisco. Seduti alle estremità opposte della sala cinematografica, suppongo.

«Sì». Chiude gli occhi per un attimo. «Poi, completeremo i punti basilari. Quali sono esattamente i punti basilari?»

«Primo elemento basilare». Le passo un dito sulle labbra così gonfie che sembrano state punte da un'ape. «Secondo elemento basilare». Abbasso la mano fin quasi al seno sinistro poi torno indietro. «Terzo elemento è aspettarmi nuda». Accenno un sorriso malizioso. «Con le luci accese».

«Non è vero». Mi prende in giro.

«Potrebbe esserlo. Comunque è solo un passo in più per arrivare a perdere la verginità, quindi usa l'immaginazione. Possiamo usare i guinzagli se vuoi».

«No grazie». Rifiuta velocemente l'idea. «Si tratta di un campo un po' avanzato di aerodinamica sessuale per il quale non sono affatto pronta».

Qualcuno bussa brevemente alla porta prima di spalancarla. Devo ricordarmi di togliere la chiave a mia madre.

Mamma getta sul pavimento un contenitore di plastica dove conserva varie cose, ha dimensioni industriali, e la parola *X-Mas* scarabocchiata di lato. Fissa lo sguardo inebetito su noi due come se non avesse mai visto una creatura simile a Kenny prima d'ora... e sono assolutamente sicuro che sia così.

«Hai compagnia!». La sua capigliatura bionda, crespa, è gonfia più del doppio rispetto al suo solito, e per l'occasione ha indossato il suo segno distintivo, il cappotto leopardato. Kenny salta su e la saluta subito. Non riesco a ricordare l'ultima volta che mia mamma abbia incontrato la ragazza con cui stavo, anche se tecnicamente non sto con Kenny. Al momento sono qualcosa in più di un vibratore parlante, ma accetto la sfida. In effetti, in questo momento, mi sento alquanto fortunato a essere andato a quella festa ieri sera e a essermi lasciato coinvolgere in quell'accordo con una delle ragazze più eccitanti della costa orientale e occidentale.

Salto su anch'io. «Mamma, lei è Kenny. Kenny, lei è Samantha, mia madre».

«Oh ti prego, chiamami Sam». Mamma si lancia verso di lei e l'abbraccia in modo goffo, e per la prima volta penso che mia madre abbia fatto più passi avanti per avvicinarsi alla ragazza "con" la quale sto rispetto a quelli che ho fatto io. «Ehi», infila una mano nella borsa e tira fuori una piccola busta rosa, «apparentemente sono la proprietaria del negozio di parrucchiera più figo che c'è prima di arrivare a New York City. Perché non vieni e ti metti nelle mie mani!».

Kenny prende la busta e sbircia dentro. «Wow, grazie! Non sono mai stata in un salone di bellezza prima d'ora. Di solito mi taglia i capelli mia mamma». Si prende una ciocca sciolta, che brilla come fosse vetro attraversato dalla luce.

«Santo cielo, ragazzina, ti hanno proprio rovinata!». Mamma fa una risata cavernosa che diventa tosse, il che le capita sempre ultimamente, anche se quella tosse non è affatto bella. È anche molto stanca, e se non si riguarda, andrà a finire che schiatterà giusto per compensare la mancanza di sonno. «Molly sta con Brayden». Mamma mi guarda accigliata. Brayden è il ragazzo di mia sorella diciassettenne, e nessuno di noi approva troppo *Brayden*. «Sto andando da zia Donna. Volete venire?», offre sia a Kenny che a me.

«Grazie», dice Kenny, «ma ho promesso a mia mamma che avrei passato la festa con la sua amica Jackie». Mi guarda. «Ho detto a Pennington che sarei andata».

«Jackie Alexander?». Mamma inarca un sopracciglio a quella notizia. «Come vuoi. Ecco come sprecare un bel Natale che sarebbe stato perfetto, se chiedi la mia opinione». Fa una smorfia. «Ci vediamo per ora». Ci saluta con la mano, scendendo per il vialetto d'accesso e si lamenta quando vede come le mie ruote Michelin hanno ridotto le sue calendule.

«Suppongo che non le vadano molto a genio gli Alexander», riflette Kenny, mettendosi una ciocca di capelli in bocca come fosse una splendida rosa nera.

Non le dico che anch'io non ho una gran opinione di loro – che biologicamente sono uno di loro.

«Ti do un passaggio se vuoi», mi offro.

«Mi sembra una buona idea». Lancia uno sguardo al vischio appeso sopra la porta e mi si avvicina. «Bacio sulle labbra o naso naso?»

«Importazione straniera». Mi avvicino fino a schiacciarmi contro di lei. «Direi di praticare quello alla francese».

«Decisamente alla francese». Ansima e l'aria si condensa e ci avvolge come una ghirlanda.

Chiudo gli occhi e atterro sui morbidi cuscinetti che sono le sue labbra. Passa la lingua sulla mia, e io perdo la testa. Il suo profumo di pulito mi inebria come fosse oppio. Infilo le dita nei suoi folti capelli prima di abbandonarmi a una serie di baci molto più animali di quanto entrambi ci saremmo aspettati.

Un terremoto. Baciare Kenny sconvolge tutto quello che ho sempre pensato di sapere riguardo all'arte di come usare la lingua in generale. Kenny spazza via dalla cartina geografica tutto ciò che ho sempre saputo riguardo al bacio e raggiunge vette uniche di una meraviglia perfetta che fa venire l'acquolina in bocca. A volte ho fatto del sesso che è stato meno erotico. Questo invece è stato il picco del piacere, un nirvana di passione... sublime in ogni senso.

Kenny fa magie, fa miracoli – i suoi baci sono più buoni del vino, e non ne ho mai abbastanza.

4
Feste in famiglia

Kendall

La neve danza dal cielo, sporcando il parabrezza con fiocchi in miniatura che sembrano di carta mentre Cruise guida su un lungo vialetto d'accesso in una zona recintata. La proprietà degli Alexander sembra in stile gotico con le finestre simili a quelle delle cattedrali e i leoni di pietra in piedi solo a qualche centimetro dalla porta d'ingresso.

Mamma e Morgan mi hanno mandato un messaggio questa mattina per augurarmi buon Natale. È stato un gesto carino da parte di entrambi, ma mi ha un po' intristita vedere che la nostra famiglia si sia ridotta a farsi gli auguri per le feste tramite telefonino, ricorrendo a frasi frammentarie. Ma eccoci arrivati a casa di zia Jackie, con la speranza di trascorrere un semplice Natale in famiglia, secondo la tradizione, per la prima volta in vita mia. Anche se, a giudicare dalla pomposità, immagino che sarà tutto fuorché una festa che mi farà sentire come a casa.

Cruise fa il giro dell'auto e mi scorta fino all'alta porta di mogano. Due enormi ghirlande di stagnola adornano l'entrata, riuscendo a sembrare leggermente fuori posto tra tutta quella opulenza. Ma onestamente, nell'ultima ora l'unica cosa che ho avuto in mente sono stati i nostri baci appassionati. Mi brucia ancora la faccia per tutta quella passione. Continuo a sentire nella mia bocca la sua lingua che sbatte contro la mia, e rivivo tutto un milione di volte, ripetendo dentro di me ogni particolare come per tenere allenata la memoria.

Cruise bussa forte alla porta, e ci mettiamo in attesa in un silenzio imbarazzante. Lancia un'occhiata veloce al mio corpo cercando di non farsene accorgere, e gli si gonfia il petto.

Mi domando se abbia pensato a quei baci – se mi senta ancora nella bocca e se sia stata all'altezza della lunga lista di ragazze che sono state lì dentro prima di me.

Cruise mi si avvicina e riempie lo spazio tra di noi con il suo profumo speziato. «Allora, Pennington», e si ferma, «pezzo di merda o stronzo?».

Si sente una voce nella casa e un rumore alla porta.

«Stronzo», sussurro.

Cruise mi fissa negli occhi e annuisce. Come se proprio in quel portico ci sentissimo uniti, tra tutte le cose, dal fatto che Pennington sia riconosciuto come stronzo.

Spero che a zia Jackie non dispiaccia che abbia portato una persona. È abbastanza strano, conosco più Cruise di quanto conosca "zia Jackie".

Si spalanca la porta, e appare una donna vestita di lamè dorato dalla testa ai piedi.

«Bene, guarda chi si vede!». Mi saluta con una voce da opera. Ha lunghi capelli neri sfibrati alle punte, e sfoggia un'abbronzatura non naturale che sembra molto meno di Saint-Tropez e molto più di Umpa Lumpa. Le labbra brillano di un color rosa pallido come se ci si fosse spalmata del dentifricio, e gli occhi sono truccati con un ombretto di un grossolano color indaco ghiaccio. «E chi è mai questa bellezza mozzafiato?». Si sposta indietro sui tacchi... mi ci vuole un attimo per rendermi conto che ha rivolto la domanda a Cruise.

«Sarebbe la tua amata nipotina». Cruise agita una mano nell'aria verso di me come se fossi un premio del luna park. «Le ho solo dato un passaggio».

«Oh, mio *Dio*! Andrew, vieni! C'è Kendall! È bella da morire!». Mi abbraccia sballottandomi da una parte e dall'altra e fa del suo meglio per soffocarmi tra i suoi seni morbidi. Il suo profumo impregna l'aria attorno a me, è penetrante e stucchevole come tè senza dolcificante. «Guardati! Quanto sei cresciuta».

Sorrido imbarazzata a Cruise perché fondamentalmente sta dicendo una bugia. Non ha mai visto più di una dozzina di mie foto.

Nell'ingresso pende uno smisurato lampadario a gocce, e la stanza si amplia diventando un soggiorno. Un enorme albero di Natale bianco, decorato con luci chiare e fiocchi rossi disseminati in modo strategico, si trova davanti alla finestra a golfo. È bello ma asettico.

Suppongo che nel momento in cui accumuli una certa quantità di ricchezza, devi attenerti anche a standard sofisticati. Finiti i Natali con i fili di popcorn attorno all'albero e l'arte che avevano i bambini negli anni passati di decorare la cornice del caminetto. Come se il capitale che hai sul conto in banca togliesse colore e vivacità a tutto il divertimento. Curiosamente, è proprio questo genere di ricchezza che ho desiderato da morire per tutta la vita, e adesso che lo vedo con i miei occhi, lo scambierei volentieri in un attimo con la minuscola casetta di mattoni di Cruise e con il folto abete di Douglas. Avrei già dovuto farlo.

«Andrew? Siamo in soggiorno». Ci fa passare piuttosto in fretta in una stanza enorme, che sembra quella di un palazzo, e che ospita un quadro a olio gigantesco di Jackie e suo marito in piedi sopra una versione più giovane di Pennington... Parli del diavolo. Eccolo che entra a grandi falcate nella sala con il suo impeccabile stile *preppy*, da bravo ragazzo facoltoso e di buona famiglia, un lupo vestito da agnello, ma con abiti firmati.

In effetti, nelle ultime ventiquattro ore sono riuscita a far sbollire drasticamente la rabbia nei suoi confronti, soprattutto dopo che Cruise ha avuto il buon senso di non farmi a pezzi. Penso che tutta la faccenda con il dipartimento che si occupa degli alloggi sia stata il più bel casino che potesse succedere e ne dovrei ringraziare Pen, così al momento ho tolto il suo nome dalla lista delle possibili parolacce. Comunque, anche se mi sento così caritatevole, farò presto a tornare sui miei passi se

Cruise dovesse rivelarsi uno stronzo prima di mezzanotte.

«Amico». Pen batte il cinque con Cruise e poi mi dà una botta sulla spalla in segno di affetto platonico che ancora non è sfociato in vere percosse. Ha gli occhi lucidi, e ha un odore rancido che fa pensare a qualcosa di illegale, ma ora che mi sento caritatevole sarò l'ultima persona che farà notare una tale ghiotta notizia che potrebbe incriminarlo.

«Tesoro, c'è qui tuo figlio», grida Jackie a squarciagola finché un uomo di mezza età con la pancetta compare sotto la volta dell'ingresso.

Ha proprio detto *figlio*? Parlava di Pen o di me? Oddio, forse sono tutti strafatti qui. Forse fumare marijuana è una tradizione natalizia antica in casa Alexander.

«Papà». Cruise si avvicina e abbraccia l'uomo al quale si è appena rivolto chiamandolo padre.

«Il mio fratellastro», sussurra Pennington, e quanto gli puzza il fiato esattamente di quell'erba che mentalmente lo avevo accusato d'aver fumato.

E com'è questa faccenda del fratellastro?

«Ed ecco la mia futura nuora». La voce di zia Jackie raggiunge la tonalità da soprano. «Questa è quella giusta per Pen». Mi stritola le spalle. «Ho scommesso con tua madre che sentiremo suonare le campane del matrimonio prima della laurea». Mi scuote con vigore come per farmi entrare meglio quell'idea in testa. «E non perdo mai una scommessa». Spalanca gli occhi che sembrano mettersi a vorticare come quelli di un personaggio dei cartoni animati e così facendo riesce davvero a farmi paura. Per un attimo, sarei tentata di rassicurarla che non perderà, anche se sono convinta che non sarà così.

Andrew si schiarisce la gola. «Non perde mai». Il donatore genetico dalla faccia gentile mi viene incontro e mi abbraccia. È molto meno caustico della sua discutibile dolce metà, anche se, apparentemente, è anche troppo gentile quando si parla di donne e pure troppo generoso nel dispensare il suo sperma. «Come sta tua madre? Sono anni che non la vedo». Si illumina in volto quasi non gli dispiacesse lanciare qualche altro missile genetico anche nella sua direzione.

«Sta bene, ha appena divorziato». Lo dico con voce un po' troppo alta come fosse un successo universitario o un privilegio degno di lode per il quale più tardi brinderemo commossi. Per aprire la serata niente di meglio che far passare mia madre da perdente davanti ai suoi vecchi amici il giorno di Natale.

«Siediti! Siediti!», strilla Jackie. «Raccontami tutto. Com'è il dormitorio? E non dirmi che i ragazzi sono carini perché devi avere occhi solo per il mio piccolo Penny». E scoppia a ridere cadendo sul divano.

Cruise si sistema davanti a me e si concede un ampio sorriso nel quale racchiude tutto, perché in modo molto opportuno si è dimenticato di dirmi che mi stava accompagnando a casa di suo padre. Poteva forse rivelarsi una notizia preziosa da condividere con me, eppure non se l'è fatta scappare, probabilmente per lasciare l'effetto sorpresa. E a giudicare dai baci appassionati che ha dispensato con il contagocce, preferisce di gran lunga farmi arrabbiare.

«Ehm», comincio, perdendomi per un attimo nel suo abito da sera dorato a palloncino che luccica, «il dormitorio... in realtà».

Pennington mi travolge sedendomisi accanto e mi mette un braccio sulla spalla. «Sta per sistemarsi alla Russell Hall».

«Oh, tesoro». La zia Jackie si tocca il petto con le mani sporche di snack al formaggio. Tutto quello che la riguarda ha un fascino che sembra venire da un altro mondo, dal vestito color stagnola che sembra arrivato dal futuro fino all'abbronzatura tipo ho-volato-troppo-vicino-al-sole che sfoggia. «Devi entrare nel Delta Delta Delta. Tua mamma e io siamo state coordinatrici di sezione. Abbiamo organizzato le feste più belle». Rivive quel ricordo con occhi tondi e sognanti, come quelli dipinti sulle uova di Pasqua.

«Lo farò. L'ho in programma». Almeno lo avevo. Avevo davvero cercato di entrare nel Tri Delta fin quando le mie opzioni di alloggio si sono ridotte alla modalità sopravvivenza. «Non dovrò prendermela comoda. Essere moscia».

«Moscia, moscio». Agita le dita in aria. «Farò qualche telefonata. La Russell Hall è per i falliti. Ti sistemerò in una famiglia in meno di una settimana». Lo sottolinea colpendosi la coscia con una mano. «Regali!». Salta su e batte le mani girando per tutta la sala. Di sicuro ha attinto al liquore allo zabaione corretto al brandy o si è gettata sui brownie speciali con la marijuana nell'impasto un tantino troppo presto – o ha fatto entrambe le cose.

Pen si sporge in avanti. «Qualcuno ci è andato un po' giù pesante con le pallinc al rum». Il suo alito mi graffia la pelle, putrido e illegale. «Parlando di andarci giù pesante». Abbassa lo sguardo alla quasi inesistente protuberanza dentro ai pantaloni kaki. «Amico, sei particolarmente *figo* stasera».

Mi raddrizzo e lancio un'occhiata a Cruise che è dall'altra parte della sala. Andrew è seduto su una sedia accanto a lui, e sta parlando di acquistare lingotti d'oro e poi portarli alle Cayman. Prego che abbia in mente di portare anche Pen con lui.

Cruise mi lancia uno sguardo, e i nostri occhi si incontrano. Mi sento sciogliere dentro quando fissa lo sguardo nel mio.

«Okay!». Jackie fa un improvviso passo di tip tap che aumenta di parecchio il senso di disagio che aleggia nella stanza. Per il suo bene, spero che Babbo Natale le lasci nella calza una bottiglia di Ritalin di grandezza industriale o almeno una confezione di prova di Xanax. «Di solito non do i regali prima di cena, ma dal momento che siamo tutti qui...». Per abbracciare tutta la sala agita la mano nella quale tiene il bicchiere di vino e una scia di merlot si rovescia sul pavimento. «È lo stesso, no?». Scoppia in una risata fragorosa mentre con la falda della gonna asciuga il vino versato.

«Cruisy». Gli porge un sacchetto piccolo che sembra piuttosto piatto rispetto ai pacchetti vistosi che adornano l'albero panciuto.

Cruise infila la mano e tira fuori un portafogli di pelle marrone. Lo apre e ne estrae una banconota.

«Dieci». Sorride e ringrazia velocemente Jackie e il padre per l'eredità anticipata. Se la zia Jackie potesse fare di testa sua, ho la sensazione che Cruise conoscerebbe la somma totale del suo premio di buonuscita.

«In realtà non ti aspettavamo». Jackie ci mette tutti in una posizione imbarazzante facendo sentire Cruise come un ospite non gradito. «Pen, perché non guardi cosa ti ha portato Babbo Natale?».

Pennington scarta un pacchetto molto ricercato con disegni a rilievo di pupazzi di neve argentati. Spero che Babbo Natale sia stato onesto e abbia portato a Pen quello che probabilmente gli ha chiesto, un aggeggio per poter fumare la canna fino in fondo. E invece, tira fuori una grossa borsa di pelle con una tracolla e... è una borsa da donna?

«Puoi metterci dentro tutte le tue cose». La zia Jackie è lesta a difendere il suo acquisto androgino. «Sai, il portafogli, il telefonino... le altre stronzate. Ne può contenere una tonnellata».

Oddio, Pen è talmente fatto che potrebbe seguire seriamente il consiglio della madre e mettersi a cagare in quella borsa soffice come il burro. E sono abbastanza sicura che "ne può contenere una tonnellata" è per dire in codice un "grammo". Ci metterà dentro le riserve di roba. Fondamentalmente, è un involucro per la droga.

«Grazie, mamma». Si alza e la bacia velocemente sulla guancia.

Immagino che "Cruisy" se la sia cavata meglio con un portafogli più mascolino nell'aspetto oltre ai contanti pronti da spendere.

Jackie posa un pacchetto color rosa acceso con un fiocco verde delicato sulle mie ginocchia. È così carino e natalizio che quasi quasi me lo voglio conservare per l'albero che io e Cruise abbiamo portato a casa oggi, e poi mettervelo sotto.

«Andiamo!». Comincia a battere le mani all'impazzata suggerendomi di strappare senza tanta delicatezza la carta che rifiuta di rompersi. Jackie è molto ansiosa di mostrare la sua ode agli acquisti natalizi. Apro il pacchetto a fatica solo per mostrare un duplicato della borsa che Pennington ha appena scartato.

«Mi... piace molto». Veramente, la trovo strana. Forse Jackie ha voluto solo mostrarsi accorta e si tratta di un'offerta compri-due-paghi-uno che non poteva rifiutare.

«Regali in coppia, così presto?», Cruise fa un mezzo sorriso. Ha un aspetto così sexy seduto tutto solo laggiù, e all'improvviso, voglio tornare subito a quello che sarà presto il nostro nido d'amore per metter giù i punti basilari dell'esperimento in tempo da record.

«Non si comincia mai troppo presto». Jackie alza un dito in aria. «È l'ora di mangiare». Fa segno a tutti di seguirla.

Cruise mi aspetta e con un braccio mi cinge delicatamente in vita.

«Non mi avevi detto che questa era la tua famiglia», sussurro. E dopo essere stata testimone della loro fragile salute mentale posso capire perché quel po' di suddetto legame biologico sia stato omesso.

«Non me lo hai chiesto». Compaiono le fossette. «E comunque non lo sono quasi».

«Mi pare che hai detto che il tuo cognome fosse Elton?»

«Lo è, grazie alla brillante discrezione di mia madre. Penso che abbia fatto una buona mossa. Non credi?».

La zia Jackie torna furtiva nella sala e nota il posto in cui Cruise ha posizionato strategicamente il braccio.

Socchiude i piccoli occhi che brillano e si schiarisce la gola. «Il tuo futuro marito ti aspetta». Lo dice con un tono freddo, duro.

Strizzo l'occhio a Cruise. «Credo anch'io».

* * *

Una cena a casa degli Alexander vale come un avvenimento in una clinica psichiatrica. Si comincia dalla sala da pranzo che sembra poco meno che satanica, dipinta in una tonalità di rosso acceso e riempita di mobili neri pesanti. Chiunque abbia pensato che fosse una buona idea accoppiare *gargoyles* ai quattro angoli del soffitto con pareti dall'aspetto inquietante deve essere un po' più che del tutto fuori di testa. Scommetto che la maniaca responsabile di questo manicomio sia proprio la mia finta zia Jackie.

«Ti prego di' a tua madre che sarà la benvenuta in qualunque momento». Andrew, il più sano e leggermente il più promiscuo tra le due entità genitoriali, annuisce deciso. «C'è sempre una stanza che l'aspetta a casa nostra».

La zia Jackie si schiarisce la gola e lo zittisce con lo sguardo, perché forse non ci sono stanze in quell'albergo così enorme dopo tutto. Qualcosa mi dice che se mamma dovesse venire, sarebbe fortunata a trovare una mangiatoia tutta per lei.

«Cruise, chi è la tua ultima amante?». Lei cambia velocemente argomento e porta la nostra attenzione alle più recenti imprese falliche di Cruise.

«Sto girando lo schedario». Mette i gomiti sulla tavola e mi lancia uno sguardo complice. «Al momento sono arrivato alla lettera J».

J sta per Jordan. Sorrido dentro di me.

«Dovresti spulciarti ogni tanto». Jackie dispensa i suoi consigli medici senza che nessuno glieli abbia richiesti. «Le piattole non ci sono solo in cucina, lo sai no?». Ci rende edotti del suo pensiero a denti stretti come fosse un ventriloquo. «E stai attento alla gonorrea che c'è in giro», sussurra. «Ho sentito dire che c'è un ceppo mutato che ti può far staccare i testicoli nel bel mezzo della notte. Ho uno spray di sopra in bagno...».

«E per restare sullo stesso argomento...». Andrew scuote un campanellino d'oro prima che Jackie abbia la possibilità di lanciarsi a disquisire sugli aspetti più raffinati dei disinfettanti casalinghi e delle loro proprietà curative.

Al movimento di quel polso un intero esercito di ragazze vestite in modo succinto entra nella stanza, con indosso abiti provocanti da cameriere francesi. Appaiono come una strana variante pornografica della combinazione cena e spettacolo che porta un significato totalmente nuovo all'espressione *Ho, ho, ho*. Chi sapeva che fosse in programma uno spettacolo di burlesque questa sera?

Due tra le ragazze più giovani sbavano apertamente su Cruise, mentre una ragazza leggermente meno informata con i capelli raccolti in una treccia senza fine cerca di sedurre Pen mettendogli in faccia la scollatura florida ogni volta che ne ha l'occasione. Carina.

Non appena il vino può scorrere liberamente nei nostri calici dorati che, giuro, sembra siano stati sgraffignati direttamente dal Vaticano, Jackie scatta in piedi per fare un brindisi.

«All'amore!», dice. «Perché possiamo tutti trovare una persona speciale. E spero avvenga presto!».

Cruise solleva il calice nella mia direzione. «Perché troviamo qualcuno da amare».

Oddio, cosa non farei perché quel qualcuno fosse lui.

In un mondo perfetto, lui non sarebbe un dongiovanni, e io non farei finta di essere un'apprendista zoccola... perché sarei una che vuole solo Cruise.

Davanti a una tale ammissione, chiudo gli occhi per un attimo.

In un mondo perfetto, crederemmo entrambi nell'amore e ci tufferemmo insieme, a capofitto, in quella meravigliosa piscina di acqua calda.

«Perché troviamo qualcuno da amare», dico senza

distogliere lo sguardo dai suoi occhi. «Almeno per una notte», sussurro solo per essere sicura di non correre rischi.

Che peccato che una notte non possa diventare per sempre.

Cruise

Il mattino seguente, il cielo si è aperto solo per aggiungere una lucentezza azzurra alla coltre di neve che è caduta durante la notte. Mi sveglio presto insieme a Babbo Natale e ai suoi elfi per cercare di svuotare la caldaia e vedere che accidenti ha che non funziona. Ma soprattutto, per passare al setaccio tutta la casa e trovare possibili regali per Kenny. È passato parecchio tempo da quando mi sono sentito emozionato nel regalare qualcosa a qualcuno, a parte il mio corpo. Le darei il costosissimo profumo che ho comprato per Molly, ma ho chiesto a mamma di impacchettarlo e metterlo sotto l'albero a casa. Molly molto probabilmente lo denigrerà comunque.

Guardo fuori dalla finestra verso la Bmw parcheggiata accanto al mio pick up. Jackie ci ha tenuto a dare a Kenny un'auto che possa tenere in prestito finché non potrà permettersene una da sola. Tipico di Jackie, comprare le persone con i soldi di mio padre – a eccezione di me, naturalmente.

«'giorno». Kenny arriva inaspettata, sussurrandomi quella parola all'orecchio con un gemito. Indossa la stessa T-shirt della sera prima. Le gambe sono scoperte, lunghe e snelle, come se fossero scolpite nel burro. Un'immagine di lei seduta sopra di me si insinua nella mia mente... riesco a vederle gli occhi leggermente socchiusi, il collo reclinato per il piacere.

«Buon Natale». La seguo fuori dal soggiorno e le do una busta con le decorazioni di mamma prese dalle cavolate del suo cesto natalizio.

«Buon Natale». Mi sorride timida.

Osservo mentre piazza le lampadine sull'albero, e cerco di dimenticarmi le immagini porno che mi passano per la mente. Non posso farne a meno, però. Lei è un sogno che si realizza, così com'è, che entra in soggiorno con i capelli bagnati, il viso acqua e sapone, senza un filo di trucco, mentre continua a sembrare una top model.

Mi vibra il telefonino nei jeans, lo tiro fuori e trovo il viso di Blair che mi fa un sorrisetto.

Merda.

Lo zittisco subito e lo nascondo di nuovo in tasca.

Mi si gela il sangue davanti a quell'immagine. Non ho sue notizie da così tanto – non che mi importi. Potrei continuare ad andare avanti per sempre senza vederla più né avere più sue notizie.

«Vuoi rispondere?». Si inclina verso di me. «Posso uscire dalla stanza, se vuoi».

«No. Non è importante». Non è importante? Comunque è la prima volta, sono sorpreso.

«Allora, raccontami della tua famiglia». Gli occhi chiari si illuminano mentre infila la mano nel contenitore e tira fuori la stella. «Mi sento che siamo parenti adesso. Non è strano?»

«Assolutamente non siamo parenti». L'ultima cosa che voglio è essere suo fratello. Punto a qualcosa un po' più... a cosa accidenti punto? Mi fermo a osservarla e mi chiedo in cosa mi sto mettendo. Sono mesi che non provo qualcosa di importante per qualcuna. Non so neppure come classificare Kenny. «Tu e Pen, invece», annuisco leggermente, «praticamente sfiorate l'incesto».

«Ti sembra possibile che Jackie abbia avuto le palle per farci due borse coordinate?». Fa una risata contenuta, e le tette le rimbalzano seguendo il ritmo.

«Sì. Jackie in poche parole è così. Quella donna ha le palle, poco ma sicuro».

«Allora, cosa è successo? È stata lei la causa della rottura tra tua mamma e tuo papà?»

«Nah, tra loro era finita prima che Jackie apparisse anche solo all'orizzonte. Lui disse che aveva avuto un grande amore, e che l'aveva lasciata andare via – disse che aveva sempre rimpianto quella donna. Ma Jackie, è come merda che si attacca alla suola delle scarpe. Quando te ne accorgi è abbastanza difficile liberartene. Pen invece è tranquillo. Per lo più, li vedo raramente».

«È stato tanto imbarazzante per te ieri sera?». Abbassa gli angoli delle labbra e, nel farlo, ha un aspetto adorabile.

Ha un buon odore, fresco come quello del cocomero e dei cetrioli. Le labbra sono carnose e leggermente lucide. Mi chiamano, ma resisto.

«No, non imbarazzante. Avevo in mente comunque di farci un salto. Jackie è carina quanto basta, finché resto lontano da loro per il resto dell'anno».

«Oh». Accarezza la stella nella mano e un velo di tristezza le offusca l'espressione del viso, così inserisco la spina nella corrente e la stella si illumina tra le sue dita come per magia. «Bella». La solleva per un attimo. «Lui è stato molto presente nella tua vita? Cioè... è stato comunque un buon padre?».

Aggrotto le sopracciglia, infastidito perché il fatto che Andrew sia stato un padre di merda ha il potere di rattristarle lo spirito natalizio.

«Alcune volte è venuto a vedermi giocare a football. L'ho visto nel giorno in cui mi sono diplomato. Ha partecipato agli eventi più significativi. Pen comunque è quello che cattura di più la sua attenzione. Lui ha avuto la versione lancia-la-palla-nel-cortile-sul-retro e il viaggio alle Hawaii ogni anno per le vacanze estive». Non accenno al fatto che potrei contare sulle dita di una mano le volte che io e mio papà siamo stati insieme, o al fatto che "Jackie l'asina" abbia fatto di tutto per farmi sentire escluso le poche volte che andavo da loro.

«E tu? Com'è stata la tua vita?». Mi passa un sacchetto con delle lampadine rosse giganti. Me le ricordo. A quei tempi pensavo che fossero delle finte mele lasciate per Babbo Natale, che per questo ci evitò apertamente per alcuni anni.

«Be'», inizia, «mia mamma è in lizza come "sposa seriale" del secolo. Io e mio fratello ci siamo trasferiti un mucchio di volte... sette scuole diverse. È stato difficile essere sempre la ragazza nuova. Mio padre è avvocato in Oregon, dove vive con la sua nuova e perfetta famiglia. Non lo vedo da quando avevo quattro anni... ma si era lasciato con mia mamma molto prima. Gira voce che io abbia sei fratellastri. Vivono in una fattoria, e la sua nuova moglie produce candele. Mio fratello è in una scuola laggiù, e penso che si parlino di nuovo. Quindi, l'unica che è rimasta fuori dal gruppo sono io». Corruga le labbra mentre districa il filo della stella satinata che ha tra le mani. «Comunque, non mi interessa».

Catturo il suo sguardo e non lo mollo. Eccoci, due passerotti feriti che mettono a nudo le loro anime, facendo finta che a loro non freghi nulla. Kenny è la principessa che è cresciuta senza che un padre le dicesse che era speciale, che era bellissima, che meritava molto di più che una sfilza di storie da una notte e via.

«Ti interessa», sussurro, cingendola alla vita senza aspettare che me lo chieda lei.

«Forse un po'». Sorride mentre sfiora la mia nuca. «Ma è passato. So proteggere il mio cuore adesso che capisco meglio come vanno le cose, adesso che so che alla fine l'amore non funziona mai. Giusto?».

Mi batte il cuore all'impazzata. Un tempo credevo nell'amore e alla fine non ha funzionato, ma cercare di soddisfare il corpo con ragazze che vanno e vengono di continuo non è così bello come si dice.

«Mettiamo la stella in cima all'albero». La sollevo in aria e mentre lo faccio urla. Inizia a scivolare e allora le metto una mano sulla coscia nuda per sostenerla. Toccandola in quel modo mi sento vivo in tutto il corpo.

«L'altezza mi fa paura».

«Allora farai meglio a sbrigarti». La stringo più forte e la metto su una spalla. È bello tenere Kenny in questo modo, toccarla senza arrivare a divorarle il corpo in un impeto di passione – anche se questo sarebbe uno tra i primi desideri nella mia lista di Natale.

Sistema la stella sulla punta e mi scivola lungo il corpo come fossi un'asta. Si ritrova con il viso accanto al mio, ansante per lo sforzo.

Kenny mi guarda e sospira. Sulle labbra le sboccia un sorriso perfetto, e per la prima volta dopo tanto tempo, sento che ho fatto qualcosa di buono. All'improvviso, voglio essere io quello che le dice che è speciale, che è bellissima, che merita molto di più di una sfilza di storie da una notte e via.

«Ieri, al vivaio, mi hai fatto un bel regalo». Avevo intenzione di dirlo con leggerezza, ma le parole mi bruciano sulle labbra come se mi fossi avvicinato troppo al fuoco. «Se non ti dispiace, adesso vorrei darti il mio di regalo».

«È tutta la mattina che lo aspetto», dice con un filo di voce, più sottile di un sussurro.

Le do un bacio a stampo, che poi diventa più sensuale quando mi tuffo nella sua bocca che mi accoglie, calda.

Cerco di trattenere il gemito che mi sale dalla gola – i jeans già tirano per il desiderio che sale.

Sento che il mio cuore, buio come una caverna, comincia a illuminarsi come la stella sulla punta dell'albero.

Se non altro, Kenny mi ha fatto credere di nuovo nella magia.

* * *

Il giorno seguente, io e Kenny andiamo in palestra. Cal, un amico di vecchia data, è il proprietario, così gli parlo perché le dia un pass illimitato per tutte le attività. Kenny si dirige alla lezione di zumba mentre io vado a fare pesi.

«Dai, aggiornami». Cal si mette un asciugamano sulla spalla e aspetta i particolari piccanti. Ho fatto l'errore di avergli raccontato tante volte, troppe, quello che avveniva tra le lenzuola.

Ha la testa rasata, e il corpo dieci volte più scuro della faccia.

«Quand'è che ti tingerai quella palla da bowling che hai sopra il collo perché il colore coincida con tutto il resto?», mi sdraio sulla panca e inizio una serie di sollevamenti. «Dammi una mano, ti va?»

«Palla da bowling? Ma che dici?». China la testa e si muove da una parte e dall'altra finché non coglie nello specchio il suo brutto muso. «Sono un vero e proprio capolavoro. Tre diverse donne si sono offerte di farmi un lavoretto con la bocca questa settimana».

«Ma davvero? Come pensi di organizzarti? Lauren ti starà accanto per supervisionare il tutto? Per essere sicura che te lo facciano bene?»

«Lauren». Indietreggia al solo sentir menzionare la sua ragazza. «È incazzata nera in questi giorni. La vigilia di Natale è stata un vero e proprio disastro. Lei era assolutamente certa che le avrei regalato un diamante. E siccome non l'ho fatto, si è comportata da isterica. Adesso me la sta facendo pagare, e la prova ne è che ho i coglioni che mi scoppiano. A proposito di veri e propri disastri, hai sentito Blair?»

«Ha chiamato. Non ho risposto». Strano. Non la sentivo da giugno e all'improvviso ha chiamato due volte. Entrambe le volte ho avuto le palle di non rispondere. E adesso, Cal tira fuori il suo nome come se cercasse di evocare il suo fantasma.

«L'ho vista a una festa a Herald Hall. Deve avermi fatto un milione di domande su di te. Penso che le cose non siano andate bene con quello stronzo di Dartmouth».

«Peccato». Un dolore lancinante mi attraversa il petto al pensiero di Blair che chiede mie notizie. Mi balenano nella mente Kenny e i suoi baci sensuali. In qualche modo, lei è stata capace in un attimo di rendere tutto più bello. Con le sue labbra ha applicato un balsamo sulla mia anima, ha cominciato a guarirmi, cosa che migliaia di ragazze prima di lei non avevano nemmeno sperato di poter fare. «Quello che c'è stato tra Blair e me è finito. Se la rivedi, puoi essere il messaggero di questa triste notizia. È stata lei a prendere quella decisione. Adesso sono io che per una volta la rifiuto».

Solleva le mani in aria come se si trattasse di una rapina a mano armata, e i pesi mi si schiantano sul petto.

«Amico». Tira su la pesante barra di metallo e l'assicura al sostegno. «Sei un ingordo, hai preteso troppo. È un tuo problema da quando eri in terza elementare. Adesso parlami di questa nuova, il pass giornaliero. Balla la zumba per te anche in privato? Quando avrai finito con lei, va' oltre e passala a me. Ho la sensazione che Lauren stia per darmi il benservito».

Il fatto che Lauren stia per dare a Cal il benservito non mi va tanto giù. È vero, lui ha sempre avuto una punta di stronzaggine, ma Cal è fatto così. Pensavo che lui e Lauren potessero stare insieme per sempre. Credo che Kenny abbia ragione, alla fine l'amore non funziona mai.

«Non puoi avere Kenny».

Tira leggermente indietro la faccia. «Amico, vuoi tenertela per te?»

«Sono il suo collaudatore». A favore di ogni cazzo sulla terra, se l'avrà vinta lei. «Ha la folle idea di voler essere la mia versione al femminile».

Muove la testa su e giù. «Un prostituto», dice senza esitazione.

«Grazie». Mi tiro su a sedere e colgo una mora dall'altra parte della sala che mi sta apertamente mangiando con gli occhi, così giro la faccia verso Cal. «Kenny vuole che le insegni i punti basilari».

«Che le insegni i punti basilari?». Comincia a ridere piano.

«Sta a casa da me, così ho pensato che potremmo procedere con calma. Non ha mai fatto nulla prima d'ora, e non ho intenzione di approfittarmi di lei».

«Cosa?». Fa un salto indietro di fronte a una simile follia come se mi fossi appena strappato le palle a dimostrazione del fatto che voglio dedicarmi con zelo al mio ritrovato celibato. «Tu sei Cruise Scopatore Elton. Scopatore è il tuo secondo nome, ricordi? Ti sei sbattuto in una sola stagione molte più ragazze sexy di quante un uomo potrebbe sognare di farsi in tutta la vita. E adesso solo perché ti sei imbattuto in una graziosa scopamica non significa che lei debba rovinare il tuo talento da seduttore. Spargi sperma per entrambi, ricordi?»

«Rilàssati, va bene?». Sibilo nello sforzo di chiudergli quella boccaccia. Dio non voglia che Kenny entri in questo momento e senta che si parla di una "scopamica". «È carina. Non la preparerò per buttarla in quell'arena. L'unica cosa che le insegnerò è che io sono l'ultima persona al mondo che debba essere presa a modello da chiunque. C'è un mucchio di ragazze in giro che si comporta come me, e credimi, lei non è una di loro. Penserò a un modo per farle togliere dalla mente quell'idea il prima possibile. Ha bisogno di un ragazzo, non di una fila di confratelli che fanno la gara per entrare nella sua camera da letto».

«Ben detto. Dille di stare lontana dal tuo territorio. Mandala fuori di casa prima che interrompa la sfilza di quei bei pezzi di ragazze della confraternita alle quali sei abituato».

Lo trafiggo con lo sguardo.

«A tal proposito, mi prendo una pausa».

«Cosa?». Si cala le mani sulla testa come se gli avessi appena sparato in faccia la notizia che ha un cancro ai testicoli. «Mi stai prendendo per il culo? Ti prendi una pausa per colpa di questa ragazza? Questa *Kenny*... la vergine, che richiede la tua esperienza come insegnante? Oddio, sembra già ti abbia fatto completamente perdere la testa!». Resta impietrito. «Hai già perso la testa, vero?»

«Non ho affatto perso la testa». Mi sposto impercettibilmente indietro. «La conosco appena». È strano, conosco Kenny meglio di quanto abbia mai conosciuto qualunque altra ragazza che negli ultimi mesi mi sono portato a letto come fossi un maratoneta della fornicazione.

«Dobbiamo trovare un ragazzo per la cara Miss Pass Giornaliero». Cal si piega, solenne, come se lo stato sentimentale di Kenny avesse il potere di svelare tutti i misteri dell'universo. «Lasciati servire, amico, lei è come una mela marcia che rovina tutte le altre, che corrompe il sistema. La Ackerman House fa una festa per Capodanno. L'invito è rivolto a dodici differenti scuole. Quindi, amico mio, ci sono dodici differenti tipi di universitarie sexy che devono essere catalogati. Non ti dimenticare il motto della tua missione: da scopare, non da sposare».

Alzo gli occhi per guardarlo e scuoto la testa. «Sul serio, devi smetterla di comportarti come se vivessi di riflesso le attività del mio uccello».

«Faresti meglio a tirar fuori le palle e scaricare la vergine prima che ti affondi i suoi graziosi artigli nella schiena. Il passo successivo sarà ritrovarti a comprarle dei fiori». Mi dà una pacca sulla spalla e si allontana. «Credimi, non è altro che una fonte di guai».

Per un attimo, mi immagino le sue unghie che affondano nella mia schiena, le sue gambe avviluppate attorno ai miei fianchi come fossero una pianta rampicante. Non vedo l'ora di vivere un momento simile con Kenny, ma la verità è che lei si merita molto di più di uno come me.

Forse lei sarà solo fonte di guai.

Forse lei è proprio il genere di guai che ho cercato per tutto questo tempo.

5
Ricci e tinta

Kendall

Prosegue la settimana, e sia io che Cruise abbiamo preso un certo ritmo in casa. Lui prepara la colazione, io il pranzo. La cena è al volo e di solito offerta da Johnny Burgers. Cruise ha detto che oggi pomeriggio doveva aiutare sua mamma, quindi sto andando a sbrigare delle commissioni.

Guidare sulle strade rese scivolose dalla neve è un po' come lasciarsi sedurre dall'amore. Anche se io non sto assolutamente innamorandomi, mi sto lasciando sedurre dalla lussuria. È la sola cosa che conti davvero al mondo. Tutto il resto è pura fantasia nata da un desiderio che ci imponiamo noi stessi.

Tornando dalla Garrison cerco di evitare il traffico congestionato dovuto ai molti saldi post-natalizi. Ho fatto l'errore di andare a controllare a che punto fosse la situazione della mia stanza immaginaria al dormitorio solo per essere informata che Pennington si è inventato la storia che mi aveva inserita in una lista d'attesa – a quanto pare non esiste nessuna lista d'attesa.

Stringo con forza il volante tra le mani e faccio finta che si tratti del sottile collo rosso di Pennington. A proposito del clan degli Alexander, non posso credere che zia Jackie abbia davvero detto che Russell Hall fosse per "i falliti". A quanto pare, zia Jackie non è altro che una prepotente che ha sbattuto Cruise fuori dalla vita di suo padre in modo che lei potesse far convogliare tutta la ricchezza economica sul quel caro ragazzo che è Penny. Peccato non si renda conto che Pen è solo un tossico con una borsa da uomo.

Entro nel parcheggio di Starbucks e mi precipito dentro l'allegro locale per evitare il freddo polare. Con mia grande sorpresa, nessuno dei miei vestiti adatti a un clima caldo è in grado di mantenere il mio corpo a una temperatura di 36°. Dovrei comprare parecchie cose ma non ho molti contanti da spendere.

«Kendall?». Una simpatica voce femminile mi chiama da un angolo, e scorgo Lauren e Ally che mi salutano con la mano. Mi ricordo di loro alla festa dell'Alpha Sigma Phi. Erano quelle con cui sarei voluta andare a casa, ma poi il fato ci ha messo lo zampino e sono finita invece con Cruise. Un attimo, ho appena detto il fato? Io non ci credo affatto. Il fato è una stronzata che la gente si impone quando è troppo pigra per plasmarsi il destino con le proprie mani.

«Come va?», mi chiede Ally sorridente mentre mi siedo.

«Bene. Ho cercato di ritrovarvi quella sera alla festa.

Pennington non ha rispettato la scadenza per richiedere un alloggio, e adesso sono senza un tetto».

«Come una che si ritrova sulle panchine?». Lauren spalanca gli occhi come se avessi appena portato il vaiolo da queste parti.

«No, come una che si ritrova a casa di Cruise Elton. Mi ha permesso di dormire da lui, ma non posso vivere sulle sue spalle per sempre».

Si scambiano velocemente uno sguardo.

«Quindi sei sotto il controllo di Cruise». Ally fa un sorriso sagace. «Come ti trovi?»

«Ho sentito dire che a letto è più caldo di una foresta che brucia». Lauren strattona la catenina al pensiero di Cruise che infiamma le lenzuola.

«Ho sentito dire che ha l'uccello grande come un palo del telefono». Gli occhi di Ally si spalancano come fossero piatti da portata e intanto aspetta la conferma della teoria che lui sia superdotato.

Lauren punta una banana verso di me. «Stephanie Banks è andata a letto con lui un mese fa e l'ha soprannominato "il re del triplo orgasmo"».

Ally trattiene il fiato e arrossisce in viso come se stesse per provarne uno anche lei in questo momento. «Roba *da non crederci*. Melissa Warbeck dice che sa fare cose con la lingua che dovrebbero essere punite dalla legge per quanto sono folli».

Le due mi guardano come stessi per confermare ogni pettegolezzo sessuale che Cruise Elton abbia mai alimentato, e ne potessi aggiungere al mucchio qualche altro altrettanto incredibile.

«Eh...». Santo cielo. Un triplo orgasmo? Tutto il mio corpo ansima al pensiero di Cruise che mi conduce su quel sentiero ignoto, e mi fa giungere all'euforia dei sensi grazie al suo corpo duro come una roccia schiacciato contro il mio. «Veramente, non abbiamo fatto nulla del genere, per il momento». *Per il momento?* «Tecnicamente, non c'è stato neppure un qualche approccio», confesso.

«Davvero?». Ally curva le labbra verso il basso per la delusione. «Allora qual è il problema?». Si sposta i capelli tagliati scalati che poi le ricadono attorno al viso.

«Gli ho chiesto di farmi conoscere la sua arte da seduttore». Le labbra mi si curvano in un sorriso ambiguo. «Gli ho detto che volevo avere la sua stessa travolgente sensualità da grande così gli ho chiesto di insegnarmi i trucchi del mestiere».

«Il che sarebbe?». Lauren resta stupita dalla mia abilità di arruolare Cruise come guida personale per entrare nella promiscuità.

«Non lo so. È come se la bocca abbia cominciato a muoversi senza il mio permesso, e prima di rendermene conto, gli stavo chiedendo di guidarmi nel folto dell'oscura foresta che conduce alla perdizione. In verità, volevo, ecco, stare con lui, ma ero troppo imbarazzata dal fatto che non sono mai stata con un altro prima». Alzo le spalle come se quel che mi è appena sfuggito dalle labbra sia moralmente corretto e assennato. «Credo di aver parlato di esperimento sociale».

«Di cosa?». Ally mi guarda strizzando gli occhi con

la stessa angoscia riservata solo ai sociologi degenerati come me.

«Non ci arrivi?». Lauren le dà una botta con il gomito. «È un genio». Poi riporta la sua attenzione su di me. «Sei interessata a lui, vero?»

«Forse un po'». Okay, molto.

«E vuoi che duri di più di una notte e via». Afferma.

«Sarebbe bello». È vero.

«E dal momento che sei una che impara lentamente, lui dovrà farti fare molta pratica». Annuisce davanti alla genialità del mio piano.

«In effetti sono una che impara lentamente». Sorrido maliziosa. «E poi con la pratica si impara meglio, no?»

«Esatto, proprio così». Ally non sembra essere troppo convinta della suddetta genialità. «Ma Cruise è un esperto in fatto di sesso a livello di depravazione morale. Dovrai lasciarlo veramente a bocca aperta per fare in modo che non si stufi di te. Inoltre, vuoi davvero essere toccata da lui dopo che fa godere di notte tutte le zoccole del posto?»

«Ha detto che per me si prenderà una pausa». E non avrò remore a diffondere la voce di un'eruzione cutanea piuttosto seria che lo colpirà in modo non naturale nel caso in cui non dovesse mantener fede alla sua parola.

Trattengono il fiato simultaneamente come se quel che ho appena affermato contenesse serie minacce alla sicurezza della nostra grande nazione.

«Si prende una pausa?». Lauren spalanca la bocca di fronte a una simile prospettiva. «Lo sa il suo uccello? Ascolta, devi dimenticarti tutta questa storia e cercarti un bravo ragazzo, qualcuno che ti offra fiori e cioccolatini».

«E tripli orgasmi», interviene Ally proprio come se quella caratteristica dovesse essere tra le prime della lista.

«Non tutte hanno un orgasmo la prima volta». Lauren sbuccia la banana senza togliere gli occhi di dosso ad Ally. «Da un punto di vista psicologico è impossibile. In più, non è ancora arrivata a quel punto. Non vedi quanto è inesperta?». Si rivolge a me. «Oddio, non sapresti nemmeno cosa farci con quel palo del telefono». Si infila la banana in bocca e la muove in su e in giù come se stesse usando un qualche codice Morse del sesso.

«La smetti?». Ally gliela strappa dalle mani. «Mi rifiuto di starti a guardare mentre simuli un atto osceno con un frutto in un luogo pubblico». Mi guarda e chiude gli occhi per un attimo. «Non puoi essere così inesperta. Voglio dire, ne hai visto uno, no?»

«Visto uno, cosa?», chiedo. «Oh! Quello. No, veramente no. Però, una volta sono entrata in bagno mentre mio fratello lo stava usando ma…».

«Disgustoso». Ally simula un conato di vomito.

«Tienilo bene a mente, Kendall», taglia corto Lauren. «I fratelli non contano».

Ally mi prende per un polso. «Assomiglia a un assaltatore delle truppe imperiali», afferma.

«Stronzate». Lauren le tira via la mano. «Non ascoltarla. Lei pensa che tutto possa essere riferito in qualche modo a *Guerre stellari*. Assomiglia a questa». Solleva la banana, poi si appresta a dare un morso alquanto ispirato spingendo il frutto fallico in questione ben dentro la bocca.

Ally ansima davanti a quella scena. «Kendall», si affretta a dire, «non mi preoccuperei troppo per il fatto che scarseggi di conoscenze in ambito sessuale. Cruise ha un'ottima padronanza del linguaggio del corpo. Sono sicura che ti insegnerà lui tutto quello che sa».

È proprio quello che mi fa paura e che allo stesso tempo spero.

Una ragazza bionda piuttosto carina avvolta in un cappotto rosso fuoco entra a grandi passi e si siede nel tavolo dietro al nostro. Mi osserva con un'espressione gelida, quindi svio lo sguardo per evitare quegli occhi che non mi fanno sentire a mio agio.

«Effettivamente, non preoccuparti di nulla», continua Ally. «Cruise Elton sarà un eccellente maestro. E quando avrà finito con te, ti troveremo il ragazzo ideale, uno che conosca almeno tre diversi linguaggi di programmazione perché Dio solo sa che non vuoi certo accollarti un deficiente».

«Tre linguaggi di programmazione». Annuisco distratta, ma tutto ciò a cui riesco a pensare è che nemmeno una piccola parte di me vuole rinunciare a Cruise Elton così velocemente. In realtà, voglio tenermelo con tutta me stessa. «E che succede se voglio che sia Cruise il mio ragazzo?».

Lauren si spruzza il caffè sulla spalla.

«Non stai parlando sul serio». Ally mi sbeffeggia.

«Sarebbe come domare un cavallo selvaggio. Devi stare attenta o rischi di farti uccidere».

«Non so...». Lauren tocca il bordo della tazza con un dito mentre considera la cosa. «È già successo in passato. Cruise Elton un tempo aveva un grande potenziale come ragazzo per farci una storia seria. Punti a questo tu?»

«Forse sì». Mi agito sulla sedia al pensiero di domare un cavallo selvaggio dotato apparentemente di un fisico tanto bello.

«Perfetto allora», Lauren alza la tazza del caffè e invita Ally a fare altrettanto, «brindiamo a come sedurre il seduttore!».

«A come sedurre il seduttore», incalza Ally. «In nome dei tripli orgasmi, possa tu conquistare il cuore di Cruise Elton e farlo tuo».

«Credimi, lui non se lo aspetterà mai». Lauren beve un sorso di caffè.

Pensare a Cruise Elton come mio ragazzo mi stordisce.

Nemmeno io me l'aspettavo.

La ragazza con il cappotto rosso mi lancia uno sguardo truce ed esce in fretta.

* * *

Dopo Starbucks, decido di riempire il pomeriggio andando un po' in esplorazione.

L'Happy Hair and Nail Salon si trova nella stessa area commerciale di Starbucks, così mi ci dirigo e decido di approfittare del buono che mi ha offerto niente meno che la mamma di Cruise per farmi sistemare capelli e unghie.

Osservo la lavorante che con attenzione e maestria mi dipinge le unghie di un colore rosso simile a quello delle mele candite mentre un'altra punzecchia, picchietta e solletica senza pietà i miei piedi. Dentro di me, odio farmi la pedicure. Odio che mi vengano strofinate e torturate le unghie dei piedi, e ogni volta che vengono tirate fuori le forbicine, mi sento come se un banco di pesci rabbiosi mi mordicchiasse le unghie. Non c'è nulla di affascinante in una persona che gioca con i tuoi piedi... a meno che, ovviamente, non si tratti di Cruise che in un momento di intimità me li accarezza. A proposito di questo, avrei dovuto chiedere a Lauren e Ally se c'era qualcosa di particolare che dovrei fare per prepararmi all'imminente unione coniugale, tipo farmi la ceretta in punti strategici, o immergermi in una vasca con petali di rosa per trenta giorni di seguito. Non che progetti di aspettare trenta giorni prima di consumare con il toy boy in questione.

Davvero sto cercando di prenderlo con l'inganno pur di farlo diventare il mio ragazzo? No, vero? Prendere qualcuno con l'inganno per legarlo a te è ciò che contraddistingue le persone spregevoli. Il fatto è che sono attratta da Cruise e, inaspettatamente, da nessun altro. Una parte di me vuole essere una seduttrice – la ragazza dal cuore di pietra alla quale non interessa nulla della persona che sta "seducendo" al momento, ma inaspettatamente lui è l'unico al quale mi interessa concedermi fisicamente. Comunque, le lezioni iniziano tra una settimana, e probabilmente mi dimenticherò i miei ormoni come ho fatto in passato. Sono un tipo studioso, e i professori e i libri raramente hanno una grande carica erotica.

Dopo aver ascoltato per un'ora scambi di battute in una lingua straniera i cui suoni assomigliano a corde di chitarra pizzicate con foga, mi trascino verso una vera e propria postazione di lavoro nella parte anteriore del salone di bellezza.

Una donna gracile, con i capelli bruciati e crespi, mi tira alcune ciocche e le studia molto interessata. Indossa un camice sbarazzino di color rosa con il nome "Boppy" esibito sul davanti, attorniato da pietre così luccicanti che abbagliano. Lo smalto blu che ha sulle unghie è molto scheggiato, così si vede che sono state tagliate molto corte, e intanto lei suda abbondantemente nonostante qui dentro ci sia un clima mite, di -16 °C.

«Vergine Santa!», urla come fosse un allarme antincendio.

Mio Dio, con una semplice occhiata riesce ad accorgersi di quanto i miei capelli siano brutti? Sprofondo nella sedia mentre una mezza dozzina di donne accorrono in massa e mi strattonano la capigliatura come se mi fossi all'improvviso trasformata nell'unico esemplare donna di una fattoria didattica.

«Ci vuole un taglio scalato», grida una.

«Una permanente, ma bella riccia. I capelli sono lunghi», gracchia un'altra.

Scarto immediatamente l'idea con sarcasmo. Giuro

che non ci sarà alcun attentato ai follicoli del mio cuoio capelluto commesso contro di me oggi pomeriggio. Le donne che stanno ammirando le mie ciocche verginali hanno ovviamente sviluppato un'assuefazione all'ammoniaca che impregna l'aria. A meno che questa sedia simile a quella di un dentista sulla quale mi hanno issata non abbia delle capacità magiche tipo macchina del tempo, e siamo state tutte trasportate indietro al 1983, non c'è alcuna possibilità al mondo che mi faccia fare una permanente fitta.

Boppy si piega in avanti. «Ti farò dei colpi di sole». La principessa a cui hanno fatto parecchi trattamenti chimici mi afferra come se volesse tener lontane quelle paesane rabbiose. «Questi capelli hanno bisogno di qualche contrasto, e che dire di questi occhi? Hai uno sguardo seducente, santo cielo. Devi farti una frangia». Scaccia le altre donne come fossero piccioni indesiderati. «Non ti preoccupare, tesoro. Farò in modo che tutti gli uomini da qui al Canada facciano di tutto per portarti a letto». Mastica con foga la gomma per sottolineare il concetto. «Andiamo al lavaggio».

«Oh, ehm, mi sono lavata i capelli questa mattina. Penso che tutto ciò di cui ho bisogno sia una spuntatina in fondo». Il pensiero che mi infili in testa quelle unghie poco-igieniche mi fa salire in gola un conato di vomito. Mi piego in avanti e sussurro: «È la prima volta che mi faccio fare i capelli». Me ne vergogno, senza un'apparente buona ragione.

«Oh, mio Dio». Fa un passo indietro e si mette una mano sul petto come se avessi voluto deliberatamente violare un codice eterno a cui tutte le ragazze si attengono. «Amica mia, hai bisogno di qualche lavoretto. Non ti preoccupare di nulla». Mi sbatte una mantellina di plastica rosa sul maglione e mi spinge verso il lavandino. «Sarà meglio che il s-e-s-s-o». Si mette a ridere e intanto la doccetta sputa sulla mia testa un getto deciso di acqua meravigliosamente calda, e io gemo dal piacere.

Oddio, è proprio una bella sensazione. Bella come un triplo-piacere. Non che sappia come questo possa essere, ma è pur sempre qualcosa.

Boppy mastica a una velocità supersonica mentre mi racconta i minimi dettagli della carriera da professionista di *cage-fighter* del suo ragazzo finché qualcosa di bagnato e duro mi cade in un occhio.

«Oh, mio Dio!». La tira su e se la rimette in bocca. «Per piacere non dirlo a nessuno! Ti giuro che puoi venire qui per un anno e farti fare tutto quello che vuoi, ma se la mia capa scoprisse che ho fatto cadere la gomma addosso a un'altra cliente, è la mia fine e quella del mio affitto. Credimi, farò di tutto perché tu non esca da qui finché non sarai *soddisfatta*».

Che schifo! La sua *gomma*? Come quella del pavimento sul quale si sta prostrando? *Quella* gomma? Quella roba viscida e appiccicosa appallottolata che mi è appena caduta su un occhio? Sono sicura che adesso sono esposta a una litania di malattie a cominciare dalla mononucleosi, fino a quella che ha causato e causa il maggior numero di decessi, l'epatite. Sapevo che non sarei dovuta venire al Salone dell'Herpes Felice e delle Unghie Maltrattate. E ora, cercherà pure di *soddisfar-*

mi, qualunque cosa significhi. La stendo a terra, lei e i suoi capelli rovinati, se si azzarda anche solo a incamminarsi verso "il lieto fine".

«Tutto a posto», la rassicuro per la milionesima volta mentre mi conduce di nuovo alla postazione di controllo della sua missione. Fa salire in alto la sedia finché non mi si rivolta lo stomaco a causa delle forze gravitazionali che sta esercitando su di me.

«Non preoccuparti». Mi pettina i capelli facendomeli ricadere sul viso e taglia di netto. «E voilà».

Oh merda!

Ma mi ha appena tranciato i capelli di netto per poi dire "e voilà"? Perché mi sembra di essere ritornata all'improvviso in quinta elementare a casa di Becky Zuckerman che mi dà una "leggera ritoccatina" – altrimenti detto odioso taglio *mullet* anni Ottanta?

Boppy traffica con un elastico che, giuro, ha appena tirato fuori da quel pozzo disgustoso che è la sua bocca, e me lo avvolge in testa. Indietreggia un poco e mostra la nuova coda di cavallo ispirata a un unicorno che mi ha fatto sopra la testa, e io fatico a riprender fiato. Di sicuro, Boppy è davvero fuori di testa. Di sicuro, quel nomignolo non-tanto-carino deriva direttamente dal fatto che qualcuno l'ha punita facendole un gran male con una mazza da baseball. E adesso i miei capelli raccolgono i frutti del trauma cranico che le hanno procurato.

Comincia a mescolare bottigliette e soluzioni acide come se fossero pozioni magiche mentre io progetto la fuga da quella prigione.

«Non vogliamo che tutta questa pappetta vada dove

non dovrebbe andare», canticchia, ignorando il fatto che adesso ho un pene in miniatura in erezione che mi spunta sulla fronte.

«Dove non dovrebbe andare? Tipo sui miei capelli?». Sto scherzando solo in parte.

«Solo qualche colpo di sole color castagna. Niente di più, te lo giuro».

Passa non so quanto tempo a spennellarmi i capelli con quella che sembra una colla, poi procede ad avvolgerli nelle strisce argentate. Da un momento all'altro mi aspetto che mi sintonizzi come una radio e mi connetta al pianeta madre. Personalmente, tutto questo spreco di carta argentata mi fa desiderare un pacchetto di biscotti al cioccolato Ding Dong.

Mi fa girare verso lo specchio, così da poter apprezzare in toto l'effetto del suo lavoro non-del-tutto-fatto-a-mano.

«Oh, mio Dio!». Lo dico senza rendermene conto. I capelli si sono gonfiati a raggiera di sessanta centimetri e mi sembra di avere in testa una pettinatura afro.

«Ecco». Apre un vasetto con scritto "avocado" e mi spalma abbondantemente sul viso una pasta verde mostrando così fin a che punto si è spinta la sua follia nei miei confronti. «Ti tireremo a lucido e sarai pronta. Vigilia di Capodanno, eccomi che arrivo, cara!». Per mostrare ancora di più il suo affetto fa due urletti calorosi. «Adesso tutto quello che devi fare è restare sotto queste luci per buoni trenta minuti». Tira giù dal soffitto una serie di tentacoli da piovra e mi circonda con varie luci blu e rosse. All'improvviso, quella sedia sembra, per i miei gusti, un po' troppo simile a una sedia elettrica.

Osservo il mio viso confuso, il minuscolo pene in erezione, fatto con i miei capelli, che ho sulla testa e il resto dei capelli allargato a raggiera come se fosse esploso uno stabilimento di fili decorativi per alberi di Natale. Scommetto che la sedia elettrica sia un tantino meno umiliante.

«Farò una breve pausa pranzo». Boppy prende la borsa. «Ci rivediamo tra un attimo!».

Gira la sedia, probabilmente perché non sia portata a infliggermi un'eccessiva dose di autolesionismo guardandomi troppo a lungo nello specchio, ed è allora che mi trovo davanti un meravigliosamente bello, affascinante da morire, molto-consapevole-del-fatto-che-sembro-una-deficiente Cruise Elton.

Cazzo, e basta.

Cruise

Oh merda.

Forse dovrei far finta di essere impegnato a leggere qualche scartoffia, o a rispondere al telefono, o forse dovrei infilare la porta e andarmene perché l'incompetente salone di bellezza di mia madre ha appena trasformato una delle donne più belle al mondo in un ottimo esempio della ragione per cui altre donne non dovrebbero mai metter piede nel locale.

Sorrido mentre lei apre la bocca terrorizzata. Perfetto. Adesso penserà che sto ridendo di lei. Farei meglio a soprassedere e a dir qualcosa.

«Kenny?», le chiedo nella remota possibilità che si tratti di un'altra studentessa mortificata alla mia vista.

Chiude gli occhi, e le scappa un impercettibile lamento dalla gola.

«Ho detto che non ero mai stata in un salone di bellezza prima d'ora?», squittisce.

Capisco il perché, ma resto in silenzio.

«Allora», si guarda attorno e le brillano gli occhi, «parlami della scuola». Stringe le labbra, probabilmente per evitare di piangere.

Una risata nervosa mi sale dal petto, e faccio di tutto per sopprimerla. La verità è che sono deliziato da lei nonostante la maschera di Halloween che al momento l'imprigiona.

«Sono un dottorando», dico, e scosto una sedia. «Spero di ottenere una borsa di studio per l'anno prossimo, e di riuscire a insegnare alla Garrison prima o poi».

«Davvero?». Si illumina e gli occhi le diventano di un grigio splendente mentre io mi sento come se fossi caduto dentro una botola, atterrando in un posto dove ci siamo solo io e Kendall dall'altra parte.

«Davvero», dico. «Questo, oppure gestirò il bed and breakfast».

Si lecca le labbra, guardandomi con attenzione. «Non è che conosci qualche linguaggio di programmazione?».

Linguaggio di programmazione? «Conosco un po'

JavaScript, C++, e C, ma mi sono serviti soprattutto quando il mio unico scopo nella vita era quello di diventare l'hacker più ricercato al mondo. Per cercare di rubare a mio padre tutti i suoi milioni. Ma in mia difesa, dico che avevo tredici anni e che aveva detto di no quando gli avevo chiesto una bicicletta nuova».

Fa una risata fragorosa, e immediatamente non vedo più tutto quel circo attorno ai suoi splendidi lineamenti. Vedo solo Kenny e la luce che la illumina sprigionandosi dal suo cuore.

«Quindi ne conosci tre». E per la prima volta si rilassa. «In realtà io non ne conosco nessuno, per cui i milioni di tuo padre sono al sicuro con me».

«E tu? Cosa studi?». Mi travolge un desiderio animalesco, e avrei voglia di prenderla proprio lì nel negozio sotto quei fari rossi bollenti che vengono giù dal soffitto, con la carta argentata e tutto il resto.

«Be', ho un piano di studi di cinque anni, in più mi sono presa un anno di pausa. Al di là di farmi un nome come oca giuliva del campus, mi dedicherò agli studi umanistici e sociali. In realtà, avrei dovuto ricevere l'orario delle lezioni questa settimana, ma continuo a dimenticarmi di controllare le email. Spero di avere tutte le materie che volevo. Arte, Inglese 102, Matematica, e un corso sulle Relazioni di genere».

«Lo studio delle relazioni tra uomini e donne nella società?», mi interessa.

«Proprio quello». Solleva in aria un'unghia dove le hanno appena messo lo smalto, e immagino di immergere quel dito nella mia bocca, sfiorandolo con i denti.

«Il professore è Bradshaw», dico, cercando di uscire da quel turbamento sessuale che potrebbe mettermi in una situazione *dura* da gestire. «È una brava persona. Ma è malato, così c'è un assistente che seguirà quel corso». Non le dico che sono io quell'assistente. Che più tardi quel pomeriggio mi metterò a strutturare il programma del corso per la classe poiché il mese scorso a Bradshaw è stato asportato un lobo del polmone.

«L'ho scelto perché mi è sembrato un corso in cui avrei facilmente potuto ottenere una A». Le brillano gli occhi come fossero uno specchio al sole. «Ma con un assistente che lo segue, sono sicura che non sarà nemmeno necessario che segua le lezioni».

Non seguirà le lezioni? Sembra che il suo piano di studi duri quindici anni.

«Oh, sono sicuro che ti farà lavorare sodo per prendere il voto alto a cui punti». Accenno un sorriso. «In effetti, so che ha dell'inventiva. Gli piace davvero personalizzare il programma secondo i bisogni personali di ciascuno studente». Non proprio, ma mi era venuta quest'idea, così l'ho portata avanti per conto mio. Penso di poter iniziare subito con il suo programma. Potrei anche inserire una rinuncia di responsabilità, un accordo che mi sollevi da ogni responsabilità legale per le acrobazie che le saranno richieste per partecipare al corso se intende raggiungere quella "A così facile".

Mezz'ora dopo suona il computer, e circa venti minuti più tardi, Boppy torna con tutta calma dalla sua pausa.

«Cavolo!», urla mentre gratta con le unghie per togliere la carta argentata dai capelli di Kenny come fosse appena scappata da una cucina in fiamme. Porta velocemente Kenny al lavaggio con metà della stagnola ancora appiccicata ai capelli, e comincia a recitare una sfilza di preghiere al santo patrono dei parrucchieri casinisti.

Dopo un tempo che sembra eterno, Kenny alla fine conquista la cassa, o almeno penso che sia Kenny. Ha la faccia scorticata, gli occhi arrossati e acquosi come una persona che sia stata messa ammollo nell'aceto. Ma è nei capelli che si consuma il vero dramma.

«Oh merda», sussurro.

«Oh merda è proprio giusto».

Sta bene ed è incazzata e, be', incredibilmente irresistibile, anche se sembra che, come per magia, ora abbia cinquant'anni. Sono abbastanza sicuro che quando è entrata non aveva in mente di farsi delle mèche grigie.

«Sembro una puzzola».

Aggiro la cassa.

«Kenny, la gattina». Intreccio le dita alle sue. «Sei fortunata, mi piacciono le donne d'una certa età».

Le tremano le labbra come se stesse per piangere, allora faccio l'unica cosa a cui riesco a pensare che possa fare star meglio entrambi. Le copro la bocca con la mia e mi prodigo in un bacio che mi immerge ancora di più nella follia in cui Kenny mi ha avvinto.

* * *

La sera dell'ultimo dell'anno, la Ackerman House gira al ritmo frastornato e assordante della musica hip-hop che riesce a pulsare in ogni cavità del mio corpo. Giuro che sto per andare ad abbassare il volume di almeno sei tacche, il che probabilmente evidenzia il fatto che, alla tenera età di ventiquattro anni, sono troppo vecchio per cose simili.

Fortunatamente, la musica si placa, e la canzone che segue è leggermente più tranquilla, cosa che potranno apprezzare anche i miei timpani non appena avranno smesso di sanguinare.

«Allora quale?». Kenny si mette davanti a me e guarda un gruppo di giocatori di football. Due di loro stanno simulando una finta scazzottata, picchiandosi duro per quanto possibile.

La lezione di stasera prevede come approcciare potenziali prede. Non che Kenny rimorchierà uno di quegli stupidi che girano per questa sala. La mia lezione ha proprio lo scopo di mantenere intatta la sua integrità.

Kenny ha dato il meglio di sé stasera in fatto di look, indossando tacchi mozzafiato e una minigonna nera che mostra le sue gambe sensuali. Penso che non riuscirò ancora per molto a sopportare di vederla camminare per casa mezza nuda, con i capelli bagnati, o di vederla senza reggiseno la mattina. Se non si deciderà presto, mi metterò in ginocchio e la implorerò di fare sesso con me. Tremo tutto anche solo passandole accanto in corridoio. Abbiamo fatto quella cosa del film e della cena, già due volte. Penso che sia venuta l'ora di alzare un po' la posta, correre il rischio, sdraiarci, e vedere se morde. Oddio, spero che lo faccia.

«Okay, vedi quei due ragazzi?». Indico due proprio dietro ai giocatori di football.

«Quello carino con il pallone, e l'altro con la T-shirt senza maniche?». Si passa la lingua sulle labbra truccate in modo perfetto.

«No». Correggo la traiettoria in cui guarda e la dirigo verso i due ragazzi allampanati con i pantaloni tirati su fino alla vita. «Cominceremo con quei due. Voglio che tu prenda almeno sei diversi numeri di telefono stasera. Questo dovrebbe aiutarti a uscire dal guscio». E tenere le sue parti intime al riparo da quegli stronzi che hanno una esagerata ossessione per il pallone da football e le T-shirt ascellari.

Si sposta mettendomisi dall'altra parte, e il suo corpo a clessidra mina le mie difese. I capelli portano ancora l'intenso odore della soluzione che ha usato mia mamma per cercare di correggere l'errore madornale fatto dalla sua ex lavorante. Il grigio è scomparso. I capelli di Kenny sono diventati di un color marron glacé scuro con i colpi di sole. Mamma è stata assolutamente fortunata che Kenny non l'abbia citata per danni emotivi. Ha indossato una felpa con cappuccio per tre giorni di seguito.

«Quei due?». Fa un passo indietro. «Sei sicuro?»

«Assolutamente», sussurro. «Adesso, datti una mossa, cavalletta. Ti guarderò dalle fasce laterali». Faccio un cenno col capo verso i due super sfigati nell'angolo e piano piano lei comincia a muoversi in quella direzione.

Un groviglio di corpi si interpone tra noi, e non posso fare a meno di notare che Kenny fa girare molte teste. Prima di rendermene conto, un'intera mandria di giocatori arrapati a più non posso, simili ad avvoltoi, la circonda. Perfetto.

«Come sta la vergine?». Cal mi mette un braccio sulle spalle e mi passa una birra.

«È qui, stupido», lo rimprovero, mentre apro la birra e ne bevo un sorso. «E le cose stanno procedendo lentamente. Ancora non l'ho spaventata al punto da farla fuggir via, se è quello che intendi».

«Non è questo che mi preoccupa. È il fatto che sia lei che ancora non ti ha spaventato al punto tale da farti fuggir via. Che succede? È l'ultimo dell'anno accidenti, e tu controlli una vestale dell'innocenza mentre altri ragazzi le ronzano attorno? Comincio a pensare che hai perso il tuo talento. Falle fare pratica a letto oppure buttala fuori di casa. Se non te la porti a letto tu, potrei dover intervenire io per farlo al tuo posto».

«Bene. Ora ti lascio». Mi dirigo verso Kenny per aiutarla a districarsi in mezzo a quel gran numero di idioti che le sbavano attorno, ammassati come fossero zombi di un film dell'orrore di serie B.

«Ciao!». Mi circondano un paio di braccia conosciute. Abbasso lo sguardo e trovo una mora con occhi semichiusi già persi nel futuro.

«Donna». Penso.

«Amber». Mi fa un sorriso a trentadue denti.

Ecco appunto. «Senti, io...». Guardo Kenny e la banda di aspiranti seduttori, e vedo che mi saluta con la mano dall'altra parte della sala. Lei nota il braccio pallido che mi stringe in vita, e un'espressione ferita le compare in viso. Kenny si sposta indietro una ciocca di capelli e fa finta che non le interessi e riporta l'attenzione sul bell'atleta.

Merda. Le stanno tutti ammassati attorno, continuano a sorridere come idioti, e nascondono le erezioni nelle tasche.

«Ascolta, Linda, devo andare». Le tolgo il braccio e mi dirigo verso la folla.

«Mi chiamo Amber!».

Mi tuffo in quell'oceano di corpi e ogni volta che penso di essermi avvicinato a Kenny, lei e la folla di toy boy diventano leggermente più irraggiungibili.

«Cruise!». Lauren, la discutibile metà di Cal, si avvicina e in quel momento non vedo più Kenny. «Allora le voci sono vere? Cruise Elton si è finalmente calmato? Ho sentito dire che stai vivendo con una per vedere se può andare come ragazza». Fa il suo tipico sorrisetto.

«No, è solo un'amica».

Fa una O con la bocca. «Senti», dà un'occhiata alla moltitudine di corpi, «non sopporto veder soffrire gli altri. Perché non fai un piacere a tutti e mostri di avere le palle – o ti dichiari a lei o la lasci in pace. Non è alla Garrison in cerca di una delusione d'amore. So che quello che ha fatto Blair è stato tremendo, e mi è assolutamente chiaro del perché ti sei rifatto con le altre cinquecento vagine che si sono messe a tua disposizione, ma Kendall», scuote la testa, «è diversa. Vacci piano con lei, capito?». Si perde di nuovo tra la folla come fosse stata un'apparizione.

Ha ragione. Kendall è diversa.

Mi avvicino e trovo Kenny appollaiata sul divano mentre sei diversi ragazzi fanno a gara per attirare la sua attenzione.

Forse sono io l'unico che dovrebbe fare a gara per attirarla.

6
Una lezione d'amore

Kendall

La musica mi penetra fin nelle ossa con quel ritmo fastidioso e irritante. Il continuo carosello di ragazzi che mi sfilano attorno, desiderosi di darmi ben più che i loro numeri di telefono, sta cominciando a darmi davvero sui nervi compromettendo ogni desiderio sessuale. E caspita, non riesco a respirare con questo difensore che cerca di succhiarmi un'arteria del collo senza darmi tregua.

«Scusami», gli dico, facendomi spazio tra il groviglio di carne umana.

Sono ore che non vedo Cruise. È quasi il primo dell'anno, e ho passato anche troppo tempo a cercare di non affogare nel mare di pretendenti indesiderati.

«Lauren!». La scorgo vicino alla tromba delle scale, e mi fa un cenno di saluto con la mano.

«Hai fatto il pieno stasera». Barcolla sui tacchi. «Pensavo che stessi cercando di acchiappare Cruise?»

«Shh!». Mi metto un dito davanti alla bocca presa

dal panico. Oddio, è ubriaca, e rovinerà tutto. «Lo stavo... lo sto cercando di fare. Mi ha mandata in missione, poi l'ho visto con una ragazza, e la squadra di football con cui mi sono intrattenuta mi ha dato sui nervi e l'ho mollata lì». Anche la squadra di pallacanestro, ma non importa.

«Ti ho fatto un favore». Urla ma in un sussurro, usando il modo di parlare preferito da tutti gli ubriachi del mondo, come volesse mantenere un segreto. «Ho detto a Cruise di smetterla di cazzeggiarti attorno». Comincia a ridacchiare e non smette finché, apparentemente per il gran ridere, non mi cade tra le braccia.

Mi chiedo perché abbia mai detto una cosa del genere, a Cruise in modo particolare, quando l'ho chiaramente inserito in una serie di attività che coinvolgono il suo membro onorario, ma è chiaro che è completamente ubriaca. In circostanze normali, sarei sconvolta, ma opto per classificare quel passo falso come conseguenza del vizio del bere. Lauren è troppo sbronza per rendersi conto di quel che ha fatto. È proprio il suo "cazzeggiarmi attorno" quello che più desidero che Cruise faccia con me.

Giro rapidamente lo sguardo nella sala in cerca della sua migliore amica presumibilmente sobria, così da potergliela affettuosamente affibbiare.

«Dov'è Ally?». Tra meno di cinque minuti sarà mezzanotte, e se non trovo il mio sensuale compagno di stanza, chi sa di chi saranno le labbra benedette a cui lui darà il mio bacio del primo dell'anno?

«Buon Dio». Ally compare magicamente e mi aiuta

a sistemare Lauren sulle scale. «Non riesco a trovare il suo ragazzo». Si stringe nelle spalle. «Lauren pensa che stia facendo il cretino con un'altra». Mi si avvicina. «È totalmente paranoica. Non sta facendo il cretino con nessuna. Lo hai visto? È fortunato ad avere Lauren».

«Giusto». Spero che non sia il fidanzato di Lauren quello che ha cercato di regalarmi una catenina di succhiotti. Può essere successo oppure no che gli abbia incidentalmente dato un calcio nelle palle per fare la mia memorabile fuga.

«Oh guarda, c'è Cruise». Fa un cenno del capo dietro la mia spalla mentre gli occhi le si allargano come fossero due pompelmi. «Non importa. Portiamo invece Lauren in macchina».

«Non importa cosa?». Cerco di voltarmi, ma mi tiene stretta per un polso. «Oh, capisco. È con un'altra». La strattono con una forza eccezionale e mi libero dalla sua stretta mortale in tempo per vedere Cruise che si dirige verso di me senza alcuna appendice femminile al seguito. Abbasso il mento e faccio del mio meglio per sedurlo.

Comincia il conto alla rovescia, e Ally si butta sul giocatore di football più vicino.

«Giusto in tempo», gli dico con un ampio sorriso mentre si avvicina a grandi falcate. Lui sorride appena, ma in generale, sembra un po' infastidito come se si fosse appena svolto un qualche litigio di carattere sentimentale. Do un'occhiata alle sue spalle, e una ragazza dai capelli biondi tendenti al rosso mi investe con uno sguardo carico di astio. Mi incenerisce con occhi che sono di puro odio e sento una stretta allo stomaco come se avessi veramente fatto qualcosa di male.

«Tre, due... uno!». La folla esulta e urla.

Cruise mi prende tra le braccia, fondendo il suo corpo col mio. Mi fissa negli occhi, e per un attimo restiamo a guardarci così. Poi Cruise si abbassa verso di me con un sorriso. Le nostre labbra si incontrano in un bacio sensuale, delizioso. La sua lingua si muove nella mia bocca, lenta e sicura. Conserva un leggero sapore di birra e di menta, e il suo profumo sensuale e familiare mi risveglia tutti i sensi. Non era un ragazzo della confraternita che stava cercando di rimorchiarmi per passare la notte con me. Non è Pennington le cui carezze mi sarebbero repellenti. È Cruise, e qualcosa nel modo in cui mi bacia, in cui i nostri corpi si muovono all'unisono – mi fa pensare che fin dall'inizio fossimo destinati a vivere tutto questo.

Buon anno, Cruise. Ma non glielo dico.

Vorrei che questo momento magico così speciale non finisse mai.

* * *

Cruise mi riporta a casa a una velocità che supera la barriera del suono. Sono sicura che la misera cintura di sicurezza che indosso non mi eviterà di fare esperienza del parabrezza nel momento in cui la forza d'inerzia mi porterà a una morte prematura.

Parcheggia nel vialetto d'accesso e velocemente aggira l'auto e viene dalla mia parte prima che possa anche solo uscire dal pick up. Cruise mi sostiene lungo tutto il tragitto come fossi diventata un'anziana senza speranza.

Corro insieme a lui fino alla porta, assolutamente affascinata da questo lato del suo carattere.

«Sei ubriaco?», ridacchio mentre apre. Accendo la luce e balzo dentro ancora scombussolata dal bacio paradisiaco con cui ha onorato il mio inizio d'anno.

«No. Non sono ubriaco. Sono euforico per una cosa assolutamente diversa», dice mentre mi segue dentro e sbatte la porta alle sue spalle.

Oddio, pensa anche con quella sua testolina – e per quanto lo trovi entusiasmante, ho una paura fottuta.

«Non hai intenzione di chiedermi per cosa sono così euforico?». Abbassa il mento e mi si avvicina con una bravura da seduttore che non gli ho mai visto prima d'ora. Be', forse quella prima sera quando rappresentavo ancora solo un'idea futura, ma pensavo di aver chiarito, anche se in modo indiretto, che la questione fosse fuori discussione. Non l'ho fatto? Non stavamo rimandando la mia deflorazione a un qualche momento nebuloso del futuro? Speravo ancora che ci sarebbero stati pacchetti a forma di cuore e bigliettini d'auguri sdolcinati. Forse un "ti amo", anche se non ci credo veramente. Giusto?

«Sono abbastanza sicura di sapere cosa ti rende così euforico», dico, aggirando il tavolinetto basso mentre lui mi raggiunge dall'altra parte.

«E io sono abbastanza sicuro che non lo sai». Un sorriso malizioso si fa strada sul suo viso. Le sopracciglia si abbassano formando una specie di V ben definita, e mi appare straordinariamente affascinante con quel suo modo di fare un po' folle tipo sto-per-rincorrerti-in-giro-per-casa. Scatta nella mia direzione, e io indietreggio. «Non c'era uno dei ragazzi stasera che non volesse fare proprio questo».

«Be', allora, sarai tu il fortunato?», grido mentre lui mi attira a sé prendendomi in vita, e cadiamo sul divano.

«Immagino che sarò io il fortunato». Solleva e abbassa il torace accentuando il movimento, e io riesco a sentire il suo respiro che mi accarezza dolcemente il petto.

Mi chiedo se sarà così stare sdraiata accanto a lui, il suo corpo che si contorce sul mio in preda alla passione, e poi solo la sensazione piacevole lasciata dall'orgasmo, il respiro che riprende regolare mentre ci fissiamo negli occhi.

«Kenny?». Cruise non si muove. Mi inonda semplicemente con quegli occhi color dell'acqua, e io mi sciolgo davanti a quello sguardo.

«Sì?»

«Cosa vuoi da me?». Lo dice con una serietà che non gli ho mai sentito usare prima, qualcosa di molto più sincero rispetto al playboy che abita in lui.

Per un momento, contemplo la possibilità di dirgli che voglio solo lui e che penso che dovremmo arrivare a conoscerci meglio perché credo che potremmo vivere qualcosa di speciale insieme, ma dalla paura rinuncio. Dubito seriamente che il vissero tutti felici e contenti sia possibile per me o anche per chiunque altro.

«Insegnami come usare il mio corpo». In tutti i miei vent'anni, quest'unica affermazione è forse la più triste che sia mai stata pronunciata dalle mie labbra. Anche se non ho intenzione di prostituire il mio corpo mortale con tutti, e con nessuno dei maschi della Garrison, proprio quelle parole sembrano voler sottolineare quanto voglia far finta di essere immune all'amore. Certo il concetto in sé può essere strano; posso anche non aver avuto i migliori esempi, ma qualcosa sta crescendo lentamente dentro di me, ed è tutto per Cruise. Un vero e proprio vulcano di passione mi pervade fin nelle viscere, e voglio solo vivere questa esperienza con la persona meravigliosa che in questo stesso momento mi sta tenendo tra le braccia.

Lo guardo negli occhi, gli accarezzo con un dito la guancia e la sua barba incolta mi solletica la carne.

Voglio dirgli che fremo di gioia – sono pronta a sbocciare e a sentirmi viva per la prima volta – perché tutto sembra rinascere in questa strana primavera che sento nel cuore. Mi sto innamorando, e mi sembra così perfetto.

Cruise porta la mia mano alle sue labbra con un'espressione triste.

Sono riuscita a contenere la gioia che lui ha incarnato per me solo pochi attimi fa.

«Okay, Kenny». Mi stampa un bacio carico di tristezza sul dorso della mano. «Farò tutto quello che vuoi».

Vorrei poter essere sincera con Cruise.

Vorrei poter essere sincera con me stessa.

Cruise

Insegnami come usare il mio corpo.

Mi concentro su Kenny, così straordinariamente bella, e mi domando perché mai debba scegliere questa strada. Chi l'ha fatta soffrire così tanto da portarla a pensare che per lei non ci sia altro ad aspettarla che una sfilza di rapporti da una notte e via?

Mi alzo e accendo il fuoco prima che moriamo congelati. La notte scorre nella mia testa come uno schedario disorganizzato, dove gli avvenimenti vengono fuori in ordine sparso. Io e Kenny che arriviamo alla Ackerman House, la marea di ragazzi arrapati che la circonda, poi Blair che appare come fosse un incubo perverso. L'ultima volta che siamo stati faccia a faccia è stato il giorno che mi disse che tutto quello che pensavo di sapere che c'era tra noi era finito, e fu allora che mi chiese la benedizione per voltare pagina e proseguire con il suo nuovo Mr Uomo Ideale. Stasera voleva parlare, iniziare l'anno nuovo senza rancori. Le ho semplicemente detto che non le porto rancore e me ne sono andato.

Era Kenny la persona con cui volevo parlare, accanto a cui volevo stare. Era Kenny e tutto il suo magnifico splendore che volevo mi avvolgessero. Poi le sue labbra si sono aperte in quell'ampio sorriso che l'ha fatta risplendere, conquistandomi all'istante, e l'ho baciata lì sul posto. Mi sono chiesto se Blair stesse guardando – se stesse pensando che era una specie di bacio dato per una contorta ripicca. Una parte di me ha provato tristezza per lei perché sapevo qual era la verità. Stavo baciando una persona speciale, una persona della quale mi sto innamorando molto più intensamente e profondamente di quanto lo sia mai stato di Blair.

Kenny si mette sul tappeto di pelle di pecora mentre il fuoco comincia a crepitare. Prendo altri due tappeti dall'angolo e ricopro il pavimento con la lana di altre tre pecore morte, scarti del bed and breakfast. Non mi sfugge una certa ironia della situazione. Non c'è dubbio che ci sia qualcosa di morto dentro me e Kenny se non riusciamo a individuare l'amore, se non riusciamo a capire che potrebbe semplicemente essere davanti ai nostri occhi. E poi io e la mia euforia per cui avrei voluto dirle cosa provavo quando siamo entrati in casa, ma ho capito che non erano quelle le parole che voleva sentirsi dire.

«Seconda lezione». Gemo sommessamente mentre mi sdraio accanto a lei. Ha la magliettina così abbassata che i seni le traboccano come due perfette montagnole gemelle.

«Seconda?». Mentre si appoggia all'indietro sui gomiti, le brillano gli occhi come fossero di cristallo.

«I baci sono stati la prima. A proposito, hai mostrato di essere molto brava, ma suggerisco caldamente di continuare a far pratica per mantenere sempre alte le tue abilità». Sorrido malizioso e le sfioro una guancia con le labbra solo per stuzzicarla quanto basta. «Ma stasera, facciamo un passo in più nella nobile arte delle carezze». Passo le dita sulla sua coscia nuda poi lentamente salgo oltre la gonna spingendomi fino a sfiorare il calore delle sue parti intime. Socchiude le palpebre, e solleva e abbassa il petto velocemente.

«Non so». Si rigira verso di me. La sottile curva della bocca mi dice che approva. «Tutti quei numeri di telefono? Mi hai detto di prenderne sei, e ne ho presi venti». Si sfiora con i denti le labbra rosso sangue, e a me tirano i jeans sulla cerniera.

«Hai esagerato». Trattengo una risata. «E inoltre, gli altri non contano».

«No?». Mi guarda con quegli occhi che ha solo lei e che sembrano diamanti. Sento che mi desidera, che freme per avermi. Voglio prolungare questo desiderio ancora più del necessario – che diventi insopportabile, fino a quando non la smetterà di fare di tutto per diventare una che anche solo lontanamente possa rassomigliare al predatore che sono diventato io.

Mi prende una mano e mi accarezza il palmo con lenti movimenti circolari.

«Sembra si tratti di una cosa personale», sussurra, gli occhi velati dal desiderio o dalla stanchezza. Spero si tratti del primo.

«Dovrebbe sempre trattarsi di una cosa personale». Le mie dita si fermano decise sulla sua coscia. Passo il pollice sotto il bordo delle mutandine e seguo la linea del fianco. «Spogliati», sussurro per provocarla.

«No». Si piega in avanti pronunciandolo come se non avesse mai avuto l'intenzione di fare una cosa tanto ignobile.

«Così renderai il rapporto mediocre». Le stampo

un bacio nel segreto del collo invece di mettermi a ridere.

Kenny comincia a ridacchiare. Si inarca contro di me e io mi stendo su di lei, avvolgendola tutta.

«Mi piace la lezione di stasera», mi mormora in un orecchio. «Carezze».

Mi rimetto a sedere e mi tolgo la maglietta, lasciando le braccia tese in alto per un attimo perché mi esamini accuratamente.

«Perfetto». Le scivolo di nuovo sopra e le do una serie di baci continuati sul petto, fermandomi appena prima di sprofondare tra i suoi seni. Mi sono immaginato almeno un migliaio di volte come sarebbe perdersi nel cuscino soffice della sua carne. Kenny mi ha già eccitato al punto che i miei jeans si potrebbero strappare da un momento all'altro. «La prossima lezione si svolgerà con molti meno vestiti addosso. E credimi, non c'è niente per cui tu debba sentirti inibita».

«Neanche tu». Mi accarezza una spalla con dita delicate e titubanti.

Dolcemente le prendo una mano e gliela passo sul mio torace, senza mai distogliere lo sguardo dai suoi occhi. Kenny intreccia le dita alle mie. Chiude le palpebre mentre le spingo la mano un po' più in basso, piano piano, finché non raggiungiamo la vetta del promontorio roccioso che si trova dentro i miei pantaloni, e lei geme impercettibilmente. La sua mano sfugge al mio controllo, e sento che me lo avvolge da sopra i jeans. *Oddio, sì.* Le sue dita scivolano su di me leggere e dolorosamente delicate. Faccio scorrere le mie mani sotto il suo maglione, e poi sui suoi seni, accarezzo il pizzo del reggiseno e sento attraverso di esso i capezzoli turgidi.

Kenny mi attira a sé e mi bacia con passione. La bocca è matura e sa di fragole mentre mi regala quei baci dolci, succosi. La lingua si muove sulla mia, con calma e a suo agio, come se avessimo già passato chissà quanto tempo a fare esattamente tutto questo. Potrei stare un'eternità con Kenny tra le braccia, le sue labbra e il suo corpo saldati con le mie labbra e il mio corpo. Le sue mani fredde scivolano dentro la parte posteriore dei miei jeans e si infilano nei boxer. Kenny rilassa le dita su di me e poi mi stringe delicatamente. Devo fare uno sforzo enorme per non spostarle la mano sul davanti, per non mettergliela in quella parte del mio corpo che la desidera così ardentemente. Al tocco delle mie dita il reggiseno si sgancia, e subito sposto le mani che bruciano sulla sua pancia nuda finché sento che trema sotto di esse. Abbasso lo sguardo sul suo bellissimo viso. Ha gli occhi chiusi e si lecca le labbra in previsione di quel che avverrà e io le prendo i seni sodi tra le mani.

Kenny fa un sospiro profondo e si contorce sotto di me. Dall'estasi le fremono le palpebre come se questo semplice atto d'amore verso di lei l'avesse stordita.

Poso le labbra sulle sue mentre indugiamo in questa lotta spasmodica tra i nostri corpi. Il sapore di Kenny e quel che mi fa provare sembra siano stati creati apposta per me.

Kenny mi è arrivata dritta al cuore con il suo modo di essere, compenetrandomi alla perfezione.

Sta succedendo qualcosa di meraviglioso... qualcosa di significativo e vero.

* * *

Lunedì pomeriggio, io e Cal corriamo uno a fianco all'altro sul tapis roulant nella sala degli attrezzi super affollata. Tutto il mondo si è riversato in palestra oggi, per cercare di smaltire quella fetta in più di torta della domenica. Due ragazze davanti a noi hanno fatto di tutto, tranne ricorrere ai segnali di fumo, per farci capire che sono interessate, ma per la prima volta da tanto tempo non sento nessuna voglia di farmi una sveltina sudaticcia in palestra. Ora, se fosse Kenny che me l'avesse proposto, me la farei qui nel mezzo della sala, anche davanti a tutti, se volesse.

«Kenny pensa che "le carezze" dovrebbero coprire più lezioni». Mi meraviglio di una fortuna così inaspettata. «Ma non capisco per quale ragione sia ancora determinata ad andare avanti con il suo esperimento», dico col fiato corto, cercando di non parlare a voce troppo alta nel caso in cui le ragazze dall'altra parte della sala abbiano intenzione di origliare. Non mi sorprenderei se Blair usasse qualcuno per avere occhi e orecchie nelle mie cose.

«Carezze, eh? Forse potrebbe dare qualche suggerimento a Lauren. Ti sembra possibile che pensi che l'abbia tradita l'ultimo dell'anno?»

«Le hai detto che stavi con me?». Tremo al pensiero. Dopo che ho visto Kenny circondata come la reginetta di bellezza alla sfilata, sono uscito in un attacco di autocommiserazione e ho finito per confessare a Cal che c'erano diversi sentimenti che provavo nei confronti di Kenny – e che, sorprendentemente, non erano solo collegati all'incessante desiderio delle mie palle di trovare un po' di sollievo. Ho usato la parola con la A per la prima volta dopo parecchio tempo, a voce alta, e nemmeno le mie orecchie potevano crederci – ancora non sono sicuro di averlo fatto.

«Certo, le ho detto che ero con te». Coglie l'espressione preoccupata del mio viso. «Rilàssati. Non ho spifferato nessuna delle stronzate che ti sono uscite di bocca». Si asciuga la fronte con l'asciugamano che ha intorno al collo. «Pensavo che avessi dichiarato solennemente di aver chiuso con l'amore, e che l'avessi scambiato con, credo che la citazione fosse, "scopate di una notte e via senza impegno"».

Cerco di scrollarmi dalla mente l'accuratezza delle sue parole. «Anch'io lo pensavo. Non preoccuparti. Non sei l'unico a essere deluso da me». Non gli dico che ho visto Blair alla Ackerman House... che voleva parlare, che io fondamentalmente l'ho snobbata e invece ho baciato appassionatamente Kenny. Non voglio inserire Blair in ogni conversazione. Voglio che lei e il fantasma di quello che siamo stati resti nascosto nel fondo dell'armadio. Vorrei poterlo bruciare, incendiare ogni ricordo che abbiamo insieme. E invece, eccola qui, che ricompare proprio quando le cose stavano migliorando nella mia vita. Tipico da parte sua. Forse non si rende conto di quanto male ha già fatto la prima volta.

Mi scolo l'acqua e verso quel poco che resta sul mio torace.

«Attento al macchinario, amico. Quello che stai profanando costa tremila dollari. Se pensi che le sofferenze d'amore siano atroci, aspetta che ti chieda i soldi del risarcimento. Come va il bed and breakfast? Gli affari scarseggiano ultimamente?».

Sospiro rumorosamente al solo riferimento a quel pozzo senza fondo dove sono finiti tanti soldi. «Ho ridato tutto in mano a mia mamma l'estate scorsa quando ho dovuto mollare perché non ci stavo con la testa. Dovrei passarci e dare un'occhiata ai libri contabili».

«Mettiti degli occhiali di protezione. Quei libri sono in grado di metterti al tappeto. Te lo dico per esperienza. Ehi, le lezioni iniziano domani. Sei pronto per i tuoi nuovi compiti istituzionali?»

«Sì. Già individuata la mia allieva preferita».

«Non ci credo».

«Sì», dico, euforico a quel pensiero. «Ho buttato giù un programma solo per lei».

«Ci scommetto. Brutto marpione». Lo dice con uno spiccato senso d'orgoglio.

«Non avrei potuto fare diversamente».

Pennington entra a grandi passi con la sua figura esile gonfia, l'espressione gelida che mi fa capire che è già strafatto così presto.

«Scommetto che si rolla le canne usando i soldi di tuo padre». Cal dice a voce alta esattamente quello che stavo pensando, e mi metto a ridere. Poi mi viene un'idea.

7
L'appuntamento

Kendall

Dopo la zumba, le gambe e le braccia si ribellano e presentano sommessamente la mozione di secessione dall'unione con il busto. Okay, non troppo sommessamente. Ogni singolo muscolo del mio corpo va a fuoco e protesta per il mio improvviso falso interesse nel fitness. Subito dopo vado da Starbucks per mostrare l'affetto che provo verso il mio povero corpo mortale. Avevo pensato di chiedere a Cruise di unirsi a me nella ricerca della tazza di caffè perfetta, ma detesto che possa credere che io sia appiccicosa e bisognosa di attenzioni. L'ultima cosa che voglio che provi quando mi è accanto è di non riuscire a respirare. Ma Signore, come vorrei soffocarlo, preferibilmente con il mio seno.

La coltre di neve che ricopre il terreno è soffice, luccicante, e non sono assolutamente preparata a una tale sorpresa visiva. È come se ciò che sento nel cuore fosse diventato magicamente lo sfondo di una favola e assomigliasse tanto al mondo nuovo sul quale sono atterrata. È Cruise la vera magia che fa scintille. Si è incuneato in quel luogo segreto nel profondo del mio cuore che un tempo negavo esistesse. Ha aderito al mio cuore, alla mia anima, alle mie ossa e mi ha compenetrata perfettamente. E adesso non posso più separarmene. Come farò a dirgli un giorno la verità? Che non voglio venti ragazzi da chiamare usando il tasto di selezione rapida – ma che ne voglio solo uno. E che a quanto pare l'unico di cui si parla sia proprio lui.

La contea di Carrington brilla di una spettacolare sfumatura color lavanda, che riveste questa località invernale da sogno che, fino a oggi, avevo visto solo nei film. Non so cosa abbia spinto mia madre, mossa forse da un capriccio improvviso, a fare i bagagli e l'abbia portata diritta dall'altra parte del paese, barattando il paradiso con lo smog e il traffico. Il fatto che mia nonna sia morta più o meno nello stesso periodo in cui lei si laureò potrebbe aver avuto un suo peso, eppure, ora che so quanto tutti siano gentili in questo posto e quanto sia bello il panorama, non voglio più tornare in California. Comunque, immagino che se non fosse arrivata sulla costa occidentale, non avrebbe mai incontrato il "surfista sfigato" con cui andò a letto e sfornò mio fratello e me.

Do un'occhiata dentro Starbucks e vedo che la fila è incredibilmente lunga, ma mi avventuro lo stesso. Il profumo intenso del caffè tostato mi accende i sensi. Signore, amo questo odore. Se l'esperienza fuori dal comune che ho goduto con Cruise avesse un profumo, sarebbe sicuramente questo. Dovrebbero avere un caffè con il suo nome – Baci con Cruise. Lo berrei direttamente dalla caraffa, in ginocchio, e me lo farei versare in gola con un imbuto perché andasse giù in maggiore quantità e più in fretta.

Dietro di me entra un gruppo di ragazze che ridono fragorosamente, così mi assicuro velocemente che non mi prendano il posto nella fila. Do un'occhiata verso la cassa ma non vedo segni né di Lauren né di Ally. Onestamente, non ricordo chi delle due lavori qui.

Spero che Lauren stia bene. L'ultima volta che l'ho vista, sembrava distrutta dall'idea che il suo ragazzo potesse averla tradita.

Mi balena in testa l'immagine di Cruise con quella ragazza dagli stivali alti fino alla coscia che fu sul punto di riaccompagnare a casa la prima sera, e una violenta ondata di gelosia mi stringe lo stomaco. Il solo pensiero di lui che la tocca, delle sue mani infuocate che bruciano sulla carne di lei come hanno fatto sulla mia mi fa sprofondare nella disperazione.

Scaccio quel pensiero e mi distraggo contando le persone che ho davanti a me. Se ognuna ci impiegherà cinque minuti, allora starò qui di sicuro per una buona ora.

«Il prossimo!», chiama una voce gentile da dietro la cassa, e Ally mi saluta con la mano. La coda procede alla svelta ora che due baristi si sono aggiunti al servizio, e mi ritrovo al bancone in meno di dieci minuti. «Come va?»

«Alla grande. Non riesco a smettere di pensare a

quanto sia bello il mondo coperto di neve». Tiro fuori il portafogli. «Un caffè shakerato con panna».

«Bello ghiacciato, eh? Vieni proprio dalla California». Si piega in avanti. «Ehi, vedi quella ragazza laggiù nell'angolo...». Seguo il suo sguardo verso il fondo del locale, dove è seduta un'adolescente. Ha un fazzoletto in faccia, e sembra non riesca a smettere di piangere. «È Molly, la sorella di Cruise», sussurra. «Potresti andare a vedere cosa l'ha fatta stare così tanto male. Singhiozza da mezz'ora».

Trattengo il respiro mentre la guardo. «Oh, ma certo. So come ci si sente a essere fatti a pezzi dalle ragazzine di scuola. Scommetto che ha problemi di bullismo. Il liceo è solo un covo di stronze».

Ally scoppia a ridere. «Ci troviamo a scuola domani, dove ti giuro che ci sono veramente poche stronze». Scrive qualcosa su un tovagliolo di carta e me lo passa. «Chiamami quando sarai libera, e ci incontriamo».

Ci vuole ancora qualche minuto per il mio caffè, e per tutto il tempo, osservo attentamente Molly da lontano. È davvero splendida con i capelli biondo scuro, la carnagione chiara, soffice... dei meravigliosi occhi da cerbiatta. Mi si spezza il cuore a vederle sussultare la schiena piangendo in quel modo non-troppo-silenzioso.

Prendo la mia bevanda e mi incammino verso di lei, nervosa pensando che non sono stata invitata a condividere quel momento di pianto ma morendo dalla voglia di conoscerla e, spero, di farla sentire meglio.

«Ti dispiace?». Indico il posto libero accanto al suo,

un po' spaventata dal fatto che ora che sono lì potrebbe darsela a gambe.

«No». Geme e getta il mucchio di fazzolettini sul tavolo come per rafforzare quella negazione. Il suo intenso profumo crea una nuvola tossica attorno a lei, legno di sandalo unito a un qualche frutto acerbo. Forse non sono le persone che la disturbano. Forse è il reato che sta commettendo ai danni dei profumi gradevoli.

«Mi chiamo Kendall», le dico. «Al momento vivo a casa di tuo fratello». Da vicino è ancora più carina, cosa che non avrei detto essere possibile. «Va tutto bene?»

«Brayden Holmes è uno stronzo». Annuncia come dato di fatto, e in viso le compare l'accenno di un sorriso.

«Problemi con un ragazzo». Lo dico più che altro a me stessa. Se si fosse trattato di ragazze insopportabili, le avrei potuto dare saggi consigli, su ciascuno dei quali ho a lungo riflettuto in modo serio, senza mai averli davvero messi in pratica. Ma la questione riguarda gente con appendici penzolanti, e visto che non ho mai consegnato il mio cuore su un vassoio d'argento a nessuno, non ho la più pallida idea di come aiutarla.

«È finita, quindi niente problemi». Lo sputa fuori con un'ansia crescente nella voce tipica di tutte le liceali del mondo. E a giudicare dalla sua reazione di pancia, non è *affatto* finita.

«Posso chiederti cosa è successo?». Non posso fare a meno di rendermi conto che ormai ci sono dentro fino al collo. Forse lo ha beccato che guardava un'altra, e adesso si sente disperata.

«Mi ha ingannata e mi ha portata a letto, poi mi ha messa da parte per una troia che si chiama Tracy Schaffer».

«Accidenti!». Faccio un balzo indietro sulla sedia. «Dobbiamo dirlo a Cruise. Deve gonfiare di botte questo... questo... Brayden». Sono scioccata al pensiero di qualcuno che possa essersi approfittato della sorellina di Cruise in questo modo. Non avevo idea che ci saremmo ritrovate a parlare di rapporti tanto intimi o forse avrei potuto scegliere di rimandare l'incontro e la conoscenza a un altro momento, magari dopo che lei avesse cavato gli occhi a Brayden e avesse avuto davanti a sé una condanna di carcerazione. Non c'è tempo da perdere. Sono necessarie misure preventive per evitare che sia lei che Cruise si ritrovino dietro le sbarre. Ragionando a mente più fredda, sono sicura che escogiteremo un modo per infliggere una punizione corporale a quel pezzo di merda senza lasciare prove che possano essere usate in tribunale.

Mi agguanta un polso così velocemente che quasi mi fa cadere il caffè dal tavolo. «Non se ne parla assolutamente di dire qualcosa a Cruise». Dice a denti stretti. «Così saprebbe che sono una sfigata, e poi lo direbbe a mia mamma, e mi ucciderebbero tutti e due». Spontaneamente le esce dal petto un singhiozzo, e per un secondo, mi chiedo se sia tutta una finta.

«Ma no che non ti ucciderebbero». *Sicuramente la uccideranno.* «Hai usato qualche precauzione?»

«Prendo la pillola». Spalanca gli occhi e a me sembra di stare sulle spine lì davanti a lei.

«Prendi la pillola?». Sono scioccata. È impossibile

che riesca a tenere Cruise all'oscuro di tutti questi segreti.

«Esatto. In realtà, sono rimasta senza. Pensi di potermi accompagnare all'ambulatorio gratuito? Si trova in centro, e se ci vado a piedi probabilmente mi congelo».

«Io...». Cazzo. Dovrei accompagnarla? «Penso di sì».

Spero che Cruise non uccida me.

* * *

La Carrington Free Clinic si trova nella parte più squallida del distretto centrale della città. Due senza tetto si riparano nel vano dell'entrata, e uno di loro ha deciso di lasciare il suo nome sul muro con uno schizzo creativo di urina. Faccio passare Molly in tutta fretta, pronta e decisa a eseguire le mosse ninja che conosco nel caso in cui decidesse di diventare creativo anche in altri modi con quella disgustosa pompa da giardino di cui sopra.

Arriviamo dentro e lascio andare un sospiro che non pensavo di avere nel petto.

L'interno è grigio sporco, il colore della pelle morta. Le piante disposte in fila sul bancone sono avvizzite e sono diventate ciuffi gialli, mentre nella minuscola sala che sembra una piastra di Petri si ammassano gli ammalati e quelli che hanno bisogno disperatamente di una pillola anticoncezionale. Sono sicura che ci sono sedici diversi ceppi influenzali che ci entreranno nei polmoni mentre procediamo dentro questo ricettacolo di malattie.

Molly mi tira per il giubbotto. «Vai a letto con mio fratello?», chiede, quasi avesse continuato a rifletterci su.

«No». Ritiro il braccio. Ragazzina ingorda di particolari. «Molly, non devi necessariamente andare a letto con un ragazzo per avere un rapporto con lui». Ciò non cambia il fatto che il mio unico scopo nella vita sia quello di portarmi a letto Cruise Elton in dieci modi diversi prima di San Valentino. È una mia ambizione personale che non ho intenzione di rendere pubblica così presto, specialmente non davanti a sua sorella diciassettenne. «Non si fa sesso per sport».

Un'espressione ferita le attraversa il viso. «Lo faccio perché mi piace». Con incedere impettito si avvicina all'accettazione, carica di rabbia e di una certa arroganza.

Mi fermo alle sue spalle mentre scrive il suo nome nell'elenco.

«Ti è piaciuto lo spettacolo di pianto dirotto che hai fatto dentro Starbucks?», le chiedo. «Perché nel caso in cui non te ne fossi accorta, lo stronzo A ha fatto piangere e disperare B perché l'ha respinta». Forse non è la tattica più gentile che potessi usare, ma qualcosa mi dice che Molly qui non sia il fiore delicato che vuole farmi credere.

Arriccia il naso. «Senti, mi piace Brayden. È speciale». Alza gli occhi al cielo quasi che non lo fosse veramente. «Questa cosa con Tracy Sgualdrina Schaffer si sgonfierà. Succede sempre».

«Oddio, lo ha già fatto prima d'ora?». Osservo i suoi occhi azzurri come l'acqua. Le trema il mento come se stesse per mettersi a piangere lì davanti a un'intera sala d'attesa piena di gente con la gola arrossata e varie malattie sessualmente trasmissibili. Molly non dice una parola; semplicemente si allontana impettita e si siede in fondo alla sala.

«Signora, le dispiace registrarsi?». La ragazza dietro il bancone mi porge una penna. «Si sta formando una fila alle sue spalle».

«Oh». Giro gli occhi e vedo una folla arrabbiata che si accalca, pronta ad assalirmi se non mi tolgo di mezzo.

La pillola? Dovrei prendere la pillola? Cruise e i suoi baci inebrianti mi avviluppano, e mi paralizzo al solo pensarci. Sì, dovrei davvero prendere la pillola. Scrivo il mio nome nell'elenco e mi vado a sedere accanto a Molly.

Mi vibra il telefonino in tasca. Si tratta di un messaggio da un numero che non riconosco.

C'è qui Cruise – organizzato doppio appuntamento per stasera alle sette. Va bene?

Doppio appuntamento? Al pensiero di un appuntamento ufficiale con Cruise mi sento infuocare tutta. Sicuramente ho preso la decisione giusta riguardo alla pillola.

Rispondo. *Più che bene.*

Non vedo l'ora di portare il mio rapporto con Cruise al livello successivo. E un appuntamento, be', deduco che getti il mio esperimento fuori dalla finestra. Mi va assolutamente bene così. Prima di tutto non mi piaceva affatto mentirgli.

«Allora che ne pensi della malformazione di mio fratello?». Molly fa un sorrisetto prima di abbandonarsi a un'espressione esageratamente da ragazza triste. Che carina, davvero.

«Quale malformazione?». Se Cruise è deforme, qualunque uomo sulla terra dovrebbe sentirsi molto fortunato.

«Vuoi dire che non ti ha detto dell'incidente?»

«Un incidente?». Mi sale una vampata di calore in petto al pensiero che una qualunque cosa possa essere accaduta a Cruise... in passato o adesso.

«Gli hanno mozzato le palle dopo che se l'era consumate sulla moto quando aveva sedici anni. Non ti preoccupare, gliene hanno congelata una e l'hanno riattaccata. Può fare figli e tutto il resto il giorno in cui sia pronto a inquinare il mondo con il suo sperma. Peccato però che gli abbiano tagliato l'uccello a metà. Una vera e propria tragedia». Schiocca la lingua a testimoniare un senso di pietà fasullo.

Mi torna alla mente quel promontorio nascosto nei suoi jeans, e mi si infiamma il viso. Signore, se quello era la metà, lo doveva aver avuto grande come un serpente. Giuro che era lungo come il mio braccio, e ho pensato che *quella* fosse una malformazione. Non credo nemmeno a una parola uscita dalla bocca non-così-graziosa della sua sorellina.

Tanto per cominciare, l'unica vera e propria tragedia che c'è qui è Molly che ha bisogno della pillola.

* * *

L'infermiera chiama contemporaneamente sia me che Molly perciò la seguiamo dietro il bancone, poi veniamo sistemate separatamente nelle nostre stanzette simili a un armadio. Mi spoglio e mi preparo alla visita. Nel mio intimo, odio andare dal ginecologo. Detesto dovermi mettere a gambe divaricate in nome della medicina e della salute della mia vagina.

Mi stendo ed esamino le foto di uno che fa body building appese alle pareti. Sono tutte firmate. La sua corporatura è gonfia ma in un modo che non sembra naturale, e i muscoli gli fuoriescono dal corpo come fossero una nuvola fatta di carne, come se qualcuno avesse soffiato dentro un palloncino. Cerco di immaginarmelo steso sopra di me, che mi schiaccia con il suo peso simile a quello di un camion.

Si dice che pomparsi i muscoli in questo modo sia letale per le dimensioni del joystick che gli uomini hanno in mezzo alle gambe.

All'improvviso qualcuno bussa delicatamente alla porta che si apre ed entra un uomo alto, affascinante, con un'abbronzatura non naturale, e che sfoggia un sorriso esageratamente splendente. Ha un colore compatto marrone chiaro. I muscoli appaiono gonfi attraverso la maglietta, e praticamente posso individuarne tutte le curve sotto il camice, ma caspita, è lo stesso tipo delle foto.

«È lei?», dico stupita, indicando la prova di cosa significhi usare tutti gli steroidi.

«Sono io». Fa una risata e intanto legge la mia scheda. «Precauzionale». Annuisce. «Di solito le ragazze aspettano di aver avuto diversi rapporti intimi prima di metter giudizio e rendersi conto che devono assumersi la responsabilità di prendere la pillola». Alza lo sguardo e mi sorride. «Non sono tutte sveglie come te». All'improvviso appare nella stanza un'assistente infermiera dal look gotico, che fa un leggero sogghigno. «Ora possiamo iniziare», dice lui, facendomi segno che posso sdraiarmi. «Spostati un po' più in avanti e scivola fino alla fine del lettino. Infila i piedi nelle staffe».

«Cosa? Dov'è il dottore?». Stringo le gambe fino a che mi toccano le ginocchia.

Rilassa i lineamenti del viso. «Sono io il dottore, Kendall». Batte sulla targhetta, che recita con orgoglio, dottor Gaines.

«Ne voglio un altro!». Mi rimetto seduta in preda al panico. «Di solito mi visita una donna». Ho avuto *solo* un ginecologo donna. In realtà, non pensavo neppure che fosse permesso dalla legge il contrario. Comunque che razza di assistenza sanitaria hanno in Massachusetts?

«Oggi sono io l'unico di turno», dice con un sorriso serafico.

Merda! Cos'ho combinato a Molly? Magari, è corsa via urlando e non ha lasciato che la visitasse uno che fa body building e che ostenta in giro di essere un dottore. Signore, Cruise dopo questa cosa mi odierà e soprattutto sarà molto probabile che mi farà arrestare.

«Siamo molto occupati oggi». Mi strizza brevemente l'occhio. «Ti prometto che non ti farò male».

Una strizzatina d'occhio? Sul serio? È questo che insegnano ai medici uomini nelle scuole di medicina? O forse glielo ha insegnato il ring del wrestling. Si infila dei guanti di gomma, mentre io inserisco i piedi nelle staffe gelate, desiderando di farla finita quanto prima.

Pensa a Cruise, mi dico. Pensa a quanto sarà meraviglioso avere dentro di me quel suo corpo senza una palla, e con il pene tagliato a metà.

Involontariamente mi scappa una risatina, indipendentemente da Molly e dall'enorme stronzata che ha cercato di darmi a intendere. Mettiamo un attimo da parte Cruise, penso di uccidere Molly per avermi insinuato nella mente una tale scemenza. Ovviamente, stava mentendo. No?

Una volta finito, mi rivesto, e Sally di *L'incubo prima di perdere la verginità* mi conduce in una stanza in fondo a un corridoio.

«Diamo delle brevi informazioni a chi viene per la prima volta». Lo dice tutto d'un fiato come fosse una minaccia. «Ci vorranno venti secondi più o meno».

Nel piccolo ufficio sono stipate altre sei ragazze, e accidenti, una di loro guarda caso è Molly.

La raggiungo in un attimo.

«Pensavo tu avessi detto che si trattava di farti fare una nuova prescrizione», sibilo.

«Non ho mai detto una cosa simile. Ho detto: "sono rimasta senza"». Fa un sorriso forzato, e alza le sopracciglia in modo ostile.

«Rimasta senza cosa?»

«Pazienza». Mi sputa in faccia la parola.

Trattengo il respiro, fremendo al pensiero di essere

stata ingannata così sfacciatamente solo perché la portassi a prendere la pillola.

«Pazienza? Esattamente ciò di cui anch'io sono rimasta a corto», la avverto.

Ci sediamo per una breve serie di informazioni, ma sono così sconvolta davanti alla mia più recente prova di stupidità che non sento una parola di quel che dicono. Una volta concluso il tutto, praticamente la trascino fuori in un clima da tormenta di neve, perché lì posso bombardarla in pace con una nuova raffica di domande.

«Che razza di senso ha avuto tutto questo?», le chiedo mentre si dirige verso il lato passeggeri della mia auto.

La apro, ed entriamo.

Prima di rispondere, si scuote via la neve dalle maniche. «Senti, ti devo un favore. Okay?». Scuote la testa come se le dovessi essere grata per i suoi dubbi servigi.

Guido verso casa mentre restiamo bloccate nel silenzio. Sono sicura che Molly stia segretamente celebrando il fatto che io sia una vera e propria stupida... e invece io non riesco a pensare in modo coerente tanto che non riesco a mettere insieme due parole di fila, per cui forse ha proprio ragione lei.

La faccio scendere all'entrata del bed and breakfast.

«Molly?», le grido mentre si appresta a sbattere la portiera.

«Sì?». Mi sorride con dolcezza, e così facendo mostra appena dodici anni.

«Il favore fallo a te stessa – aspetta una persona speciale. Fidati di me, non di uno che va a zonzo per i corridoi e le aule del tuo liceo. Perché se quella persona fosse lui, non andrebbe a letto con nessuna ragazza di nome Tracy, o Stacy, né con nessun'altra. Avrebbe occhi solo per te. Non dar via una cosa che non potrai riprendere mai più, conservala per qualcuno che ami e che davvero ami te».

Molly sospira, facendo fuoriuscire dalle labbra un lungo pennacchio di fiato caldo.

«Sì, vabbe'». Sbatte la portiera per troncare la cosa in modo definitivo e corre verso il tanto celebrato albergo.

Se non lo sapessi, giurerei che sto cominciando a credere in una cosa che appena un mese fa avrei scommesso non fosse altro che una leggenda.

L'amore.

Immagino che esista per davvero.

Sì, vabbe'.

Cruise

La neve ci cade addosso mentre entriamo nel Cineplex 10, dove ci aspettano le rispettive ragazze con cui abbiamo un appuntamento. Kenny è meravigliosa con il giubbotto di jeans, i jeans attillati, e i tacchi alti, ma sfortunatamente, a giudicare dalle braccia blu e dalle labbra viola, sta per trasformarsi nel più bel ghiacciolo Popsicle al mondo. Mi è capitato di notare che è un po' carente per quel che riguarda l'abbigliamento invernale. Se non avessi bisogno di ogni centesimo per mangiare le darei una mano. Comunque, prenderò seriamente in considerazione la cosa.

«Allora chi porta Pen?». Si illumina mentre alza lo sguardo su di me.

Un brivido freddo mi attraversa la schiena all'idea che Kenny pensi che sia lei il mio appuntamento.

Prima che possa rettificare la cosa, Pennington arriva in tutta fretta verso di noi con Monique sensuale sui suoi tacchi alti. I capelli le fluiscono sulla schiena come una fiamma, e indossa quegli stivali alti fino alle cosce per i quali è così famosa. Glielo ho visti portare un paio di volte senza null'altro addosso a parte un sorriso sulle labbra.

Merda.

«Oddio!». Monique balza verso di me con un certo vantaggio e mi salta in braccio arpionandomi con le gambe attorno ai fianchi. Mi fa girare su me stesso, e comincia a strusciarmisi addosso già all'entrata del cinema. «Mi sei mancato!». Mi conficca un dito nello stomaco prima di scendere verso il cavallo dei pantaloni. «Ma *tu* mi sei mancato anche di più», dice allegramente.

«Caspita!». La metto giù, quasi terrorizzato di lanciare uno sguardo a Kenny. Ha le palpebre abbassate. Non so dire se sia perché è incazzata o se sia perché sta per piangere. Mette un braccio attorno a Pennington, ed è solo in quel momento che noto che hanno entrambi le famose borse coordinate. La cosa mi irrita un po', anche se so che non è stato fatto volutamente.

«Immagino io stia con te, Pen». Lo dice in modo sensuale, come se fosse proprio ciò che intendeva, e inizia a mordicchiargli un orecchio. Gli sfiora il lobo con i denti, e mi trafigge con lo sguardo prima di dedicarsi all'impresa con un gemito.

Solo a essere il testimone di un incontro tanto ingiusto mi si stringe lo stomaco. Quello sarebbe dovuto essere il *mio* dannato orecchio.

Merda. Non sta andando come avevo progettato. E comunque che cavolo avevo progettato? Di farla impazzire di gelosia così che poi si sarebbe concentrata sui sentimenti che forse prova per me? E invece adesso sono Pen e la sua cartilagine occupata in un lavoro extra che attirano tutta la sua attenzione.

«Andiamo». Attiro Monique verso di me prendendola per una spalla e ci dirigiamo verso la biglietteria.

Siamo tutti d'accordo nell'andare a vedere un film dell'orrore, *The Damned and the Restless*. Suppongo che stasera io sia il dannato per aver spinto la perfetta e bellissima Kendall Jordan verso il mio arrapato fratellino. Monique invece nell'equazione sarebbe l'irrequieta, dal momento che ha già palpeggiato una mezza dozzina di volte i miei genitali, indipendentemente da tutti gli sforzi che io faccia per tenerla lontana.

«Offro io». Pennington si offre di pagare come fosse un qualche gesto eroico da parte sua. Mancava solo di essere castrato economicamente da Pen per gettare questa serata ancora di più nella merda.

Kenny guarda Monique da sopra la spalla e subito si incupisce. Per un attimo penso che stia per mostrarle gli artigli, ma Kenny fa marcia indietro e a fatica contrae le labbra in un sorriso tollerante. Noto che Kendall Jordan è, oserei dire, gelosa? Davanti a quella possibilità mi sale l'adrenalina. Metto con disinvoltura un braccio sulla spalla di Monique, portandola ad accoccolarsi ancora di più contro di me. Credo che la cosa possa rivelarsi magnificamente utile alle mie prime errate intenzioni. E, dal momento che abbiamo già incontrato il mostro dagli occhi verdi, la gelosia, ancora prima di iniziare, direi che la serata è partita proprio col piede giusto. Spero che alla fine dell'arcobaleno litigioso ci sia una pentola d'oro piena di buoni sentimenti. E in questo momento quello che desidero di più è che Kendall Jordan provi un sentimento verso di me.

Do un'occhiata a Monique e gemo. «Popcorn?». Detesto che Kenny si perda il vero spettacolo, quello in cui la prendo per sbaglio tra le braccia. Do un colpetto a Kenny con il gomito. «E tu cosa vuoi? Ci penso io».

Spalanca la perfetta bocca rosa quando si accorge del corpo che cammina avvinghiato al mio in modo così provocante.

«Pennington, tu cosa dici?», chiede, cingendolo con quelle braccia snelle mentre a me scoppia il fegato.

«Per te?». Fa scivolare una mano sulla sua vita parecchio più al di sotto del fianco, e vedo come lei non smetta di muoversi per cercare di evitare che lui arrivi là dove vorrebbe tanto. «Ti comprerei tutto quello che c'è nella parte sinistra del menù se tu lo volessi». E suggella quel che ha appena detto con un bacio nell'orecchio.

Chi mai bacerebbe qualcuno in un orecchio? Cretino.

Pen ci ha sommersi con una quantità tale di porcherie che possiamo essere certi che ci farà cadere tutti i denti prima che sia finito il film. Gli avevo detto chiaramente che non volevo nulla. L'ultima cosa che voglio è dare l'impressione di essere uno che ha bisogno dell'elemosina altrui, eppure mi ritrovo a portare tutte quelle schifezze in sala.

Kenny si avvicina a Monique. «Ragazzi, vi dispiace se ci sediamo vicino a voi?».

Mi batte il cuore un po' più in fretta al pensiero che Kenny voglia sedersi insieme.

«Possiamo scambiarci gli orsetti gommosi con gli omini gommosi con lo zucchero sopra». Kenny annuisce al pitone che al momento risulta avvinghiato al mio fianco, come se l'unico scopo che hanno per cercare di mettersi d'accordo e sedersi vicine sia quello di scambiarsi le confezioni dei dolciumi. E sfortunatamente, potrebbe proprio essere così.

Li faccio andare verso la parte centrale di destra, il posto in cui vado di solito. Non mi importa quello che dicono tutti, è il posto migliore per vedere un film. Lascio che Pen entri per primo, poi Kenny, e mi sbrigo a entrare subito dopo di lei.

Prima di tutto, non mi interessano tanto i film dell'orrore. Se voglio prendermi una bella paura, basta che consulti l'archivio riservato ai prestiti degli studenti. L'ultima volta che ho guardato il totale corrente sono quasi rimasto scioccato.

Monique infila la mano sotto la mia camicia e fa scivolare dentro quei ghiaccioli che lei chiama dita. Non ce l'ho con Monique. In effetti, si è trovata in palestra e ha origliato la mia conversazione con Pen mentre ci mettevamo d'accordo. In pratica si è offerta volontaria per essere la mia accompagnatrice. Sono andato a letto con lei almeno due volte, anche se i particolari sono alquanto nebulosi. Tutto quel che ricordo sono i suoi capelli che mi ricadevano negli occhi mentre mi cavalcava come uno stallone.

In sala si fa buio e io immagino Kenny che mi cavalca in quel modo, i suoi lunghi capelli lucidi che mi frustano dolcemente.

Sposto il giubbotto sui jeans nel caso in cui il mio spontaneo alzabandiera dedicato a Kenny provochi una scenata.

Lancio un'occhiata e noto che sfrutta ogni occasione per guardare con la coda dell'occhio. La mano di Monique si dimena come un pesce sulla mia gamba finché non raggiunge il cavallo dei pantaloni, e allora mi sposto un po' nell'eventualità che si senta portata a darmi una mano per alleviare una certa tensione. Non devo rifletterci troppo per sapere che non arriverò a tanto con Monique, né stasera né nessun'altra sera.

Kenny stringe le labbra e scivola verso Pen. La mano di lui le striscia sulla spalla, planando direttamente sulla sua tetta come fosse un dannato scudo antimissilistico.

Merda.

Subito comincio a respirare più velocemente perché sento che sto per massacrare di botte mio fratello che palpeggia la mia ragazza.

Ho appena chiamato Kenny la mia ragazza?

Prima parlo di amore, e adesso sono sull'orlo di un qualche impegno sentimentale? Lancio un'occhiata a Monique... quell'espressione lussuriosa nello sguardo, le gambe già leggermente aperte come se mi stesse invitando. Potrei averla se lo volessi. Sono sicuro che c'è un angolo appartato o una toilette che ci stanno aspettando. È ovvio che lei sarebbe più che pronta a raccogliere la sfida. Ma non voglio assolutamente ripetere quel gioco con lei. È stata un'esperienza vacua, senza importanza, e mi ha fatto provare la sensazione di cadere in un pozzo senza fondo, privo di qualunque consolazione, serenità, sentimenti che nessuna scatola di preservativi potrà mai curare.

Il film è pieno di dialoghi e Monique comincia a mordicchiarmi l'orecchio, suggerendomi di sviare subito i suoi sforzi. Non ho la minima idea di quel che succeda nel film perché tutto ciò a cui riesco a pensare è a quel pennellone di Pen che si sta comportando come una sorta di scalda tette umano.

Kenny mi lancia un'occhiata e coglie il mio sguardo. Abbassa gli occhi e fa una smorfia verso quell'ignobile braccio di cui sopra che poi delicatamente allontana da sé. Accenno a un sorriso e il mio corpo lancia un sospiro di sollievo.

Monique tuffa una mano tra le mie gambe. Farò

meglio a spegnere quel fuoco prima che Kenny cerchi di superarci in materia di effusioni-spinte-davanti-a-un-film-noioso, e trasformi tutto questo in una specie di staffetta dell'accoppiamento.

«Ti dispiace?». Lo dico nel modo più gentile possibile, ma non c'è mai una bella maniera per dire a qualcuno di smetterla di toccarti.

Kenny si piega verso di me, e io mi sposto nella sua direzione finché le nostre spalle non si toccano. Abbasso la mano, e spero che anche lei faccia lo stesso. Le sue dita sfiorano le mie, e poi lentamente si intrecciano, e il cuore inizia a battermi come quello di un sedicenne che sta per andare al ballo di fine anno con la ragazza che gli piace. Stare mano nella mano con Kenny in una sala cinematografica ha molto più valore di qualunque atto sessuale abbia mai fatto in un luogo pubblico. È di per sé gratificante, soddisfacente, e profondamente erotico.

Sono innamorato di Kenny.

È così.

Ho infranto la peggiore promessa che avessi fatto a me stesso, quella di non innamorarmi mai più. Ma Kenny di certo non è Blair. È un milione di volte migliore di lei. Per una volta, ringrazio che le cose siano andate come sono andate la scorsa estate, altrimenti non sarei seduto qui mano nella mano con l'unica ragazza al mondo con la quale voglio stare.

Lei mi stringe leggermente la mano e con il polpastrello caldo del pollice mi sfiora il dorso facendovi dei minuscoli cerchietti.

Kenny Jordan è seduta accanto a me, e tutto il mondo mi sembra meraviglioso.

Se non lo sapessi, direi che anche lei sta cominciando a provare qualcosa per me.

8
Il programma del corso

Kendall

Martedì mattina presto, quello che ufficialmente sarà il mio primo giorno alla Garrison, scosto la tenda e do un'occhiata al cielo scuro, arrabbiato. Le nuvole minacciose, tutte agghindate ma senza avere un posto dove andare, restano incombenti sulle nostre teste come uno strato di braci scure. Gli abeti allungano i rami verso il cielo nella speranza di far scoppiare quegli otri gonfi, ma sono impotenti davanti a quella sfida; e la terra resta secca, assetata di qualcosa che forse non verrà mai. Il sole non ha speranze in un posto come questo. Non sono sicura di riuscire ad abituarmi a un luogo senza sole, ma la neve, e le allegre impronte lasciate dagli uccellini e dagli scoiattoli lungo il ciglio della strada compensano più che abbondantemente la sua mancanza. E poi c'è Cruise. Il modo in cui il suo sorriso si allarga quando mi vede, quei denti brillanti che sembrano risplendere e davanti ai quali le perle si dovrebbero vergognare per il loro colore, la barba incolta che gli dà perennemente l'aria del cattivo ragazzo. Mi annienta senza nemmeno doversi sforzare. Non ci sono dubbi che Cruise Elton sia sexy in modo imperdonabile. Quanto desidererei che lui fosse mio. Muoio dalla voglia che il suo corpo e la sua anima mi desiderino tanto quanto io desidero lui, disperatamente. Mi chiedo se mai arriverà un sentimento del genere. Se quel sentimento sarà mai sincero o si limiterà a una serie di lezioni su come arrivare a bruciare tutte le tappe per poi segnare un fuori campo a letto.

Il fiasco del doppio appuntamento mi attraversa la mente. Sono davvero una stupida ad aver pensato che Cruise potesse voler uscire con me. Ma alla fine è stato un po' così, ed è quello che conta. Riesco ancora a sentire le sue dita che si rilassano sulle mie, mentre mi riscalda con il palmo della mano, la corrente che è passata tra di noi, viva e palpitante. Cruise e i suoi sentimenti sono innocenti come un filo della luce a terra che tocca una pozza d'acqua. Amare Cruise alla fine mi farà solo soffrire, mi provocherà un danno irreparabile se non starò attenta. Ma non sono più così interessata a stare attenta.

Esco dalla stanza e trovo un biglietto sul tavolo della cucina.

"Ho una riunione presto. Ci vediamo a lezione".

Sono abbastanza sicura che intendesse dire a scuola. Dubito di avere una lezione con un dottorando.

Svolgo velocemente tutte le mie abituali attività mattutine e indosso i vestiti più caldi che ho. Fuori sembra ci sia l'inverno nucleare. Signore, spero che le aule alla Garrison abbiano i riscaldamenti accesi a tutto gas.

Metto un piede fuori e il vento gelido trafigge i quattro strati di vestiario come fosse una falce che taglia di netto le erbacce. La mia pelle si ravviva e arrossisce come per l'effetto di una fiamma ossidrica. È così che ho immaginato fosse l'amore, un bel paesaggio che ti attrae e ti inganna con la sua bellezza, e poi la meraviglia delle fiamme mentre bruci per colpa della tua stessa stupidità.

Ma, per quanto sembri stupido, vorrei che Cruise entrasse in quel fuoco insieme a me. E io non vedo l'ora di ustionarmi.

Farei qualunque cosa per liquefarmi insieme a Cruise.

* * *

La Garrison University sembra un'autostrada in cui sfrecciano biciclette e persone, ed è piena di edifici di mattoni, alti e decorati come cattedrali. Al centro c'è una torre, che si erge altera, come un vero e proprio monumento fallico. Sulla sommità è posto un globo gigantesco di metallo che la rende la struttura più alta del campus. La osservo per un tempo infinito e mi chiedo quanta paura si debba provare a starsene appollaiati in cima alla sua struttura scheletrica, quanto debba apparire fragile il mondo visto da quel punto di osservazione.

Mi muovo in mezzo alla folla che mi risucchia, attorno a me un panorama di lusso che fa vergognare il minuscolo junior college in cui ho frequentato il biennio universitario dalle mie parti. Qui ci sono panchine di pietra con gli studenti seduti sotto gli alberi, ragazze vestite con abiti molto costosi e stivali alti in pelle, caldi cappotti di lana, e morbide borse di pelle. Continuo a dimenticarmi che alla Garrison quasi tutti sono figli di papà, tranne quei pochi che come me hanno vinto una borsa di studio. Ma eccomi qui. Sono sfuggita alla mensa dei poveri che era casa di mia madre, all'orribile vicinato chiassoso e vociante dove lei ci lasciava di continuo. E adesso, io e Morgan siamo quasi indipendenti, abbiamo liberato mia madre dalla palla al piede che siamo stati per una buona metà degli ultimi vent'anni. Sono alla Garrison, ufficialmente da sola. A quanto pare il prossimo passo che farò mi condurrà sulla soglia dell'età adulta.

Mi piace questo posto. Finalmente posso respirare.

E poi c'è Cruise, che forse è la cosa più bella che la Garrison, la contea di Carrington, e tutto il Massachusetts possano offrire, almeno ai miei occhi. Mi sento come se potessi librarmi nell'aria al pensiero che oggi vedrò Cruise, come se non mi bastasse vivere insieme a lui.

La gente comincia a diradarsi, e le biciclette procedono più lentamente rispetto a prima, così mi affretto verso l'edificio di Scienze umanistiche per la prima lezione della giornata, Relazioni di genere. Salgo in fretta al secondo piano di un edificio molto luminoso. Tutto sembra nuovo e immacolato dentro, pareti bianche e lucide come i pavimenti. Sui muri non ci sono i graffiti e i poster informativi a cui avevo fatto l'abitudine nella mia ultima scuola. Nell'aria aleggia un vago odore di vernice fresca, seguito immediatamente dopo dal profumo di detergente al pino.

Aula 228A. Eccola.

Sbircio dentro. Ci sono file e file di studenti che riempiono la sala quasi del tutto, stipati dietro minuscoli banchetti, gli stessi che c'erano nel mio vecchio junior college. Non sono sicura del perché la cosa mi sorprenda.

Una ragazza si fionda dentro, e io sgattaiolo dietro di lei, andando a occupare l'unico altro posto disponibile, nella seconda fila. Odio sedermi in un posto che sia troppo davanti. È la zona del non-divertimento, perché tutti sanno che lì le probabilità di venire chiamato aumentano vertiginosamente. Non riesco a mettere lo zaino ai miei piedi, e trovo la cosa alquanto irritante. Per una qualche ragione ho pensato che la differenza di costo di quarantamila dollari avrebbe assicurato qualche metro in più al mio posto.

Il professore dà la schiena alla classe. È alto, vestito con una giacca di tweed e velluto a coste marrone – sembra abbastanza carino. È impegnato a scrivere qualcosa alla lavagna con il gesso. Il gesso. Effettivamente pensavo che avrebbero avuto lavagne bianche interattive in un'istituzione didattica come questa che costa tanti soldi. Mia madre era solita scherzare dicendo che si potrebbe sostituire la S di Garrison con il simbolo del dollaro. Alla Garrison c'è solo il meglio, commenterebbe lei. Ma perfino il mio junior college aveva le lavagne bianche leggermente più allettanti su cui lavorare.

Il professore si mostra diligente continuando il suo lavoro di comunicazione primitiva mentre una scia di polvere bianca gli cade dai polpastrelli. Signore, sembra proprio bello visto da dietro. In qualche modo mi ricorda Cruise per il modo in cui i capelli si sfumano sul collo formando delle onde. In effetti, il modo in cui muove a scatti una spalla mi fa pensare a un tic nervoso che ho visto a Cruise in più di un'occasione. Devo ammetterlo. Nelle ultime tre settimane sono rimasta a osservare Cruise Elton come fossi un falco. Ho memorizzato ogni particolare, l'ho studiato come fosse un nuovo campo scientifico; potrei restare incantata per anni a osservare come respira.

Si volta e scruta uno a uno tutti gli studenti finché non si ferma proprio su di me con quel sorriso da rubacuori.

Resto senza fiato.

Merda!

È Cruise!

Mi raddrizzo sulla sedia, colta assolutamente di sorpresa dal fatto che stessi progettando in gran segreto di andare a letto con l'insegnante. È di per sé inappropriato ma allo stesso tempo talmente delizioso. Accenno un minimo saluto con la mano senza farmi vedere, prima di sprofondare leggermente sulla sedia.

«Amore». Si allontana dalla lavagna e mostra la parola scarabocchiata a grosse lettere maiuscole. «Benvenuti al corso di Relazioni di genere. Il professor Bradshaw sarà assente a tempo indefinito, quindi finché non potrà riprendere il suo posto lo sostituirò io. Potete chiamarmi Cruise, o signor Elton, se vi sentite più a vostro agio così». Alza lo sguardo verso di me e gli compare un sorriso malizioso sulle labbra. «Maestro, se preferite».

Metà delle ragazze presenti in aula ha un Cruise-gasmo al sentire il doppio senso.

Una ragazza magra con i capelli tagliati con la macchinetta si piega in avanti e sussurra: «Ci credi?». Non sembra affatto turbata dalle qualità quasi soprannaturali di Cruise e dal suo desiderio improvviso che ci si rivolga a lui usando un termine che metta tanto in risalto la sua vanità.

«No, non ci credo nemmeno un po'». Le sorrido acida, senza mai togliere gli occhi di dosso da Mr Elton.

Oddio, quanto è sexy. Per l'occasione si è addirittura fatto la barba – indossa la cravatta e delle scarpe marroni tirate a lucido, e tutto concorre a conferirgli un'aria proprio ufficiale. E pensare che sono stata a un passo dallo strusciarmi contro uno dei miei professori. Non che sia un professore vero e proprio. È più un sostituto sexy, ma vale comunque.

Mentre distribuisce il programma del corso mi sento invadere da un'ondata di calore. Passa una spessa risma di fogli alla ragazza seduta alla mia sinistra e, prima di proseguire oltre, uno singolo a me.

RELAZIONI DI GENERE: PROGRAMMA SEMESTRE PRIMAVERILE
In ginocchio
Lingua e Solletico

L'arte del prostituirsi
Toccami, Stuzzicami, Leccami, Soddisfami
La nobile arte del gemito
Pelle contro pelle
Chiedi e ti sarà dato
Strip Xbox
Crema da spalmare
Giochi di ruolo e Fantasie erotiche:
un viaggio nell'immaginario
Mostra-e-dimostra
Servo e padrone
Video erotico

Video erotico? Ma che cavolo è? Porno 101?

Oddio, è proprio da depravati. Cruise sarà citato in giudizio o verrà licenziato, se non peggio. Ovviamente, deve avere una qualche dipendenza dal sesso se ha intenzione di realizzare cose simili con ciascuna di noi. Scruto velocemente l'aula, aspettandomi che metà della classe scoppi a ridere o a urlare, ma nessuno dice una parola.

Mi vengono passati i fogli extra e ne guardo uno di sfuggita.

RELAZIONI DI GENERE: PROGRAMMA SEMESTRE PRIMAVERILE
Leggere: *Il grande Gatsby*

Vengono elencati componimenti ed esami da svolgere, così prendo un foglio per me prima di lanciare uno sguardo al non-tanto-divertente uomo in questione. Ha le braccia conserte sul petto, e mi sta guardando in modo malizioso con gli angoli delle labbra sollevati. Tutta questa situazione lo sta divertendo, lo so.

Non è lecito né etico fare avance a una studentessa, figuriamoci fornirle prove incriminanti nel caso in cui fosse propensa a intentare un'azione legale. Ma io non lo sono. Sono propensa a vedere cosa implica "La nobile arte del gemito". Così poco alla volta il resto della classe svanisce mentre mi inoltro nei recessi più profondi della mente e mi lascio avvolgere da una fantasia spinta che prevede un ampio uso delle corde vocali in tutta la loro estensione, e davvero pochi indumenti addosso.

«Buongiorno». Cruise cammina un po' prima di sedersi sul bordo della cattedra. «Vorrei iniziare il corso lasciando che ciascuna di voi si presenti ed esprima la sua opinione riguardo all'amore fisico, sessuale. E sul perché, oltre che per la conservazione della specie, pensiate continui a essere considerato come la cosa più desiderata e apprezzata dal genere umano».

Inizia dalla prima fila, e la maggior parte delle studentesse fa un commento caustico, quasi disilluso sull'amore fisico. Tre ragazze di seguito esprimono la loro opinione dicendo che l'amore degrada le donne e riduce il nostro genere a nulla più che a un oblò sessuale per il piacere, e io annuisco perché concordo.

Cruise arriccia le labbra mentre considera le parole dell'ultima studentessa. Dal modo in cui la ragazza con l'impermeabile rosa chiaro gli taglierebbe volentieri le palle per aver insinuato che l'amore è "la cosa più desiderata e apprezzata dal genere umano", si direbbe che Cruise abbia appena dato un calcio a trent'anni di movimento femminista.

La situazione sta precipitando piuttosto rapidamente, e una parte di me è dispiaciuta per lui. Anche se sono ancora irritata dal fatto che non mi abbia detto che si sarebbe trasformato nel mio insegnante nel senso letterale del termine, dal momento che, in un certo senso, stava già svolgendo quel ruolo. In più, un programma tutto incentrato sul sesso mi indispone, anche se ho intenzione di riesaminarlo nei particolari non appena sarò da sola. Devo ammetterlo, "Giochi di ruolo e Fantasie erotiche: un viaggio nell'immaginario" sembrano piuttosto interessanti.

«Ms Jordan?». Mi chiama Cruise da davanti, e io mi raddrizzo sulla sedia.

«Sì? Oh, certo, ehm...». Mi metto una ciocca di capelli sulle labbra come faccio quando sono nervosa, e ci penso su un momento.

«La sua opinione?». Mi lancia un'occhiata maliziosa con quegli occhi seducenti che ha, e io mi sento venir meno. «Può condividere quel che pensava in passato, e quel che pensa adesso – voglio dire, se i due punti di vista fossero totalmente diversi». Lo dice piano, con un tono di voce basso, mentre mi guarda dritto negli occhi con quello sguardo infuocato, davanti a tutta la classe. C'è un qualcosa in quei preliminari amorosi proibiti che scatena l'inferno dentro di me, tanto che mi sento soffocare al pensiero di vivere in tempo reale ogni voce di quel programma di corso.

Ma cosa sto dicendo? Cruise Elton guarda *tutte* le ragazze in quel modo. E pensarla diversamente mi prepara solo a un memorabile tonfo.

«Penso che l'amore non sia altro che una bugia messa in giro da quanti producono bigliettini d'auguri e dall'industria dei matrimoni che fa girare miliardi di dollari e alimenta i sogni delle ragazzine». Lo dico a voce un po' più alta del necessario. «Penso che il tasso di divorzi in questo paese sia la prova inconfutabile che l'amore e tutti i suoi fronzoli sono solo un'illusione supportata dalle favole le quali promettono un "e vissero per sempre felici e contenti" in un mondo dove né *felici e contenti* né *per sempre* esistono davvero. Alla fine della fiera tutto ciò che ci resta è il desiderio sessuale spinto alla massima potenza, capace di far andare un razzo nello spazio. Ma neanche questo è genuino».

Irrigidisce una guancia e subito appare la fossetta, ma niente sorriso. In questo modo, riesce comunque a farmi sciogliere. C'è sempre quel desiderio sessuale spinto alla massima potenza di cui ho parlato. È come se i miei ormoni vi avessero insistito per dire la cosa che conta al posto mio.

«Forse, Ms Jordan», mi fissa con uno sguardo capace di incenerirmi, «semplicemente non ha ancora incontrato la persona giusta». Passa alla studentessa che segue, ma quello sguardo glaciale, freddo come l'acciaio che mi ha riservato mi fa tremare. Perché ho la sensazione di aver appena fatto una cosa terribilmente sbagliata, tipo avere calpestato il roseto del nostro amore prima ancora che potesse avere l'opportunità di sbocciare.

Prima di rispondere la ragazza magra che ho accanto si schiarisce la gola. Si volta verso di me puntandomi gli occhi in viso. Lo sguardo severo che mi riserva guardandomi dall'alto, con le sopracciglia aggrottate, preannuncia che la ragazza ha dei promettenti attributi. «Mi dispiace per te». Lo dice senza tanti preamboli, e io mi sento arrossire. Poi sposta di nuovo la sua attenzione su Cruise. «I miei genitori sono sposati da quasi trent'anni. Si dicono "ti amo" e si baciano quando si salutano e quando escono. Hanno tirato su quattro figli insieme, ed escono ancora loro due da soli come se si trattasse dei primi appuntamenti». Mi trafigge con lo sguardo come se avessi squarciato la pancia a un centinaio di cuccioli appena nati. «Credo nell'amore perché esiste. Non considero i fallimenti altrui come fossero i miei. Troverò l'amore, e sarà un successo».

Un applauso titubante si leva dal fondo dell'aula per poi crescere finché tutti in classe urlano e festeggiano, si alzano in piedi spontaneamente, a eccezione di me, la-povera-maltrattata.

Le restanti studentesse procedono sulla stessa onda dichiarandosi tutte a favore del Partito dell'amore, e così mi sembra che gli sguardi di traverso che mi attiro sono più della dose giusta che mi meriterei. Si potrebbe pensare che voglia segretamente guidare la distruzione apocalittica del matrimonio, o che abbia condotto la mia crociata personale contro il giorno di San Valentino.

La lezione finisce e la gente sfolla l'aula. Prima di farmi avanti, aspetto che scompaia l'ultimo fanalino di coda.

«Vedo che mi hai fornito un programma di corso cucito su misura per soddisfare il tuo piacere». Voglio dirlo come una cosa provocante e spiritosa allo stesso tempo, ma viene fuori come la triste ammissione di quella che non ha fatto altro che dichiararsi contro l'amore. Comunque, fondamentalmente è così che mi sono presentata a Cruise, quindi non dovrebbe essere sorpreso.

Da dietro la grande cattedra di mogano alza lo sguardo su di me, mostrandosi pericolosamente sexy mentre si toglie gli occhiali. Si avvicina, con le braccia mi circonda la vita e mi stringe per un tempo piuttosto lungo. Inspiro il suo profumo, memorizzo il suo corpo robusto avvinghiato al mio. È solido, nutriente, vigoroso. È come se avessi avuto fame di Cruise per tutta la mia vita e adesso io prenda le vitamine, i minerali essenziali di cui ho bisogno per sopravvivere. Per tutto questo tempo sono stata anemica perché mi è mancata l'unica cosa che ho condannato – l'amore. Cruise era il ferro di cui il mio midollo aveva disperatamente bisogno. Lui ha fatto ripartire il mio corpo, ha soffiato nella mia anima l'alito di vita come aveva fatto Dio, e invece io ho avuto il coraggio di rifiutare quel che mi stava offrendo e di sbatterglielo in faccia, definendo apertamente una totale menzogna i sentimenti che stavano sbocciando dentro di me.

Mi scappa un singhiozzo, e allora accade l'impensabile. Iniziano a cadere le lacrime, e ne riverso un fiume sulla sua camicia elegante appena stirata. È come se avessi portato un peso su di me per tutta la vita, un cuore di piombo e granito. E oggi, davanti a Dio e a Cruise e a circa cinquanta mie nuove compagne, l'ho gettato a terra. Giace a pezzi ai miei piedi, perché non lo voglio più.

Voglio davvero credere nell'amore. Voglio tutti i suoi fronzoli, e se mi farà soffrire e dovrò pagare un ottimo avvocato divorzista, andrà bene così.

Indietreggio e resto senza fiato davanti al casino che ho combinato a Cruise. La camicia è diventata sottile come un velo, e la pelle risplende sotto di essa. Due farfalle morte macchiano quella che prima era stata una camicia elegante e immacolata, e mi sento mortificata per quel che ho fatto.

«Mi dispiace davvero tanto», dico, picchiettando delicatamente con le dita il casino che ho combinato. Dio solo sa quanto io sia capace soltanto di peggiorare le cose. Sembra sia la mia specialità.

«Vieni qui». Sorride e subito compare la fossetta. Cruise prova qualcosa di speciale verso di me. Il suo incontenibile desiderio trabocca come fosse benzina, riversando il suo oro nella mia anima. Si piega in avanti e mi bacia velocemente sulle labbra, per poi tuffarsi più in profondità, e allora il bacio diventa scrupoloso, completo, e intenso, con la sua lingua che riscalda la mia nel tentativo di non tralasciare alcun angolino della mia bocca.

Cruise si stacca e schiude le labbra come se fosse sul punto di dire qualcosa – *dilla*. Trattengo il respiro di fronte a quella possibilità, e aspetto, ma non accade.

Mi chiedo se *la* dirà mai.

Cruise

Kenny.

Quando professavo il mio amore per Blair, non ricordo di aver mai camminato per il campus con un sorriso smagliante in volto. In effetti, era vero piuttosto il contrario: mi trascinavo in città come un pappamolla continuamente trattato a pesci in faccia, con la coda tra le gambe, e a malapena sorridevo a qualcuno. Quel rapporto trasudava agonia e morte. Ogni giorno vivevo ciascuna delle sette fasi del dolore, e la domenica due volte. Dovrei scriverle un biglietto di ringraziamento per avermi mollato e per essere sfuggito alle esorbitanti spese legali che prima o poi avrei dovuto affrontare. Comunque, il padre è un famoso avvocato divorzista e forse mi avrebbe fatto pagare solo la mia metà. Sembra quindi che abbia evitato di farmi fare a pezzi e farmi battere su due fronti.

Mi affretto verso l'edificio dove si trovano gli uffici dell'amministrazione. Una nuvola di nebbia illumina il campus, tenue come la luce di una lampada a gas. Kenny ha illuminato il mio mondo. Ha tolto via lo strato di sofferenza sotto il quale mi ero nascosto in tutti questi mesi, mi ha riempito della sua presenza, e adesso l'intero universo brilla grazie alla sua meravigliosa luce.

Horton Hall mi viene incontro con il suo colonnato curvo romano, e io mi precipito dentro. Fa caldo e all'improvviso sento il desiderio di togliermi il pesante vestito formale nel quale mi sono infagottato. Ma Kenny ha lasciato una sua traccia sul mio petto, e sono certo che il collegio docenti sarebbe incuriosito da quelle macchie funeste.

Lo scorso settembre, ho fatto domanda per una borsa di studio, e adesso il consiglio d'istituto mi ha convocato. Sono particolarmente nervoso per quel che potrebbe significare, spero si tratti di dollari. Se li ottengo, potrò permettermi di sfamare me, e anche Kenny. Smuoverei cielo e terra perché lei restasse a casa mia per sempre anche se pensa che l'amore sia solo un'illusione. Kenny è una colomba che ha un'ala spezzata, e voglio essere io quello che gliela curerà.

In fondo all'ufficio sono schierati gli esponenti di questo facoltoso mondo accademico, con il responsabile delle ammissioni degli specializzandi accanto al responsabile per i dottorati e al professor Bradshaw – che, accidenti, sembra un cadavere.

«Cruise». Si alza in piedi per salutarmi, e io gli prendo la mano tra le mie, temendo che possa collassare e trasformarsi in polvere. Ha perso più di venti chili, e già prima non era particolarmente in carne. La pelle è pallida e sottile come pergamena, e ha occhiaie scure sotto gli occhi. Se mai la morte aleggiasse da qualche parte, si sarebbe materializzata in Bernie Bradshaw. Vorrei chiedergli come va la chemio, ma penso di saperlo già.

«Ti è piaciuta la prima lezione?». Mi sorride cortese mentre si siede di peso sulla sedia.

«È andata a meraviglia. Meglio di quanto mi aspettassi. Grazie molte dell'opportunità».

«Fantastico», interviene il dottor Barney, incaricato delle ammissioni. «Spero che apprezzerai la nuova opportunità che stiamo per offrirti. Potresti anche definire questo come il tuo giorno fortunato».

Do un'occhiata a tutti e tre. Io sono tante cose... ma fortunato non è una di quelle.

«Purtroppo per la Garrison», il dottor Barney fa un cenno alquanto preoccupato con il capo, «il professor Bradshaw ha deciso che è meglio per lui dimettersi per il momento».

«Mi dispiace». Merda. Lo sapevo che non andava bene.

Deglutisco a fatica. Bradshaw è stato il mio mentore. Mi ha assistito quando ho strutturato la tesi, e l'ho personalizzata in modo tale che fosse ammessa a colpo sicuro nel programma di dottorato.

«Cruise», Barney si inclina in avanti, «vorremmo sapere se saresti disposto ad assumere l'incarico per il resto del semestre?». Lancia un'occhiata a Bradshaw. «Ci rendiamo conto che hai dato la tua disponibilità a fornire il tuo aiuto per alcune lezioni, ma questo significherebbe portare avanti il corso per conto tuo. Il professor Novak si è offerto di sovrintendere al tutto. Tecnicamente, si tratterebbe di una docenza condivisa. Anche se il professor Bradshaw ci assicura che tu sei più che in grado di portare avanti l'impegno da solo. La tua passione per gli studi di genere non è passata inosservata. Allo stesso tempo comprendiamo che hai il tuo corso di studi a cui dedicarti, e se dovessi decidere di non accettare, di sicuro ti appoggeremo anche in quello».

Una scarica di adrenalina mi attraversa il corpo. *As-*

solutamente sì, vorrei gridare, ma in qualche modo riesco a controllarmi.

«Nel caso in cui dovessi accettare», il professor Bradshaw tira fuori le parole come stesse utilizzando il suo ultimo alito di vita per pronunciarle, «quanto guadagnerai per l'insegnamento in questo semestre ti risulterà sulla borsa di studio come credito per le tasse universitarie di un corso». Trattiene un sorriso e sposta leggermente indietro la testa con orgoglio.

«Ho ottenuto la borsa di studio?». Nientemeno che un credito per un corso?

«Congratulazioni». Il dottor Barney mostra le zanne gialle, e io sono più che contento di vederle. «Come parte dei tuoi studi come dottorando, apprezzeremmo molto se tu continuassi a insegnare quel corso anche in autunno. Sarà un piacere vederti crescere diventando, tu stesso, uno stimato collega qui alla Garrison».

«Grazie». Perdo qualche battito del cuore, come se mi si stesse inceppando. Kenny e adesso la borsa di studio? Ho la sensazione che qualcuno ai piani alti stia facendo più errori di quanti dovrebbe secondo giustizia, ma sarò l'ultima persona a farlo presente. «È un onore per me tanta considerazione. Accetto».

Si alzano in piedi tutti e tre, e uno alla volta stringo le mani a tutti. Accenno un abbraccio al professor Bradshaw e senza volerlo sfioro le ossa che sporgono dalla sua spina dorsale.

«Non la deluderò», sussurro. «Glielo prometto».

Solleva le sopracciglia che sembrano cespugli, svelando così una rete di venuzze verdi e blu sotto la carne sottile come uno strato di cipolla. «Farai meglio a non farlo. C'erano molti altri candidati più qualificati, ma sapevo che tu eri determinato a farcela. Porterai a termine il programma molto meglio di quelle rape. Ricordati solo», stringe entrambe le mani sulle mie, «di credere in ciò che insegni. Qual era l'argomento oggi?»

«L'amore».

«Ci credi?».

Kenny mi attraversa la mente.

«Più che mai».

* * *

Fuggo via dall'edificio dell'amministrazione sentendomi come se avessi vinto la lotteria scolastica, perché accidenti, è proprio così.

Quel sorriso inebetito resta al suo posto anche mentre mi dirigo verso il fiume di persone che si affrettano per andare a lezione. Il terreno è coperto da uno strato di neve, e la prima cosa che mi viene in mente è Kenny e il fatto che le manchino parecchi abiti invernali. Per festeggiare la porterò a fare compere. Ho un semestre intero in cui non dovrò chiedere alcun prestito, e anche se sto in una situazione finanziaria alquanto difficile, sarò ben contento di regalare a Kenny qualcosa che eviti di farle prendere una polmonite per i prossimi mesi. Accidenti, potrei addirittura portarla fuori a cena. Anche se la borsa di studio ancora non cambia il fatto che al momento devo stare un po' attento a spendere contanti.

Guardo in giro, nella speranza di vederla, e considerata la mia recente fortuna, potrebbe anche accadere.

Scruto ogni ragazza dai capelli scuri fin dove arrivo a vedere ma nessuna di loro si avvicina nemmeno lontanamente alla bellezza di Kenny. Lei è un fiore esotico in un mare di comuni piante da appartamento.

Per tutto il semestre scorso, sono stato seduto nel bar tavola calda dell'università ad ascoltare Cal mentre valutava le ragazze sulla base di quante birre gli ci sarebbero volute per portarsele a letto. Non ho mai trovato nessuna di loro eccezionale, ma quella sera al Sigma Phi quando Kenny è entrata nella sala, non sono riuscito a toglierle gli occhi di dosso... con quel corpo meraviglioso; la sua bellezza mozzafiato era preoccupante, in senso buono. Ha chiaramente smentito la mia tesi sull'eresia dell'amore a prima vista. Allora mi resi conto che dovevo averla, fosse pure solo per una notte. Per tutta la vita sembrava impossibile. E adesso, non mi sembra nemmeno un tempo sufficiente.

Mi fermo poco prima della libreria e do un'occhiata alla bacheca in sughero piena di richieste e opportunità. Un annuncio di color giallo acceso attira la mia attenzione.

HAI BISOGNO DI 200 $? NON SEI TIMIDO?
VOGLIAMO IL TUO CORPO!
CONTATTA LA PROFESSORESSA WEBBER.
DIPARTIMENTO STORIA DELL'ARTE.

Strappo una linguetta dal foglio, con un numero di telefono sopra, e me la infilo nella tasca. Penso di aver appena trovato i nuovi stivali invernali e il cappotto per Kenny.

Una testa familiare dai capelli biondi cattura la mia attenzione all'interno della libreria così sbircio dentro per avere conferma del mio peggior incubo.

Blair. È ferma immobile e sta dando un'occhiata alla sezione di letteratura. Sbircia fuori da sopra il libro come se mi avesse continuato a guardare per tutto il tempo.

Mi giro e vado nella direzione opposta.

Merda.

Non può essere qui. Si era trasferita a Dartmouth per seguire quell'idiota sul cui cazzo si era impalata prima di piantarmi ufficialmente.

Faccio un respiro profondo, e, prima di andarmene, do un'ultima occhiata al campus in cerca di Kenny.

Blair non può essere tornata.

Garrison non è grande abbastanza.

9
Di corsa tra le tue braccia

Kendall

L'edificio di Belle arti è situato al margine estremo del campus. La sua ampia architettura circolare ricorda un igloo se, in effetti, quest'ultimo fosse pensato come una costruzione alta sette piani.

Esito entrando nel gigantesco atelier in cui si applica l'ingegno per studiare il corpo umano, e dopo aver fatto esperienza di innumerevoli banchi in miniatura che nel corso della giornata sembravano diventare sempre più piccoli, uno spazio aperto così immenso da sembrare una caverna con l'eco, è un diversivo alquanto gradito. Al posto di spazi in miniatura qui i piani di lavoro sono ben distanziati e hanno ognuno di fronte un cavalletto. Un carboncino è posto sul rialzo arrotondato della postazione, accanto a un cancellino che sembra tratto da un pezzo gigantesco di gomma grigia.

Dopo aver speso più di quattrocento dollari per meno di cinque libri di due dei miei corsi, spero che la lista delle cose necessarie per queste lezioni non si riveli troppo costosa. La mia borsa di studio ha coperto appena le tasse universitarie, quindi i libri, e la mia stanza inesistente nel dormitorio, sono le uniche cose per le quali al momento mia madre debba richiedere un prestito. Sono abbastanza sicura che non le farà molto piacere sapere che sta entrando nella spirale dei debiti per colpa del materiale necessario per dipingere. Anche se, tecnicamente, il prestito è mio dal momento che ho promesso di restituirglielo fino all'ultimo spicciolo.

La ragazza dalle labbra arcigne della lezione del "professor Elton" siede due posti più in là sulla sinistra. Probabilmente si sentirà spinta a psicanalizzare il mio lavoro, e tutte le strade dell'interpretazione critica porteranno inevitabilmente al fatto che ho mostrato il dito medio all'amore. E, con ciò? A chi mai interessa la mia opinione? Be', apparentemente, a lei sì.

Una ragazza con un cappotto rosso elegante e avvitato sfreccia dentro e riempie lo spazio tra me e Miss Troverò-l'amore-e-sarà-un-successo. Vediamo a chi andrà meglio con l'amore dopo qualche divorzio capriccioso e un'aspra battaglia legale per l'affidamento dei figli che spazierà da uno stato all'altro o, Dio non voglia, da un Paese all'altro. Un giorno aggiungerà divorziata all'elenco personale delle cose fatte e riconoscerà che le mie parole sono le uniche vere che abbia mai sentito. Naturalmente, mia madre non ha mai fatto riferimento a se stessa definendosi divorziata, diceva semplicemente che era "fuori in libertà condizionale". E anche la battaglia legale per l'affidamento non ebbe mai luogo per lei dal momento che, tecnicamente, entrambe le parti avrebbero dovuto *volere* il figlio per scatenare quelle brutte litigate che ne sarebbero state una conseguenza. Mio padre fu davvero troppo impegnato a mettere al mondo altra prole con la produttrice di candele per occuparsi della famiglia che si era lasciato alle spalle addirittura in un altro stato.

La ragazza con il cappotto cremisi si volta e fa un sorriso tirato, così decido io di fare il primo passo.

«Kendall». Le stringo brevemente la mano. Tutti alla Garrison sono stati così carini. Dalle mie parti, la vita era fatta di sguardi duri e ognuno stava per conto proprio, invece qui tutti sembrano una famiglia. «Scienze umanistiche».

«Blair Lancaster». Solleva le guance ma senza sorridere. «Giornalismo, ma la mia passione è la fotografia».

C'è qualcosa di stranamente familiare in lei, ma non riesco proprio a mettere a fuoco di cosa si tratti.

Da davanti arriva un forte rumore di qualcuno che trascina i piedi e in quel momento una donna anziana incede verso il centro dell'aula. Indossa un cappotto damascato con una tavolozza di colori che fa pensare al vomito, e fili e fili di perle attorno al collo, come se avesse rubato quegli accessori al centro commerciale e avesse deciso di indossare tutta la refurtiva allo stesso tempo. Emana un vago fascino bohémien, e per forza di cose capisco che deve trattarsi della professoressa Webber. I capelli rossi ispidi le vanno da tutte le parti, ma è solo dopo che si gira verso di me che mi rendo conto che si è presa una certa libertà con i cosmetici, come si dovrebbe fare solo nelle commedie di Broadway e a

Halloween. Senza nemmeno salutarci ci passa il programma, e io resto a fissare inebetita la lista di tutto quel che occorre.

«Avrò bisogno di un magazzino per tenere tutto questo materiale», rifletto. «E dovrò fare nove viaggi in libreria per trascinarmi via tutto».

«Dimmi un po'». Blair mi lancia un'occhiata. «Scommetto che una ragazza carina come te ha un bel ragazzo forte che può aiutarla».

Faccio una smorfia prima di girare il foglio e restare senza fiato. L'elenco va avanti per un'altra pagina intera.

«Costerà un capitale», dico, soprattutto a me stessa. «Dovrebbe saperlo che la maggior parte di noi ha appena un reddito di sei cifre per andare avanti».

Blair fa un sorriso beffardo. «Pensavi che avremmo avuto bisogno solo di una matita numero due per fare lo schizzo a un mucchio di modelli nudi».

«Nudi?». Deglutisco a fatica. Non posso fare dei nudi. Mi metterò a ridere, a piangere, o scapperò via dall'aula urlando. Ci sono delle parti intime che fervono costantemente nella mia psiche più recondita, ma chi può dire fin dove tutto questo farà arrivare i miei incubi?

«Cosa pensavi fosse?». Ritira il mento e mi fissa con aria inebetita, sconcertata dalla mia ingenuità.

«Ehm, arte...». Faccio un breve respiro. Merda. Lo studio del corpo umano si traduce letteralmente con il disegnare le forme del corpo? «Pensavo si trattasse di statue e roba del genere».

«E invece no». Solleva la matita e indica verso il centro dell'aula, dove un uomo e una donna di mezza età compaiono senza tanto frastuono, vestiti con delle sottili vestaglie viola.

Oh cavolo.

Ho la sensazione che quelle gambe e braccia nude siano tutti segnali che ben presto ci saranno ben altre cose messe in mostra. Si sfilano il kimono improvvisato e scoprono un'abbondante quantità di carne prima di ripiegare accuratamente le loro vestaglie come fosse una cosa assolutamente da persone sane di mente quella di preoccuparsi delle faccende domestiche nudi con un pubblico in sala di minori appena emancipati.

Sono nudi!

Nudi.

Mi giro dall'altra parte come se fossi appena stata testimone di un incidente d'auto, con litri e litri di sangue versati e vari arti coinvolti, e invece si tratta solo di parecchia pelle rugosa e macchie di vecchiaia in posti dove il sole non batterà mai e poi mai.

Do un'altra breve sbirciatina.

Quanta varietà!

Quanta varietà!

Merda! Merda! Merda! Lo sapevo che avrei dovuto leggere con un po' più di attenzione la descrizione del corso. Ero così preoccupata a non caricarmi troppo con i corsi che ho sorvolato sugli esatti particolari. E il fatto che fossi una studentessa trasferita da un altro posto voleva dire che mi avrebbero lasciato i corsi del cavolo, quelli che non interessano agli altri studenti, se non avessi agito velocemente. Ho pensato di aver fatto le scelte più sicure, escluse le decisioni più azzardate che ho preso al momento del mio arrivo, come chiedere al mio nuovo professore di farmi da insegnante nella nobile arte dei rapporti di una sera – ma di certo non ero interessata a fissare dei peni geriatrici per un'ora di fila, tre volte alla settimana, men che mai in nome dell'arte.

«Puoi smetterla di agitarti tanto», sussurra Blair. «È completamente voltato dall'altra parte».

Sbircio e confermo la sua teoria. Lui ha una certa età, la schiena pelosa e un sedere altrettanto peloso per fare pendant. Veramente non mi disturbano tutti quei peli, considerato che creano un effetto scimmiesco che in qualche modo sgonfia un po' l'intera faccenda del corpo nudo. Alla sua sinistra siede la donna, nuda anche lei, tristemente stagionata dal tempo. Il viso fortemente raggrinzito sfoggia un migliaio di rughe che ammiccano ogni volta che aggrotta le sopracciglia. I capelli color rame hanno bisogno di un ritocco alle radici come evidenziato dai dieci centimetri di ricrescita grigia che parte dal cranio. E scommetto che ha avuto la sua buona dose d'esperienza con l'Infelice Hair and Nail Salon tanto da sapere di stare alla larga da quel posto. Ha la pelle coscienziosamente liscia come il cuoio, così che i seni insolitamente vellutati e sodi risplendono come due lanterne in contrasto con il resto del corpo.

«Oddio, è come se le tette non fossero mai invecchiate», sussurro a Blair.

«Scommetto che la metà dei ragazzi del corso ha un'erezione attestata su "rischio zero" in questo momento», sogghigna, e subito iniziamo entrambe a ridere.

«Avrebbero dovuto dichiarare che non si assumevano responsabilità riguardo al fattore eccitazione del corso. Non che io sia nemmeno lontanamente eccitata».

«Considerato il fusto con il quale te ne vai in giro». Fa scorrere la matita sul foglio con evidente aggressività. Fusto? Forse mi ha confusa con qualcun'altra. Tecnicamente, non sto con Cruise, anche se lui può essere qualificato ben al di là di un semplice fusto.

La professoressa Webber si muove in fretta per l'aula. «Inizi con il modello che ha più vicino». Si piega sulla mia spalla, sollecitandomi a prendere la matita e a fare velocemente uno schizzo che rassomiglia alla lontana a un gatto. «Vorrei che i modelli ruotassero la loro posizione», tuona rivolta alle due sacche di pelle umana, e loro si spostano sulle loro sedie.

Aspetto che se ne vada e poi mi avvicino a Blair.

«Speriamo che lui non ci offra la prospettiva frontale completa», dico, cercando di riprodurre il suo corpo. È curvo e ha la testa leggermente inclinata di lato. Se non lo sapessi, giurerei che fosse arrivato alla conclusione che si è trattato di un vergognoso errore di giudizio.

«Ti comporti come se non ne avessi mai visto uno prima d'ora». Mi lancia uno sguardo incredulo.

Apro la bocca per dire qualcosa, invece stringo le labbra facendo un timido sorriso.

Suppongo che sia strano trovare una vergine nel mucchio, così non dico spontaneamente che sono una delle vilipese creature mitologiche. Tratteggio invece, tutta allegra, l'appendice a mezza luna che ho davanti a me e cerco di non soffermarmi troppo sul fatto che se lo sia leggermente sistemato e ora riesca a vedergli la pancia. Semplicemente non guardo sotto la piegatura e così evito qualsiasi trauma.

«Sai che pagano una fortuna a questi modelli», dice con voce suadente.

«Oh, sono sicura che lo fanno gratis». Boccio in fretta la sua teoria dissennata da un punto di vista finanziario. «Ci sono probabilmente migliaia di depravati disposti a instillare la loro robaccia nella nostra delicata materia grigia. Non sarei sorpresa se i nudisti in questione stessero vivendo una qualche eccitante esperienza sessuale a nostre spese. Ho visto una volta uno speciale su delle persone che godevano guardando tutto il giorno i piedi. Giuro che ogni volta che vedo un uomo che mi guarda i tacchi a spillo, cambio strada di corsa».

«Sei divertente». Lo dice in modo ironico come se non lo pensasse davvero. «Ma so per certo che il dipartimento di Belle arti alla Garrison paga duecento dollari a chiunque voglia mostrare le sue bellezze». Scrolla le spalle. «Meglio che girare hamburger in un fast food, ed essere malpagati. La fregatura è che puoi posare come modella solo una volta a semestre».

«Hai intenzione di farlo?». Sono davvero incuriosita, e per un attimo, la immagino appollaiata su una di quelle sedie fredde, di acciaio, senza la vestaglia sottile come carta.

«Forse». Guarda un attimo il soffitto. «E tu? Scommetto che coprirebbe le spese per il materiale necessario al corso. Praticamente guadagneresti pure dei soldi con questo affare».

Duecento dollari? Chi se ne importa del materiale per dipingere, potrei pagare a Cruise vitto e alloggio. E portarlo fuori a cena per cambiare.

«Be', stavo quasi pensando di cercare lavoro da Starbucks». È vero. In più in quel modo potrei frequentare Ally e sorseggiare tazze di latte macchiato tutti i giorni per parecchie ore, quindi non sembrerebbe nemmeno un lavoro.

«Al minimo sindacale?». Fa un passo indietro. «Praticamente in un'oretta guadagni quello che ti serve per un semestre. Sembra quasi troppo bello per lasciarselo scappare. Però forse alla professoressa non avanzano tanti posti liberi».

L'anziano gentiluomo si sposta quel tanto che basta per mostrarci ancor di più la sua mercanzia, e a quel punto lo vedo.

Che schifo! Chiudo gli occhi con forza e lentamente sbircio da dietro l'estremità del cavalletto. Avevo la mezza speranza che fosse tanto intelligente da mettersi un libro o una rivista o, accidenti, perfino un sigaro per coprirsi la modesta appendice, ma santo cielo, è bello vigoroso e fiero. Be', veramente, non così vigoroso, sembra più un sussurro. È una specie di protuberanza... essiccata in effetti, e non più grande di una mini barretta dolce. Sono davvero così minuscole? Oddio, è quasi invisibile. Lauren ha detto che è simile a una banana, ed effettivamente sono un po' delusa. E di sicuro la teoria del soldato assaltatore è finita fuori dalla finestra.

Forse gli servivano i soldi per fare uno di quegli interventi di protesi? O forse gliel'hanno fatto a pezzi? Se ne sentono tante di mogli incavolate che seguono i mariti fedifraghi con un'accetta. O forse è stato un semplice incidente in moto, non-così-immaginario.

La violenza visiva va avanti per una buona ora, e con mio grande orrore i due modelli, sia l'uomo che la donna, restano in giro una volta finita la lezione a parlare con gli studenti come si trattasse di una perversa riunione sociale dove l'abbigliamento richiesto è un optional.

«Allora, parlerai con la professoressa?». Blair propone la domanda da duecento dollari ancora una volta.

«Sono indecisa. Non ho il coraggio di fare una cosa simile».

Solleva le spalle. «Duecento dollari possono far trovare il coraggio sufficiente a chiunque. Inoltre si tratta di soldi facili».

«Tu hai intenzione di farlo?». La osservo con attenzione per la prima volta. Nel complesso è carina. I capelli di media lunghezza sono arricciati e laccati in modo perfetto, tanto da resistere alle continue bufere di vento che ci sono al di là di queste pareti. Indossa un semplice filo di perle e forse un po' troppo fondotinta in una tonalità che le dà un colorito arancione innaturale.

«Lo farò se lo farai anche tu», propone.

«Forse lo farò», dico.

Blair mi porta dalla professoressa Webber e la informa che siamo disposte a esporre la nostra carne giovane in cambio di duecento bigliettoni per una. Lei tira fuori in tutta fretta la sua agenda, davanti alla prospettiva di avere forse due studentesse nude.

«Sono rimaste solo due disponibilità per pose di donna. Ho liberi il prossimo lunedì e il venerdì seguente». Alza lo sguardo su di noi, impressionata dalla nostra decisione di mettere a nudo tutto in nome dell'ispirazione artistica. Grazie a uno stratagemma come questo dovrei avere garantito come voto una B in questo corso dato che *metterò a nudo* tutto. Ma io punto a prendere una A, quindi non importa proprio.

Blair mi guarda con un certo nervosismo. «Prenderò il venerdì».

«Allora deduco che per me resta lunedì». Il che mi dà quasi una settimana per tirarmi indietro. «Un momento, lunedì diciannove?»

«Giusto. È un problema?». Le labbra fucsia di Webber diventano una linea piatta.

«No, nessun problema». È il mio compleanno.

Non farò altro che indossare le stesse cose di ventuno anni fa nel medesimo giorno – sarà il mio vestito di compleanno.

* * *

Torno a casa e trovo Cruise ancora con indosso la giacca elegante, gli occhiali con la montatura di metallo. Signore, sembra che nelle ultime settimane abbia finto tutto il tempo e adesso il suo vero io da professore universitario depravato sia venuto fuori.

«Professor Elton», dico passandogli accanto mentre

vado a prendere una bottiglia d'acqua in frigorifero. «Oh, mi scusi. Devo chiamarla maestro? Non ricordo. Non ho ancora memorizzato del tutto il programma del corso».

«Allora sei scioccata?». Fa un sorriso torbido come se in qualche modo la cosa gli facesse piacere. I suoi occhi si fissano nei miei con quello sguardo provocante che dice *entra nel mio letto*.

«Perché dovrei essere scioccata? Sono sempre piacevolmente sorpresa nell'apprendere che la persona che mi guida nella nobile arte della dissolutezza carnale lavora anche come insegnante presso l'università che sto frequentando. Penso che questo legittimi il tuo ruolo». Non sorrido, non rido, né lascio adito a dubbio che sia leggermente infastidita.

Oddio. Mi è appena venuto in mente che forse in tutto questo tempo mi ha usata per la sua tesi. Non c'è da meravigliarsi che si sia offerto di documentare il mio viaggio. Sono diventata mio malgrado il reperto K come "Kenny".

«E così ho guadagnato un posto nella tua tesi?», chiedo a bruciapelo. «Se un documento rivelazione sulla mia verginità che-sarà-presto-un-ricordo sta per essere pubblicato, dovrei probabilmente esserne avvisata. A meno che, naturalmente, tu non conosca degli appigli legali che ti dispensino da qualsiasi contenzioso potrei intentare contro di te». Come se mi venisse mai in mente di citare in giudizio Cruise. Be', forse per essere dannatamente sexy.

«Non ho ancora documentato la tua verginità che-sarà-presto-un-ricordo». Socchiude leggermente le palpebre, facendomi capire che può far diventare la mia verginità un semplice ricordo molto prima di quanto io mi aspetti. E dal modo provocante e lussurioso in cui mi guarda, potrei essere aperta all'idea. «Non stavo pensando di inserirti nella mia tesi, Kenny». Mi concede un sorriso caustico. «E per quanto mi possa piacere considerare le mie scorribande nel campo della fornicazione una materia di studio da un certo punto di vista, ho già collezionato più dati di quanti me ne servano. Ho intenzione di riconsegnare le chiavi del regno dei piaceri della carne».

Riconsegnare le chiavi? Forse Cruise Elton è di quelli che si vogliono fidanzare, o forse vuole solo che io creda che lui sia così. Forse questo è tutto uno stratagemma per continuare la sua promiscua ricerca alla cieca.

«Che peccato». Gli vado davanti con aria di finta sicurezza. «Gira voce che sei cintura nera nell'arte di stimolare l'anatomia femminile». L'ho detto davvero?

Una risata roca gli sfugge dalla gola mentre mi si avvicina.

Sento una stretta allo stomaco al pensiero che Cruise possa continuare a usarmi come una specie di barometro dell'immoralità.

«Quindi», sussurro, mentre mi inebria i sensi con il suo profumo, «suppongo che una volta che comincerò ad avere rapporti sessuali in giro, abbatterò ogni tipo di barriera di genere». Lo dico facendo un tentativo poco convincente di rendere più piccante il mio curriculum, nell'eventualità che lui voglia tirarsi indietro e mi etichetti come Troia Numero Tre o qualcosa di altrettanto degradante. «Voglio dire, le donne acquistano una reputazione orribile se vanno a letto con tanti, e invece gli uomini sono dei seduttori, cosa che fondamentalmente equivale a una parola affettuosa. Penso che si possa dire che lotto perché ci sia uguaglianza nella fornicazione». Oddio, si potrebbe pensare che stia cercando di ottenere un posto di prestigio nella sua tesina sulla pornografia.

«Uguaglianza nella fornicazione». Cruise si avvicina con gli occhi socchiusi come se dovesse confutare una gaffe madornale, e fosse sul punto di reclutarmi per alleggerire lo sforzo. «Penso che dovremmo procedere con le tue lezioni». Lo dice con voce bassa e roca, il suo respiro è come un fuoco invisibile sulla mia pelle.

«Suppongo che sia questo il punto in cui il programma del corso torna utile». Lo attiro a me dal colletto della camicia e faccio del mio meglio per farmi baciare. «Quale dei vari spunti piccanti ti piacerebbe provare per primo? Servo e Padrone? Allieva e Professore?».

Solleva le guance e compare la fossetta, in segno di approvazione del mio colto modo di sedurre.

«Pensavo di più a qualcosa tipo "Mostra e dimostra"», sussurra, avvicinandosi al punto che sento il calore del suo corpo sul mio.

Per un attimo penso di raccontargli tutta l'avventura vissuta alla lezione di arte, ma mi avvolge in vita con un braccio forte e l'attimo passa.

Nel suo vestito da professore e con gli occhiali indosso Cruise Elton è bello oltre ogni dire, e l'incidente imbarazzante che è avvenuto durante la sua lezione torna a invadermi la mente. Non posso credere di essere riuscita a mettermi al collo da sola il cappio fatto, niente meno, proprio dall'amore e dai suoi significati più belli, davanti alla giuria dei miei compagni e del super sensuale professore. Il che mi ricorda che sono ancora un po' irritata per l'importante rivelazione scolastica.

«Mostra o dimostra?». Involontariamente ruoto indietro la testa, e mi riscuoto dall'incantesimo che ha usato per sedurmi. «Nessuno dei due». Mi sciolgo dall'abbraccio e me ne vado lungo il corridoio.

«Dove stai andando?»

«A letto».

«E io?». Suona come una supplica in nome di qualcosa che sta sbocciando dentro al cavallo dei suoi pantaloni.

«Puoi farti una doccia fredda».

* * *

La sveglia mi fa l'occhiolino beffarda, due di notte.

È talmente freddo che sono pronta a saltare nel frigorifero per riscaldarmi. Lo giuro, comincio a pensare che tutta questa faccenda della caldaia rotta sia una trovata per farmi arrivare dentro al suo letto. E Dio sa quanto a lungo e quanto intensamente abbia pensato di fiondarmi nel letto di Cruise Elton stanotte, mettendo da parte l'orgoglio.

E se non avesse confessato di essere il mio professore? Probabilmente ha pensato che fosse divertente. Scommetto che ha riso molto mentre stampava quel programma segreto pieno di perversione.

Sono sicura che "L'arte del prostituirsi" avesse come scopo quello di farmi fare una bella risata e non che alludesse al fatto che l'avrei appresa da Satana in persona. Non che Cruise sia Satana. Assomiglia più a un alieno sexy che si dice abbia il pene delle stesse dimensioni di un parafulmine e il superpotere di far urlare le donne dal piacere in tre diverse occasioni in un lasso di tempo molto breve.

Davanti a quella prospettiva il mio corpo freme. Chiudo gli occhi e immagino Cruise che riversa quei baci sensuali su tutto il mio corpo, mentre le sue mani provocanti e sexy mi accarezzano tutta alla velocità della luce, per poi scendere nei posti giusti.

Sento un fruscio dietro la cassettiera.

Resto immobile e smetto di respirare concentrandomi solo su quel fruscio misterioso.

Dal muro proviene un forte rumore di qualcosa che gratta... e SANTA MADRE DI DIO, ZAMPETTA IN QUESTA DIREZIONE!

Lancio un urlo soffocato e mi porto le ginocchia al petto così velocemente che resto senza fiato.

Merda! Merda! Merda!

L'innegabile picchiettio delle zampette di un animale che si muove furtivo sul pavimento di legno elettrizza la stanza.

Mi precipito verso la porta solo per sbatterci il naso

contro alla pericolosa velocità di centosessanta chilometri all'ora.

«Merda!».

Chiusa a chiave!

Saltello a scatti mentre armeggio con la maniglia della porta nell'eventualità che i giganteschi ratti mutanti decidano di voler scorrazzare su per le mie gambe e arrivare poi a rosicchiarmi la faccia.

Se perdo la verginità per colpa di un abitante delle fogne, urlo per tutta la strada da qui fino in California, lo giuro.

Scappo dal covo dei ratti e corro verso la stanza di Cruise. Fortunatamente, la porta è spalancata, così riesco a evitare un secondo spiacevole scontro con il legno di pino che con ogni probabilità avrebbe richiesto un intervento urgente di rinoplastica.

«Che succede?». Cruise salta su e si appoggia ai gomiti mentre io mi tuffo sotto le coperte. Solleva il piumone, e un raggio di luna si posa sul suo viso frastornato, alquanto affascinante. «Kenny?».

Sospiro. «È necessario fare l'appello?». A pensarci bene, è fatto così Cruise.

Mi precipito addosso a lui stringendomi quanto più è umanamente possibile nell'eventualità che gli animali invasori decidano di riversarsi in questa parte della casa. Cruise emette un respiro caldo sul mio collo mentre mi coccola disteso accanto a me, avvolgendomi con le sue forti braccia nude.

Cavolo! E se fosse tutto un piano perverso per farmi entrare nel suo letto nuda? Naturalmente, non sono nuda, ma scommetterei bei soldi (di cui al momento sarei un po' carente) che Cruise Elton lo sia.

Abbasso una mano e tocco una gamba altrettanto nuda, e confermo così la mia teoria tanto che mi scosto immediatamente da lui come se fosse sul fuoco.

«Sei nudo». Viene fuori come un'accusa, come se lo avesse pianificato fin dall'inizio.

«Non mordo», dice con voce suadente, prendendomi per la vita e attirandomi di nuovo verso di sé.

«Scommetto che se te lo chiedessi in modo davvero gentile lo faresti». Viene detto in tono sarcastico perché sappiamo entrambi che se la situazione lo permettesse lui non sarebbe certo interessato a un'aggressione ortodontica.

«In quel caso, farei tutto ciò che desideri». Strofina il viso sul mio collo, e sento la barba incolta che mi sfiora la pelle, le labbra morbide che lasciano una scia calda muovendosi lentamente su di me. «Indossi un giacchetto?». Scosta le coperte quanto basta per mostrare la mia assurda scelta di equipaggiamento per la notte.

«Sì, indosso un giacchetto... e un maglione, e una maglietta, un paio di pantaloni della tuta, e i collant, e due paia di stupidi calzettoni. Succede quando ti trasferisci nel Nord-Est. Ti metti tutto quello che hai nell'armadio per andare a letto, e non congelarti durante la notte a causa delle temperature polari».

«Pensa però a come ti sarai conservata bene tra vent'anni».

«Sei davvero straordinariamente divertente, professor Elton».

«No, non è vero. Sono uno stronzo». Un sospiro caldo gli esce dalla bocca.

Qualcosa mi si intenerisce in petto davanti a quel commento puntuale e di biasimo contro se stesso... e proprio quando mi stavo preparando a ridurlo nuovamente al rango di playboy.

Si volta e si stende sulla schiena, mentre io lo osservo con attenzione.

La stanza è immersa nella più tenue sfumatura di blu, e a causa della luna e della sua splendida luce riflessa, c'è troppo chiarore per stare a proprio agio. Abbasso lo sguardo sul suo corpo, gli addominali guizzanti, il dorso muscoloso che si restringe in vita. Le lenzuola coprono ad arte il palo del telefono, così posso respirare sollevata. Conoscendomi, sarei probabilmente corsa via urlando e mi sarei messa nel letto insieme al ratto lungo più di un metro e mezzo che ha preso la residenza dall'altra parte del muro.

Chi sto prendendo in giro? Con Cruise sdraiato qui come il sultano della seduzione, la situazione è quasi insopportabile.

«A che debbo questa visita?». Vaga con lo sguardo sul mio ridicolo abbigliamento. Perfetto. Sono abbastanza sicura di essere la donna meno sexy che il suo letto abbia mai ospitato.

«I ratti del Massachusetts si sono radunati nella mia stanza per una conferenza che riunisce tutto lo stato», sussurro nell'eventualità che le loro minuscole orecchie si drizzino e decidano di migrare qui. «Amico mio, sei infestato dai suddetti animali».

«*Tutti* i ratti del Massachusetts sono arrivati nella tua stanza?». Compare la fossetta sinistra, a prendersi gioco di me, e all'improvviso trovo che la sua esagerata bellezza sia alquanto irritante.

«Proprio così», gli dico in tono accusatorio. «E scommetto che lo hai pianificato fin dall'inizio».

Quando scoppia a ridere sono colta di sorpresa.

«Mi hai scoperto». Solleva una mano. «Avevo un'importante riunione con tutti i roditori del quartiere e ho orchestrato l'intero evento. Mentre parliamo c'è un alligatore che sta arrivando dai tubi dello scarico».

«Basta». Mi copro le orecchie. «Se ti ascolto per un altro minuto, farò la pipì in piedi per tutto il prossimo anno».

«Sto scherzando. Ti assicuro che la tazza è ancora un posto sicuro dove riposarsi sugli allori». Cruise si tira su a sedere e mi spinge a mettermi in ginocchio. «Vestiti», mi trapassa con gli occhi azzurri che brillano, «con o senza?».

Il mio cuore comincia a perdere colpi, la bocca diventa asciutta. Con tutta me stessa vorrei dire senza, ma la sola cosa che riesco a produrre con le mie corde vocali è un suono simile al soffocamento.

«Ho sentito senza», sussurra, tirando giù la cerniera del giacchetto che mi toglie di dosso. Sorride e intanto mi solleva il maglione e la T-shirt con un movimento esperto, naturale. Sento che mi si congelano le braccia mentre lui con lo sguardo mi accarezza il dorso nudo. Strattona i pantaloni della tuta, io gli avvolgo le braccia attorno al collo e intanto lui me li sfila.

Mi guarda, indeciso su cosa fare dei miei indumenti

intimi poi passa i pollici dentro l'elastico, e il respiro gli si fa più intenso e più veloce.

Le sue mani calde mi avvolgono le natiche, e a quel tocco resto senza fiato.

Cruise Elton mi toglie gli indumenti intimi, e io non dico assolutamente nulla per fermarlo.

Cruise

La luce della luna deterge la stanza con una sfumatura blu, disinfettandoci da tutti i fronzoli della realtà. In questa condizione alterata tutto sembra un sogno. Cerco di non perdermi nulla mentre questa favola erotica si dispiega attorno a me con Kenny nel ruolo principale della principessa.

Kenny non ha detto una parola mentre le toglievo i vestiti. Non stava esagerando un attimo fa quando ha snocciolato tutto l'inventario degli abiti. Ogni singolo indumento era presente ed era stato enumerato.

Che cosa brutta tutti quegli animali nocivi che le stanno dando tanti problemi.

Mai speso meglio due dollari e novantanove centesimi. La signora del negozio di animali pensava che ne dovessi comprare almeno tre, si è messa a farfugliare qualcosa a proposito della natura sociale dei topolini di campagna... e chi ero io per confutare la sua teoria?

Kenny trema mentre siamo distesi uno accanto all'altra, così la attiro a me, la sua pelle morbida a contatto con la mia, e mi sento completamente vivo.

Una parte di me vorrebbe chiederle scusa per non aver aggiustato la caldaia, ma la verità è che sono riuscito a sistemarla già la mattina di Natale. Pensavo che arrivati a questo punto avrebbe già dovuto desiderare un po' di calore umano. Ma se non avessi comprato quei dannati topolini, forse entro la metà del semestre ci saremmo ritrovati a combattere un principio di assideramento.

Sono disteso accanto a lei, e sto cercando di regolarizzare il respiro, e per la prima volta da tanto tempo a questa parte non sono sicuro di cosa fare adesso.

«Caspita, mi hai tolto tutto, rapido come un prestigiatore», si sorprende.

«Con la pratica si impara meglio». Merda. Non sono sicuro che vantarmi di tutte le volte che posso aver denudato o meno una donna sia una buona cosa da fare in questo momento. Inoltre, non si tratta di una qualsiasi... si tratta di Kenny.

«Sono nuda», sussurra come se volesse avvisarmi di un segreto di cui vergognarsi. Tiro le coperte su di noi e mi accoccolo contro di lei, il suo sedere nudo sulla mia pancia.

«Se tu non lo racconti non sarò io a farlo». Ruoto i fianchi allontanandoli da lei nell'eventualità che si imbatta senza volere nella mia erezione e fugga per colpa di un tale armamento. Dovrebbe già sapere che ne sono dotato, giusto?

«E adesso?». Mi si avvicina fino a fondere la sua schiena con il mio torace.

Chiudo gli occhi e mi inebrio del suo calore, della

sua pelle sorprendentemente morbida – del modo in cui il suo dorso nudo è appoggiato al mio braccio e mi fa bruciare di piacere.

«Sarai tu a fare la prossima mossa, Kenny». Le sfioro il profilo dell'orecchio con le labbra. Oddio, spero che vada nella direzione giusta.

Si gira e fa un respiro profondo. Mette le mani sul mio petto, e muove le dita disegnando delicatamente piccoli cerchi.

«Mostrami cosa devo fare», sussurra. «Farò tutto quello che vuoi».

Tutto quello che voglio.

Deglutisco a fatica mentre la attiro a me, e questa volta la protuberanza del mio corpo la saluta scivolandole contro la coscia. I capelli scuri di Kenny gettano come un'ombra nella stanza, mentre i suoi lineamenti pallidi brillano, delicati e splendenti come fossero una lampada rivestita di stoffa.

«Sei bellissima». Le do un bacio su una guancia e vi indugio. Kenny farebbe tutto ciò che voglio. Potrei averla in questo istante. Potrei sprofondare dentro di lei, metter fine una volta per tutte a questa violenta pressione accumulata che mi fermenta dentro, fino ad arrivare a esplodere trovando sollievo a tutto questo. Ma Kenny si merita di incontrare qualcuno che le dica le parole magiche, una delle quali è proprio quella contro cui ha dichiarato guerra stamattina a lezione. Suppongo di essere abbastanza stronzo da prenderla comunque, aggirando principi morali e integrità, ma non posso farlo – non con Kenny.

«Penso che la lezione di stanotte verta sulle coccole», dico, facendola voltare delicatamente per ritrovarmi di nuovo con la sua schiena contro il mio petto.

«Le coccole?». Nasconde i capelli, che profumano di fiori e vaniglia, nel mio collo, e la sua pelle scava un buco erotico dentro di me. Chiudo gli occhi, inebriandomi dell'estasi e del supplizio quasi stesse scrivendo con la sua carne una poesia addosso a me.

Mi sfugge un gemito leggero e sento che anche il suo corpo vibra come se fossimo perfettamente in sintonia.

«Le coccole», le sussurro in un orecchio. «Una volta fatto sesso con centinaia di ragazzi, potresti volerti riposare un po' dopo. Magari dormire un tantino». Il solo pensiero della sua pelle nuda che tocca un qualunque altro ragazzo è sufficiente a farmi perdere la ragione.

«Oh, giusto». C'è una chiara delusione nella sua voce. Come se volesse che mi approfittassi di lei, ma fosse troppo timida per chiedermelo.

Tutto quello che faremo stanotte dipenderà interamente da lei. Se vuole, può ancora prendere in mano il timone della barca e guidare il mio membro nel porto dove desidera disperatamente attraccare. Ho un preservativo pronto. Sto urlando, gridando con tutto me stesso a ogni cellula del suo corpo perché lei mi desideri quanto la desidero io.

Ma Kenny non fa nulla.

E neppure io.

Tengo Kenny tra le braccia tutta la notte, osservando come la luna la illumina con i suoi raggi come fosse una canzone d'amore. Trascorrerei così tutte le notti se me lo permettesse. Se sono fortunato, i topolini si riprodurranno, e lei non vorrà mai più stare a più di sessanta centimetri da me. Ma non voglio che la nostra prima volta sia il frutto di una manipolazione da parte mia.

In effetti, voglio rimandarla fino a quando non le avrò detto ciò che provo per lei.

E magari, anche lei proverà la stessa cosa per me.

* * *

Il pomeriggio seguente in palestra, senza consultare il mio buon senso, decido di condividere alcuni particolari con Cal.

«Hai lasciato che fosse lei a decidere cosa fare, e lei è rimasta lì distesa come uno straccio inanimato?». Cal apre le mani e i pesi si spostano sulla sinistra. «Scusa».

«No... lei ha lasciato decidere me. E io ho deciso di non fare nulla. Inoltre, non è quello che vuole lei».

«Certo che non è quello che vuole. Proprio per questo non te lo ha chiesto. Forse è gay. Accettalo, la tua anatomia non è quella giusta».

«Non è gay. È solo giovane, dolce e innocente. Ha bisogno di un rapporto serio».

«Le hai detto cosa provi?»

«Non ancora».

«Cosa accidenti aspetti? Quelle tre paroline vengono pronunciate da tempo immemorabile per assicurarsi una bella ragazza giovane, dolce e innocente». Prende i pesi e li solleva mettendoli nella staffa. «Affronta la cosa da uomo, va bene? Mi sento frustrato ad ascoltare tutte queste attività extra, private del loro lato carnale. Se volessi sperimentare una stagione di magra, mi concentrerei sulla mia vita sessuale».

«Forse affronterò la cosa da uomo». Strappo l'asciugamano che lui ha perennemente appeso al collo e mi ci asciugo il sudore sul viso.

«Indovina chi è venuta ieri a fare una tessera come socio per tutto l'anno?». Cal si siede sulla panca di fronte a me con quella faccia da non-ti-sto-prendendo-per-il-culo che fa sempre durante il periodo in cui si presenta la denuncia dei redditi.

Non ho bisogno di fargli venti domande per sapere che si tratta di Blair.

«Come sta? Anche lei è alla Garrison».

«Ha detto a Lauren che le cose non hanno funzionato tra lei e il suo amante. Dice che è tornata per un lungo periodo, che avrebbe preferito non essersene mai andata. Gira voce che ha messo gli occhi su un suo ex ragazzo... o era fidanzato?»

«No, non fidanzato». Mi alzo e mi avvio fuori dalla sala. «Non ha mai detto di sì».

E dopo aver incontrato Kenny, non ne sono mai stato più felice.

10
Una dozzina di cuori spezzati da ricucire

Kendall

La domenica precedente al giorno in cui metterò a nudo molto più del mio corpo mortale durante la lezione di arte, decido di sfidare la neve e prendere un caffè con Lauren e Ally.

Ha chiamato Lauren, ha detto che c'era una qualche emergenza sentimentale e che aveva bisogno di una mora sensuale con un corpo da urlo QUANTO PRIMA. A dir la verità, non mi è piaciuto quello che avevo appena sentito.

Cruise è stato tutto il fine settimana ad aiutare sua madre a riparare delle cose nel salone di bellezza e nel bed and breakfast. Non capisco come si possa trasformare in un tuttofare non appena esce di casa, mentre la caldaia resta ancora misteriosamente fuori uso. Anche se non me ne lamento. Ho trascorso l'ultima settimana distesa nuda tra le sue braccia con la sua affettuosa protuberanza bloccata saldamente contro la mia coscia, e, be', okay, in una o due occasioni è quasi scivolata in un luogo un po' più intimo, ma si è ricomposto in fretta.

Sono sicura che lui abbia da tempo rinunciato a cercare di fare sesso con me. Forse pensa che io sia asessuale, che non sia nemmeno lontanamente interessata a lui o agli uomini in genere. Ma la verità è che sono pronta a capitolare. Ci manca un soffio appena prima che mi giri nel mezzo della notte e mi tuffi nelle sue deliziose fossette. Non mi importa se mi impalerà con il traliccio della luce che ha in mezzo alle gambe o se intanto riuscirà a zampillare direttamente dalla mia gola. Reclamo il suo corpo con tutta me stessa. Non sono sicura di cosa stia aspettando. Ma quanto è vero Iddio sto aspettando qualcosa.

Per volere dell'universo, Starbucks è pieno di persone stipate in ogni angolo. Si potrebbe credere che l'unico impianto di riscaldamento in funzione in tutto il Massachusetts si trovi proprio in questo locale, e se la casa di Cruise e le aule della Garrison valgono come indicatori, allora deve essere proprio così.

Il forte odore di caffè mi seduce con quel suo aroma leggermente bruciato, e mentre mi metto in fila inspiro a fondo.

«Kendall!». Una donna dalla voce squillante, fastidiosa, mi chiama da davanti. Vedo zia Jackie che mi saluta con la mano e mi si avvicina.

«Indovina con chi ho parlato oggi?», chiede, e mi avvolge in un abbraccio che mi fa oscillare da una parte e dall'altra. Il suo profumo e la sua lacca assalgono i miei sensi e per un attimo perdo la capacità di respirare.

«Pen?». Non ho rivisto Pennigton dal nostro disastroso doppio appuntamento. Non posso credere che abbia avuto il coraggio di combinare quel pasticcio e arrivare "in seconda base" mentre eravamo in un luogo pubblico. Ovviamente, io ho avuto il coraggio di molestare la mano di Cruise mentre ero uscita con Pen, quindi deduco che siamo pari.

«No, sciocchina». Gira il polso, e il braccialetto *tennis* con i diamanti incastonati rischia di cadere. C'è qualcosa nel modo in cui Jackie si pone che mi fa un po' paura. Forse sono le sue evidenti ciglia finte. Anch'io ne ho indossate in alcune occasioni, ma queste sembra siano state strappate dalle ali di una povera farfalla ignara, e le danno un'aria un po' troppo da travestito così presto di pomeriggio. O forse sono le sopracciglia disegnate in modo pesante con la matita che le conferiscono un'espressione perennemente sorpresa, o il contorno delle labbra segnato con una spessa matita nera – un look che pensavo fosse bandito dai tempi di *Baywatch*. Comunque, gli anni Sessanta sono tornati di moda. Rivanno gli stivali colorati, col tacco basso, di pelle o pelle lucida che si usavano a quel tempo. «Ho parlato con tua madre!». Sorride raggiante. «Non indovinerai mai cosa mi ha detto».

«Sta per sposarsi?», chiedo, distogliendo lo sguardo al solo pensiero. Se è questo, penso che non parteciperò alle nozze ed esulterò a bordo campo nel momento in cui si prospetterà all'orizzonte il loro scioglimento. Mi assale una sensazione di angoscia al pensiero di lei che accumulerà così un'altra tacca presso il tribunale competente in materia di divorzio. Detesto l'idea che a mia mamma venga nuovamente spezzato il cuore.

«C'è un tantino di risentimento?». Jackie ordina mentre io saluto Ally. «Fanne due!». Si rigira verso di me. «Io prendo questo», sussurra senza neppure chiedermi se volessi un doppio espresso. Ma le sono particolarmente grata. Alla velocità con cui sto gestendo così male le mie anemiche risorse economiche, potrei dover familiarizzare con la mensa dei poveri del quartiere in meno di una settimana.

«Allora», mi rivolgo a zia Jackie, pronta a porre fine al grande mistero di quel che mia madre possa averle detto, «qual è il gran segreto?»

«La ragazza è sola». Jackie fa una smorfia. «La sua amica hostess le ha fatto prendere un biglietto. Così verrà a farci visita». Lo sottolinea battendomi un dito sul naso.

In quel momento arriva Lauren a passo svelto. I capelli neri sono spettinati sulla fronte e il mascara è tutto impiastricciato, segno che ha pianto.

«Sono così contenta che tu sia venuta». Mi attira a sé prendendomi per un gomito. «Dobbiamo assolutamente parlare».

«Ehm...». Guardo zia Jackie. «Ci vorrà solo un minuto».

«Mettici tutto il tempo che vuoi. Io vado via», insiste Jackie. «Verrà tra un paio di settimane, quindi forse dovresti organizzare le cose».

«Starà da te?», chiedo mentre si dirige verso l'uscita.

«Sto facendo ridipingere la casa. Sarà tutta tua, tesoro. Organizzeremo una cena!». Dopo di che, esce nel mondo ricoperto di neve. Un uomo giovane con il pizzetto la prende per un polso e la fa sedere al lato passeggeri di una vecchia Monte Carlo.

«Chi diamine è quel tipo?», sussurro più che altro a me stessa. «E chi mai ridipinge la casa con queste condizioni climatiche da bufera di neve e delle quali non si vede la fine?»

«A chi importa?». Lauren mi spinge verso un angolo. «Penso che forse il mio ragazzo stia uscendo con un'altra». Lo dice di getto. Sbatte gli occhi vitrei in rapida successione mentre le guance le si infiammano di una sfumatura di rosa acceso.

Ally arriva da dietro. «Quel brutto stronzo che tiene il piede in due staffe!».

«Shh!». Lauren saltella su e giù in preda al panico. «Sta arrivando».

«Perfetto», scatta Ally. «Sento che sta per accadere un incidente con una caraffa di caffè bollente. Gli friggeremo le palle e poi vedremo quanto successo avrà con le signore».

«No!». Lauren solleva un dito in aria. «Niente palle fritte. Torna dietro il bancone. Chiederò a Kendall di provarci con lui e staremo a vedere come reagisce».

«Cosa?». Adesso tocca a me rimanere scioccata. «Non ci proverò con nessuno. Non so neppure come si faccia». È la verità. Ho cercato di provarci con Cruise, e adesso dormo nuda accanto a lui nella speranza che si interessi a me con l'inganno. Chissà cosa potrei combinare con il suo ragazzo.

«Fa' finta che si tratti di Cruise e cerca di sedurlo», mi ordina Lauren. «Sii semplicemente carina come sempre, e sarà lui a saltarti addosso». A quel pensiero, i tratti del viso le si scompongono.

«E poi?». Mi stringo il petto in preda al terrore. Sospetto che ci saranno ustioni di terzo grado se lui dovesse abboccare al nostro piano ordito tanto malamente.

«Poi», interviene Ally, «lo ustiono e mi assicuro che i suoi sforzi futuri in ambito riproduttivo risultino fisiologicamente inutili. Bruciamo il bastardo».

Lo sapevo.

«Non so nemmeno che aspetto abbia». Merda. Non sono neppure lontanamente pronta a rimorchiare sconosciuti in una caffetteria. Senza ombra di dubbio, il lavoro che sta facendo Cruise per insegnarmi tutto quel che c'è da sapere sull'arte dell'aggancio risulta alquanto scadente.

«È pelato e sembra il classico sconosciuto contro il quale tua madre ti avrà messo in guardia tante volte», dice Lauren, spingendomi in tutta fretta verso il fondo del locale. «Immaginalo come uno che ti chiede di dargli una mano a cercare il gattino che si è perso, e così facendo ti attira con l'inganno sul suo furgone senza finestrini».

Mi scappa un leggero grido dalla gola. «Oddio, Lauren, allora mi devi un mega favore».

«Affare fatto», dice, nascondendosi dietro una pianta.

Mi siedo a un tavolo vuoto e aspetto che il predatore alto e pelato entri da quelle porte e veda se gli vado bene come gattina sexy e provocante.

Cruise

L'odore di ruggine e dei vapori della lacca per capelli mi spinge a uscire da sotto il lavabo del bagno.

Alzo lo sguardo su mia sorella che tiene in mano un barattolo di colla per capelli come fosse un'arma letale.

«Ti dispiacerebbe?». Nascondo il viso sotto l'ascella e respiro a fondo. Preferisco inspirare quel che rimane del deodorante piuttosto che asfissiarmi con quei vapori merdosi che Molly insiste a usare per soffocarmi. «Morirò di cancro ai polmoni uno di questi giorni, e sarà tutta colpa tua», dico, riponendo la chiave inglese nella cassetta degli attrezzi.

«Mi dispiace, ma devo essere perfetta». Gira il ferro arricciacapelli, e una nuvola di vapore si sprigiona dalla barretta. Sono abbastanza sicuro che non dovrebbe fumare a quel modo. Ho già sostituito mia madre parecchie volte in quel salone di bellezza bavoso e tutt'altro che felice, il cui nuovo logo dovrebbe essere "Ti aggiungiamo trent'anni!". Non so perché Kenny non la abbia denunciata. Mia madre è davvero fortunata ad avere ancora un tetto sulla testa... e a ben vedere anch'io.

«Perché devi essere così perfetta?», dico, alzandomi e scrollandomi di dosso la ruggine dai jeans.

«Ho un appuntamento».

«Un cosa?». La guardo attraverso lo specchio. Il viso è truccato come quello di una bambola Kabuki, con l'aggiunta di un rossetto rosso acceso, e i capelli sono arricciati in boccoli perfetti come se stesse andando al ballo di fine anno. «Non puoi uscire».

«Chi lo dice?». Le unghie rosa brillante muovono l'arricciacapelli su un'altra ciocca sciolta.

«Lo dico io».

«Non sei mio padre».

«Non ce ne hai uno, quindi io sono quello che gli si avvicina di più». Mi piego per prendere la cassetta degli attrezzi, e lei mi dà una ginocchiata dritta nei coglioni. «Merda». Fletto la testa verso le cosce mentre un dolore accecante mi attraversa il corpo, lento e bollente come melassa sul fuoco. «Moll», dico, seguendo i suoi passi agitati lungo le varie stanze. «Scusami». Busso forte alla porta. «Posso entrare?»

«No. Ti *odio*!». Si sente il suono smorzato dei singhiozzi dall'altra parte della porta.

«Scusami». Giro il pomello che scatta e la porta si apre. Non funziona mai niente qui, quindi non mi sorprende che sia riuscito a far scattare la serratura con un semplice movimento del polso.

Molly è distesa sul letto, scomposta e distrutta. Schiaccia il viso sul cuscino mentre la schiena le sussulta a causa di una disperata crisi di pianto.

«Ehi». Mi avvicino e mi siedo sul bordo del letto, strofinandole le spalle profondamente dispiaciuto. «È solo che non voglio che tu debba soffrire, ragazzina. Tutto qui». Merda. Potrei farle più male di quello che non le abbia già fatto? Non è colpa sua se suo padre è uno che si mette sempre nei guai. È finito in carcere cinque anni fa durante un blitz antidroga che è finito con un morto, e adesso ci ho pensato io a mortificarla sbattendole in faccia certe cose. «Ti piace proprio questo ragazzo?».

Si rigira e mi guarda con gli occhi pieni di lacrime. Ha il rossetto sbavato, i ricci fatti con cura sono diventati un ammasso aggrovigliato. Forse si sta trasformando in una bellissima giovane donna, ma l'unica cosa che vedo è la bambina di sei anni che mi stava attorno come un cucciolo... e come vorrei che fosse ancora così.

«Sì, mi piace». Allunga le gambe, e resto sconvolto nel vederle penzolare fuori dal letto.

«Ti tratta bene?»

«No». Non esita a rispondere.

«E allora cos'hai intenzione di fare con lui?»

«Non lo so. Voglio piacergli. Voglio che mi dica che ci tiene a me, che mi ama, cosa che non fa mai. Mi sbava solo da tutte le parti e fa finta che questo sia sufficiente. Almeno mi comprasse un cavolo di fiore prima di infilarmi la lingua in bocca».

«Lo sai che sto per ucciderlo».

Gli occhi le diventano grandi come due fessure. «Toccalo e farò in modo che diventino necessari quattro pneumatici nuovi di zecca, e poi ci proverò di nuovo».

Sento che mi brucia lo stomaco se penso che qualcuno possa far soffrire Molly, che qualcuno possa prendersi gioco di lei. Tutto ciò che vuole è dolcezza e un po' di fiori.

Potrebbe parlare nello stesso modo anche di Kenny e me.

«Senti, devo correre via». Mi abbasso verso di lei e le scompiglio i capelli. «Fammi una cortesia, ignora questo tizio, va bene? Non uscire e guarda un film con mamma. Apprezzerà la compagnia. E non permettere a nessuno di infilarti la lingua in bocca, altrimenti dovrò scovarlo e poi rimetterne insieme i pezzi».

«Dove vai?»

«Devo andare a comprare una cosa».

* * *

Fiori. Accenno un sorriso mentre fisso il bouquet di rose di colore rosso vivo che ho comprato dal fioraio. Volevo che fossero speciali, che non sembrasse che le avessi rubate in uno di quei secchi di plastica all'angolo della strada, così il fioraio ha vivacizzato il mazzo mettendo della nebbiolina, e adesso sembrano un canto sbocciato tra le mie mani.

Ho provato a mandare un messaggio a Kenny per sapere dove si trovasse, ma non mi ha risposto. Ho pensato di andare a vedere in alcuni dei posti che frequenta di solito prima di aspettare a casa. Sono elettrizzato e non vedo l'ora di dirle ciò che provo – che lei è la donna più bella sulla quale abbia mai posato gli occhi, che la sua bellezza interiore supera quella delle stelle, della luna – che loro sembrano delle dilettanti se paragonate con la luce che emana lei. E a quel punto glielo dirò. Ho intenzione di dirle quelle tre paroline che non ho pronunciato da così tanto tempo – e per la prima e unica volta, finalmente le dirò perché le sento davvero.

La BMW è parcheggiata proprio fuori Starbucks, e sul parabrezza sono ammucchiati quasi tre centimetri di neve, il che significa che sta qui da tanto.

Parcheggio e mi preparo mentalmente prima di scendere dall'auto... cavolo, prima di pronunciare un discorso che cambierà la mia vita. In quel momento cambierà tutto tra noi. O anche lei mi ridirà quelle stesse parole o mi riderà in faccia.

Una spruzzata di neve mi saluta mentre entro nel locale. I fiori sembrano strani nella mia mano, come se mi fossi mascherato ed essi fossero solo un complemento di scena. Non sembra che tutto questo sia reale. Il cuore mi batte all'impazzata mentre setaccio il locale. Scorgo Ally dietro al bancone, e vedo che spalanca la bocca. Le faccio un rapido gesto di saluto prima di frugare con lo sguardo in mezzo alla folla finché non vedo Kenny verso il fondo della sala.

Mi si stringe lo stomaco.

Kenny avvolge con un braccio la vita di un bastardo pelato, che conosco bene: Cal.

Si mette a ridere e inarca il collo felice come pensavo facesse solo per me.

Sembra che Kenny abbia portato il gioco a un livello totalmente nuovo, sta prendendo il volo da sola con Cal, niente meno. E io che non credevo ne sarebbe stata capace, che pensavo potesse segretamente desiderare solo me.

Entra una bambina con sua madre. I lunghi capelli,

gli occhi castani grandi con un sottile velo di sofferenza mi ricordano in modo impressionante Molly.

«Questi sono per te». Le porgo i fiori e torno in tutta fretta al pick up.

* * *

Non è venuta in camera mia stanotte.

Con gli occhi appannati guardo fuori dalla finestra il sole che accarezza la sommità della collina, e getta un luccichio inquietante color mandarino sui cumuli di neve che si sono formati durante la notte. Torno a distendermi e mi copro gli occhi con un braccio, cercando di tener lontana quella luce tetra, il mondo – la realtà in generale. Kenny era sembrata così innocente quando l'avevo vista la prima sera alla festa. Sapevo che non sarebbe venuta a casa per riscaldarmi le lenzuola, in cambio vi aveva riportato l'ossigeno, e io avevo assoluto bisogno di respirare. Ero riuscito a rimanere a galla aggrappato ai relitti affiorati dalla desolazione della mia ultima straziante storia e Kenny era stata una bella isola emersa dal nulla, un luogo che desideravo davvero esplorare. E adesso resto pietrificato a scoprire che in realtà mi sono imbattuto in un vulcano pronto a mandare in frantumi il mio mondo. Se il benservito ricevuto da Blair in modo tanto sfacciato dopo anni che eravamo stati insieme si è rivelato devastante per me, allora ho la sensazione che Kenny sarà in grado di annientarmi in un modo ben peggiore.

Non pensavo che avrei provato un dolore così profondo per una persona che conosco a malapena da un mese. Né credevo che mi sarei ritrovato con il cuore strappato dal petto e dato alle fiamme solo per aver desiderato sul serio una persona che invece non ha un vero interesse nei miei confronti.

Oggi pomeriggio non avrò nulla addosso tranne un sorriso durante la lezione di arte di Kendall Jordan. So per certo che vi si è iscritta perché ieri sera ho ricontrollato il suo orario.

Dovrò rimettermi l'invisibile armatura che indossavo sin dall'estate scorsa dopo che tutto è andato a scatafascio, e spero solo di farcela durante quell'ora.

Potrei sempre non andare, perdere duecento bigliettoni. Tecnicamente, faccio parte del corpo insegnante, quindi non dovrei essere così desideroso di spogliarmi, anche se la professoressa Webber ci ha tenuto a farmi sapere che i dottorandi sono il suo principale bacino di candidati. Inoltre, mi chiedo se dovrei tornare in campo, cominciare ad attingere a quella confezione industriale di preservativi che ho messo da parte nel comodino. Kenny è stata solo un passo falso. L'ho lasciata andare troppo oltre nella mia testa, e se continuerò a procedere in quella direzione, mi trasformerò in una femminuccia piagnona.

Dopo una breve doccia, non mi preoccupo di vestirmi. Al contrario, mi avvolgo un asciugamano attorno al corpo bagnato e gocciolante e mi dirigo in cucina.

«La caldaia ha funzionato stanotte!», si stupisce, e il mio cuore affonda come fosse una pietra.

L'ho riaccesa mentre era via, sperando che venisse nel mio letto per sua libera scelta.

Mi sento un peso sul petto. Kenny è riuscita a sgonfiare il mio ego con un solo schiocco della lingua. Sono stato soltanto un termosifone. E stanotte, quando non ha avuto bisogno dei miei servizi, non si è nemmeno preoccupata di venire.

Avevo desiderato con tutto il cuore e tutta l'anima che lei mi volesse. Una parte di me vorrebbe piangere come una scolaretta al pensiero che Kenny faccia sesso con Cal o qualunque altro stronzo che le si possa strusciare addosso.

Contraggo le labbra in un sorriso triste. Voglio distogliere lo sguardo, non guardarla negli occhi ma mi ha catturato, mi ha attirato a sé con quegli specchi che sembrano l'acqua del mare.

«Guardami, Kenny». Abbasso lo sguardo sul mio corpo. «Voglio che tu mi veda tutto». Afferro l'asciugamano che ho stretto in vita, mentre lei apre la bocca, spalanca gli occhi per quel che sto per fare. Scuote la testa quasi impercettibilmente, appare mortificata che io abbia omesso di dirle "buongiorno" e mi sia subito fiondato sulla giugulare del sesso prima che potesse anche solo bere il caffè. Apro l'asciugamano, con lentezza e precisione, mettendole davanti ogni centimetro del mio corpo.

Egoisticamente, non voglio che Kenny mi veda per la prima volta davanti a persone sconosciute mentre cerca di farmi uno schizzo valutando luci e ombre. Egoisticamente, speravo *volesse* vedermi, avermi tutto per sé.

Si volta, veloce come un uragano, e così facendo rovescia tutto ciò che ha nella tazza.

«Merda, Cruise. Buongiorno a te, comunque». Posa con decisione la tazza nel lavandino e si piega verso la finestra.

«Lezione del giorno». Mi avvicino da dietro – aderisco alla curva del suo corpo e non mi preoccupo di allontanarmi quando sento che mi sto eccitando. «Voglio che tu mi veda così», sussurro quasi vergognandomi di quello che le sto chiedendo di fare. «Non devi toccare. Solo guardare». Lo dico con una voce triste, disperata, perché nel mio intimo so che non lo farà – che non merito che lei mi guardi.

«Cruise...». Gira la testa e la posa sulla mia spalla. Non dice una parola, e per un attimo, penso che potrebbe mettersi a piangere, che potrei anch'io rivelarmi un gran piagnone unendomi a lei in quel carosello di singhiozzi.

Le do un bacio delicato sulla guancia, e poi le nostre labbra si ritrovano per la prima volta in una settimana. È come se avesse avuto paura di baciarmi mentre stava sdraiata nel mio letto, perché la mia bocca era l'ingresso per arrivare a tesori indicibili, e lei, una volta entrata, non sarebbe più stata capace di uscire.

L'immagine di lei che tocca Cal sul colletto della camicia, e ride di qualcosa che gli è uscito dalle labbra, mi attraversa la mente e mi lascia un sapore rancido in bocca, così mi allontano.

«Penso che ti vedrò a lezione», dico, stringendomi di nuovo l'asciugamano in vita.

Fa un respiro, senza togliermi quegli occhi tristi di dosso. «Penso proprio di sì».

11
La grande sorpresa

Kendall

È il mio compleanno.

Arrivo in ritardo alla lezione del professor guardami-nudo Elton e mi siedo vicino alla ragazza dalle labbra arcigne che mi accoglie con il suo tradizionale mugugno.

Non c'è di che stupirsi. Sarà una giornata del cavolo sotto ogni punto di vista, già lo so.

Sono arrivata a un passo dal dire a Cruise cosa provo per lui. Che non voglio far finta di voler proseguire in questo giochetto stupido che solo poche settimane fa reputavo divertente. Che in realtà voglio impegnarmi in una relazione monogama con lui e fare con il suo corpo tutto ciò che da sempre desidera, ma non sono riuscita a formulare quelle parole con le labbra. Tecnicamente, è stata colpa sua perché mi ha messa alle strette chiedendomi di fare una scannerizzazione approfondita del suo corpo prima di colazione. Accidenti, chi prendo in giro? Avrei volentieri divorato tutto il suo corpo *a* colazione, ma una parte di me resiste. Se Cruise non vuole me e basta, allora suppongo che nemmeno io dovrei volere lui in quel senso... ma, per quanto sia terribile, nel mio caso è comunque così.

«La finalità dell'amore». Lo dice come se stesse cantando, con quell'aspetto così eccitante da farti ardere più di un falò, vestito con la giacca di velluto a coste, i jeans scuri, gli stivali da cowboy... il mio cuore perde colpi solo a guardarlo.

Al diavolo. Stasera salto dentro al suo letto e mi faccio un bel regalo di compleanno. Signore mio, indossa pure gli stivali da cowboy. Il ragazzo non gioca pulito.

«Oggi ho pensato che potevamo affrontare il tema della vulnerabilità che sperimentiamo dopo che ci siamo innamorati». I nostri sguardi si incontrano, e mi strizza l'occhio. Ovviamente, pensa che l'amore sia una barzelletta, di cui solo io e lui conosciamo la battuta finale. «C'è qualcuno che sa dirmi perché una persona diventa vulnerabile quando si innamora, specialmente per la prima volta?».

Miss Labbra Arcigne solleva una mano in tutta fretta come se avesse un'urgenza fisiologica impellente. Personalmente, faccio il tifo perché sia così.

«Cheryl». Lui annuisce e sbatte a lungo le palpebre.

Ha! Sta proprio per fargli perdere la pazienza.

Lei si schiarisce la gola e mi lancia un'occhiataccia come se avesse sentito. «Avviene perché l'amore porta chi è coinvolto a vivere una lotta psicologica con l'altro per chi dei due esercita il controllo emotivo nella coppia, e questo accade nel momento in cui poniamo una fiducia totale nell'altro e gli consegniamo il nostro cuore». Ondeggia fiera sulla sedia una volta dispensato il suo parere da psichiatra autodidatta. «Se mi innamorassi di qualcuno, e lui tradisse la mia inviolabile fiducia, resterei ferita per sempre e perciò proteggerei il mio cuore in modo da non farmelo spezzare mai più in modo tanto atroce. Sarebbe naturale alzare delle barriere. Potrei perfino ricorrere a rapporti sessuali insignificanti e superficiali che sarebbero un mero strumento di piacere fisico – non ci sarebbe alcun coinvolgimento sentimentale perché probabilmente avrei smesso di credere nell'amore».

Cruise si appoggia alla cattedra. Mentre riflette su quelle parole, sbianca in faccia. Rendendosi conto che la diagnosi di lei è effettivamente corretta, soltanto adesso diventa consapevole del fatto che il suo modo di prostituirsi altro non è stato che una semplice maschera. Alla fine, forse è a questo che possono essere ricondotti i sentimenti che proviamo, a un rapporto sessuale privo di significato – un mero strumento per soddisfare noi stessi – niente amore vero perché noi non ci crediamo – solo che adesso, penso di crederci.

Cruise fa un respiro profondo. «Quindi è questo rapporto tra forze emotive diverse che crea la vulnerabilità tra partner sessuali, e quando l'equilibrio si rompe, il più debole dei due resta schiacciato».

«Non necessariamente». Cheryl si raddrizza avendo intravisto la possibilità di fare lezione tutta da sola. «Il rapporto tra forze emotive diverse non deve avere a ogni costo delle implicazioni sessuali. Può avvenire anche tra una bambina e i suoi genitori. Molte ragazze sono vittime di padri buoni a nulla, e le statistiche mostrano che quelle che crescono senza un riferimento paterno forte nella vita ricercheranno l'attenzione dell'uomo in altri modi. Qualunque spogliarellista del paese lo potrebbe testimoniare».

Cruise lancia involontariamente lo sguardo verso di me.

So a cosa sta pensando, che io sia piena di problemi legati alla figura paterna. Pensa di aver individuato la vera ragione per la quale ho deciso di calarmi nel mondo della prostituzione, nonostante la scarna dovizia di informazioni di chi mi è seduta accanto, che si rivela essere una sapiente non-così-saggia. Comunque, purtroppo, sia l'uno che l'altra hanno ragione.

«Kenny», dice lui a bassa voce, come un automa, «sembra che tu abbia qualcosa da dire».

Inspiro a fondo. «Credo sia vero». Lancio un'occhiata a Cheryl e osservo come il suo corpo scheletrico si volti compiaciuto verso di me. «Come qualunque spogliarellista del paese, posso testimoniarlo anch'io. La cosa divertente, è che è stato uno dei miei patrigni a illuminarmi sull'argomento quando avevo dodici anni».

«Va bene così, Kenny», dice a voce talmente bassa che è meno di un sussurro, perché forse ho già detto troppo. Cruise sta cercando di persuadermi a non proseguire il massacro verbale della mia adolescenza.

«Aveva già impacchettato le sue cose e stava trascinando la valigia fuori dalla porta di casa». Inspiro a fatica. «Lui e mia madre avevano avuto una terribile discussione. Ricordo... gridò con tutto il fiato che aveva in petto che io da grande sarei diventata una sgualdrina proprio come mia madre». Fisso lo sguardo vitreo di Cruise per un lungo momento. La stanza, gli altri studenti, si sono sciolti come neve... siamo solo io e Cruise che parliamo in confidenza della condizione burrascosa della bambina che è ancora nascosta dentro di me. Ho alzato la gonna e messo in piazza la mia vergogna di fronte a tutti quelli che mi sono attorno. Non vedo perché fermarmi adesso. «Ecco perché l'ho fatto. Ho difeso la mia verginità come se avessi in mano un coltello affilatissimo. Avrei ferito chiunque si fosse avvicinato perché volevo dimostrare a quel bastardo che aveva torto. Volevo mostrare al mondo che non avrei mai fatto la fine di mia madre. Sono fuggita da qualunque cosa assomigliasse anche solo lontanamente all'amore e ho fatto davvero di tutto perché non mi trovasse mai». Fino a questo momento.

Cruise chiude gli occhi. Una scia bagnata gli vela le ciglia. Si volta verso la lavagna e sfoga la sua aggressività su un pezzetto di gesso che usa per scarabocchiare il compito da fare.

«Fatemi un breve componimento sulla vulnerabilità dell'amore». Mi lancia uno sguardo micidiale mentre tutti cominciano a dedicarsi al compito in questione. «Kenny, posso parlarti un attimo in corridoio?».

Lo osservo così com'è adesso, l'autorità vestita in modo elegante e con gli occhiali saldi al loro posto, i capelli pettinati all'indietro con il gel, precisi e ordinati. Penso mi piaccia di più la versione sudata, quella riservata alla mezzanotte, di lui che mi preme la barba incolta sul collo mentre la sua erezione implora il mio corpo di trovarle una casa.

«No», dico, e mi metto a scrivere il componimento per il mio professore.

* * *

Fino a questo momento, ho avuto un compleanno abbastanza di merda.

Sono riuscita a evitare Cruise almeno in due occasioni dopo quel confessionale spontaneo. Prima, alla fine della lezione, quando ha cercato di placcarmi come un difensore laterale in corridoio, e dopo in biblioteca, dove ha cercato di bloccarmi e quindi sono corsa a nascondermi tra gli scaffali. Chi lo sapeva che nascosto tra file e file di vecchi manuali polverosi si potesse trovare un tale assortimento di perversione carnale, che spaziava da lavoretti fatti con la bocca a lavoretti fatti con la mano, fino a coiti clandestini con le mutandine leggermente abbassate, la gonna perfettamente al suo posto. C'era praticamente la rappresentazione scenica del Kamasutra. Dovrebbero sul serio dare un nuovo nome alla biblioteca, tipo "centro di consultazione delle sconcezze".

Con una certa invidia mi avvio verso l'edificio delle Belle arti, dove la professoressa Webber mi incontra vicino all'ingresso, con una vestaglia viola in mano.

«Sei in ritardo». Mi aggredisce come se avessi fatto apposta ad arrivare cinque minuti dopo rispetto all'orario per fare un'entrata in pompa magna, perché non vedo l'ora di denudarmi il seno con stile. Il che mi fa ricordare che stamattina avevo pensato di depilarmi le parti intime, ma l'intenzione è stata boicottata da Cruise e dal suo improvviso desiderio di mostrarmi i genitali.

Forse la situazione non è poi così male. Non che sia preoccupata di fare bella impressione sul pubblico presente in galleria. In effetti, meno ho un aspetto invitante, meno probabilità ci sono di ricevere numeri di telefono non desiderati alla fine dell'ora.

Webber mi conduce in tutta fretta in uno spogliatoio, dove mi denudo in un baleno. Abbasso lo sguardo sul triangolo scuro che mi fiorisce tra le gambe e resto senza fiato perché vedo quanto sono stata sciatta e disattenta.

Cavolo! Ho un *cespuglio*. È orribile. È molto peggio di quel che pensassi. Non solo sono leggermente fuori forma e le mie tette hanno scelto proprio oggi per cedere un po' come fossero due enormi palloncini pieni d'acqua, ma ho i Butchart Gardens che mi vengono fuori dal didietro... letteralmente.

Merda.

Dopo una tale figuraccia dovrò prendere i contanti e comprare un biglietto per il primo volo disponibile per la California, o potrei rischiare di vedermi appioppato un soprannome terribile tipo Bushzilla, Nemico pubblico numero uno, In sella al tappeto volante, o Velo pietoso sul vello intimo, che mi perseguiterà per il resto dei miei giorni. Suppongo che dopo questa esperienza, sarò debitrice verso tutti di una grande apologia "pubica".

«Su, su!». La professoressa Webber mi spinge fuori dallo stanzino di fortuna.

Mi infilo la vestaglia e seguo un uomo vestito di viola, che si fissa i piedi mentre ci accompagnano lungo la passeggiata della vergogna al luogo dove rispettivamente ci siederemo. Finora non avevo riflettuto sul fatto che mettendomi in posa su uno sgabello di metallo mi farà provare la sensazione di qualcuno che mi infila un ghiacciolo sotto il sedere nudo, almeno per i primi minuti.

Con la coda dell'occhio, vedo la vestaglia dell'uomo cadere a terra e formare una pozza color lavanda sul pavimento.

Faccio un respiro profondo. Ma in che razza di pasticcio mi sono andata a cacciare? Spogliarmi in pubblico? Cosa ci sarà dopo? Gli strip club?

Okay. Rilàssati. Nessuno farà caso al mio aspetto. Lo sto facendo in nome dell'arte. Tutta la classe probabilmente è emozionata per il fatto che c'è una ragazza a contrastare il vecchio che ho vicino.

È come strapparsi via un cerotto. Lo devo fare senza pensarci troppo.

Appena mi apro la vestaglia mi investe una brezza fredda. Sento il tessuto scendermi dalle spalle e scivolarmi lungo il corpo con una chiara finalità. Faccio finta di studiare lo smalto scheggiato sulle unghie dei piedi mentre in realtà, per quanto mi sento mortificata, sto cercando disperatamente di morire dato che in questo momento la morte mi sembra l'unica degna via d'uscita da tutto questo casino.

«Kenny?».

Alzo lo sguardo all'udire quella voce familiare.

In piedi di fronte a me c'è un molto affascinante, molto sorpreso, e assolutamente molto nudo Cruise Elton.

«Merda!». Incrocio le mani sul seno e chiudo di colpo le ginocchia.

È lui! Dove diamine è il vecchio?

Do un'altra occhiata veloce e inspiro rumorosamente.

Doppia merda! L'ho appena visto! Proprio qui, davanti ad almeno quarantacinque testimoni, ho appena posato gli occhi per la primissima volta sulla straordinaria mercanzia di Cruise Elton.

Mi si stringe lo stomaco. Gli occhi guizzano di nuovo là dove gli pende lungo e slanciato sulla coscia, e non c'è assolutamente nessun dubbio che possa essergli stato tagliato a metà a causa di un qualche incidente motociclistico.

«Sedetevi». Tuona la professoressa Webber dandoci l'ordine, e sia io che Cruise la assecondiamo subito.

Cruise si sistema sulla sedia, senza mai togliermi gli occhi di dosso. Accenna quasi impercettibilmente un sorriso libidinoso, e sento salire in tutto il mio corpo una vampata di calore.

Gli lancio un'occhiataccia di rimprovero. Brutto sporcaccione. Non sarei sorpresa se venissi a sapere che si è fatto dare questa informazione riservata dalla povera capelli-elettrici Webber. Anche se, suppongo, fosse anche interessato a guadagnarsi qualche bigliettone senza fare uno sforzo eccessivo e in breve tempo.

«Oddio, sta diventando rossa come una barbabietola!», grida qualcuno dal fondo.

La professoressa Webber batte ripetutamente le mani. «Non abbiate paura a usare i colori».

Magnifico. Non soltanto sarò un cespuglio folto, ma sembrerò anche sul punto di prender fuoco; sarò il cespuglio in fiamme. E in questo momento, farei qualunque cosa per tre litri di gas liquido e un paio di fiammiferi per porre fine a questo supplizio.

Guardo nuovamente Cruise, e i miei occhi scendono sul suo torace. È liscio e ampio come un palazzo. Cruise ci tiene ad avere un corpo pulito e curato. Non si sarebbe mai presentato il giorno del suo nudo-integrale-addio-mutande trascurando la buona educazione di depilarsi lo scroto. A proposito. Scendo un po' più in basso con lo sguardo, lentamente e dolcemente come fosse miele, e vedo una linea rada di riccioli color marrone scuro che scende dall'ombelico, una traccia curata e ben definita di peluria che porta a un enorme tesoro di pelle ripiegata accanto alla coscia, e... Oddio. Sta *crescendo*. Sta tornando in vita lento e letargico, come un gigante che si risveglia da un lunghissimo torpore.

Cruise mi stuzzica e comincia piano piano a sorridermi con malizia. Sta sbocciando, e lo sta facendo solo per me.

Tutta la classe resta senza fiato come se Cruise stesse compiendo un'impresa folle e anomala, tipo levitare o ruotare la testa di trecentosessanta gradi. E invece è tutto normale, e forse la cosa più bella è che si tratta semplicemente della sua reazione nei miei confronti. O almeno lo spero.

Cruise sorride e compaiono le fossette. Mi ci voglio tuffare. Voglio tuffarmi dentro Cruise, usarlo come fosse un manto e uno scudo. I miei occhi tornano lentamente a vagare sul suo corpo, lo osservo così com'è, ben fatto e meraviglioso, che mi fa il saluto, fiero, da una distanza troppo grande per essere apprezzato a dovere.

Cruise Elton mi ha fatto il più bel regalo di compleanno che abbia mai ricevuto, e senza neppure saperlo.

Cruise

Kendall Jordan è un sogno erotico in carne e ossa. E se non sto attento, il mio uccello farà allertare le autorità, perché sono sicuro al mille per cento che avere una erezione in pubblico, seduti davanti al corpo studentesco, è simile a commettere un reato.

Mi inebrio di Kenny con la sua pelle bianca come la panna, le labbra rosa come ciliegie. I seni sono gonfi come due meloni perfetti; i peli scuri che nascondono il sottobosco tra le sue gambe sono simili alle pericolose correnti di ritorno che si agitano nel fondo del mare, e all'improvviso avverto una fame insaziabile di meloni e frutti di bosco maturi.

Cerco di metabolizzare quel che sta succedendo. Cercando innocentemente di comprare a Kenny un cappotto invernale, ho messo a repentaglio la mia nuova posizione di professore e adesso, in un subitaneo volgersi degli eventi, non solo sono nudo davanti a estranei, ma sono nudo davanti alla donna che amo. Perché io amo Kenny. Cascasse il mondo, stasera ho intenzione di dirglielo. A quel punto, se deciderà di continuare a parlarmi oppure di non farlo più dipenderà solo da lei. Non le è importato che le abbia tenuto nascosto il mio ruolo di professore. Suppongo invece che mettermi a posare nudo per mia libera scelta durante la sua lezione di arte sia una cosa della quale le sarebbe piaciuto essere messa al corrente, specialmente nell'eventualità che anche lei avesse pensato di togliersi qualche indumento di dosso.

La professoressa Webber si avvicina e guarda dritto verso di me. «Bel lavoro», sussurra. «In tutti gli anni che insegno non ho mai visto una cosa simile. Ha preso in considerazione di fare carriera nel settore dei film per adulti? Ha un equipaggiamento notevole che non dovrebbe essere ignorato».

La fulmino con lo sguardo. Non sento la necessità di far sapere a tutti di essere così ben dotato. Da tempo so che è un'anomalia. L'ultima cosa che voglio è spaventare Kenny e farla correr via alla ricerca di un modo per difendere la sua vagina, arrivando così a scegliere uomini meno virili con i quali avere a che fare, tipo Cal col suo membro inesistente. A tal proposito mi viene in mente che non l'ho ancora gonfiato di botte.

«Giratevi in modo che il resto della classe possa vedervi». Webber ci invita a girarci dall'altra parte, e subito il mio uccello si ritira dopo aver dato il meglio di sé. È come se fosse allenato a stare sull'attenti nel momento in cui Kenny è nei paraggi.

Cerco di guardare l'orologio sul muro. Non c'è niente che aiuti a far passare il tempo come guardare fisso i minuti che trascorrono.

Una bionda con un cappotto rosso mi sorride, e sento che mi si gela tutto.

Blair. Se c'è una cosa al mondo che può stroncarmi un'erezione più velocemente di una vecchia strega rugosa che mi suggerisce di tentare la strada del porno, è la mia ex ragazza.

Proprio quando pensavo che le cose non potessero andare peggio.

Posso sentire i suoi occhi su di me, che penetrano ogni centimetro quadrato del mio corpo senza che io lo desideri. Blair ha avuto la sua occasione con la mia carne, ma non è stata interessata a tenersi né me né il mio uccello, quindi non so cosa le faccia pensare che io sia talmente disperato da permetterle di rientrare nella mia vita. Comunque, se Kenny non fosse qui... se non le avessi già donato tutto me stesso perché possa fare di me ciò che vuole senza neppure rendersene conto, rivorrei Blair? Senza nessuna esitazione so che la risposta sarebbe un no secco.

Finalmente l'ora volge a una penosa fine con la mia mascolinità resa momentaneamente peniplegica a causa di Blair e dei suoi raggi laser uccidi-libido.

Sollevo una vestaglia e la metto sulle spalle di Kenny perché possa coprirsi, e le sfioro i capelli con un bacio che potrebbe facilmente essere scambiato per un semplice gesto fatto di sfuggita e nulla più, ma nessuno dei modi in cui amo Kenny può essere classificato come un semplice gesto fatto di sfuggita. Tutto nel modo in cui ho intenzione di dimostrarle il mio amore, sia da un punto di vista fisico che sentimentale, sarà sempre voluto e pensato.

«Immagino ti sia caduta questa». Dice Blair alle mie spalle, mentre le prendo la vestaglia di mano e poi la scuoto. «Bella performance». Inclina la testa verso di me.

Kenny è già corsa verso lo spogliatoio, quindi non mi importa di sfogarmi un po'.

«La performance non è stata per te, Blair. Né lo sarà mai più». Non aspetto di vedere l'espressione scioccata che le si stampa sul viso. Mi precipito, invece, nella stanza dove ho lasciato i miei vestiti e mi cambio velocemente, così che possa raggiungere la donna che amo prima che scappi sulla costa occidentale per sempre.

* * *

«Ciao, splendore», dico, raggiungendo Kenny fuori dall'edificio di Belle arti. Il cielo della sera è immenso sopra di noi, desolato e cupo con nuvole minacciose avvolte in una patina di un azzurro tenue. «Ti spogli qui spesso?»

«Non così spesso quanto tu fai il saluto alla regina».

E sorride malizioso. I capelli le sbattono sul collo con lunghe ciocche scure. «È il mio compleanno».

Mi sento invadere da una profonda tenerezza verso Kenny, che tocca di continuo lo zaino, e le sue unghie perfettamente smaltate brillano come sirene. Il maglione le scivola da una spalla, e le si scopre una spallina del reggiseno. Una parte di me vorrebbe sistemarglielo, vorrebbe sistemare qualunque cosa la riguardi. Ma è talmente sexy e perfetta così, che non c'è nulla che cambierei di lei.

«Perché non mi hai detto che era il tuo compleanno?». Sento un dolore acuto alla bocca dello stomaco. Per lei oggi deve essere andato tutto piuttosto da schifo, a cominciare dal mio attacco mattutino con l'asciugamano, proseguendo con la triste confessione delle parole del patrigno, fino alla parte finale – mostrarsi nuda col suo corpo perfetto davanti a cinquanta studenti, quando invece avrei desiderato esserci solo io in quella stanza con lei.

Esce la professoressa Webber, che ci blocca tutta agitata. «Sono contenta che siate ancora qui». Porge a entrambi un assegno. «Siete tutti e due i benvenuti, in qualunque altro momento. Naturalmente, dovrete venire in coppia. Si percepiva chiaramente che c'era una chimica speciale tra voi». Mi strizza l'occhio prima di precipitarsi nella notte esageratamente fredda per la stagione.

Due giganteschi pennacchi di fumo bianco escono da Kenny e da me perché respiriamo ansanti come se fossimo sul punto di scoprire qualcosa di molto più intimo l'uno sull'altra di quanto i nostri corpi nudi riuscirebbero mai a svelare.

Kenny agita il suo assegno in aria. «Vitto e alloggio». Prova a darmelo, ma non lo prendo. Kenny lo ha fatto per senso del dovere nei miei confronti. Voleva darmi una mano. «Ho pensato che avresti potuto chiamare qualcuno per sistemare la caldaia, poi questa mattina magicamente è andata a posto da sola». Scrolla le spalle.

Provo una stretta allo stomaco sentendole dire quelle parole. Voleva restituirmi i soldi, aiutarmi a sistemare la caldaia che invece io non avevo acceso nella speranza che continuasse a venire nel mio letto una notte dopo l'altra. Sono peggio di uno che si approfitta degli altri, e mi detesto per questo.

«Bene», con un braccio mi stringe in vita. Sento che trema quando si fa più vicina. «Fammi andare in un bar a festeggiare il fatto che mi posso ubriacare in modo legale. Diamine, voglio mandar giù qualcosa di forte, che mi spacchi dentro». Quando si rende conto del lapsus freudiano spalanca gli occhi.

«Birra o vino?», chiedo, cercando di mantenere un'espressione normale.

«Oh, tesoro, penso che la situazione richieda di mandar giù qualcosa che *spacchi* molto, ma molto di più».

Inclino leggermente la testa all'indietro e la osservo attentamente. Kenny è una donna davvero mozzafiato, sexy e intelligente, con personalità, ed è unica nel suo genere, ma neppure se ne rende conto.

Forse quel lapsus non era poi tanto freudiano.

In effetti, penso proprio che Kendall Jordan mi si sia proposta.

«Buon compleanno, Kenny». Le do un bacio delicato, e mentre mi scosto, mi inebrio della sua bellezza.

«Grazie, Cruise». Mi punta addosso gli occhi da cerbiatta e mi fa diventare una bomba di ormoni che supplica solo di poter esplodere.

Nel giorno del suo compleanno, ho intenzione di dire a Kenny che la amo.

Chissà?

* * *

La notte riflette sfumature viola e blu scuro per terra sulla neve fresca mentre andiamo via perché Ms Jordan possa ubriacarsi come si deve. Seguo Kenny a casa, così potrò adempiere al mio ruolo di autista sobrio.

Il bar tavola calda dell'università splende come una zucca accesa per Halloween con le stesse intenzioni diaboliche che evoca quella notte in particolare, con l'aggiunta di varie implicazioni pornografiche, tanto per non farci mancar nulla.

«Alcolici!». Kenny saltella su e giù. Non le ho mai visto prendere un sorso di qualcosa che fosse vagamente fermentato o prodotto da un birrificio artigianale, quindi il fatto che conti di bere qualcosa di forte mi diverte alquanto. Prevedo che tra circa tre ore mi ritroverò a pulire del vomito dentro al mio pick up.

Andiamo a piedi al pub e quando metto la mano sulla maniglia ghiacciata dell'ingresso, mi fermo un attimo.

«Vuoi parlare di quel che è successo durante la mia lezione?». Quando deglutisco sento il pomo d'Adamo che sale e poi riscende. «So che deve essere stato difficile per te».

«È il mio compleanno». Lo dice in un modo molto più triste del previsto. «Forse un'altra volta». Mi prende il viso tra le mani per un attimo, apre le labbra come se stesse per dire qualcosa di importante, ma non viene fuori nulla. Non so esattamente cosa mi aspettassi. So quello che avrei voluto, ma sembra che quello che voglio e quello che ricevo siano due cose alquanto diverse.

Apro la porta, e siamo investiti da una zaffata di vari profumi e tequila, una combinazione che ci intossica. Il suono improvviso di musica rock ci assale come se fossimo entrati in un campo di forze magnetiche che ci inghiotte nel locale la cui integrità è piuttosto discutibile. Ci scontriamo con parecchie persone mentre Kenny mi guida in tutta fretta al bancone, come se avesse paura che prima di raggiungerlo potrebbero rimanere senza alcolici.

Era questo il locale in cui venivo tutte le sere per tenermi fisicamente impegnato – lo sballo dell'uccello, così definivo affettuosamente il periodo in cui frequentavo queste sale profane per andarci a caccia.

«Sex on the beach!», ordina Kenny al barista prima di sedersi sullo sgabello.

«Posso realizzare la tua richiesta», urlo al di sopra del gruppo che suona dal vivo e che si sta impegnando a distruggere un impianto di casse acustiche perfette. Cavolo, trasformerei qualunque sogno di Kenny in realtà.

Si passa la lingua sul labbro superiore, e mi guarda intensamente negli occhi come fosse una promessa.

«Non vedo l'ora». Appoggia i gomiti sul bancone e si concentra sulla musica.

«Quindi cos'è che non vedi l'ora di fare stasera?». Mi abbasso verso di lei finché le nostre spalle non si toccano e intanto ordino una birra dato che conto di fare la balia.

Si guarda attorno e aggrotta le sopracciglia. «Non lo so. Stavo pensando di fare una svendita della mia verginità. Sai, togliermi il pensiero per poi iniziare a strapazzare i ragazzi della Garrison». Dice ammiccando.

Penso che entrambi sappiamo che non è lei quel genere di persona, che non lo è mai stata. Ma perché se ne renda conto forse tutto ciò di cui ha bisogno è un'ulteriore spinta nella direzione sbagliata. Spero solo che quando questo avverrà, si renda anche conto che forse prova qualcosa per me. Perché ciò che provo io è talmente meraviglioso e grande, talmente fantastico che non è possibile sia a senso unico.

«*Body shot!*». Mantengo un'espressione seria, nessun sorriso. «La lezione del giorno sarà fare in modo che un ragazzo della confraternita, già sbrodolato di alcol, ubriaco, e con gli ormoni impazziti in circolo, ti lecchi e beva dal tuo ombelico». Cerco di trattenere una risata. Se questo non la farà scappare a gambe levate, non so cosa potrà riuscirci.

«Body shot?». Si guarda attorno a disagio e si morde le labbra. Oddio, come vorrei morderle io quelle labbra carnose al posto suo. «E così lasceresti che un qualche ragazzo della confraternita mi sporchi a quel modo, eh?». Dall'espressione del suo viso si capisce che ci è rimasta male.

Il ritmo del cuore per un attimo non è più regolare, quasi volesse avvertirmi che forse dovrei dire di no. Che dovrei pagare lì al bancone, subito, e farle presenti alcuni particolari alquanto rilevanti circa i veri sentimenti che provo – e come appenderei per i lacci delle scarpe qualunque ragazzo della confraternita che provasse ad avvicinarla, incluso il mio ex amico Cal.

Davanti alle mie parole omesse, deglutisce a fatica e poi si lancia dall'altra parte della sala, verso il nido delle vipere, che brulica di ragazzi della confraternita anche troppo corazzati.

«Kenny, aspetta». Salto giù dallo sgabello proprio mentre il barista posa i nostri drink. Kenny salta sul bancone e comincia a muovere i fianchi al ritmo della musica come fosse una spogliarellista esperta. Si toglie il giaccone, la camicetta viene sbottonata fino in fondo e i lembi annodati proprio sotto le tette, e ora so con assoluta certezza che c'è di che *farmi incazzare*.

«Merda», dico, cercando di farmi largo tra la folla. «Kenny», le urlo, ma mi sta palesemente evitando. Ecco, ho trovato il modo di farle girare i coglioni nel giorno del suo compleanno.

«*Body shot!*», urla al di sopra della musica con l'entusiasmo di una cheerleader davanti a un touchdown fatto all'ultimo secondo. Si sdraia sul bancone e la perdo di vista, perché l'interesse che quelle spugne sfacciatamente eccitate le riservano è impossibile da oltrepassare.

Cerco di procedere seppur a fatica in mezzo a tutta quella gente, e colgo di sfuggita l'immagine di lei tra i confratelli ubriachi mentre un idiota ha la faccia sprofondata sul suo petto e muove la testa da una parte e dall'altra.

«Merda».

Kenny si tira su a sedere e cerca di allontanarlo, e in quel momento riesco a piombare in mezzo a quel groviglio di corpi. Perdo qualunque senso delle buone maniere possa mai aver avuto e colpisco uomini e donne indistintamente, prima di agguantare quello stronzo alle spalle tirandolo per la camicia e lanciarlo dall'altra parte della sala come fosse un missile impazzito.

Un paio di braccia mi tirano da dietro, e mi arriva un pugno dritto sulle labbra.

Merda. Di solito gli idioti viaggiano sempre in gruppo, quindi non sono sorpreso dalla raffica di colpi che piovono nella mia direzione. Quel che mi sorprende è il fatto che anche io reagisca e butti a terra con un colpo solo tre di quei deficienti.

«Kenny?». Mi volto e vedo che si sta abbottonando la camicetta. Mi guarda con un sorriso birichino all'angolo della bocca. La guardo e mi scoppia dentro un desiderio incontenibile. Non c'è niente come una scazzottata in un bar che ti possa confermare che la ragazza con la quale passerai il resto della vita è quella che hai davanti agli occhi.

Stendo le gambe, e cado di peso su un fianco, respirando a fatica. Un rapido colpo allo stomaco mi lascia senza fiato, e poi arriva il più tradizionale calcio nelle palle. A quel punto, come gran finale, un pugno sferrato con forza sulla testa mi fa interrompere di botto la nobile cura che stavo prestando ai miei testicoli.

Sento le voci del mondo che vanno e vengono come in un sogno e pian piano la stanza svanisce in un indistinto colore grigio.

12
Il dono

Kendall

Hanno ucciso Cruise.

Piagnucolo quando il buttafuori lo scaraventa sul marciapiede innevato come fosse un sacco marcio di patate.

«Cruise?». Gli scuoto le spalle, chiedendo con tutta me stessa che rinvenga perché non mi potrei mai perdonare se morisse il giorno del mio compleanno. «Cruise! Svegliati!», urlo, dandogli qualche colpetto delicato sul viso.

Attira le ginocchia verso di sé e sussulta. Forse lo avrei dovuto lasciare privo di sensi ancora per un po'. Almeno si sarebbe evitato il dolore di avere i testicoli sottosopra.

«Merda». Farfuglia.

«Mi dispiace tantissimo. È tutta colpa mia». Lo aiuto a mettersi in piedi e gli faccio posare un braccio sulle mie spalle mentre ci dirigiamo lentamente verso il pick up.

«Sto bene», dice, piegandosi sulle ginocchia per un

attimo come se non stesse affatto bene. Sembra che stia per vomitare, e invece fa un respiro profondo e riesce a farsi forza per non traballare, determinato a non svenire di nuovo.

«Ti porto in ospedale».

«Per quale ragione?». Tira fuori le chiavi dalla tasca, e apre il pick up.

«Sei ferito». Mi si spezza la voce. Ho gli occhi gonfi di lacrime, il mondo si trasforma in un'illusione acquosa, e non c'è verso che possa impedir loro di scendere. Sono diventata un mostro e posso aver inavvertitamente tolto a Cruise qualsiasi speranza di portare avanti il nome della sua famiglia.

Vedo di sfuggita il mio riflesso nel finestrino a conferma della mia teoria del mostro. Eccomi, completamente scarmigliata. Il rossetto è sbavato, la camicetta è abbottonata male, e il mascara mi è colato sulle guance. Chi è quella ragazza, e che cavolo combino alle persone che amo?

Ho detto "amo"?

«Sei tu quella che hanno offeso, Kenny. E io non voglio che tu ti senta ferita». Mi attira a sé e mi circonda la vita con le braccia. Il suo abbraccio mi trasmette sicurezza e forza. «Non voglio che tu faccia mai più una cosa del genere».

Mi sposto all'indietro e lo osservo con attenzione. I suoi occhi d'argento brillano nella notte, ho i brividi in tutto il corpo mentre lo guardo.

«Cosa vuoi che non faccia più?». Lo dico a bassa voce nell'eventualità che possa non piacermi la risposta.

«Fingere che non ti interessi». Compaiono le fossette come fossero due ombre gemelle. I muscoli della mascella si contraggono mentre deglutisce. «Tu non sei il genere di ragazza che corre dietro agli uomini perché la cosa ti eccita. La tua è stata una specie di vendetta per dimostrare che il tuo patrigno aveva torto, e facendo di tutto per affermare la tua ragione, sei arrivata quasi ad abbassarti a un livello che non ti avrei mai permesso di raggiungere per niente al mondo». Cruise mi stringe come se lottasse per non baciarmi. C'è una tenerezza nei suoi occhi che non ho mai visto prima né in lui né in nessun altro. «Sei speciale, Kenny. Meriti di essere amata, voluta e desiderata da qualcuno che apprezza il tesoro che sei».

Le sue parole coprono le mie ferite come fossero un balsamo. La mancanza di fiducia in me stessa, le accuse che mi sono fatta per colpe insignificanti e remote, la compassione verso di me, diventano un tutt'uno – Cruise sta guarendo tutto con le sue parole, con la dolcezza del suo cuore.

«Tu pensi che io sia un tesoro?». Le parole vengono fuori come la supplica di una bambina, una domanda semplice che affida ogni speranza a un'unica risposta.

«Sì». Un sorriso gli sboccia sulle labbra, e la gioia si diffonde su tutto il viso. «L'ho pensato sin dal primo momento. Non è mai stata mia intenzione gettarti in pasto ai lupi». Lo scoppio di una risata si sprigiona dal suo petto, e il mio corpo si muove seguendo il suo ritmo. «Kenny?». Abbassa la testa verso di me. L'espressione gli diventa subito seria. «Non voglio che tu diventi la mia versione al femminile». Il suo pomo d'Adamo si alza e si abbassa. «Nemmeno io sono più interessato a essere la persona che ero. Quando ti ho vista alla festa quella prima sera, tutto è cambiato in meglio grazie a te. Penso tu sia la cosa più bella che mi sia mai capitata, Kendall Jordan». Fa un respiro profondo come se stesse per buttarsi dall'Empire State Building. «E io ti amo».

Ogni cellula del mio corpo tira un sospiro di sollievo. È come se Cruise mi avesse presa sotto la sua ala, mi avesse coperta con la delicatezza di quelle parole così potenti, e per la prima volta in tutta la mia vita, mi avesse fatto sentire al sicuro, protetta in ogni senso.

«Tu mi ami?», sussurro senza fiato al pensiero di essere amata da una persona dolce e affascinante come Cruise. Non sono sicura di aver mai sentito quelle parole da nessuno a parte mia madre, e anche pronunciate da lei, sembravano cariche di dolore, come se in qualche modo lei chiedesse scusa perché esistevo.

«Sì, ti amo». Abbassa le sopracciglia, divertito, sorpreso che avessi potuto pensare un'altra cosa. «Ti amo, Kenny. Amo tutto di te».

Cruise mi dà un bacio sulle labbra per sottolineare l'amore che mi ha appena dichiarato... e in un modo molto più speciale di quanto le parole potrebbero mai sperare di fare. Versa un elisir inebriante nella mia anima. È estasi, beatitudine. Cruise sta cambiando l'acqua in vino, e io non vedo l'ora di dissetarmi con questo miracolo.

La neve danza sopra di noi, delicata come una benedizione. Cruise mi accarezza con le mani calde sopra la camicetta, e il suo calore mi brucia, così improvvisamente non desidero altro se non il suo corpo che copre il mio.

Mi scosto. Tengo gli occhi chiusi per un tempo straordinariamente lungo. Sono stordita dalle sue parole, inebriata dai suoi baci, e stasera voglio tanto di più da Cruise.

Sbatto le palpebre. È ancora qui. Lui è reale. Tutto questo è reale.

«Anche io ti amo, Cruise. Non ho mai provato una cosa simile per nessuno. Non ho mai desiderato nessuno come desidero te». Lo bacio sulle labbra, e poi salgo su fino all'orecchio. «Andiamo a casa. Voglio mostrarti esattamente quanto ti desideri».

* * *

Cruise guida su strade ghiacciate e raggiunge il vialetto d'accesso di casa sua a una velocità da record, di nuovo apparentemente in forma dopo essersi rimesso in sesto. È come se l'esserci dichiarati a vicenda il nostro amore gli abbia dato la spinta necessaria per superare il dolore e per puntare dritto al nirvana. Mi prende tra le braccia e mi porta sulla soglia di casa con le labbra sempre attaccate alle mie. Forse ha paura che possa cambiare idea, e questo è il suo modo per farmi stare tranquilla; ma l'amore che mi ha dichiarato qualche momento fa mi riecheggia ancora nell'anima forte e chiaro come il rintocco di una campana che continuiamo a sentire anche quando ormai ha smesso di suonare.

Scivolo a terra lungo la sua gamba, e lo tiro in modo scherzoso verso la sua camera.

Lui nega con la testa e mi spinge invece verso la mia.

«È questo il letto che non ho mai profanato. Voglio che tutto ciò che condivideremo sia speciale... puro». Mi dà un bacio ardente sulla fronte. «Voglio che sia un bel ricordo».

Il cuore comincia a battermi all'impazzata. Cruise vuole che tutto sia speciale, memorabile, puro. Non accendo le luci. Mi tolgo semplicemente i tacchi e lo spingo sul letto.

Cruise è sdraiato su di me e ci scambiamo un bacio che dura un'eternità, la sua lingua ardita e famelica. La protuberanza dentro i jeans già mi desidera disperatamente. Cerco di memorizzare i gemiti rochi che provengono dalla sua gola, il modo in cui il suo corpo spinge sul mio come se desiderasse solo sciogliersi su di me... *dentro* di me.

Ma dentro di me non voglio semplicemente ricordarmi tutto questo, voglio riviverlo una notte dopo l'altra.

Gli accarezzo velocemente il torace con le mani e intanto armeggio con i bottoni del cappotto per toglierglielo. Cruise mi sfila il giaccone. Siamo solo mani e denti mentre ci togliamo i vestiti di dosso con movimenti a scatto. Cruise mi lascia in mutandine e reggiseno, mentre io riesco a spogliarlo completamente in meno di un minuto.

Mi appoggio sulla schiena e lo osservo con attenzione mentre un anemico raggio di luna illumina il suo corpo – il torace possente, le curve delle braccia scolpite. Gli accarezzo la pelle e apprezzo la consistenza che ha, simile al granito, solo pelle sull'acciaio. Mi scappa un sospiro profondo quando abbasso la mano e faccio passare le dita tra i soffici ricci sotto i fianchi. Cruise ce l'ha duro, proprio come oggi pomeriggio, e questa volta non c'è distanza tra noi, né un pubblico che possa togliere valore al momento, solo noi due, tutta la notte, senza alcun altro posto in cui andare.

Chiudo le dita attorno al suo membro, e gli scappa un sospiro infuocato.

«*Kenny*». Me lo sussurra direttamente all'orecchio. Glielo avvolgo tra le dita. È morbido, come fosse velluto che ricopre il marmo, una dorsale che sale da dietro fino alla punta. Sposto la mano verso la base e lo tocco di sotto dove la pelle è morbida e delicata, così incredibilmente piena. Mi ci vogliono entrambe le mani per tenerlo.

«Ti amo», sussurra, baciandomi ripetutamente il collo. Le sue mani scivolano dietro sopra la mia biancheria intima e si fermano sui fianchi. Inarco il corpo contro il suo, urlando con tutta me stessa che me la tolga, perché possa esplorare così la mia intimità con le sue dita, con la sua bocca. Cruise passa le dita lungo l'elastico e lo tira delicatamente.

Il suo cuore batte in modo irregolare sopra il mio, il che mi fa capire senza ombra di dubbio che anche lui ha il mio stesso desiderio.

Mi toglie la biancheria intima, mi sgancia il reggiseno, e io velocemente butto tutto da una parte. Cruise mi cattura con baci lenti, impalpabili, fortemente erotici.

La bramosia spasmodica di averlo è ormai insopportabile e sta crescendo al punto che è pronta a esplodere e a travolgere tutto.

Cruise si appoggia a un gomito e mi regala un sorriso estatico. Abbasso lo sguardo sulle mie braccia pallide, i seni che sbocciano come fossero magnolie nella notte, bianche come la carta e splendenti.

Mentre mi osserva con attenzione ecco comparire le fossette. «Non l'ho mai fatto prima d'ora». Lo sussurra come fosse un segreto confessato a mezzanotte, e per un attimo, mi chiedo se tutta la sua bravura di maschio non sia stata altro che una finta, ma ne dubito.

«Fatto cosa?». Sfioro delicatamente con le unghie il suo torace come se stessi facendo un quadro. «Sesso?». Lo prendo in giro. «Ti senti una vergine?». Volevo dirlo in tono ironico, ma mi viene fuori come se gli stessi sottoponendo un menù, dove la vergine sono io. Sono troppo presa dalla bellezza del momento per farci dell'umorismo. Gli passo le dita tra i capelli e tremo di fronte a lui.

«Ho fatto sesso tante volte, ma non ho mai fatto l'amore». Lo dice con una sincerità tale che può nascere solo dalla verità.

Cruise si sdraia nuovamente sopra di me con un sorriso malizioso sulle labbra – e le lenzuola – il letto – la stanza bruciano in un fuoco invisibile. Mi ricopre con una scia di baci infuocati, porta le labbra sul mio seno, e il mio corpo è attraversato da una scarica di beatitudine erotica che non ho mai conosciuto. Quando la sua lingua mi accarezza il corpo inizio ad ansimare perché mi sembra di soffocare. Cruise mette la bocca su un mio capezzolo e me lo succhia, facendomi gemere e tremare sotto di lui. Mi sento sciogliere dentro. Un delicato pizzicore mi stringe lo stomaco mentre spasimo dal desiderio. Cruise riversa su di me il suo amore, felice per quel che provo e per come lo esprimo come se queste cose fossero già sufficienti per questa notte.

Scivola in fondo al letto e mi dà un bacio proprio sotto alla pancia prima di spingersi più a sud come se avesse in mente un posto molto più intimo per darmi piacere con le sue labbra.

«Caspita». Mi sollevo sui gomiti e mi sento invadere dal panico. Cerco di attirarlo nuovamente su prendendolo per un polso, ma scende più in basso con le mani e mi fa aprire le ginocchia. Prima che possa protestare Cruise nasconde la sua bocca sensuale nella parte più intima del mio corpo, e appena la sua lingua guizza sopra di me non riesco a trattenere un grido.

Per lo shock erotico il respiro mi resta intrappolato nei polmoni. Cruise mi divora in fretta, mentre io nascondo le dita tra i suoi capelli e subito la stanza comincia a ruotare fuori controllo. Cruise si perde in me per un'eternità beata – ore, settimane, finché un'ondata di piacere si impenna dentro di me e dà una definizione totalmente nuova a ciò che si intende per “estasi”. Inarco la schiena, contraggo i muscoli, e comincio a fremere senza riuscire a controllarmi. Cruise mi bacia ripetutamente e dolcemente sulla pancia, mentre io stringo forte le gambe una contro l’altra, ancora frastornata dal senso di sciabordio che mi ha dato l’amore di Cruise.

Mentre ritorna su, fa una risata rauca e mi bacia vicino all’orecchio.

«Ti ho fatto venire». Dice ansante, coprendomi senza vergogna la bocca con la sua, e io lo assaporo, dolce e bagnato del suo amore per me.

Mi sciolgo di fronte alla forza del sentimento che Cruise prova per me, stupita della mia dolce resa. Cruise è stato il cielo e io la sua stella. Voglio brillare per lui, illuminarlo con il mio splendore. Con i nostri corpi stiamo scrivendo le parole di una bellissima canzone, e voglio ripeterne bene il ritornello per sempre.

Diamanti e bouquet da sposa mi passano davanti agli occhi. Una cosa inimmaginabile è improvvisamente diventata quel che il mio cuore desidera.

Non voglio niente di più che inebriarmi di Cruise e di tutto il suo amore – sintonizzare i nostri corpi perché seguano lo stesso ritmo e non permettere che questa notte finisca mai, che questo sentimento si dissolva come vapore. Quel che c’è fra me e Cruise durerà. Me lo sento dentro. Cruise ha trovato una crepa nell’armatura. È giusto che lui rimanga.

Io voglio che lui rimanga.

Voglio Cruise Elton per sempre nella mia vita.

Cruise

Kenny è distesa sotto di me calda e bagnata come pioggia d'estate. Nascondo il viso tra i suoi capelli e inspiro il suo profumo, di lenzuola pulite e lillà. Il mio petto freme contro il suo quando mi sfiora con i denti un orecchio. Faccio scivolare le mani sui suoi capezzoli e li rigiro tra le dita prima di affondare al di sotto dei fianchi.

«Sei così bagnata». Sorrido con le palpebre socchiuse come un cretino, eccitato da quella tensione repressa che il mio corpo sta cercando di scaricare in maniera imperdonabile. Mi allungo verso la cassettiera, e lei mi attira nuovamente a sé prendendomi da dietro il collo.

«Dove pensi di andare?». Echeggia come un gorgoglio mescolato a una risata. Kenny mi sorride seducente, gli occhi chiari che le scintillano dal desiderio.

«Devo prendere una cosa. Sai, per stare sicuri... protetti».

Fa scivolare la mano attorno al mio membro e mi attira a sé come se fossi al guinzaglio.

«Ricordatelo», dico sussurrando.

«Non hai bisogno di nulla», dice con voce roca, bassa e sensuale. «Prendo la pillola».

«Davvero?». Sono scioccato. Una ragazza come Kenny non mi dà l'impressione di essere una che vuole preservare il suo imene senza che vi sia costretta, soprattutto dal momento che non sta usando le parti che vuole proteggere. Ricordo una ragazza che una volta mi disse che prendeva la pillola da quando era in seconda media per tenere il ciclo sotto controllo. Forse è per la stessa ragione. Comunque sia, non ho intenzione di vivisezionare la cosa.

Mi tuffo di nuovo su di lei e la bacio, spingendo la lingua attorno alla sua bocca come se ci stessimo dichiarando battaglia. Mi avvolge ai fianchi con le gambe e cerca di guidarmi dentro di lei, ma io scelgo di tormentare sia lei che il mio uccello indugiando nel liquido caldo e scivoloso che ho fatto fiorire dentro di lei.

Fa un leggero lamento e spinge le mani sulla parte bassa della mia schiena, e allora capitolo ed entro. Kenny vuole così. Lo sta implorando, e io conto di soddisfarla in tutti i modi possibili, stasera e tutte le altre sere da adesso in poi.

Intreccio le dita alle sue e le alzo le mani sul cuscino. Kenny mi guarda sbattendo le palpebre, e trattiene il respiro. La luna rischiara la sua carnagione diafana e perfetta, i capelli scuri come la mezzanotte. Mi morde un labbro, mostrandosi particolarmente nervosa e troppo bella per onorare il mio letto con la sua presenza. Kenny è la persona che ho aspettato da tutta la vita e nemmeno lo sapevo.

Penetro delicatamente, e lei sbatte le palpebre estasiata. Gemo forte penetrando più a fondo. Spingo per quegli ultimi pochi centimetri, desideroso che lei mi avvolga, calda e stretta. Kenny fa un respiro profondo e sgrana gli occhi. Passo la lingua sulle sue labbra prima di baciarla con passione. Mi muovo dentro e fuori di lei, con regolarità e lentezza, inebriandomi dei gemiti soffocati di piacere che salgono dalla sua gola.

«Ti faccio male?». Le dico all'orecchio, cercando di controllare il respiro. Mi devo impegnare per resistere a non muovermi velocemente e con foga come fossi un cavallo da corsa, cosa che invece vorrei fare per soddisfare il mio corpo.

Soffoca un altro gemito. «No». Spezza la parola in due metà esatte, così penetro lentamente un po' di più, e mi spingo dentro e fuori di nuovo senza fretta come se volessi rinnovare il tormento per entrambi.

«Oh cavolo, Kenny», ansimo, non riuscendo più a controllarmi. Sferro l'attacco decisivo e sbatto contro di lei, sfogando tutta la mia passione. «Sto per venire». Dico quelle parole, e fremo sul suo corpo sprofondando dentro di lei, e mi spingo fin dove riesce ad accogliermi.

Kenny affonda le unghie nella mia schiena e mi stringe con la forza di una leonessa. Non deve preoccuparsi. Non ho intenzione di andarmene. Non c'è nessun altro posto sulla terra dove vorrei essere. Kenny è una droga, e io ho appena preso la dose migliore di tutta la mia vita. Non finirà mai per me questa dipendenza. Ci sono dentro, completamente, e prometto di essere, per libera scelta, schiavo del mio desiderio. È Kenny la libertà a cui aspiravo. Combinare l'amore e il desiderio travolgente e represso mi ha reso libero. Anche se solo Kenny ha avuto il potere di liberarmi. Ha scorticato via l'impurità che c'era nella mia vita e ha reso immacolato il mio mondo, e così adesso posso vederlo nella sua pura essenza per la prima volta. Kenny ha profumato la mia esistenza con il suo fascino regale, con il suo sovrano splendore. Kenny è sublime, in ogni senso.

Abbasso lo sguardo sui nostri corpi avvinghiati, le sue gambe morbide che si rilassano sulle mie. È come se si fossero aperte le porte del Paradiso, e io voglio correrci dentro ed esplorare tutto avendo lei al mio fianco. Lei è riuscita a togliere la patina di tristezza dell'anno passato e con il suo corpo ha dato a tutte le cose un nuovo colore. Dove c'era solo rumore ha portato la musica... dove c'era un mondo in bianco e nero il colore.

«A cosa stai pensando?». Mormora a bassa voce, come fosse un segreto, mentre cerca di riprendere fiato. Kenny mi passa le dita tra i capelli come se stesse suonando una chitarra.

«A te», confesso. «A quanto tu sia incredibile». Le rubo un bacio sulle labbra.

«Ho fatto tutto bene?», chiede, insicura, e io mi inebrio di quell'innocenza che le fa sgranare gli occhi.

«Hai fatto più che bene, direi che è stata una performance da A++». Mi sgorga dal petto una breve risata e intanto il mio corpo si ridesta dal temporaneo assopimento. Sto diventando di nuovo duro, questa volta dentro di lei. Kenny fa un profondo sospiro e chiude gli occhi. «Oddio, sei così bella. Ti amo talmente tanto che mi fa male».

«Anche io ti amo». Un sorriso sboccia sul suo viso. «Lascia che vada come deve andare. Fa' in modo che duri come un bacio che non finisce mai».

«Come un bacio». Premo le mie labbra sulle sue. Voglio che tutto ciò che condivido con Kenny non finisca mai.

Muovo il bacino sul suo.

Questa volta farò in modo di farlo continuare a lungo per entrambi.

13
Il piacere dopo l'estasi

Kendall

Quando al mattino mi alzo per andare in bagno, dopo la nostra prima incredibile notte insieme, cercando di non far rumore, Cruise dorme tranquillo vicino a me. Osservo la schiena che si solleva e si abbassa mentre il sole appena sorto inonda con la sua pallida luce le curve del suo corpo, come se lo volesse solo per sé.

Mi precipito fuori dal letto e faccio qualche passo con cautela.

Oh, mio Dio.

Merda, merda, merda!

FUOCO!

C'è un dannato *fuoco* nella mia vagina, come se, in un qualche modo strano, la soffice, vellutata carne fosse stata sostituita da carboni ardenti, e mi risulta dannatamente difficile convincere il mio corpo a fare un solo passo in più.

Mentre mi affretto verso il bagno cerco di non lamentarmi a voce alta.

«Oddio, oddio, oddio!», dico a labbra mute mentre chiudo la porta del bagno.

Che accidenti è successo? Mi ha esplorata chirurgicamente mentre stavo dormendo?

Prendo il fondotinta dal ripiano del mobile e metto lo specchietto in posti in cui né specchi, e tanto meno specchietti, dovrebbero mai avventurarsi.

Sembra tutto abbastanza normale. Voglio dire, non sembra ci siano state mutilazioni – non sanguino né niente di simile.

Accidenti. Devo aver fatto qualcosa di sbagliato. Ci deve essere stato qualche passaggio che mi sono persa, tipo preparare le mie parti intime mettendoci del filo spinato nell'eventualità che lui avesse deciso di estrarre la sua arma non comune. Ovviamente, le altre ragazze sono informate sui trucchi del mestiere perché se un'altra provasse una cosa simile la mattina dopo, verrebbe scartata velocemente qualunque possibilità di nuovi coiti. L'intero genere umano si sarebbe estinto già da un pezzo se le donne avessero sentito dentro come una foresta in fiamme ogni volta che facevano sesso.

Per un attimo, valuto l'opzione di chiamare Lauren o Ally per confermare la mia teoria perché mi era sfuggito quanto potesse essere straordinariamente orribile il rapporto sessuale. Di sicuro, ci deve essere una soluzione rapida e indolore... enfasi sul "rapida e indolore". Ovviamente, è più che probabile che Cruise si aspetti anche di ripetere la cosa, tra pochi minuti.

Stanotte ho deciso che non sarei andata a lezione di matematica più tardi. È l'unica lezione che ho oggi, e non vale proprio la pena rovinare questo momento incantevole e magico che stiamo vivendo io e Cruise. Le sole parole "ti amo" mi giustificherebbero se decidessi di saltare l'intero semestre primaverile.

Devo trovare una cura per il suddetto cerchio di fuoco prima che lui decida di immergersi nuovamente nello scrigno di Cupido e vi scopra un ambiente inospitale.

Lo scrigno di Cupido. Meglio il vaso di Pandora con tutti i mali del mondo.

Pensa, *pensa!* Forse dipende dalle sue dimensioni anomale? Ally non aveva detto che era grosso come una sequoia?

Quanto avrei dovuto lasciargli usare il preservativo. Che stupida! Sono una specie di martire vaginale. Forse tutti i preservativi hanno un qualche lubrificante speciale che serve per placare il dolore del mattino dopo?

Apro la doccia, e mi tremano le cosce dal terrore.

«Cazzo». Lo dico con un filo di voce. Vedo una boccetta di ibuprofene e non esito a prenderne due pasticche bevendo l'acqua al lavandino. Acqua *del bagno*. Tutti sanno che è la stessa usata per le fognature.

Quasi mi strozzo mentre ingoio le pasticche.

Vedo chiaramente le amebe vive che nuotano per arrivare nel mio intestino. Le immagino mentre mi salutano con le zampette simili a una famiglia di scimmie di mare e poi proseguono per andare a terrorizzare il mio sistema digestivo.

Perfetto. Morirò per colpa di alcuni parassiti in quanto non conosco le cose basilari per conservare la salute delle mie parti intime. Chi l'avrebbe mai detto che il sesso sarebbe stato il primo corso in cui mi avrebbero segata? Dovrebbero veramente tenere un seminario per dei cretini come me.

Zoppicando entro nella doccia e lascio che l'acqua bollente mi punga la pelle per sforzarmi di non pensare alla granata che mi è scoppiata sotto mentre dormivo beata. Cerco di concentrarmi sulle proprietà curative della lava fusa che sta colando sulla mia pelle, sottile come fosse un saldatore che usa la fiamma ossidrica. Ma anziché curarmi, amplifica il fatto che le pareti della mia vagina si siano trasformate in carta vetrata. Inizio a tremare. Stranamente, ora mi sento come se mi fossi appena immersa in una vasca con del ghiaccio per quanto il mio povero corpo si senta frastornato e ferito.

La tenda viene aperta, e Cruise salta dentro veloce come una lepre con il ghigno da Stregatto stampato in viso.

Mi porto le mani sul petto. «Mi hai spaventata». Saltello un po' e le mie tette rimbalzano contro di lui, apparentemente pronte e determinate a intraprendere qualsiasi cosa lui proponga. Traditrici. Sanno fin troppo bene che la mia metà inferiore deve ancora riprendersi dalla sua spada a doppio taglio.

«Vieni qui». Cruise si avvicina carico di desiderio. Mi solleva prendendomi dalle cosce e mi mette le gambe attorno alla sua schiena, lasciandomi aperta e vulnerabile di fronte alla carneficina che sarà capace di compiere.

Lo giuro, il suo pene dovrebbe essere classificato come un'arma di distruzione vaginale.

Cruise lascia che l'acqua scorra su di noi mentre mi riscalda con i suoi baci intraprendenti.

«Gesù». Si tira indietro e riduce il calore dell'acqua. «Va bene così?». Mi si avvicina sconvolto con un'espressione di meravigliosa libidine e sento una stretta nelle parti intime.

«Meglio». Gli schiocco un bacio su una guancia bagnata.

Cruise muove una mano su una mia coscia e poi fa scivolare un dito dentro di me.

Chiudo gli occhi e nascondo un gemito nel suo collo. Mi brucia averlo lì, ma in un modo che fa piacere.

Cambia posizione al soffione della doccia, così che l'acqua spruzzi verso le piastrelle.

Poi Cruise mi spinge contro il muro e il getto d'acqua calda ricade sulle mie spalle – la sua bocca non lascia mai la mia. Mi solleva sopra i fianchi e mi prende così, penetrandomi tanto lentamente che è quasi un supplizio, spingendosi meravigliosamente in profondità. Mette il petto sul mio, e mi stringe forte le cosce. Cruise scivola dentro e fuori di me con passione, e subito scompaiono gli effetti devastanti dell'amore fatto durante la notte, resta solo l'incredibile sensazione del suo corpo che palpita dentro il mio. Spinge di più, e intanto fa scivolare il pollice su quella zona delicata dove stanotte la sua bocca mi ha fatto impazzire, e subito faccio un salto. Continua ad accarezzarmi dolcemente finché lo graffio sulla schiena – il mio respiro si fa ansante – e l'intero universo dentro di me esplode in un milione di pezzi stupendi.

«Oddio, Kenny». Ansima mentre il corpo freme sul mio.

Lo attiro a me e, attraverso il mio stesso corpo, sento che trema come se lo avessi appena folgorato in un modo sorprendentemente erotico.

Le mie labbra fremono sul suo orecchio come le ali tremolanti di una farfalla.

Cruise mi bacia sulle labbra, un invito che mi fa venire l'acquolina in bocca, e poi delicatamente mi morde la lingua prima di staccarsi da me. «Sbrighiamoci così puoi andare a lezione».

«Non ci vado», ansimo, sorridendogli in modo malizioso. «Sono molto più interessata alle cose che mi insegnerai oggi, proprio qui a casa».

«Cosa vuol dire che non ci vai?». Sposta la testa all'indietro sorpreso, come se avessi appena dichiarato che non avrei mai più indossato abiti in pubblico – anche se forse non gli importerebbe più di tanto. E, veramente? Non capisco nemmeno perché gli dovrebbe importare se mi prendo il mio giorno di festa personale dalle lezioni.

«Voglio dire», mi fermo e gli sfioro le labbra con le mie, «devo fare una ricerca per Relazioni di genere, tipo come fa una ragazza innocente come me a essere preda di un cattivo ragazzo come te». Gli passo la lingua sulla mascella e geme, penetrando ancora più a fondo dentro di me. Lancio un urlo come risposta al fulmine che mi ha attraversato il corpo.

«Caspita». Esce con delicatezza e mi solleva il mento con un dito. «Non stai bene, vero?»

«Ecco, forse non vado a lezione perché non riesco a camminare». Mi mordo il labbro con forza una volta ammessa la cosa.

«Be', allora», fa un sorriso malizioso e chiude l'acqua, «immagino che dovrò soddisfare i tuoi desideri e compiacerti tutto il giorno».

Dà un colpetto all'asciugamano per toglierlo dal piolo, e me lo mette sulla pancia.

Cruise mi riporta in braccio a letto per leccarmi tutte le ferite, letteralmente.

* * *

Il mattino seguente, Cruise mi chiede se vado a scuola in auto con lui anche se ha una riunione di facoltà un'ora prima delle lezioni. Naturalmente, gli dico di sì. Riorganizzerei tutto il mio orario pur di passare anche solo qualche minuto in più con lui ogni giorno.

Mi dirigo alla caffetteria degli studenti, dove avevo programmato di incontrarmi con Lauren e Ally.

Mi fanno un cenno di saluto con la mano dal loro tavolo in fondo al locale, e io mi precipito senza preoccuparmi di prendere un po' di caffeina che sarebbe invece tanto necessaria. Neanche a dirlo, non ho dormito un granché da quando Cruise ha deciso di farmi il miglior regalo di compleanno di tutto il mondo: se stesso.

«'giorno signore», dico senza fiato mentre prendo posto in mezzo a loro. Sparo subito una breve confessione delle celebrazioni carnali che si sono susseguite a partire dalla più memorabile notte della mia vita, e dell'incredibile dolore che in seguito si è sprigionato nelle mie parti intime come fosse, ecco, un fuoco infernale. «Ho preso in considerazione l'ipotesi di far finta di avere una caviglia distorta solo per poter usare le stampelle che tiene nel ripostiglio in corridoio. Delle stampelle!», sibilo sussurrando infervorata.

Lauren e Ally scoppiano in una serie di risatine isteriche, e, lo giuro, mi sembra che Ally si asciughi addirittura una lacrima.

«Cosa c'è di così divertente?», chiedo. «Non è normale, vero? Lo sapevo. E c'è ancora di peggio, perché cosa può succedere se avessi preso quella forma virale di gonorrea con la quale zia Jackie gli ha lanciato una maledizione a Natale? O se la sua versione femminile stesse scatenando l'inferno nel "regno dei sogni proibiti"?».

Ally lancia un urlo mentre continua a ridere.

«Sei proprio divertente». Lauren lo dice in modo ironico prima di buttar giù quello che resta del suo caffè. «Quella cosa succede a tutte».

«Stampelle?». Ally quasi si strozza pronunciando quella parola mentre le due continuano a ridere su di me in modo esasperante.

Quando ci penso ha un non so che di buffo.

Suppongo che non guarderò più delle stampelle allo stesso modo... e nemmeno un pene. Di sicuro non la lunga appendice di Cruise. Oddio, ha le dimensioni di una mazza da golf.

«Allora, ce l'ha enorme?». Ally spalanca gli occhi come se rispondesse lei stessa alla domanda.

«Non lo so proprio». Il desiderio di spettegolare sulle dimensioni e le prodezze fuori dal comune di Cruise è svanito all'improvviso. Lui è il mio ragazzo, accidenti. Ragazzo.

Sorrido con aria sognante.

«Che significa che non lo sai?», Lauren si piega verso di me, confusa. «Non gliel'hai visto?»

«Sì, certo. E così anche tutti gli altri della mia lezione di arte». Tiro fuori la notizia ghiotta della nostra incursione nel mondo dell'esibizionismo. «Ha una specie di, come dire... tipo un braccio». Ecco fatto.

«Ma che dici», grida Ally così forte che la gente si volta letteralmente verso di noi, come se mi avesse appena rimproverata. Non mi sta rimproverando, vero?

«No, è più normale. Oh, non lo so». Cerco di togliermi quell'idea dalla testa e di cambiare discorso. Una bionda conosciuta passa lentamente davanti alla vetrata e afferra la maniglia della porta come se stesse per entrare. «È Blair, segue le lezioni di arte con me». La saluto con la mano, ma ci passa oltre e si siede da sola a qualche tavolo di distanza.

Lauren e Ally si scambiano un'occhiata, e piano piano cala il silenzio.

«Va tutto bene?», chiedo perché so per certo che non è così. Conosco troppo bene i silenzi.

«Alla grande». Lauren alza il suo caffè, e suggerisce ad Ally di fare altrettanto.

«Alla conquista di Cruise», dice Lauren a voce talmente alta che le pareti ne rimandano l'eco.

A quella rivelazione mi si infiamma il viso, e immediatamente sono grata che lui non sia nei paraggi.

«All'amore», replico.

Blair mi lancia un'occhiataccia ed esce di corsa.

«*Caspita*, all'amore», tubano all'unisono Lauren e Ally prima di brindare a questa splendida sensazione di oblio nella quale è avvolta la mia esistenza.

La verità è che Cruise ha conquistato la mia anima, e adesso mi sento completamente libera.

Libera di amare.

Libera di annegare nell'estasi che è Cruise Elton.

Cruise

Inizia la lezione, e la mia studentessa preferita è in ritardo di dieci minuti. Sono quasi tentato di dire agli altri studenti di mettersi a studiare qualcosa, così che io possa uscire e andare a cercarla. Forse è caduta sulla neve nel tentativo di placare il bruciore. Mi sento di merda a sapere che le ho fatto male fisicamente e, per completare il tutto, ho ripetuto la cosa in più occasioni ieri – e un'altra volta questa mattina.

Una bellezza familiare dai capelli scuri entra dalla porta così che tiro un sospiro di sollievo. Mi sorride timidamente mentre si siede in un posto in prima fila.

«Quasi dimenticavo». Afferro la risma di fogli sulla cattedra. «Programma del corso riveduto e corretto». Ne faccio scivolare uno speciale che ho fatto per Kenny sotto il mucchio finché non arrivo a passarlo a lei. Le nostre dita si toccano e una scarica elettrica passa da lei a me.

Kenny ha rivestito i giorni di argento – e le notti di oro. È tutto troppo splendido, troppo dolce – davvero troppo meraviglioso perché lo si possa comprendere appieno.

Le strizzo velocemente l'occhio mentre proseguo lungo il resto della fila.

L'unica cosa che sono riuscito a rivedere e correggere sul programma vero e proprio sono le date dei primi due saggi brevi che avevo scambiato. Non taccerò nessuno di stupidità se si dovesse confondere.

Mi siedo di nuovo sul bordo della cattedra e guardo Kenny che spalanca la bocca. Non vedo l'ora di andare in missione sessuale per tutto il campus – be', per tutta Carrington – con Kenny al mio fianco. È già stato fatto in passato, ma senza me e Kenny, non è ancora stato fatto in modo corretto.

Si passa la lingua attorno al labbro e inclina la testa verso di me.

«L'amore erotico», dico a voce alta, senza mai distogliere lo sguardo da Kenny. Non mi importa nulla se tutti gli altri studenti si renderanno conto del sentimento speciale che mi lega a lei. Kenny sta velocemente diventando la mia alunna migliore sia dentro che fuori dall'aula. C'è un non so che di elettrizzante. Un non so che di travolgente che bolle tra di noi, e tutto il mondo dovrebbe essere testimone di un tale evento che toglie il fiato. Mi ha ipnotizzato, e adesso sono sbronzo per colpa del vino prodotto del suo amore. «Qualche idea?». Presento l'argomento a tutta la classe, ma sono le riflessioni di Kenny quelle che più mi interessano.

«Eros», Kenny lo dice in un sussurro rauco, e la metà dei ragazzi fissa lo sguardo su di lei. Sono abbastanza sicuro che sia riuscita a far avere un'erezione a tutti i maschi in un raggio di dieci posti.

«Eros», ripeto. «Il dio greco dell'amore carnale. È anche il termine usato per descrivere gli impulsi sessuali dell'uomo per soddisfare i bisogni basilari, intrinseci che perpetuano la sopravvivenza della specie».

«Oppure è il puro e semplice piacere sessuale». Lo dice lentamente, strascicando le parole, e resto affascinato – mi fa desiderare di darle l'intera Bibbia da leggere mentre resto prostrato ai suoi piedi ad ascoltarla.

Cheryl alza quella sua manina irritante.

«Sì?». Distolgo lo sguardo da Kenny, lentamente, come se stessi tirando dei pesi di piombo.

«Concettualmente, può anche essere classificato come una sorgente vitale di energia. Una passione, una forza... un desiderio di vivere». Ammicca, soddisfatta per la sua analogia da manuale.

«Forza e desiderio». Le parole mi escono lentamente dalle labbra. Descrivono piuttosto bene quel che provo per Kenny in questo momento. Qualcosa si muove dentro i miei boxer, quindi mi affretto ad aggirare la cattedra per mettermi seduto.

«L'argomento sul registro di oggi è l'amore di Eros,

grazie a Ms Jordan». Do un'occhiata alla classe che si appresta a svolgere il compito. Sono abbastanza sicuro che tutti dovranno replicare in un modo o nell'altro a Ms Jordan.

* * *

Gli studenti lasciano l'aula come se ci fosse della birra distribuita gratuitamente che li attende in corridoio, ma non Kenny. Si dirige verso di me a passi lenti, in tutta calma. Mette una mano a coppa in mezzo alle mie gambe in modo piuttosto audace e mi dà un bacio sulla bocca, infuocato come un tramonto tropicale.

«Non sai che razza di guerra stai dichiarando», mormoro.

«Guerra? È di quello che parlava quel foglietto di carta che hai lasciato sul mio banco? Una guida per strategie belliche?»

«Ti è piaciuta?». Le circondo la vita con le braccia e la stringo così forte contro di me che i nostri fianchi restano bloccati.

«Non so cosa pensare. Vediamo...». Gira la testa all'indietro, e io le traccio con la lingua una scia di fuoco lungo il collo. «Candele e vasca da bagno, fantastico». Lo dice a bassa voce, e il mio corpo reagisce al suo. «Potrebbero volerci mesi prima di capire bene come fare».

«Mesi», confermo, baciandola sulle labbra.

«Giochi di ruolo – poliziotto e ladro?». Inclina la

testa di lato. «Lasciami indovinare, vorresti che ti mettessi le manette?»

«No». Nego con la testa mentre mi compare un sorriso malizioso sulle labbra. «Sei tu la ladra. Io sono il poliziotto». Le mordo delicatamente un labbro. «Un ufficiale della legge davvero molto cattivo, corrotto, indegno e immorale».

«Perché sono io la ladra?». Le brillano gli occhi quando lo dice perché forse conosce il perché.

«Perché mi hai rubato una cosa». Le passo le mani sulla schiena infilandole sotto il maglione, e la sento gemere.

«E sarebbe?»

«Mi hai rubato il cuore, Kenny».

«Cruise...». Lo dice dolcemente, arrossendo. «Mi fai sciogliere». Abbassa la mano e mi sbottona i jeans. «Voglio darti una ricompensa».

«Sarebbe? Si vuole forse corrompere la legge e far in modo che non venga applicata offrendo favori sessuali?». Lo sapevo che sarebbe stata una criminale dannatamente brava.

Mi accarezza con la mano la protuberanza che ho all'interno dei jeans finché sento un dolore dentro che solo Kenny e il suo corpo instancabile hanno la capacità di guarire.

«Vorrei parlare col "capo" della polizia, per cortesia». Mentre lo dice, mi dà una leggera strizzatina in mezzo alle gambe.

«Adesso?». Mi guardo intorno nella stanza vuota, e la ispeziono alla ricerca di segni di vita indesiderati. Le piccole finestrelle, su entrambi i lati della porta, mostrano corpi che camminano nel corridoio.

Kenny ci mette un attimo a tirarsi giù i jeans, lasciandosi il maglione abbassato sulla schiena. Non mi aspettavo un tale entusiasmo da parte sua nel volere soddisfare la mia richiesta.

«Ho controllato l'orario». Abbassa le palpebre, desiderosa già di ben altro. «Per le prossime quattro ore l'aula resta vuota».

«Kenny...». Indietreggio impercettibilmente, e mi chiedo perché mai dovrei anche solo insinuare un moto di protesta. «Sei ancora dolorante».

«È passato». Si morde il labbro e sbianca ma poi lentamente riprende i colori.

«Menti».

«Ti dispiace?»

«Un po'». Okay, tanto, ma con quell'espressione ardente nello sguardo ha frantumato tutte le mie difese. La desidero da impazzire e sono disposto a rischiare tutto ciò per cui ho lavorato alla Garrison pur di averla in quest'aula.

«Cattedra o sedia?». Il respiro le si fa più intenso mentre muove i fianchi seguendo il mio ritmo.

«Decisamente cattedra». Metto le mani sul suo sedere nudo, e lei inspira brevemente.

Kenny scivola sulla cattedra senza mai distogliere gli occhi dai miei. Mi mette tra le sue gambe morbide e vellutate, e io salto fuori dai boxer come una molla a spirale. Mi guida dentro di lei, stretta e bagnata, e già solo così mi provoca un profondo gemito.

Ho già fatto sesso alla Garrison in passato. Non sono troppo orgoglioso di tutte le volte che sono stato nei ripostigli delle pulizie o nell'ala nuova dell'edificio di musica, chiusa perché ancora in costruzione, ma adesso si parla di Kenny che sta aprendo le sue ali per me come una colomba. Non riesco a penetrare in lei abbastanza velocemente, e a fondo, quanto vorrei. Solo sapere che sto vivendo questa esperienza con Kenny la fa diventare l'unica che conti davvero.

Le massaggio i fianchi, la tiro verso di me, e mi immergo estasiato dentro di lei spingendo in profondità, con foga, e così gemo un po' più forte di quanto avessi intenzione di fare. Cerco di muovermi dentro e fuori di lei, di procedere lentamente verso l'estasi, ma ho oltrepassato il limite ed è impossibile rallentare adesso. Affondo la mano sulla collinetta calda e bagnata che le accarezzo finché anche lei non è pronta a venire. Voglio che Kenny ricordi l'eccitazione di questo momento, che sperimenti insieme a me tutte le stupende sensazioni che lo accompagnano. Ogni volta che guarderà la cattedra, voglio che arrossisca di dieci tonalità di rosso.

Aspetto finché sento che si avvicina all'orgasmo, ma i leggeri gridolini, i gemiti strozzati che sembrano straziarla mi stanno facendo impazzire. Spingo e palpito dentro di lei, respirando affannato nel suo orecchio. La sento fremere sotto di me e poi tremare afferrandosi alla mia camicia che stringe come stesse per morire.

Mi sollevo un poco e fisso i suoi occhi languidi, chiari come il ghiaccio. Sembra strafatta, fuori di testa, come se le avessi fatto perdere il lume della ragione.

«Sia messo agli atti che io non ci vado giù leggero con i criminali», ansimo.

«Sia messo agli atti», si piega e sussurra, «che non me ne frega un emerito cazzo del tuo distintivo». Si piega verso di me mentre lo dice, e io mi accendo di nuovo come fossi un motore.

Le do un bacio su un orecchio. «La sentenza per i tuoi crimini verrà eseguita a partire da questa sera. Ti avverto, sono specializzato in punizioni severe e insolite».

Alza lo sguardo con un sorriso malizioso. «Oh, ci conto».

Il cattivo ragazzo che c'è in me drizza le antenne, e mi scappa da ridere. «Ti ho amata dall'istante in cui ti ho vista, Kenny. E adesso so perché».

Mi marchia con un altro bacio sulle labbra, e io mi spingo nuovamente dentro di lei.

14
Lo scherzetto del cappuccio

Kendall

Okay.

Niente panico.

Sono sicura che la mia culla per sfornare bambini non ha subito veri e propri danni. Sembra comunque che sia riuscita a rendermi sterile per sempre per colpa di ulcere autoinflitte.

Cerco di regolarizzare il respiro e calmarmi mentre mi dirigo all'ultimo corso della giornata, dove progetto segretamente di disegnare il corpo di Cruise invece del rudere che starà in posa per essere raffigurato con il vestito del compleanno.

Spero che a un certo punto le lezioni comprenderanno anche la tecnica del disegno, ma suppongo che non sarà oggi dal momento che scorgo la professoressa Webber verso il fondo dell'aula che si sta facendo un tiro con il narghilè. Signore, spero che ci sia qualcosa di legale che aleggia attorno al suo bong.

Sono ancora eccitata dallo scambio avuto con il professor Elton. E quel programma del corso comprendeva un elenco piuttosto lungo di aree comuni – la biblioteca, la sala professori, la torre.

Blair mi saluta amichevolmente con la mano, e io mi avvicino.

«Ti ho vista stamattina alla caffetteria», dico, gettando la cartella con i libri e sparpagliando così una marea di fogli sciolti. *Accidenti!* Il solo pensiero di chinarmi per raccoglierli mi scatena un fuoco nelle parti intime. Blair comincia a raccogliere tutto al posto mio. «Non ti preoccupare, ci metto un attimo».

Le due vittime più recenti da presentare sul ring esclusivo della Webber, fatto per i nudisti in affitto, avanzano impettite uscendo dallo spogliatoio improvvisato, si tengono ben strette le vestaglie viola che le identificano e, oddio, quanto sono anziane! Non appena fanno scivolare le vestaglie, si odono vari sospiri soffocati simili a quelli che aveva ricevuto Cruise, ma, ecco, per ragioni totalmente diverse. A essere onesti, c'è il guardiano di una cripta da qualche parte che non sta facendo bene il suo lavoro.

I loro corpi hanno una strana tonalità di grigio, e la loro pelle è più rugosa di quella di una cucciolata di Shar Pei. Le braccia e le gambe presentano strani lividi, e le dita nodose hanno solo pelle sulle ossa, verde e viola con punti più chiari gialli sparsi qua e là. A ragion veduta si può dire che hanno trasformato la decomposizione in un lavoro artistico.

«Dunque, ripetimi un po' cosa avevi detto che studiavi?». Blair avvicina il suo tavolo da lavoro al mio, impenetrabile e tranquilla. Vedo chiaramente due bare vuote con schiaffate sul davanti le parole "rischio di fuga". «Ti ho riordinato i fogli». Indica il mio cavalletto.

«Grazie». Blair è una persona così carina. Già la vedo a uscire con Lauren, Ally e me. Non riesco a credere a quanto tutto sia splendido nella mia vita in questo momento. «Studio i ragazzi», sussurro. «Uno in particolare».

«Oh?». Sgrana gli occhi scuri. «Non mi dire che è Mr Felice di vederti, vero?». Fa una risata d'intesa. «Sembrava alquanto sfrenato».

«Sarebbe proprio lui – e, credimi, è molto, molto sfrenato». Il mio corpo si gode un'estate tutta sua quando compare l'ondata di calore portata da Cruise. «Specialmente a letto», sussurro quell'ultima parte a voce così bassa da essere appena udibile.

«Pensavo avessi detto che eri vergine!». Lo sputa fuori come se non mi fossi comportata da brava cittadina della Terra dove si vive bene e si fanno soldi ma non-tanto-virtuosa, nota anche come Garrison. «Voglio dire, lo avevi sottinteso. È una grande virtù, così ho pensato fosse una cosa fantastica e tutto il resto».

«Be', lo ero». Sorrido per un attimo. «Ma non lo sono più. Lui è un dio, e come potevo resistergli? Lo hai visto, no?».

Viene fuori più come un'affermazione che come una domanda.

«Oh, sarebbe stato "duro" perderselo». Abbassa lo sguardo e lo lascia vagare sul pavimento con un'espressione irritata. «Una volta ho cercato di evitarmelo, ma poi è andato tutto storto».

«Mi dispiace». Mi tocco il petto, sconvolta dal fatto che le ho sbattuto inavvertitamente in faccio il mio ragazzo perfetto quando è ovvio che stia uscendo da un periodo difficile da un punto di vista sentimentale. «Sono sicura che il tuo uomo ideale arriverà molto presto nella tua vita».

Alza lo sguardo e spalanca gli occhi; un sorriso perfido le compare sul viso. «Proprio così».

Seguo il suo sguardo e noto Cruise che sta scambiando qualche parola con la professoressa Webber. Sembra visibilmente innervosito quando si dirige verso di me.

Mi precipito da lui, ancora senza fiato per il nostro incontro erotico in aula.

«Che succede?»

«Ha chiamato mia sorella». Il suo viso diventa livido. «Dice che c'è un'emergenza a casa. Devo andare».

«Vengo con te», dico, felice di saltare un'intera ora di studi geriatrici.

Agguanto la cartella dei libri e corro fuori insieme a lui.

* * *

La neve ricopre le colline, con delicatezza di velluto, come un innamorato. Il mondo si perde nelle sfumature blu e viola del tardo pomeriggio. Ma più ci avviciniamo a casa, più un luccichio ambrato che ferisce gli occhi getta ombre intermittenti all'orizzonte, e ho un tuffo al cuore. Tutto stava andando così bene e adesso ecco il pericolo. Una sirena suona in lontananza annunciando il suo passaggio. È come se il mondo crudele stesse sussurrando che questa favola dalla quale mi sono lasciata coinvolgere era troppo bella per essere vera. E nel profondo del mio cuore, me l'ero sentito fin dall'inizio. Posso vedere la mano che scrive sul proverbiale muro, l'imminente probabilità che qualcosa di brutto stia per accadere – le luci rosse e blu dell'ambulanza che si alternano sui cumuli di neve; perfino il vento soffia un po' più forte qui, mentre gli abeti sembrano rimproverarmi con i loro rami simili ad aculei. Dicono tutti la stessa cosa. Le tragedie avvengono, anche qui. Questo luogo non è speciale – e non lo sono neppure io.

Guardiamo in faccia la realtà. Io e Cruise abbiamo forse le stesse probabilità che ha mia madre con le sue relazioni instabili, gente che va e che viene.

Quando finalmente arriviamo al bed and breakfast, restiamo sbalorditi perché troviamo un piccolo esercito di paramedici e vigili del fuoco che ha invaso la proprietà.

«Merda». Cruise si avvicina al parabrezza, incredulo. «Molly aveva detto che non era successo chissà cosa».

Vorrei dire che dipende dal fatto che ha la lingua biforcuta, ma non lo faccio. Mi mordo l'interno di una guancia, e intanto ci infiliamo in quella baraonda.

«Gesù», dico mentre tirano fuori una barella dal portellone aperto dell'ambulanza.

Io e Cruise ci affrettiamo. Non sono mai stata al bed

and breakfast prima d'ora. Sono rimasta dietro le quinte, letteralmente.

L'edificio in stile vittoriano, esposto al sole, si staglia molto più bello di altri mentre superiamo in tutta fretta una processione di infermieri del pronto soccorso.

Molly è lì fuori un po' in disparte, e appare spaventata, sconvolta.

Cruise la prende per le spalle e la scuote. «Cosa è successo? Dov'è mamma?»

«È dentro. È caduta».

Cruise le passa accanto di corsa, e proseguiamo.

Sulla soglia dell'entrata, la sua povera mamma è seduta, e geme forte dal dolore mentre alcuni operatori sanitari del pronto soccorso lottano per metterla su una barella. Lei lancia un urlo assordante quando contano fino a tre e la dondolano proprio come mio fratello era solito fare con me prima di buttarmi in piscina.

«Sto bene». Stringe forte Cruise, affondando le unghie, a cui ha fatto di recente la manicure, nella sua carne come se invece non stesse affatto bene. «Sono caduta dal tetto, fortuna che non mi sono ammazzata. Mi sono solo slogata una caviglia, tutto qui».

«Avresti potuto romperti l'osso del collo», dice Cruise, guardando il paramedico perché confermi la sua teoria sulla spina dorsale spezzata.

«Non si sa mai», il paramedico stringe la cinghia della barella, e Sam lancia un grido selvaggio, «la radiografia potrebbe mostrare proprio questo».

* * *

Cruise, Molly e io seguiamo l'ambulanza in ospedale, che si trova vicino al promontorio. Ci sediamo in sala d'attesa e vi restiamo per ore mentre i medici verificano i danni.

Cruise siede sul divano e si dedica al suo portatile mentre Molly sfoglia un vecchio numero di «People». Ma è la vista che si vede fuori che mi affascina, lancia il suo incantesimo su di me, e mi immobilizza. Dalla grande finestra panoramica, vedo l'Atlantico che sbatte contro la battigia ghiacciata. Una coltre di nebbia penetra la terra circostante mentre uno spicchio di luna ne fende la bassa cortina, così che mi è ancora possibile distinguere la riva frastagliata illuminata attraverso la foschia. Anche le creste spumose brillano infrangendosi contro la sabbia in un attacco di delirio dei sensi.

Ho vissuto tutta la vita vicino all'oceano e non sono mai stata testimone di una tale magia, una prodezza così sfacciata esibita dall'oceano in tempesta. Le onde ansiose sbattono i fianchi contro la battigia, ruggiscono mentre penetrano nella sabbia vulnerabile e morbida finché questa si sottomette loro e le accoglie placida. L'acqua freme su quella distesa fulva finché tutto il suo ardore non esplode con schizzi spumeggianti, impalpabili come un sussurro. Le onde si ripiegano su se stesse con una forza e una resistenza eccezionali, come avessero fretta, solo per ripetere di nuovo l'impresa. Cruise è il mare, insaziabile e famelico, tutto sussurri e ruggiti.

Molly mi si avvicina lentamente mentre Cruise continua a lavorare diligente alla sua tesi. Non posso fare a meno di sorridere dentro di me. Mi sento un personaggio importante nel libro che sta scrivendo.

«Ci siamo quasi». Molly lo dice come un bullo, in modo abietto e volgare. «Una settimana e mezzo e siamo pronte». Si tira un ricciolo biondo e poi lascia che si arrotoli di nuovo.

«Pronte per cosa?». Sento arrivare una minaccia come fosse un raffreddore.

«Sai...». Sgrana gli occhi spaventata come se dovessi io finire la frase. Tira il ciondolo che ha appeso alla catenina, mostrando inavvertitamente lo smalto nero scheggiato. Sembra che Molly si tenga alla larga dal non-tanto-Happy Hair and Nail Salon e a ragione: avere i capelli tinti di biondo con la ricrescita nera che si vede, sembrando così una puzzola, non vuol dire essere esattamente all'ultimo grido in fatto di capelli.

«Non so di cosa tu stia parlando». Riesco a malapena a camminare, figuriamoci se posso ricordarmi qualcosa del nostro ultimo incontro. Signore, come vorrei dimenticare il nostro ultimo incontro.

«La *pillola*». Allunga la parola come se avesse un significato speciale, ma ancora non sto capendo il nesso logico psicotico. A pensarci bene, preferisco di gran lunga che Molly sia pronta a farsi conciare da *puzzola* piuttosto che sia pronta a fare *la lurida zoccola*. Tanto per cominciare, perché mai l'ho portata a quell'ambulatorio gratuito?

«Non so proprio di che accidenti tu stia parlando». Arrotolo la *L* nel suo stesso modo. Non sarei sorpresa se la cara Ms Manipolatrice si inventasse una qualche conversazione solo per farmi sentire rimbambita.

Indietreggia sconvolta e meravigliata, e spalanca la bocca come fosse sinceramente scioccata da qualcosa. «Hai fatto sesso con mio fratello?»

«Shh!». Mi muovo a scatti sulla punta dei piedi. L'ultima cosa che voglio è che Cruise senta me e Molly che passiamo il tempo intrattenendoci su argomenti tipo il sesso. Per me è assolutamente sbagliato stare a parlare con la sua sorellina di s-e-s-s-o.

Lancio un'occhiata a Cruise, che siede beato ignaro del fatto che io sia occupata a parlare di pillole e rapporti intimi, niente meno che con la sua cara sorellina impertinente.

«Scusa», sussurro, «per questo tipo di informazioni riservate potrebbero anche arrestarmi». Sto chiaramente alludendo al gioco di ruolo che ha iniziato Cruise e sorrido tra me e me al pensiero di uno sceriffo così sexy.

«Lo *hai fatto!*». Urla l'accusa, guardandomi intensamente con un'espressione ostile.

«Parla più piano!», dico a denti stretti.

«Sai cosa significa?». Scopre le zanne con un sorrisetto sprezzante.

«No». Sono presa dal panico. «Cosa significa?». Non significa *proprio* niente di brutto. L'unica cosa brutta nei paraggi è Molly.

«Significa che torneremo qui tra meno di nove mesi, cretina». Tira fuori una gamba mettendosi in una posizione di sfida, in attesa di una mia reazione a quella sua dichiarazione non-poi-tanto-vaga. «A meno che, ovviamente, tu non abbia fatto il doppio lavoro assicurandoti che quel povero stupido di mio fratello ci mettesse sopra il cappuccio».

Inspiro brevemente. Tornare tra nove mesi? *Cappuccio?*

Non ha indossato il cappuccio!

Non ha indossato il cappuccio!

Lotto contro l'improvviso desiderio di mettermi a correre in tondo a piccoli passetti, presa da una totale isteria, e non sono neppure del tutto sicura del perché.

«Non hai prestato ascolto durante la spiegazione?». Gira sui tacchi incredula. «Quelle sciocche pilloline sono inutili».

Buon Dio! Perché sono così cretina? Una domanda, ne sono sicura, che Cruise mi farà in un prossimo futuro.

«No, non stavo prestando ascolto durante la spiegazione. Ero troppo sbalordita dal fatto che non si trattava di rinnovare la prescrizione, ricordi?».

Fa una risata beffarda davanti al mio passo falso ginecologico. «Le pillole sono inutili se prima non le si prendono per un mese intero. Potresti buttar giù anche le tic tac. Quindi, penso che sto per diventare zia». Lancia un'occhiata furiosa verso Cruise come se in qualche modo il suo pene avesse appena distrutto la vita di tutti e tre.

«*Non* stai per diventare zia», sputo fuori quelle parole nel modo più tranquillo che mi riesce. «Io e Cruise siamo due adulti responsabili che capiscono l'importanza della protezione basilare. So inoltre che a diciassette anni si è troppo giovani per fare esperienza di pillole e peni. Quindi, sta' loro alla larga, signorina, o aizzerò tuo fratello contro il tuo amichetto ipersessuale. E, fidati, non c'è nulla di più imbarazzante che portare un tuo familiare al ballo di fine anno. Non pensare assolutamente che possa accadere di nuovo che Cruise ti perda d'occhio».

Cerco di fuggire da quel ricettacolo di follia, ma mi agguanta per un gomito e mi tira a sé.

«Sai qual è un'altra cosa che non prenderà troppo bene?». Con quella sua faccina fa una smorfia che sembra un ringhio. «Il fatto che la sua ragazza, che è un'oca giuliva, gli abbia fatto mettere la pagnotta nel forno perché non capisce i princìpi basilari della procreazione!».

Mi blocco per un attimo davanti a quel pensiero prima di liberarmi dalle sue grinfie malvagie con uno strattone. Tecnicamente, capisco perfettamente i princìpi basilari della procreazione. Ho la lettera migliore nel corso avanzato di Biologia che può provarlo. Sono i princìpi basilari della pillola anticoncezionale che sembra siano sfuggiti al mio buonsenso, e all'improvviso, mi ritrovo incavolata verso l'intera industria farmaceutica. Dovrei proprio spedire una email furibonda ai produttori che potrebbero aver assistito involontariamente al concepimento del mio primo figlio, e suggerire di dotare quel breve compendio di informazioni che mi hanno dato con un cavolo di disegno con il teschio e le ossa incrociate. Sono una che impara per immagini. E, dopo anni trascorsi ad attenermi a tutto ciò che è didattico, mi sono praticamente allenata a spegnere mentalmente il cervello durante una qualsiasi spiegazione.

Me ne vado altera a gettarmi sul divano.

Non sta *affatto* per diventare zia.

Giusto?

* * *

La madre di Cruise è riuscita a rompersi la gamba in tre punti diversi, una frattura scomposta di tibia e perone e una frattura composta del femore. L'ortopedico ci ha portato sul retro e ci ha fatto vedere la radiografia. Ci ha anche permesso di assistere quando ha avvolto la garza prima di metterle sopra il gesso. Comunque si è comportato da stronzo, perché ha continuato a brontolare per il fatto che non vedeva l'ora di portare a cena fuori la sua ragazza e non si era aspettato di avere invece un'urgenza. Così ho pensato io a rassicurare Sam che non aveva fatto nulla di male.

E dopo aver svolto il mio turno in ospedale, adesso mi sento anch'io una specie di medico.

Una volta tornati a casa Cruise accende il fuoco mentre io mi faccio la doccia e mi cambio.

«Sai che con quella T-shirt mi fai morire», dice quando entro con tutta calma in soggiorno.

Per la maggior parte della mia vita, ho sempre dormito solo con una bella T-shirt lunga, quindi se Cruise pensa che lo stia facendo per lui, tanto meglio.

«Mi dispiace tanto per la tua mamma», dico, abbracciandolo in vita davanti alle fiamme crepitanti. «Si prenderanno cura di lei molto bene quando la trasferiranno in clinica».

«Non potrà andarci». Deglutisce a fatica. «Non è coperta dall'assicurazione, e si parla di migliaia di dollari al giorno. Perderemmo il bed and breakfast nel giro di una settimana».

«Cos'hai intenzione di fare?»

«Sistemarle una stanza al piano di sotto. Molly le darà una mano, e io dovrò occuparmi dell'attività per un periodo».

«Riuscirai a farcela anche con la scuola?»

«Dovrò farcela». Cruise chiude gli occhi per un attimo, e sembra assolutamente esausto.

«Ho in mente alcuni modi che ti aiuteranno a rilassarti». Mi bagno le labbra nel caso in cui avesse bisogno di una bussola per orientarsi.

L'accenno di una risata gli fa tremare il torace e intanto ci mettiamo seduti davanti al fuoco. Cruise mi culla dolcemente tra le braccia mentre restiamo lì incantanti davanti alle lingue blu e viola delle fiamme... gli stessi colori che ha la neve nell'oscurità. Il fuoco, il ghiaccio, è tutto collegato in qualche modo.

«Non posso perdere mia mamma». Lo dice con un tono cupo, come se, considerate le varie opzioni offerte dalla vita, avesse trovato quella inaccettabile.

«Dalle un po' di tempo. E poi si rimetterà». Lo stringo più forte in vita. «Credimi, mio fratello ha collezionato un numero infinito di ossa rotte. Nel giro di qualche settimana tornerà la persona che è sempre stata. Te lo prometto».

«Spero tu abbia ragione».

«Ti è sempre stata accanto, non è così?». Comprendo l'amore che ha verso sua madre, che è tutta la sua famiglia, a parte Molly.

«È stata una roccia, e io l'ho delusa. Ero io che solitamente mi occupavo della casa mentre lei si prendeva cura del salone di bellezza. La scorsa estate sono stato sul punto di lasciarci le penne, e una delle conseguenze terribili di quel periodo è stata l'aver lasciato tutto il lavoro sulle sue spalle. Mi ha fatto lavorare gomito a gomito con lei fin da quando avevo dodici anni, e io l'ho abbandonata. Penso che una parte di me voleva che andassi avanti da solo, così tutto quello che sono stato capace di fare è stato trasformarmi in un enorme stronzo».

«Ma è così che ci siamo conosciuti». Accenno una risata e gli accarezzo il collo con le labbra. «Cruise», alzo lo sguardo su di lui, i suoi meravigliosi lineamenti che riflettono le sfumature delle fiamme, «cosa è successo la scorsa estate?».

Mi attira a sé, nasconde il viso nel mio collo e fa un sospiro pesante.

«Mi sono salvato da un incendio nel quale non sapevo neppure di trovarmi. Poi ho vagato commiserandomi quando in realtà ciò che avrei dovuto fare era voltare pagina, continuare a essere quello che ero nonostante le difficoltà, e non far ruotare la mia vita attorno a una scatola di preservativi».

Sento avvampare il viso quando pronuncia la parola

preservativi. Signore, che succede se in questo momento con noi in questa stanza c'è una creatura in miniatura, che nuota nella mia pancia? Cruise mi detesterà per essere stata tanto stupida.

«Comunque...», dice, facendo scivolare la mano sulla mia maglietta e poi lasciandola aperta sulla mia pancia. «Penso che abbiamo esaurito la percentuale di cose tragiche della serata. Continueremo il racconto in un altro momento. Si è trattato di uno di quei capovolgimenti nella vita che avrebbero potuto pregiudicare seriamente il mio futuro. Sono contento che sia passato, e sono contento che tu sia qui».

Mi ritraggo leggermente al pensiero di pregiudicare senza volere il futuro di Cruise e di vedergli affrontare nella vita altri capovolgimenti. Forse quelle stupide pillole agiscono al contrario se non le prendi in modo corretto, e quindi ci sono buone probabilità che abbia una di quelle gravidanze plurime, di sei o otto bambini. Signore, finiremo al telegiornale.

«Sono contento soprattutto che le cose siano andate come sono andate tra te e me». Cruise sposta la mano bollente un po' più su e comincia ad accarezzarmi il seno, palpandolo tutto.

Sospiro inaspettatamente e mi rilasso contro di lui.

Si avvicina con un gemito e mi dà un bacio. «Sono così felice che tu fossi alla festa quella sera. Ho ringraziato il cielo ogni giorno da quando ho messo gli occhi su di te». Suggella quanto appena detto con un bacio delizioso e prolungato. La sua lingua è infuocata sulla mia, più calda che un carbone ardente.

Cruise mi toglie la T-shirt, e le nostre labbra sorprendentemente non perdono un colpo. Le sue mani mi accarezzano la pelle, coprendo ogni centimetro del corpo e muovendosi appassionate. Poi si ritrae e mi guarda con attenzione, corrugando le sopracciglia in modo birichino.

«Niente biancheria intima?»

«Pensavo di sorprenderti». Gli faccio velocemente l'occhiolino. «La biancheria intima è pura formalità quando è ora di andare a letto».

«Finora la più bella sorpresa dal pomeriggio in poi. Sai proprio come illuminare la giornata di una persona». Dice, vibrando come fosse un motore che è stato appena acceso.

Cruise si sbottona la camicia elegante, e io gliela sfilo sulla schiena mettendo a nudo il suo torace scolpito che brilla sotto di essa. Passo le labbra sù quella montagna di carne, le porto su fino al promontorio duro che ha nel collo e poi incontro la sua bocca.

Cruise si stende su di me, infila il corpo piano piano tra le mie gambe, e l'idea che stia per sparare i suoi missili sforna-bambini mi guasta l'umore.

Scatto su e mi appoggio a un gomito. «Penso che dovremmo cambiare un po' le cose. Sai, dovresti indossare un cappuccio». Mi sento imbarazzata a dirglielo, dovesse essere così svelto a fare uno più uno e capire quanto sia stata irresponsabile.

«Un cappuccio?». Si tira un po' indietro, con un sorriso scherzoso sulle labbra perché penso che non abbia affatto compreso. «Ho un berretto proprio qui». Tira fuori un berretto da baseball da sotto il tavolinetto basso e se lo mette in testa prima di tuffarsi di nuovo su di me con altri dei suoi baci deliziosi.

«No», gli do un bacio vicino a un orecchio, «non quel tipo di berretto. Volevo dire, sai, un preservativo».

«Un cosa?». Si tira indietro chiaramente confuso di fronte a quella mia richiesta. Aggrotta le sopracciglia come se il concetto in sé fosse già irritante. «No grazie. Questa è la prima volta che non uso niente, e non se ne parla neppure che torni indietro».

«Oh, va bene». Chiudo gli occhi per un attimo mentre lui si fa strada lentamente verso la mia camera gestazionale sprovvisto dell'appropriato scudo antimissile Cruise. «Ma io non posso apprezzarlo del tutto come invece fai tu». Lo dico con un filo di voce perché sembra stupido. «Non pensi che dovrei provare a farlo in tutti e due i modi? Sai, per vedere come si sta dall'altra parte».

«Come si sta dall'altra parte?». Schizza su e si appoggia su un gomito, poi mi guarda con attenzione... molto probabilmente in cerca di qualche segno di trauma cerebrale.

«Forse sono andata troppo avanti e troppo velocemente», aggiungo. «Sai come si dice... l'erba del vicino è sempre più verde e tutte quelle altre belle cose».

«Non sono belle cose. Sono brutte». Mi dà un bacio proprio dietro un orecchio. «L'erba è sicuramente più verde da questa parte. Dall'altra parte della recinzione, sia dentro che fuori, c'è quello schifo di erba finta. Fidati, non vorresti andare da quella parte». Accoccola i fianchi contro i miei, e riesco a sentire la sua protuberanza piuttosto sostanziosa che mi preme su una coscia con la sua minaccia riproduttiva. «Credimi, mi hai fatto un regalo, e non lascerò che tu te lo riprenda». Le sue palpebre sono socchiuse, ma riesco ancora a vedere le fiamme riflesse nei suoi occhi mentre il sorriso si trasforma in una promessa seducente. Cruise ha gli occhi velati dal desiderio che prova per me.

Velocemente passa dalla fase parlante della serata a quella potenzialmente più concettuale, dove la lotteria della vita alla fine potrebbe portare al fortunato connubio sperma-ovulo, se già non lo ha fatto.

Pensa, *pensa!*

Gli afferro il membro anche troppo esuberante, e mi viene un'idea. Le mie labbra lasciano una scia di baci incandescenti sul suo torace, la sua pancia, e poi dritto fino al lanciatore che ha il potenziale di catapultarci nell'universo genitoriale.

«Kenny». Ansima perché sa quel che sta per venire – lui, con ogni probabilità.

Mi preparo mentalmente mentre lo ricopro di baci. Ovviamente, avrei dovuto prestare un'attenzione speciale quel giorno nella caffetteria quando Lauren ha maltrattato sessualmente una banana. Abbasso lo sguardo per un attimo su di lui. Ally aveva ragione. Sembra davvero un guerriero imperiale senza braccia né gambe, né il fucile d'assalto.

Cruise potrebbe avercelo di dimensioni enormi paragonato agli altri uomini ma non ne ho idea. Comunque, si tratta di una ricerca che non conto di condurre, mai.

Poso le labbra su di lui e cerco di imitare i movimenti di Lauren, passando la lingua sul crinale roccioso. Cruise fa un respiro profondo e contemporaneamente contrae lo stomaco. Segno che sto andando bene.

«Niente denti». Lo dice in fretta, smentendo la mia teoria.

Poi mi posa delicatamente una mano sulla nuca e mi guida a inaugurare una stagione amatoria per dargli piacere in un modo che non avevo neppure immaginato finora.

«Ehi». Cerca di spostarmi, ma io continuo come una brava soldatina del sesso. «*Kendall*». Il mio nome gli esce dalle labbra come strozzato, come se provasse un dolore straziante e soffocato, e subito un'esplosione di liquido caldo e salato mi riempie la bocca. «*Kenny*». Ansima questa volta nel picco dell'estasi, e non è più un avvertimento. Aspetto finché cessano i suoi sussulti e poi sputo nella T-shirt.

«Scusami», dico, alzandomi di nuovo verso di lui. «Forse c'è qualcosa su cui dovrei lavorare». E anche quello sembra improbabile al momento.

«Non eri obbligata a farlo». Cruise sorride ancora ansante e mi attira a sé. Cerco di dargli un bacio, ma è veloce a sviare i miei sforzi.

«Non è giusto», sussurro. «Tu mi hai baciato dopo».

«Perché tu sei diversa».

Gli accarezzo il viso con un dito, la dura barba incolta, il profilo a *M* così ben definito delle sue labbra, le ciglia sottili e morbide.

Cruise mi osserva appoggiato a un gomito. I suoi

lineamenti marcati catturano la luce e lo rivestono di tutta l'adulazione che le fiamme possono offrirgli. La sua pelle ha il colore del bronzo, e lui sembra una statua che è miracolosamente viva.

«Chi la fa, l'aspetti». Segue le curve del mio corpo con le labbra e a me scoppia un dolore struggente ma bellissimo alla bocca dello stomaco. Cruise si stende su di me, mi tira su le cosce e se le mette sopra le spalle. Poi nasconde un bacio nella parte più intima del mio corpo, e io mi consegno totalmente a lui, vinta.

Cruise

Venerdì mattina, la neve ricopre la terra come manna dal cielo mentre tutta la Garrison scompare in uno strato di nebbia polare. Il nostro mondo è straordinariamente bello, ma altrettanto freddo, e io ho i duecento dollari in contanti che attendono di diventare un cappotto invernale e degli stivali per Kenny. Bisognerà aspettare che il giorno trascorra un po'. Se riesco a non spendere tutto, ci farò uscire anche una cena... be', ci farò uscire una cena comunque.

Lei ha passato tutta la giornata di ieri ad aiutare mia mamma a sistemarsi. Ho fatto fare un giro del bed and breakfast a Kenny e le è piaciuto ogni centimetro quadrato. Ho sempre saputo che avrei ereditato il posto un giorno, quindi camminare con Kenny per quelle stanze sacre mi è sembrato come se stessi offrendo a entrambi uno scorcio del nostro futuro.

«Professor Non-sbatto-più-le-ragazze Elton!». Una voce maschile tuona beffarda alle mie spalle.

Mi giro e trovo Cal che mi segue dentro Hoffman Hall, dove si trova il mio ufficio nuovo di zecca.

«Che ci fai qui?». Non rallento il passo per lui.

«Consulenza. Mi hanno chiesto di dare una mano per rimodernare la sala dei pesi».

Ha la testa pelata spruzzata di neve, il che gli conferisce l'aspetto dello stronzo dignitoso che acquisirà tra circa vent'anni.

«Ti devo una cosa». Un ampio sorriso sarcastico mi compare sulle labbra.

Mi avvicino, lo colpisco sulla mascella, e sotto le nocche delle dita sento il colpo che mi dà una gran soddisfazione.

«Merda», ringhia, massaggiandosi la ferita. «Penso di aver perso un'otturazione».

«Perché sei una femminuccia». Salgo al piano di sopra, e lui continua a seguirmi proprio come il cane randagio che è.

«Perché accidenti me l'avresti dato?»

«Perché sei un pezzo di merda. Perché diamine ci hai provato con Kenny? E non negarlo», dico, entrando nel nobile stanzino che mostra ufficialmente una placca che si onora di portar scritto sopra il mio nome. «Ti ho visto insieme a lei a Starbucks».

«Quella?». Cade sulla sedia di fronte a me con un'espressione sbalordita, sebbene leggermente ferita, in faccia.

«Sì, proprio quella». Tiro fuori il portatile e lo accendo. «Senti, se hai intenzione di tradire Lauren, scegli qualcun'altra. Kenny non si tocca».

«Per tua informazione, *lei* ci ha provato con *me*».

Faccio una risatina davanti a quell'ipotesi.

«E poi da dove viene questo "Kenny"?». Si impunta. «Per quel che ne so io, il resto della gente la chiama Kendall. Non proseguire sulla scia della spinosa questione dei nomi di animali, amico mio. Porta solo a ulteriori confusioni». Allarga le narici mentre scivola sulla sedia.

«Kenny le si addice. È carino, come *Kenny*. Comunque, tu non sei autorizzato a chiamarla così».

«Carino». Mi fa il verso. «Sai cosa non è carino? L'ex grande amore della tua vita che mi perseguita».

«Non ho nessun ex grande amore della mia vita. Perciò, non so di cosa stai parlando». Tiro fuori dalla valigetta una risma di fogli e comincio a esaminarli.

«Blair, deficiente. Stiamo parlando di Blair».

«Tu stai parlando di Blair. Non la definirei un grande amore. Meglio un male non necessario».

«Un male? Un po' duro, non trovi?». Solleva le sopracciglia come se la reputazione morale di lei fosse una questione di interesse personale.

«Confermo quel che ho detto. Anche se ritratto le parole "non necessario". Si è rivelata un male molto necessario a vari livelli. Prima di tutto, e più importante di qualunque altra cosa, perché in netto contrasto con ciò che è la vera felicità. Ed è questa, amico mio, che ho con Kenny. Le cose stanno migliorando».

Scuote la testa. «Lascia perdere Kenny adesso.

Quando farai l'incontro memorabile con Blair? Sai che si avvicina. Blair è come un piranha quando si concentra su una cosa. E in questo momento, quel qualcosa sei tu. Inoltre, mi ha assicurato che vuole solo che siate amici».

«Non mi servono altri amici».

«Voi due avete avuto una storia. Siete stati assieme più a lungo di quanto lo sia stato mio padre con le tre rispettive consorti. Non so. Penso che dovresti almeno sederti a parlare. La vita è lunga, e Blair Lancaster potrebbe trovarsi a frequentare la tua stessa cerchia di amicizie».

«Allora troverò un'altra cerchia di amicizie. Senti, non sono interessato a nessun tipo di rapporto con lei. Ho voltato pagina. Le auguro di essere felice, di avere successo, e di trovare l'uccello di qualcun altro per occupare il suo tempo. Il mio corpo è assolutamente soddisfatto della donna con la quale ho intenzione di trascorrere il resto della mia vita».

Cal sussulta come se gli fosse presa una sincope. «Stai parlando di matrimonio?»

«Non vedo perché no. Kenny è bella e sana di mente, quindi sono già due punti in più rispetto a Blair».

«Colpo basso».

Ci penso per un attimo. «Hai presente tutte le ragazze con cui mi sono rotolato nel letto negli ultimi mesi? Non mi sono mai sentito, neppure una volta, soddisfatto». Sospiro. Innumerevoli ore, e piaceri sterili ai quali mi sono concesso solo per cercare di riempire il vuoto che avevo dentro. Mi chiedo come sarebbe stato con

Kenny se avessi aspettato lei... se avessi atteso di incontrarla quella sera alla festa, e avessi condiviso tutto insieme a lei per la prima volta. Al pensiero sento la pelle attraversata da una scarica elettrica, e il mio uccello nei boxer sembra una bomba a orologeria. «Comunque», faccio un respiro profondo mentre esamino la risma di fogli che ho davanti, «non ho alcuna intenzione di incasinare le cose con Kenny, quindi puoi dire a Blair di levarsi di torno».

«Le piacerebbe levarsi una certa voglia. Solo il sentire che parla continuamente di quanto rimpiange certe cose fisiche mi fa impazzire. Perché non la fai piegare sulla tua scrivania e non la salvi da tanto supplizio».

«Falla piegare *tu* sulla tua scrivania», gli controbatto, degnandolo, per quel che ha detto, solo di uno sguardo. «Per me è finita con lei. In effetti, se faccio un paragone con quel che provo adesso, arrivo a dire che non sono mai stato davvero tanto interessato a lei».

Un'ombra passa veloce davanti alla porta, e dando un'occhiata fuori vedo un cappotto rosso conosciuto che si precipita giù dalle scale.

«A pensarci meglio, non devi dirle niente», dico. «Sembra che abbia sentito tutto da sola, in prima persona».

15
Performance teatrale a cena

Kendall

La caffetteria dell'associazione studentesca ha quasi lo stesso profumo paradisiaco di Starbucks, ma il caffè non ha lo stesso sapore. Non è altro che una brutta copia, un bersaglio mancato, tutte cose di cui un tempo accusavo anche l'amore, pensando fosse così. Mi chiedo se tutti i matrimoni sotto il cui peso mia madre è andata a fondo non siano stati altro che le brutte copie di qualcosa di puro che lei stava cercando di emulare, qualcosa di speciale come ciò che abbiamo io e Cruise. Vorrei poterglielo offrire in regalo. Incartarle tutti questi splendidi sentimenti e spedirglieli in un pacchetto con un fiocco rosso brillante. Mia madre si merita di avere una cosa simile. Tutti se la meritano.

Scorgo Lauren e Ally nella calca vicino alla finestra e mi dirigo verso di loro. Una mano vagante mi agguanta un polso, e seguendo la linea del caban rosso trovo Blair che mi guarda.

«Cavolo, sei andata via di corsa l'altro giorno». Infila

una mano nella borsa e tira fuori un mucchio di fogli sciolti. «Ecco le tue cose».

«Grazie!». Gliele prendo di mano. «Il mio ragazzo ha avuto un'emergenza. Sua mamma si è rotta una gamba».

«Così, siete piuttosto intimi, eh?». I suoi lineamenti si induriscono davanti a quella prospettiva. Coppie come Cruise e me probabilmente le fanno venir voglia di vomitare, soprattutto dopo che è uscita da una storia finita in modo tanto triste.

«Molto intimi». Sollevo le spalle quasi per scusarmi. «Lui è meraviglioso. Non avrei mai pensato di poter vivere una cosa simile con qualcuno come Cruise. È la persona più speciale al mondo». Sembra che non riesca a controllare la mia smania di parlare di lui in modo così entusiasta.

«Non so». Scuote la testa. «Non pensi di essere troppo giovane per legarti? E i ragazzi come, Cruise, hai detto? Quando sei carina c'è sempre qualcuno che ci prova con te. Dicono che i "ragazzi carini" hanno il novanta per cento di probabilità in più di tradire rispetto a un Joe qualunque». Entra Cal, e lei punta il dito nella sua direzione. «Ora, prendi quel tizio per esempio. In prospettiva sarebbe meglio avere lui come ragazzo».

«Non è quel che dice la sua ragazza». La correggo in fretta. «Comunque, è meglio che vada. Ehi! Oggi è il tuo giorno speciale», scherzo. «Sei pronta per la grande rivelazione?». È in programma che Blair si guadagni duecento dollari oggi dopo la lezione, e molto probabilmente altrettante erezioni durante la sua semi-indecente messa in mostra. Blair è carina. Sono sicura che tutti i ragazzi del corso d'arte, o di tutta Garrison, vorrebbero arrivare a conoscerla meglio. Ma è stata scottata di brutto, quindi dubito che ne avranno la possibilità. Ferite come quella hanno bisogno di molto tempo per guarire. Quando sei scottata così in profondità, forse resti ancora emotivamente attaccata alla persona che ti ha ferita. Si tratta di tutta quella questione del controllo emotivo esercitato dall'uno o dall'altra all'interno di una coppia, e che ha tirato fuori Cheryl a lezione. Qualcuno deve ancora avere una presa molto forte su Blair, e lei ha bisogno di riprendersi la sua libertà emotiva prima di poter sperare di andare avanti con la sua vita.

«La grande rivelazione?». Corruga la fronte. «Oh, ho cambiato idea». Blair mi lancia uno sguardo che sembra una coltellata e che sarebbe capace di tagliarmi la gola. «A differenza di certa gente, preferisco mantenere intatta la mia dignità». Si dirige all'uscita e se ne va con quella frecciatina ancora fresca sulle labbra.

Davvero? *Certa gente.*

Mi allontano e mi siedo vicino a Lauren e Ally.

«'giorno!», dico allegra.

Il viso di Lauren è gonfio e chiazzato come se fosse stata sveglia tutta la notte a piangere.

«Va tutto bene?». Niente va bene, ma sono abbastanza sicura che chi-cavolo-ti-ha-ridotta-così-da-schifo non sia il modo migliore per iniziare una conversazione.

«Lauren ha scoperto alcune gravi prove incriminanti», sospira Ally, parlando in codice. «Mutandine di pizzo infilate nel divano». Fa una smorfia. «È il biglietto da visita di qualunque puttanella che voglia farsi scoprire».

«Cal?». Guardo Lauren a bocca aperta.

«Di un colore rosso acceso, aperte davanti». Geme. «Ho trovato il reggiseno coordinato sotto il suo letto».

«Sembra come se avessero fatto una cena gustando i vari piatti spostandosi da un locale all'altro», Ally lancia una frecciatina.

«Mi dispiace». Allungo la mano e la poso su quella di Lauren. Sono davvero molto dispiaciuta per lei. E se esistesse ancora la vecchia me, avrei potuto farle il discorsetto che l'amore non esiste, ma ormai non me lo bevo più. C'è una parte di me che vuole davvero darle speranza. «Troverai un altro. C'è qualcuno veramente speciale che ti sta aspettando là fuori. Credimi, l'ultima cosa che vuoi è stare con uno che abbia una relazione clandestina». Odio quelli che mettono le corna. Questo è proprio il genere di cazzate con cui le mie amiche del liceo hanno dovuto sempre fare i conti. Sembrava che i ragazzi di tutte fossero inclini a intingere il loro stoppino ovunque si presentasse loro l'offerta. Fu in parte per questo che non fui così ansiosa di farmi coinvolgere in un rapporto sentimentale. Non che Cruise farebbe mai una cosa simile. Quello che c'è tra noi è una cosa speciale.

«Pensavo che quello che c'era tra noi fosse una cosa speciale», piagnucola.

Deglutisco a fatica. Non c'è alcuna possibilità al

mondo che io e Cruise finiremo in un letamaio simile a quello in cui si trovano Lauren e Cal. Quello che c'è tra noi durerà per sempre.

«Pensavo che saremmo stati insieme per sempre». Le sue parole si mescolano al pianto.

«Lei non gli ha ancora sbattuto in faccia quel che ha scoperto». Ally annuisce in direzione di Lauren come se volesse convincerla a tirar fuori la verità.

«Lui fa tante feste a casa sua». Lauren affonda i mignoli agli angoli degli occhi e si ricompone in fretta. «Ci sono buone possibilità che sia innocente. Inoltre, penso che dovrei mettergli davanti un'altra volta una bella mora per confermare la mia teoria». Indurisce lo sguardo per insistere sul fatto che non ho voce in capitolo per quel che riguarda come preparare la trappola al suo ragazzo.

«Ha resistito in tutto e per tutto l'ultima volta che ci abbiamo provato», dico, cercando di farlo nel modo più gentile possibile. «Inoltre, è sembrato che volessi assalirlo».

«Perché eravate in un luogo pubblico, e Ally lavora lì. Lui sa che io non sono mai tanto lontana da Ally. La cosa ha inibito la sua potenziale erezione».

«No». Scuoto la testa.

«Per l'ultima volta, lo giuro», implora.

Detesto l'idea di deluderla, ma c'è qualcosa riguardo a tutta questa storia che non va.

«Senti», dico, alzandomi per andare al corso di inglese, «conosco una ragazza che ha una qualche vendetta da perpetrare contro chiunque abbia un'appendice in più che gli penda tra le gambe. Probabilmente sarà contenta di farlo. Devo andare».

Mi salutano in modo un po' anemico e io mi ritrovo fuori al freddo.

Sembra che tutte abbiano un ragazzo, un marito, che è un fedifrago. Forse la lunga sfilza di spasimanti illeciti di mamma non è stata una coincidenza dopo tutto.

Cruise è diverso. Me lo sento.

Mi chiedo se mamma abbia mai detto una cosa del genere di qualcuno dei suoi ex mariti.

Oddio, Cruise farà meglio a essere diverso.

* * *

La sera, illuminati dalla bianca luce asettica della luna, Cruise mi porta in auto in un ristorante italiano chiamato Della Argento. Facciamo il giro del palazzo e troviamo parcheggio non lontano dall'entrata. Sembra pieno di gente, ma Cruise mi informa che ha prenotato. Stranamente, mi fa sentire più adulta il fatto che abbia accennato alla prenotazione piuttosto che io stia vivendo a quasi cinquemila chilometri di distanza da mia madre o abbia rapporti intimi con lui come una coniglietta malata di sesso. Per prenotare bisogna averci pensato prima, averlo programmato, aver telefonato – e tutte queste cose sono ritenute dalla mia mente di adolescente abituata ai fast-food come un enorme salto verso il mondo degli adulti.

Una grossa scatola incartata a mo' di pacco regalo si trova incastrata dietro il sedile di Cruise. Ho fatto finta di non vederla quando sono salita in auto. Per quel che ne so, potrebbe trattarsi di un regalo di compleanno per la delirante Molly.

«Ho una cosa per te». La luce della luna, dolce come un bacio, si riversa dentro attraverso il parabrezza, e gli accarezza i lineamenti. Quel limpido bagliore sottolinea il fatto che Cruise è nato dallo stesso alito di vita di Dio e dalla Sua bellezza.

Io, invece, non saprò mai cosa ci trovi Cruise Elton in me. Allunga la mano dietro di lui e porta il regalo davanti. La scatola rossa lucida riempie lo spazio tra di noi. «È una specie di regalo di compleanno in ritardo». Compaiono le fossette, e un'ondata di piacere mi travolge vibrando dentro di me. Ben presto, tutto ciò che dovrò fare per avere un orgasmo spontaneo sarà guardare Cruise. Dovrebbe essere utile per trascorrere un'ora interessante durante Relazioni di genere.

«Mi hai già fatto il regalo perfetto per il mio compleanno. Mi hai donato te, ricordi?»

«No, non mi ricordo». Gli compare un mezzo sorriso impertinente sul viso. «Forse potresti rinfrescarmi la memoria».

Faccio una risatina mentre scarto il pacco di un colore rosso acceso brillante. Sotto c'è una scatola bianca lucida. Perfino quella sembra costare tanto, è davvero una cosa troppo sfarzosa per me. Sollevo il coperchio e scosto strati e strati di tessuto, fino a trovare un cappotto di lana scuro. Lo tiro fuori facendo attenzione e ne sento la leggerezza, il calore che già irradia sulle mie dita. È davvero bello, un color grigio carbone con bottoni satinati in argento, e una sottile cintura di lana attaccata ai fianchi.

«Cruise», ansimo portandomelo al petto. «È stupendo. Non eri obbligato a farlo». So che questi cappotti sono molto cari.

«Ma volevo farlo». Mi accarezza tutta con lo sguardo, in silenzio, lentamente.

Cruise mi ha fatto un regalo. Uno che andava ben al di là di quanto poteva permettersi. Penso che nessuno abbia mai mostrato una premura così grande per me prima d'ora.

«Inoltre», continua, «non importa quanto tu appaia sexy con la giacca di jeans che possiedi, quella non ti eviterà una polmonite. E se ti ammali, con chi farò questo?». Si piega verso di me e si attarda a baciarmi dolcemente – la sua lingua che mi tocca, delicata e impalpabile, e poi accarezza la mia. Un leggero gemito gli esce dalla gola e mi fa impazzire di piacere. Per un attimo, penso di lasciar perdere i piani che abbiamo per cena, ma si è dato tanta pena con la prenotazione che non dico nulla.

Cruise fa il giro del pick up e viene dalla mia parte, apre la portiera, e mi aiuta a indossare il cappotto. Mi arriva fin sopra le ginocchia e mi riscalda tanto quanto un termosifone. Mi stringo la cintura attorno alla vita, e lo sento gemere mentre mi abbraccia.

«Non pensavo che tu potessi diventare ancora più sensuale». Sorride in modo meraviglioso e mi si stringe lo stomaco come la prima sera che ci siamo incontrati. «Ma sei bollente, Kenny».

«Be', grazie a te». Invece che baciarlo, gli lecco lentamente le labbra in modo sensuale.

«E infervorata». Fa scivolare un braccio attorno alla mia vita mentre si sistema l'erezione che ha nei pantaloni. «Non ti rendi neppure conto di quel che susciti in me».

* * *

Il Della Argento ha le luci soffuse che creano un'atmosfera romantica favorita da un arsenale di candele disseminate ovunque. Un morbido tappeto rosso indica i passaggi su cui procedere, mentre repliche di pitture a olio del periodo rinascimentale ricoprono le pareti. Un finto graticcio si estende sul soffitto e file di grappoli d'uva pendono dall'alto fungendo da tettoia. I tavoli sono pieni come se stessero distribuendo alcolici gratuitamente, mentre dall'impianto stereo giunge il suono di un malinconico brano strumentale.

Una splendida bionda ci accoglie con un paio di menù in mano. I ricci le arrivano fino alla vita, e gli occhi, di colore verde chiaro, brillano. Un sopracciglio è più alto dell'altro, e questo le conferisce un'aria da perenne seduttrice.

«Be', salve, splendore». Riserva a Cruise il suo saluto esclusivo mentre gli mostra la scollatura. «Nevica fuori?». Guarda in modo conciliante verso di me. I denti le brillano come vetro, talmente bianchi in contrasto con le perfette labbra rosse. Solo al vederla mi si rivolta lo stomaco. Non sono sicura che mi piaccia l'idea che sorrida così apertamente al mio ragazzo, senza considerare che lo ha chiamato splendore, sebbene lo sia davvero.

«No. Una serata magnifica». Mi lancia uno sguardo, e le fossette scattano come fossero sirene che suonano.

Lei ci fa segno di seguirla, ma cammina a fianco di Cruise, guardandolo di tanto in tanto anche se lui mi tiene apertamente per la mano.

«Penso di conoscerti». Si morde il dito con aria divertita mentre lo esamina. «Certo, eri con me al corso di Osborne l'anno scorso. Non sono andata troppo bene». Si ferma vicino al tavolo dove appoggia i nostri menù. «Potrei davvero aver bisogno di qualcuno che sappia il fatto suo. Sai, come insegnante». Lo tocca con un fianco in un modo non-troppo-accidentale, e mi sento un tuffo al cuore.

Cruise si scosta da perfetto gentiluomo.

«Buona fortuna allora». Mi attira a sé e mi dà un bacio su una guancia. Sento il calore del suo corpo che mi avvolge come una nuvola scaturita dal desiderio. Spero che l'oca giuliva ossigenata sia fisicamente ed emotivamente distrutta per il fatto che lui l'abbia palesemente ignorata. Ma lei è bellissima, molto più giusta per lui di quanto non lo sia io.

Scompare, e intanto noi ci sediamo. Sono nauseata da come ci abbia provato con lui in modo tanto sfacciato. Probabilmente farò in modo che, a un certo punto della serata, cada rovinosamente perché così vuole la mia natura immatura e dispettosa. Non ho mai detto che sarei stata così buona da non tirare fuori le gambe al momento opportuno.

«Sono spiacente». Mi solleva una mano e me la bacia.

«Non ti scusare». Lo osservo attentamente alla luce tremolante della candela. Non posso biasimare tutte le donne dei paraggi che desidererebbero inginocchiarsi davanti a lui, per supplicarlo di far loro da insegnante... *accidenti*, io stessa l'ho fatto. «Suppongo si tratti di un rischio legato alla professione».

Nega con la testa. Quel sorriso indecente appena accennato si allarga mentre mi fissa negli occhi.

«Kenny», gli si vela lo sguardo esattamente come accade poco prima di dar sfogo al piacere che prova insieme a me, «sei l'unica donna che vedo. Un tempo ero solito chiedermi se l'amore esistesse. Pensavo di saperlo, ma non avevo la minima idea di cosa fosse davvero. Prima, mi alzavo semplicemente in volo, ma adesso con te, arrivo nella stratosfera. Mi lasci senza fiato». Mi trafigge con uno sguardo di fuoco, mentre mi tolgo il cappotto, lentamente e in modo seducente. Mi piego in avanti e il mio seno sboccia dalla scollatura del vestito che ho scelto apposta per stuzzicarlo stasera.

Ordiniamo, e Cruise nemmeno per una volta alza lo sguardo verso la minaccia che-brandisce-in-mano-il-menù. Lei preme le labbra delusa e se ne va altera mentre lui mi molesta apertamente con quegli occhi che-hanno-staccato-un-pezzo-di-cielo.

«Andiamo». Salta in piedi e mi prende la mano.

«Andiamo a scambiarci qualche bacio rubato?», ansimo, cercando di stargli dietro mentre mi conduce sul retro in tutta fretta.

«No. Ho intenzione di scoparti».

Cruise

La sala per banchetti del Della Argento ha i vetri oscurati e si stende senza soluzioni di sorta come un tunnel fuori dalla realtà, nient'altro che un arido spazio scuro. Spingo Kenny in una nicchia isolata dove si trovano molti tavoli di riserva appoggiati su un fianco; l'entrata è parzialmente coperta dalle tende.

«Sei così dannatamente bella», le dico prima di tuffarle la lingua in bocca, mentre con le mani le accarezzo scatenato il vestito di raso. L'istante in cui l'ho vista stasera, mi sono subito sentito eccitato. C'è stato un attimo, prima nel pick up, in cui ho pensato di toglierle, be'... di strapparle i vestiti di dosso senza aspettare.

Tiro giù la parte superiore dell'abito e le prendo in bocca un capezzolo, ci gioco con la lingua delicatamente finché non diventa turgido.

Kenny ansima e mi graffia la nuca al punto che capisco che la sto facendo impazzire.

La mia mano avanza sul suo vestito e poi le scivola tra le gambe.

Una risata cupa ruggisce dal mio petto.

«Non indossi la biancheria intima», sussurro, già col fiato corto.

Kenny non dice una parola. Semplicemente mi tira giù la cerniera dei pantaloni, infila la mano dentro i miei boxer, e il mio uccello si allunga come fosse pronto per la stretta di mano, più che felice di darle il benvenuto.

I denti di Kenny brillano nell'oscurità. «Il punto numero sette sul programma riveduto e corretto stabilisce chiaramente che è richiesto un atto sessuale in luogo pubblico per passare il tuo corso». Fa un sospiro ironico prima di sollevarsi il vestito e farmi scivolare dentro di lei, calda e bagnata. Un gemito mi resta soffocato in petto. «E ho proprio intenzione di passare il tuo corso, professor Elton». Kenny mi avvolge in vita con le gambe, mentre io la afferro per le cosce.

Kenny mi passa le dita tra i capelli, e quando penetro più a fondo lancia un piccolo grido. Affonda le unghie nella mia schiena e io mi immergo sempre di più dentro di lei con ferocia primitiva.

C'è un linguaggio che travalica i generi e riecheggia tra noi due – un linguaggio che risuona in una reggia come in uno zoo – e, apparentemente, nel corridoio di un ristorante con portate-da-cento-dollari-l'una.

Ci inebriamo con il nettare del nostro stesso piacere, saziamo la fame della nostra carne e intanto ingaggiamo la lotta di sempre per il reciproco controllo emotivo. Ma io consegnerei tutto ben volentieri a Kenny, bacerei il suolo dove cammina solo per restare con lei per tutta la vita.

Reclina la testa all'indietro, e la curva del collo si alza e si abbassa davanti a me. Osservo affascinato quanto è raggiante, mentre mi cavalca in alto, sbattendo contro di me come fosse un'onda. I nostri movimenti raggiungono il culmine. Le nascondo un bacio tra i seni e tremo dentro di lei prima di esplodere con tutto il mio amore. Le sue gambe cominciano a scivolare, e allora la sollevo sopra i fianchi con una risata roca.

Kenny sorride, gli occhi velati dal piacere. Faccio scivolare le dita nell'intimità calda e bagnata che ha tra le cosce, eccitandola finché il respiro non le diventa affannato – e il volto le si accende per l'estasi. Kenny si contorce tra le mie braccia, e io ne godo – e la ricopro tutta di baci.

«Cruise...». Ansima contro il mio collo. «Non avevi il cappuccio», dice in tono lamentoso.

Rido per un attimo e le stampo un altro bacio ardito sulle labbra.

«Sei così dannatamente bella».

* * *

Durante il fine settimana, Kenny non esce dal letto. Al contrario, passa molto tempo con i conati di vomito, e arrivo a considerare l'idea che forse la cameriera a cui non ho dato retta le abbia avvelenato il cibo.

Molly ha detto che si sarebbe occupata di mamma dopo che le ho fatto sapere che Kenny non si sentiva bene. È bello che sia mamma che Molly sappiano chi è Kenny – che l'abbiano vista. Tutte quelle ragazze che prima facevano parte della mia vita – erano come fantasmi – un intero esercito invisibile di entità che evaporavano come fumo una volta che avevo chiuso con loro.

È terribile pensare che ce ne siano state così tante, ed è difficile per me accettare anche il fatto che non ricordi la maggior parte di loro. Certe sere avevo talmente tanto alcol in corpo da essere sicuro che mi sarei dimenticato anche di chi ero io stesso. E adesso, vorrei che anche loro non si ricordassero di me. Vorrei che ognuna si dimenticasse di me e di qualunque atto intimo possa aver compiuto con i loro corpi. Quella cameriera mi aveva innervosito. Per un nano secondo, mi sono chiesto se fossi stato anche con lei, se stava soltanto cercando di chiedermi di nuovo qualcosa in più. Ecco il regalo indesiderato che senza volere ho fatto a Kenny. Ogni ragazza che incontra può essere una del mucchio, una con la quale suo marito è andato a letto.

Marito.

Continuo a ripetermi questa parola per vedere come mi sta.

Ho intenzione di chiedere a Kenny di sposarmi. Forse vorrà un fidanzamento lungo... cioè, se dirà di sì. Probabilmente quando si sarà laureata renderemo ufficiale il tutto. Ma per il momento mi sta bene così se lo volesse. Se me lo chiedesse camminerei per la navata della chiesa a quattro zampe, solo per averla al mio fianco finché avrò vita.

Kenny fugge dal bagno e si butta sul letto. Scivolo accanto a lei, le metto un braccio attorno alla vita. Ha i capelli annodati, e il pungente odore di collutorio impregna l'aria.

«È la terza volta che vomiti oggi». Le passo le dita tra i capelli, delicatamente così da non farle male.

«Tieni il conto?». Nasconde il viso nel cuscino e geme come una colomba ferita.

«Sì, tengo il conto. Tre strike – sei eliminata. Andiamo». La faccio alzare e le metto il cappotto sulle spalle. «Ti porto dal medico».

* * *

L'unico beneficio di essere uno studente alla Garrison è il fatto che fanno in modo che tu abbia il sedere parato grazie a una polizza assicurativa da favola.

La struttura medica è persa in mezzo alla natura, in un luogo desolato. Qualche persona siede nella sala d'aspetto, a buoni sessanta centimetri di distanza gli uni dagli altri nel tentativo di evitare di prendersi un microcosmo di germi nella stanza non areata.

Aiuto Kenny a riempire una montagna di moduli, poi lascio che si distenda su di me con i capelli sparpagliati sul mio petto a formare lunghi nastri scuri.

«Cruise?». Solleva lo sguardo su di me con quegli occhi azzurri che sembrano acqua, e con tutto me stesso vorrei poter allontanare da lei quel supplizio. «Pensi che potresti mai odiarmi?»

«Odiarti?». Rido brevemente davanti a una simile follia, e dallo sforzo anche lei si solleva e si abbassa sul mio petto. «No. Non avverrà».

«Se dovesse succedere... non andare su tutte le furie o cose simili». Si accoccola contro di me e tira su col naso. «Lo sai, non sono esattamente un tipo sveglio. Sono umana». Dice umana come se fosse una condizione sfortunata. «Sono portata a fare errori madornali, proprio enormi». Tira su di nuovo col naso, e questa volta sono abbastanza sicuro che stia piangendo.

Mi pietrifico quando dice quelle parole "errori madornali". Sono io quell'errore madornale? Forse sono io che la sto facendo star male.

L'infermiera ci chiama di nuovo così aiuto Kenny ad andare in una stanzetta.

«Non sei obbligato a restare». Kenny scuote la testa in modo un po' troppo aggressivo e subito arrossisce in viso.

«Rilàssati. Non me ne andrò da nessuna parte. E tu non devi sentirti imbarazzata. Ho vissuto più esperienze di vomito in pubblico di quante ne vorrei ricordare». Le scosto i capelli dal viso e accenno un debole sorriso. «Tu sei la mia famiglia, Kenny. Non riusciresti a liberarti di me nemmeno se provassi a farlo».

«Famiglia?». Si copre le labbra con una mano. Sgrana gli occhi arrossati sentendomi parlare di un legame così intimo.

Un leggero bussare alla porta viene seguito dall'entrata di un uomo che sembra un mostro gigantesco e che ha il collo delle dimensioni di un tronco d'albero.

«Merda», mormoro. La targhetta reca scritto "Dottor Gaines".

«Non sapevo che permettessero a chi fa parte della squadra di wrestling di indossare abiti tanto eleganti». Lo dico a voce bassa, ma accidenti, è proprio quel che intendo dire.

«*Sono* un lottatore». Fa un leggero inchino.

Kenny si raddrizza. Spalanca gli occhi vedendolo. Probabilmente è spaventata a morte che possa schiacciarla a terra. Scommetto che è proprio contenta che le sia rimasto appiccicato.

«Allora, cosa succede?». Guarda la cartella clinica per un attimo prima di osservare lei con attenzione.

«Non è stata bene, durante il fine settimana ha buttato fuori tutto», dico.

«Diarrea?», chiede.

Kenny distoglie lo sguardo e nega con la testa. Non sono sicuro che ammetta la verità se resto nella stanza. Forse non dovrei essere qui.

«Non c'è in giro un virus gastrointestinale», riflette.

«L'altra sera abbiamo mangiato le stesse cose al ristorante ma io non sono stato male». Faccio un sorriso spento. «Forse potrebbe farle alcune analisi, e vedere se ha mangiato qualcosa a cui è allergica, o qualcosa di velenoso». Dovevo dirlo. Ci avevo pensato, diamine.

Scoppia in una sonora risata. «Cominciamo con l'escludere cose un po' più ovvie. Non andiamo a pensare al peggio, valutiamo prima le cose più semplici e comuni. Chiederò all'infermiera di farti un emocromo – probabilmente si tratta solo di influenza. Kendall... c'è qualcosa che tu sospetti possa farti star male?». Sorride in modo piatto, lo sguardo si spegne un po' in attesa della risposta.

«Sì», dice con voce stridula. «E vorrei fare un test di gravidanza per averne la prova».

16
Tesoro, sposami

Kendall

Il viso di Cruise perde colore. Barcolla un attimo prima che il dottor Manzo gli spinga sotto il naso i sali e lo riporti in sé facendolo riprendere dalla sorpresa.

«Amico, faresti meglio a sederti». Il dottor Gaines cerca di convincere Cruise a mettersi seduto, ma lui resiste.

«Sto bene, davvero».

Mi assale un'ondata di panico, e all'improvviso vorrei trovarmi in un qualsiasi altro posto a parte questa stanza troppo luminosa niente meno che insieme all'ignaro padre della mia gravidanza a sorpresa.

«Incinta?». Le sopracciglia si abbassano formando una netta *V*, che lo rende innegabilmente provocante. Anche se sono abbastanza sicura che questo non sia il momento buono per sbavare davanti alla sua meravigliosa bellezza, soprattutto poiché non è ancora del tutto fuori questione che vengano commessi uno o due reati contro di me.

«Troverai la cosa divertente». Apro la bocca per raccontargli tutto riguardo alla mia vergognosa disattenzione perpetrata nell'ambulatorio gratuito ma poi mi ricordo che sua sorella di diciassette anni è invischiata nella stessa storia. A tal proposito, sono positivamente sconvolta che il dottor Muscoli non si sia ricordato di me ripensando al turno svolto nel suddetto ambulatorio.

«Troverò la cosa divertente?». Inclina la testa perché sa benissimo che non sarà così.

«Oh, ehm... sai...». Cazzo. Cazzo cazzo mille volte cazzo. Non andrà a finire bene. Cruise esploderà quando scoprirà che non sono stata capace di capire come usare una semplice pillola anticoncezionale. «Io...». Le parole mi restano incastrate in gola, ed esito a vomitare un mare di bugie.

«Kenny...». Cruise corruga la fronte. Poi mi attira a sé. Con le braccia mi circonda la vita e mi stringe forte, con sentimento. «È questa la ragione per cui hai pensato che ti avrei odiata?». Soffoca una risata. «Non potrei mai odiarti. E per una cosa simile... non hai fatto nulla di sbagliato». Si scosta, e storce un po' le labbra considerando la cosa. «Inoltre, non puoi essere incinta. Stai prendendo la pillola». Gonfia il viso con un senso di sollievo. «Con tutto quel vomito ti si è incasinato il cervello. Devi averlo dimenticato».

Apro la bocca per correggerlo, ma esce fuori solo aria.

«Non stai prendendo la pillola?». Lo dice preoccupato per i possibili risvolti che la cosa implica, il viso stravolto dal panico.

Oddio, penserà che sono una bugiarda, che sono una di *quelle* ragazze che sentono il bisogno di riempire il vuoto della propria vita mettendo in cantiere una gravidanza. In questo momento forse penserà pure che tutta la faccenda della mia verginità sia stata solo una finta.

«Kenny? Che succede? Parlami». Ha un'espressione spaventata in volto che fa capire che si è appena reso conto che ha continuato a trapanare senza usare gli strumenti giusti.

Entra l'infermiera e mi ordina di seguirla... e io eseguo.

* * *

Quando finalmente torno nella minuscola stanzetta bianca, è già da un po' che Cruise se n'è andato. Scommetto che in questo momento sta già ripulendo la sua casa da tutta la mia robaccia, e rovistando il portafogli per trovare la ricevuta di quel cappotto che mi ha comprato.

Avrei dovuto saperlo che sarebbe stata la mia stessa stupidità a rovinare le cose tra noi e non la predisposizione a tradire che mi sono immaginata lui potesse avere. Se non altro, quella sera al ristorante ho avuto la prova che a Cruise non interessano affatto le altre ragazze. Quella cameriera poteva avere tutte le credenziali per essere una top model su sette diversi pianeti. Si vedeva come lo stava invitando, era evidente tanto quanto le tette finte che le straripavano dalla camicetta.

Ma sono stata io a essere trascinata da Cruise nel retro. Io quella in cui ha riversato tutto il suo amore fino a farmi pensare che mi si sarebbe spaccata la schiena da tanto spingere – io quella che ha fatto godere fino a farmi urlare dal piacere. Adesso, l'unico che si metterebbe a urlare sarebbe Cruise che fugge nella direzione opposta vedendomi arrivare.

Affronta la realtà. Tra noi è finita. E adesso, oltre tutto, avremo un bambino, per ricordare a entrambi per i prossimi diciotto anni che razza di stupida sono.

Morgan, mio fratello, è stato un incidente. Mio papà è rimasto giusto il tempo per fare me e poi si è precipitato oltre il confine dello stato prima che iniziassi la scuola materna. Che prospettiva rosea per Cruise e me. Darei qualunque cosa per fare in modo che mi amasse con quel suo bel corpo solo per un'ultima volta.

Torna l'infermiera e mi fa ripiombare di botto nella realtà.

«Kendall Jordan?». Mi fa un sorriso d'intesa. «Abbiamo i risultati».

* * *

Non appena l'infermiera mi dà la notizia, schizzo via dalle viscere della struttura sanitaria, attraverso la sala d'attesa, nella speranza di riuscire a inseguire il pick up di Cruise, ma questo si trova ancora tranquillamente parcheggiato dov'era senza però il suo bel proprietario.

Mi giro intorno, ed eccolo lì con quel suo sorrisetto sexy, diabolico. Mi cinge con le braccia la vita e mi bacia appassionatamente in bocca tanto da non sembrare né un criminale né tanto meno una persona arrabbiata.

«Avanti dimmi», il fiato produce un pennacchio di fumo, tondo come un'aureola, «diventerò padre?». Lo dice con una tale pace, un tale stupore e una tale bellezza, che per un istante effimero vorrei che fosse vero.

«Non questa volta». Sorrido burlona. «Ma potresti aver preso l'influenza».

«L'influenza?». Appoggia la fronte sulla mia e fa un sospiro di sollievo. «Stavo quasi facendo il tifo per il bambino».

Scoppio a ridere, e per la prima volta nelle ultime ventiquattr'ore, non mi sembra di stare per vomitare un polmone.

«L'hai scampata», dico, facendo scivolare le mani dentro la sua felpa per evitare di tremare.

«Per il momento va bene così, ma in futuro avremo un'intera tribù di splendidi bambini con i capelli scuri».

«Una tribù?». Trattengo il respiro al pensiero.

«Con questi geni? Lo devi all'intero genere umano».

Io e Cruise entriamo nel pick up, e mentre accende il riscaldamento gli racconto dell'equivoco con la pillolina magica. A quanto pare, usare il cappuccio era solo una misura precauzionale per il primo ciclo.

«Per quello, e anche perché aiuta a prevenire le malattie sessualmente trasmissibili». Fa un cenno di approvazione di fronte al suo sapere in materia di anticoncezionali.

Oh merda!

Non avevo neppure pensato alle malattie sessualmente trasmissibili. *Cavolo!*

Fare sesso con Cruise significa che tecnicamente ho fatto sesso con centinaia di ragazze... un attimo, non sembra possibile, anche se penso che in realtà sia proprio così.

Sgrana gli occhi spaventato di fronte alla mia reazione muta, seppur terrorizzata.

«Ti giuro», Cruise solleva dolcemente la mia mano, «sono pulito. Ho fatto un esame fisico completo prima che le lezioni si interrompessero per la pausa invernale. Sono assolutamente in salute, e non ho mai avuto nulla».

«Oh, ehm...». Non pensiamo a me. Devo avvertire Molly prima che si infetti con ogni genere di verruche e bolle grazie a Brayden Vado-a-letto-con-le-troie Holmes. «Veramente no, non ci pensavo alle malattie sessualmente trasmissibili». Perché apparentemente sono una stupida.

A quanto sembra, ero più preoccupata di portare in pancia un bambino che di prendermi la gonorrea.

«Sei ricorsa alla pillola solo per me?». Sembra mortificato all'idea.

Non rispondo subito. Premo invece la sua mano sulle mie labbra.

«E hai pensato che avremmo avuto un bambino». Si allunga verso di me e mi avvolge tra le braccia, stringendomi forte come se potessi scomparire. «Kenny», mi schiocca un bacio sulla tempia, «se dovesse succedere una cosa del genere, non dovrai tenermelo nascosto o pensare che io possa odiarti. Ti giuro, non me ne andrò via. Resterò per sempre. Non ti libererai di me nemmeno se ci provassi».

«Allora deduco che mi ti devi accollare». Lo osservo avendo come sfondo il buio pesto della notte.

«E io deduco che tu devi accollarti me». Mi prende il viso tra le mani e mi guarda attentamente come se avesse tolto ogni strato e stesse vedendo una cosa nuova, una cosa molto più definita rispetto a prima. «Ti amo, Kendall Jordan». Mi bacia nel modo più dolce, sotto un letto di stelle che si accendono piano piano e fanno capolino dal parabrezza.

Mi scosto ed esulto per quanto lui sia perfetto sia dentro che fuori.

«Anch'io ti amo, Cruise Elton».

Cruise

Durante le settimane che seguono, i venti del Nord sgombrano il cielo e lo rendono terso. Strofinano e battono le pendici delle colline ricoperte dalle conifere, lasciandole pulite, e trasportano l'essenza degli eucalipti come fosse un profumo che viene direttamente dal trono di Dio.

Io e Kenny seguiamo coscienziosi il programma del corso che ho fatto io stesso come se si trattasse di una specie di lista di cose inerenti il sesso da fare prima di morire nell'urgenza di compierle tutte.

Un martedì, alle cinque e mezza della mattina, convinco Kenny a venire con me a vedere l'alba sulla scogliera di Barrels. Barrels si trova in un posto nascosto all'estremità di un boschetto, a una buona mezz'ora da casa. Ginepri e mirti intrecciano i loro rami, bloccati in un perenne duello di spade, ingombrando così la strada sterrata sulla quale procedo col pick up.

Per esperienza personale so che Barrels è il posto più bello dove si possa ammirare l'alba.

«Mio papà mi ci portò una volta», confesso. «Ci andammo in campeggio quando ero bambino».

Ho solo una manciata di ricordi che riguardano mio padre, ma quella gita, quando avevo sette anni, in cui venimmo in campeggio, mi brucia nella mente, vivida e precisa. Per una qualche ragione sconosciuta, sono in grado di immergermi in quel momento e riviverlo all'infinito. Quella fu l'ultima volta che feci una cosa importante con l'uomo che avrebbe proseguito la sua vita facendo il padre di Pennington, e non il mio. Forse è per questa ragione che ho conservato con tanta tenacia quel ricordo. È stato l'elogio funebre del rapporto padre-figlio che non sarebbe mai andato oltre.

«Davvero? Pen è venuto con voi? Scommetto che gliele hai date di santa ragione». Lo dice irritata, ma seducente.

Poi Kenny gira la testa all'indietro, lentamente e in modo naturale. Solleva il collo come se chiedesse alle mie labbra di posarvisi. I suoi occhi ammalianti mi invitano silenziosamente a sommergerlo di baci. Kenny è l'eroina, è il vino, la droga pura scelta dagli dei, e io non voglio fare altro che iniettarmela fino all'ultima goccia.

«No, Pen no... solo io e mio padre. Fu l'ultima volta che fece lo sforzo. Continuo a pensare a quanto sia bello questo posto. Nella mia mente, è diventato un paesaggio da cartolina ma reale».

«È per questa ragione che hai voluto che lo vedessi?». Lo dice a bassa voce, senza essere sicura di quelle che potrebbero essere le mie reali intenzioni.

«No». Parcheggio e prima di spegnere il motore mi spingo fin dove posso sotto quella cupola lussureggiante. «Speravo in qualche modo di riuscire a spazzar via tutti quei vecchi ricordi per crearne di nuovi oggi, con te». Allungo la mano dietro e prendo il sacco a pelo foderato di lana che tengo per le emergenze. Pesa quattro chili e mezzo, ma, se vi si è costretti, si può sopravvivere a un inverno subpolare rannicchiati lì dentro.

Scendiamo e ci dirigiamo sul ciglio. La scogliera è delimitata da una recinzione in legno rotta in due punti come se un'auto avesse cercato di attraversarla, e so per certo che un paio lo hanno fatto.

Verso oriente, in lontananza, un bagliore color mandarino sorprende l'oscurità e annuncia che il nuovo giorno sarà bello.

«Vieni qui». Kenny mi attira a sé e posa le sue labbra carnose sulle mie. «Saltiamo sul retro del pick up e iniziamo a fabbricare un nuovo ricordo». Affonda la mano ghiacciata dentro i miei pantaloni, e io trattengo per un attimo il respiro.

«Sembra che tu voglia fare le cose proprio sul serio. Aspettiamo ancora trenta secondi finché il sole non sia sorto del tutto». La aiuto a salire sul cofano del pick up poi distendo il sacco a pelo sopra il tettuccio.

«Ti ho accennato al fatto che ho paura delle altezze?», chiede mentre saliamo sul tetto. «Ma tu mi fai sentire al sicuro».

«Tu mi fai sentire al sicuro», le faccio eco.

Kenny freme guardandomi con quegli occhi trasparenti che sembrano gemme preziose. «Ehi... chiunque può farlo nel retro di un pick up». Lo sussurra dolcemente come fosse una promessa. «Ma sul tettuccio al sorgere del sole... ti piacerebbe ricordarti una cosa simile?»

«Il tettuccio», rifletto. «Tu, amore mio, sei tremendamente geniale».

«E ho un enorme desiderio di compiacerti». E con un gesto repentino si sfila la maglietta.

Metto il sacco a pelo sopra di noi, tolgo i pantaloni sia a me che a Kenny come fossero un tutt'uno. Kenny chiude una mano su di me e mi guida verso il mio nuovo nirvana. Io le avvolgo i seni con le mani e glieli palpeggio delicatamente.

«Ecco il modo che preferisco da adesso in poi per iniziare la giornata». Inspiro a fondo mentre lei mi spinge dentro il suo corpo caldo.

Le accarezzo la pelle soffice, e le sollevo le ginocchia per riuscire a penetrare più in profondità. La tengo per le spalle e spingo muovendomi delicatamente su e giù, senza fretta, cercando di non far cadere nessuno dei due dal pick up.

Quando Kenny è entrata nella mia vita, ha spazzato via tutte le cose brutte come fossero polvere. Kenny è l'anti-Blair, la persona che amerò per sempre e anche allora non sarà abbastanza. Insieme stiamo inaugurando un nuovo giorno grazie alla nostra incontenibile passione; la gelida aria di montagna non può raffreddare il fuoco che sta crescendo tra di noi. Kenny ha eliminato i vecchi ricordi, quelli nati dalla sofferenza e dal desiderio insoddisfatto. Lei rimargina le crepe della mia anima assetata meglio di quanto potrebbe fare mio padre, molto meglio di quanto avrebbe potuto sperare di fare una delle tante ragazze di una notte e via. Questa è la nuova alba della nostra vita, l'inizio della nostra stagione più bella – il primissimo morso di quel frutto dolce, squisito, che è in grado di soddisfarci per sempre.

Cavalchiamo le onde del nostro amore, e riesco a trattenermi finché lei non inizia ad ansimare, pronta a scoppiare. Allora esplodo anch'io, e vibriamo insieme senza più controllo per alcuni attimi, tra i più incantevoli che l'amore possa offrire.

Voglio ricordarmi per sempre Kenny in questo modo: con il bacio di un nuovo giorno che le illumina la pelle.

«Buono o ottimo?», le dico in un orecchio tutto d'un fiato, sfinito.

«Nessuno dei due». Mi dà un bacio appassionato sulle labbra. «È stato perfetto».

I capelli le circondano i tratti del viso, che sembrano scolpiti, come fossero una ghirlanda color carbone. Gli occhi riflettono la luce verginale del mattino, chiara come cellophane.

«Penso che noi siamo perfetti, Kenny». Crollo su di lei proprio mentre l'alba ci raggiunge con la sua luce brillante.

Al sorgere del sole abbiamo fatto nascere un nuovo ricordo. Abbiamo fatto in modo che diventasse realtà.

Con Kenny, tutto è possibile.

* * *

Le settimane trascorrono veloci, e il bed and breakfast, come mia madre, zoppica ed è sul punto di crollare. Ringrazio Dio per Molly, le stampelle, e le infermiere a domicilio che si offrono di fare un salto ogni tanto. Ma, soprattutto, ringrazio Dio per Kenny, che non solo porta pasti caldi a mamma e Molly, ma aiuta anche nel salone di bellezza quando ce n'è bisogno.

Io e mamma siamo seduti nella sua camera da letto, dove è salita con un certo sacrificio, per amor mio.

Dopo aver condiviso con me le sue preoccupazioni per il bed and breakfast, fa un respiro profondo. «Ho una coppia la prossima settimana, ma dopo di che, è tutto morto», si lamenta mentre rovista nel cassetto superiore del suo comò antico.

Quel mobile appartiene alla nostra famiglia da generazioni, è di legno di quercia color salvia e crema, intarsiato con disegni che decorano gli spigoli. Mamma ha preso la stanza più piccola della casa per essere sicura che gli ospiti godessero la vista migliore del ruscello che è sul retro e del tramonto del sole oltre la collina. Molly ha la stanza al piano di sotto dietro la cucina, e adesso che è claudicante, mamma dorme nella mia vecchia stanza accanto a quella di Molly. Ma oggi, ha salito un piano di scale zoppicando per regalarmi quello che diventerà uno dei più preziosi ricordi che abbia mai avuto.

«Non lo hai dato a Blair», dice, tenendo con estrema cura e affetto nel palmo della mano l'anello di mia nonna.

«No. Sono andato in un negozio a comprarne uno, tre mesi anticipati di paga buttati nel cesso, ma la cosa non mi è pesata più di tanto».

«Perché ti ho permesso di vendere il mio Maggiolino d'epoca per quel dannato acquisto». Compaiono le rughe tra il naso e gli angoli della bocca quando cerca di trattenere una risata. «Tesoro, sei sicuro di essere pronto per una cosa simile?». Le trema la voce porgendomi la fede di platino. Ha un semplice diamante nel centro e alla luce del sole sembra farmi l'occhiolino come se anche mia nonna fosse d'accordo.

«Sono più che sicuro».

«Potresti prenderti altro tempo, pensare a divertirti un po' con le ragazze. Se è quella giusta, alla fine le cose andranno per il verso giusto».

«Divertirmi e basta con le ragazze non è stato affatto così bello come si dice».

«Lo sapevo che quel modo di fare da cattivo ragazzo non ti è mai appartenuto davvero». Passa le dita tra i miei capelli e mi solleva il mento verso di lei.

Mia madre è invecchiata di decenni in questi ultimi anni. Un tempo credeva nell'amore, ha avuto vari uomini nella sua vita, e tutti i giorni era piena di entusiasmo. Poi quando l'ultimo uomo se ne è andato, non si è più ripresa.

«E di te che mi dici?». Lancio in aria l'anello e lo riprendo in mano al volo. «Consideri chiuso quel capitolo della tua vita, o c'è ancora posto tra le pagine del libro per trovare la persona perfetta?»

«C'è sempre posto per qualcuno da amare, Cruise. Si tratta solo di trovare quella persona unica. È tutta questione del momento giusto e del luogo giusto».

«Pensavo fosse questione di destino e anime gemelle», dico, scherzando solo in parte.

«Si tratta soprattutto di quello». Mi fa l'occhiolino. «Ma anche un po' di magia non guasta, di tanto in tanto».

Ecco proprio l'ingrediente che stavo cercando per rendere più memorabile il prossimo momento importante che vivrò con Kenny: la magia.

* * *

Il giorno di San Valentino, in un pomeriggio cristallino che fa brillare la neve per terra come vi fossero cadute sopra le stelle, porto Kenny in auto verso nord nella tenuta degli Alexander.

«È coinvolto in qualche modo anche Pen in questa sorpresa?». Fa una smorfia quando nota la sua auto sportiva parcheggiata nel vialetto privato rotondo.

«Oddio, spero di no», mormoro a bassa voce, procedendo per circa altri quattrocento metri verso il fienile dove Jackie tiene i suoi preziosi purosangue. Kenny si illumina in volto quando scorge i cavalli che si aggirano dentro il recinto. Hanno tutti un aspetto regale in sé, ma quello che preferisco è di razza Appaloosa, bianco con le chiazze nere come un leopardo delle nevi. Kenny sembrerà un angelo mentre lo cavalcherà tra i campi.

«Cavalli?». Il suo viso esprime meraviglia quando parcheggiamo accanto alle stalle.

Mi dirigo verso il suo lato e le prendo la mano.

A occidente il sole inizia a tramontare, inondando il paesaggio di oro.

«Faremo meglio a sbrigarci prima che ci venga a mancare la luce», dico mentre ci dirigiamo verso il fienile coperto di vegetazione.

«Cosa facciamo? Andiamo a cavalcare?». I capelli scuri le sbattono sul viso finché lei non li sposta con la mano lasciando poi che sia il vento ad aggiustarli sulla nuca in modo perfetto. Non mi sorprende che Kenny riesca a fare in modo che gli elementi della natura soddisfino le sue richieste.

«No, niente cavalcata». La prendo in giro. «Solo un po' di pulizie qui attorno. Lavoro per Jackie da quando ho quindici anni. Mi paga cinquanta bigliettoni per pulire le stalle con olio di gomito una volta al mese. Ho pensato di portarmi un'aiutante». Le do una strizzatina sulla spalla.

«Non se ne parla. Dobbiamo spalare la merda dei

cavalli di Jackie per cinquanta dollari pidocchiosi?». Sorride con ironia prima di darmi un bacio. «Okay. Ci sto».

Mi scappa un po' da ridere. «Veramente, quello è successo ieri... e i cinquanta dollari tornano utili di tanto in tanto. Ma per adesso, ho pensato a una cosa leggermente migliore». Almeno spero che pensi sia leggermente migliore. La verità è che sto tremando come una ragazza vergine la sera del ballo di fine anno. I palmi delle mani non smettono di sudare. Continuo ad asciugarmeli sui jeans, e ogni attimo che passa cerco di controllare le emozioni e di agire con più calma.

«Ho un regalo per te». Mi porto alle labbra la sua mano e le do un bacio.

Kenny mi ha messo un braccio attorno alla vita e mi stringe mentre la conduco sul retro. Superiamo un box di cavalli dopo l'altro, con l'odore di essenza al limone che impregna l'aria dopo che ho lavato i portelli in noce un mese fa. Mentre la porto verso una grande scatola con un fiocco sopra, le nostre scarpe strusciano sul fieno secco, e producono un fruscio leggero come un sussurro. Faccio attenzione quando gliela porgo, leggera come una piuma.

Ho deciso di evitare di incartarla nell'eventualità che uno dei preziosi esemplari equini di proprietà di Jackie scegliesse di riempirsi lo stomaco con la carta. Senza alcun dubbio lei mi farebbe causa nel momento esatto in cui quello dovesse cagare stagnola.

«Cruise! Non eri obbligato a farlo».

«Ma l'ho voluto fare». Le do un veloce bacio a stampo e le faccio cenno di aprirla.

Kenny toglie il fiocco. Solleva il coperchio, e sgrana gli occhi dallo stupore. «Stivali!». Le tremano le labbra.

«Sono foderati di lana, così ti terranno caldo».

Kenny tira su gli stivali in pelle di colore scuro e li ammira.

«Hanno il tacco squadrato, così puoi esercitare sempre il tuo fascino». Mi martella il cuore in petto mentre continua a esaminarli. Quasi quasi ho scelto la versione più semplice e sgraziata degli stivali, che costa il doppio, solo per evitare che Kenny apparisse così dannatamente sexy in giro per il campus, ma la bellezza di Kenny è come un incendio che non posso spegnere... e nemmeno ci voglio provare.

«Grazie». Le luccicano gli occhi per colpa delle lacrime quando infila le braccia all'interno di quegli stivali così caldi. Alza lo sguardo su di me, mi fissa attraverso le ciglia e sospira. «Ti amo».

«Anch'io ti amo». Le sfioro le labbra con le mie e vi indugio un po' prima di staccarmi. «Provali». La aiuto a indossarli, cambiando gli scarponcini che le arrivano alla caviglia con qualcosa che possa veramente evitarle il congelamento.

«Penso di essere morta e di stare in Paradiso». Geme mentre sprofonda i piedi in quel soffice nascondiglio felpato.

«Sei contenta, eh?».

Sorride in modo malizioso. Il mascara le è colato agli

angoli degli occhi per colpa del velo di lacrime di poco prima.

«Perché ci sei tu nella mia vita». Mi infiamma la bocca con un bacio passionale. Per un secondo, penso che forse dovremmo stenderci proprio qui in mezzo al fieno, ma ho un anello che mi brucia in tasca e il sole mi sta remando contro.

«Facciamo così». Porto fuori dal box la cavalla che si chiama Lady Luck Tonight e la sello. Aiuto Kenny a montare, e lei dà uno strattone vigoroso alle briglie.

«Caspita». Salto giù dal box, e mi metto dietro di lei sul cavallo. Kenny mi passa le briglie di pelle, e mentre usciamo dal fienile le insegno come usarle.

«Faremo morire questa povera bestia», si lamenta con il corpo schiacciato contro il mio. Muoviamo il bacino all'unisono, con movimenti lenti e circolari.

«Ce la può fare». Piazzo un bacio tra i capelli di Kenny, chiudo gli occhi, e mi immergo nello splendore del momento. «È robusta e tozza. Ha la resistenza di un furgone Mack. In più, faremo un giro di meno di due chilometri».

Superiamo il recinto, dove gli arbusti di larrea si protendono verso il cielo fitti come fossero feltro. Kenny si sposta indietro sulla sella quanto più può, e io la avvolgo tra le braccia. Mentre ci inoltriamo sul sentiero per i cavalli circondato da aceri spogli, comincio a riempirla di baci. Le conifere si stagliano, maestose e incombenti, come ombre terrificanti che si rifiutano di svelare i loro segreti.

«Non ho mai fatto una cosa simile». Kenny mi tocca

una guancia con le dita, e io gliele bacio. «Tu sai davvero come catturare la magia che c'è nell'aria».

Ed eccola. La magia. Kenny riesce a sentirla, proprio come me.

Lady Luck si ferma nei pressi del prato vicino allo stagno ghiacciato. Un filo di luce screziata filtra attraverso la quercia monumentale. Sotto la luce eterea del sole si levano dal terreno sbuffi di vapore, e il paesaggio innevato diventa così quasi uno scenario da favola.

Smonto da cavallo e aiuto Kenny a scivolarmi tra le braccia prima di dirigerci verso i massi che circondano quell'area.

Kenny mi attira a sé prendendomi dolcemente da dietro il collo e mi dimostra il suo amore con languidi baci.

Oddio, la voglio qui nella tundra gelata all'interno della proprietà degli Alexander. Immagino noi due distesi qui come sagome ritagliate, con i suoi capelli sparsi come ali d'ebano.

Mi metto in ginocchio e lei mi segue.

Schiaccio le labbra rendendomi conto che ha frainteso. «Non avresti dovuto farlo». Non riesco più a nascondere il sorriso. La gioia è salita in superficie come bollicine che portano una speranza inarrestabile.

«È questo che avrei dovuto fare?». Mi sbottona i jeans e solleva lo sguardo verso di me con aria di sfida.

Tiro fuori l'anello dalla tasca prima che l'unica cosa su cui ci troveremo d'accordo quando ricorderemo negli anni la proposta di matrimonio che le ho fatto sia la mia erezione.

«Ti amo, Kenny». Ho il fiato corto. «Tu mi hai salvato. Mi hai insegnato a respirare e mi hai mostrato come apprezzare la bellezza di ogni singolo attimo. Non voglio mai più stare senza di te». Mi lecco le labbra, e la brezza glaciale me le morde. «Kenny, dal profondo del mio cuore ti chiedo... ti prego, diventa mia moglie». Le porgo l'anello come fosse un'offerta. Sorrido, e trattengo il respiro vedendo che sgrana gli occhi incredula. Il mio sorriso diventa ansioso. «Sposami: sì o no?».

17
Amore perfetto

Kendall

«Cruise!». Non riesco a smettere di fissare quel bellissimo anello che lui tiene tra di noi mentre restiamo in ginocchio in questa versione ghiacciata del Paradiso. Sono sopraffatta. Ho dentro una tale esplosione di sentimenti mai provati finora, sembrano fuochi d'artificio, così potenti e travolgenti che al confronto entusiasmo e stupore arrossiscono.

Infilando questo anello imbocco un cammino luminoso e splendente che conduce al futuro con Cruise. È una promessa, alimentata dall'amore, e io tiro un sospiro di sollievo con tutta me stessa perché proprio il sentimento che avevo condannato dichiarandolo falso si è invece incarnato nell'unica persona che abbia mai desiderato. E adesso, è proprio lui che mi sta offrendo una cosa tangibile che posso avere e portare, da oggi in poi.

«Sì!». Urlo a pieni polmoni, di getto – una risposta secca come l'aria che me la riporta in un'eco.

«Sì?». Non sembra sicuro, pensa che forse se lo è sognato.

«Sì! Sì, sì, *sì!*». Mi lancio verso di lui, e lo sommergo con una montagna di baci appassionati e salati per colpa delle lacrime. Non mi sono mai sentita così completa, così felice, e così sopraffatta allo stesso tempo.

«Sì». Cruise chiude gli occhi per un attimo, poi solleva la mia mano sinistra e mi infila l'anello al dito. Scintilla sulla mia pelle. Alla poca luce che resta il diamante brilla come una stella racchiusa in uno spicchio di luna. «Era l'anello di mia nonna. Spero che non ti dispiaccia».

«Mio Dio, no. È bellissimo. Sono commossa al pensiero che sia appartenuto a lei». Tremo tra le sue braccia. «E mi calza a pennello. È un miracolo».

«Potresti anche fare un cambio, o potremmo prendere una cosa diversa per il matrimonio. Il fatto è che ho pensato che sarebbe stato splendido al tuo dito, e avevo ragione». Il suo sguardo non abbandona mai il mio.

«Non voglio nulla di diverso. Questo è perfetto. Tu sei perfetto».

Cruise mi bacia sulle labbra e con le mani sale da dietro dentro il mio maglione, mani calde e forti. Le sue braccia saranno le stesse che mi ameranno domani e il giorno seguente finché l'eternità si srotolerà come un rocchetto di cotone.

Il mio cappotto funge da coperta quando spingo Cruise sulla neve. Il suo viso appare attraente da far paura contro lo sfondo di un cielo carico d'acqua, e mi sento venir meno quando lo guardo – quando penso che sarà mio per sempre. Mi massaggia il corpo come fosse uno scultore che impasta con le mani l'argilla, mi abbassa i pantaloni, ansioso di prendermi. Mi accarezza con le dita la pancia, e poi fa scivolare una mano tra le mie cosce. Compaiono le fossette come ombre gemelle. Quando fremo al tocco delle sue carezze, Cruise mi guarda dall'alto – supervisiona con ardente intensità come lui stesso mi incendia nell'intimo. Questa beatitudine erotica, questo scoppio infuocato di estasi è la soglia su cui si apre una nuova era per la nostra vita. Lui si rilassa su di me e spingendo lentamente e delicatamente con i fianchi, mi penetra per incontrarmi proprio lì nel mio delirio infervorato.

Cruise fa l'amore con me su un letto di neve gemendo sommessamente per quella straziante passione che gli brucia dentro. Mi bacia, e la sua lingua con delicatezza e precisione accarezza la mia. Cruise sazia la mia intimità più nascosta e mi inebria con un sentimento che mi dà le vertigini. Memorizzo le sue carezze, mi ubriaco del suo profumo, mi riempio le orecchie dei gemiti affannati che escono dalla sua gola. Tutto quel che riguarda Cruise mi rende ingorda, ne desidero sempre di più. Mi copre con il suo corpo e si immerge dentro di me nel modo più intimo che esista.

Questo è tutto ciò che voglio.

Per sempre.

* * *

La settimana seguente, dopo Relazioni di genere, Cruise dice che c'è un posto speciale dove vuole portarmi.

Cruise cammina fiero mano nella mano con me per il campus. Io sono ancora stordita per la nostra nuova condizione di fidanzati. Abbiamo passato tutte le notti avvinghiati l'uno nelle braccia dell'altra, chiusi nella beatitudine di quello che il futuro ha in serbo per noi.

Una parata di biciclette ingombra i vialetti. Corrono come se fossero su un affollato marciapiede di New York – il tour de France che si tiene proprio qui alla Garrison.

Si ferma poco prima di un edificio alto, di mattoni. Il suo sguardo corre verso la cima, poi verso di me. C'è un'espressione birichina nei suoi occhi che suggerisce che l'erezione architettonica che abbiamo di fronte ha qualcosa a che vedere con il suo posto speciale.

«Se questo significa calarsi con le corde, non contare su di me». Non c'è ragione di dargli false speranze. Mi calerei da un palazzo tanto quanto mangerei un'insalatiera di grassi vermi.

«Niente corde. Te lo giuro». Cruise si porta la mia mano alle labbra e le dà un bacio che mi infiamma fino alla punta dei piedi.

Apro la bocca per dire qualcosa, ma una bionda con un cappotto rosso cattura il mio sguardo in lontananza. Si tratta di Blair, del corso di Arte, il che mi ricorda che volevo chiederle se fosse interessata a prendere Cal in castagna. Lauren mi ha braccato tutte le volte che ne ha avuto l'occasione, anche se l'ho assicurata che non sedurrò nessun altro ragazzo in futuro. Dal momento che ho Cruise.

Mi attira a sé e chiniamo la testa per passare attraverso una porta stretta sul retro. Dentro è buio. Il tanfo di muffa e ruggine mi colpisce i sensi.

«Benvenuta alla torre, Kenny», dice, indicando con la testa la tromba delle scale che sale per dozzine di piani fino alla sommità del simbolo fallico più prestigioso della Garrison.

«Ci vorranno ore», gli faccio subito notare. In più, si tratta di un esercizio fisico che fa venire le vertigini e io non ho affatto voglia di compierlo.

Spinge un bottone alle mie spalle, e silenziosamente si aprono le porte di un ascensore.

«Intelligente», dico, alquanto sollevata. «I miei piedi apprezzano l'attimo di respiro».

Entriamo e saliamo fino alla cima a una velocità che sfida la forza di gravità. Cruise fa come fosse a casa sua, e inizia a mordicchiarmi il lobo dell'orecchio con la sua bocca calda, famelica.

Le porte si aprono e ci investe un vento gelido, ed è allora che mi ritorna in mente il programma del corso revisionato e corretto. Numero dieci, il gran finale – la torre.

«Oddio». Lo dico con un filo di voce.

«Ti tengo io», sussurra con un sorriso equivoco.

Cruise mi conduce fuori vicino al globo gigantesco che galleggia sul campus come fosse un emblema. Un cielo di grafite si staglia sulla nostra testa. Le nuvole color della cenere incombono così vicine che le si potrebbe toccare. Quasi quasi mi aspetto che il dito di Dio venga fuori come fosse un affresco che prende vita.

Getto uno sguardo in basso verso le persone minuscole che si trascinano per il campus. Il paesaggio si rimpicciolisce e si ingrandisce mentre barcollo sui piedi.

«Non aver paura», mi dice, tenendomi stretta. Mi mette delicatamente contro la struttura metallica della sfera facendo la massima attenzione. Cruise vuole così. Questo è il pezzo forte del suo compendio orgasmico, quello che ha composto solo per i miei occhi.

Con un sorrisetto birichino sulle labbra mi mette in ginocchio e io gli apro i pantaloni. Mi ferma la mano con la sua e si inginocchia accanto a me.

«Kenny, sei un capolavoro. Lo sai?»

«No, non lo so», sussurro arrossendo sulle guance. «Ma sono dannatamente felice che tu la pensi così».

Cruise mi prende il viso tra le mani, e mi bacia appassionatamente in bocca.

Il vento passa come una lama nella fessura che c'è tra i nostri corpi come se cercasse di separarci, di spingerci verso il ciglio – per cambiare il nostro amore in tragedia. Ma Cruise mi fa sdraiare, e mi tiene stretta sotto il peso del suo amore. Mi sovrasta sorridendomi malizioso, mi guarda estasiato, si inebria dell'esperienza che stiamo vivendo come se si trattasse del culmine di tutto quanto ha desiderato da sempre. Fa scorrere le mani dentro il mio maglione e mi libera del reggiseno con una destrezza da prestigiatore. Si piega sul mio collo che ricopre di baci che sprigionano vapore, prima di lasciarne una scia sul mio busto, lentamente e in modo deciso come se il mondo e tutto ciò che contiene fossero nostri. Abbiamo milioni di anni per amarci, dovunque lo desideriamo – e per tutto il tempo che vogliamo.

Cruise mi aiuta a togliermi i jeans, si tira giù i boxer, e libera il suo amore per me. Mi cavalca con il suo corpo caldo, e intanto mi stuzzica con baci soffici e impalpabili. Mi stringe ai fianchi con decisione, facendomi muovere contro di lui finché non comincio a gemere desiderando ricevere quello che sta per offrirmi. Abbasso la mano e lo guido dentro di me, con delicatezza e disinvoltura, finché il mio corpo si inarca per incontrare il suo, e trattengo il respiro. Cruise vibra dentro e fuori di me mentre creiamo il ritmo che ci plachi entrambi. Mi bacia sulle labbra, per poi correre veloce come un lampo a baciarmi un orecchio, il collo. Cruise morde e lecca, geme e chiama il mio nome finché non ci perdiamo in quello splendido oblio creato solo per noi due. Sbatto le palpebre. Le nuvole girano vestite di blu scuro e nero mentre il vento ci sferza con la sua collera. Con Cruise, non ho più paura delle altezze che il mondo può offrire. Adesso le desidero con tutta me stessa. Con Cruise, non mi chiedo più come sarebbe essere amata. Adesso lo so per sempre.

«*Oddio, Kenny*». Le sue parole sono bollenti sul mio orecchio mentre il suo corpo comincia a fremere violentemente. Cruise lancia un gemito gutturale, inarca il collo all'indietro, con gli occhi chiusi verso il cielo.

Voglio ricordarmelo così – solo Cruise e il cielo – il pinnacolo della libidine su uno sfondo di cenere.

Dentro di me veleggio oltre la passione e la ragione, finché mi contraggo decisa contro di lui. Cruise non si ferma. Continua a spingere sempre più in profondità finché non riesco più a respirare. Mi aggrappo alla sua schiena, lo attiro a me con violenza.

Una risata roca gli rimbomba dentro mentre la sua pelle avvampa contro la mia.

«Ti amo, Kenny». Il suo cuore bussa contro il mio petto come se chiedesse di entrare dentro di me.

«Anch'io ti amo, Cruise». Gli do un bacio in bocca, cercando di riprendere a respirare.

Cruise mi lascia sempre senza fiato.

* * *

Ho cercato di convincere Cruise che saremmo dovuti andare a casa a continuare la nostra luna di miele anticipata, ma insiste che devo andare ai corsi del pomeriggio, rinfrescarmi e tutto il resto.

Nel corso di Arte, Ally, niente meno, mi sconvolge presentandosi come la nuova studentessa interessata a papparsi duecento dollari. Con un sorriso offre alla classe il suo corpo come paesaggio da riprodurre, e tutti i ragazzi del corso drizzano le antenne. Mi rendo conto che non è a suo agio perché cerca di continuo di coprirsi le parti intime incrociando gambe e braccia, e la professoressa Webber le urla di smetterla.

Sarebbe stato carino da parte di Ally avvertirmi,

ma, dopotutto, forse non sa che anche io sono in questo corso.

La disegno usando il carboncino – con un tratto sottile, così sembra che le gambe e le braccia siano passate attraverso la macchina per fare la pasta. Voglio farle il viso quanto più bello possibile, perché so che vorrà vedere il disegno. Comunque, Ally è carina, quindi non mi devo preoccupare di farla sembrare bella – dovrei preoccuparmi di più di farla sembrare umana. Inutile dirlo, la mia capacità di disegnare le persone lascia molto a desiderare. Tornando ad Ally – mi fa venire in mente l'assurdo piano di Lauren di ordire una trappola ai danni del suo ragazzo. È un piano talmente contorto che non so nemmeno come classificarlo.

«Senti, Blair?». La osservo con attenzione mentre disegna assorta Ally, dando ai suoi fianchi prosperosi la giusta dimensione per poter partorire un elefante. «Che ne diresti di cercare di sedurre il ragazzo di un'altra per dimostrare che è un fedifrago?».

La sua boccuccia si apre. Blair mi guarda con un tale stupore che sembra si sia appena verificato un miracolo sospetto.

«Vuoi che seduca il tuo ragazzo?», balbetta, sconvolta all'idea di provarci con Cruise, e all'improvviso mi pento di aver anche solo menzionato la cosa.

«No, non il mio ragazzo. Non mi tradirebbe mai. Si tratta di un'amica».

«No, non posso farlo». Sbatte la matita sull'enorme foglio di carta. Buffo come il suo entusiasmo sia svanito non appena il *mio* ragazzo è scomparso dalla scena.

«È un anello di fidanzamento quello che porti?». Gli occhi di Blair si spalancano e poi si rimpiccioliscono alla vista della fede di platino che brilla.

«È di sua nonna». Allungo la mano verso di lei perché lo veda più attentamente e il suo viso acquista una strana tonalità cinerea. «Tutto a posto?»

«Sto bene». Schiaccia forte le labbra. «Allora, come te lo avrebbe dato? È il ragazzo del pene, giusto?».

Non mi piace che usi così poco tatto e riduca Cruise a certe parti del suo corpo, ma lascio correre dal momento che è molto amareggiata. Non c'è niente di peggio di quando ti spezzano il cuore per farti chiudere per sempre con gli uomini, o almeno così dice mia madre. Anche se per mia madre, per sempre è il lasso di tempo tra la definizione dei termini del divorzio e la prossima visita al bar del quartiere.

«Mi ha portato a fare una cavalcata», sussurro. «Era un posto che sembrava il cielo in terra, e si è messo in ginocchio – poi abbiamo fatto l'amore sulla neve, proprio lì su quel prato come fossimo le uniche persone sulla terra», lo dico a bassa voce, più a me stessa, e rivivo quel ricordo. Mi sale una vampata di calore, e all'improvviso sento troppo caldo dentro la giacca, dentro gli stivali che lui ha comperato per me mostrando una premura speciale verso le mie necessità. «È perfetto».

Davanti a quella mia ammissione, lei sbuffa. «Scommetto che la sua ultima fidanzata pensava la stessa cosa». Alza le spalle come se anche io dovessi già saperlo. «Parla mai di lei?».

Sotto i miei piedi il suolo vacilla per un attimo. Sapevo che Cruise aveva avuto una ragazza, ma non ne ha mai parlato. Di sicuro non ha mai accennato a un fidanzamento.

«No, non ne parla tanto».

«Divertente». Fa un sorrisetto, continuando il disegno distorto che ha davanti a sé. La matita di Blair scivola sulla pagina disegnando una serie di tratti sincopati e alterando la fronte di Ally fino a farla sembrare il doppio di quel che è veramente. «Per una coppia che apparentemente è tanto innamorata, non sembra che tu conosca molte cose di lui. In effetti, lui potrebbe non volere che tu scopra perché si sono lasciati».

Perché si sono lasciati? «Tu sai perché si sono lasciati?»

«*Oh*...». Grugnisce con evidente ostilità. «Lo so eccome. È stato un completo fallimento e si sono fatti molto male». Lo dice con una tristezza esagerata come se da qualche parte ci fosse una qualche ironia in tutta quella storia. «Lui l'ha tradita. Fa parte di lui passare da una ragazza all'altra. Ma questo tu lo sai. È andato a letto almeno con cinquecento ragazze. Ha un sangue da maiale che gli scorre nelle vene proprio come suo padre».

Mi sento soffocare. Non si sarebbe assolutamente dovuta azzardare a parlare a quel modo.

«Di che diamine stai parlando?». Le parole vengono fuori come se ciascuna di esse mi facesse avvicinare, un passo dietro l'altro, al ciglio di un precipizio. «Ritira quello che hai detto. Cruise non è così, e non mi piace affatto che tu riduca lui o suo padre ad animali da fattoria». Mi ribolle il sangue fin nell'intimo a sentirla parlare di Cruise a quel modo.

Scoppia a ridere. «È la verità. Ma tu sei una di quelle ragazze che hanno bisogno di provare una cosa sulla loro pelle per credere che sia vera, lo capisco».

Mi assale l'impellente desiderio di darle uno schiaffo in faccia, e l'unica cosa che mi ferma è il fatto che sarebbe altamente probabile che una stronza come Blair mi denunciasse per averla aggredita.

«Accidenti», per quanto mi sento frustrata mi scappa da ridere, «qualcuno deve averti proprio fregata, approfittandosi di te, non è così?». È l'ultima volta che parlerò con questa psicopatica. Mi pento di essermi mai seduta da questa parte dell'aula.

Mi punta addosso quegli occhi scuri, minacciosi. Il suo volto è duro come la pietra e tutta la dolcezza si è come prosciugata.

«Hai ragione. Qualcuno mi ha davvero ingannata. O forse sono stata io a fregarmi da sola». Il braccio le si muove sulla pagina, violento e spasmodico. Traccia grosse *X* nere sopra il disegno fatto tanto meticolosamente finché la matita non taglia il foglio e penetra attraverso strati e strati di carta sottile ma resistente. Si ferma impassibile e mi guarda dritto negli occhi con un fuoco nello sguardo che sarebbe di certo in grado di incenerirmi. «Lui la ama ancora. Lo sai, no? Questa è la ragione per cui non te ne parla mai – perché sarebbe troppo duro farlo. Amerà sempre la ragazza che stava per sposare. Non vuoi davvero occupare il secondo posto nel suo cuore, giusto?».

Raccolgo le mie cose e mi giro per andarmene, ma lei mi afferra per un gomito.

«Senti», chiude gli occhi per un attimo, «sto solo cercando di farti un favore. Non vorrei mai che tu stessi male quanto lo sono stata io. C'è qualcuno speciale là fuori per te, Kendall. Solo che non è lui. Il suo cuore appartiene ancora a me».

Mi sento venir meno. Mi giro per fuggire il più velocemente possibile, e così facendo sbatto contro i cavalletti causando un effetto domino, e metà della classe dà in escandescenze per colpa del caos che ne deriva.

È *lei*?

Non me lo ha mai detto, e invece mi ha ascoltata quando le ho raccontato i particolari intimi del nostro rapporto.

Esco di corsa dall'edificio.

Ho in mente di non tornarci mai più.

Cruise

Il messaggio di Kenny dice: *Preso un passaggio da Lauren per andare a casa, xoxo.*

Un passaggio da Lauren? Uhm. Forse non si sente bene.

Sarei uscito prima se avesse voluto. Ho finito con le mie lezioni – sto solo coprendo gli ultimi minuti del mio orario d'ufficio.

Strano. Di solito sono io che aspetto lei. Nelle ultime settimane siamo andati in auto insieme per risparmiare benzina. Non sarà la stessa cosa andare via senza averla accanto. In verità mi manca.

Faccio una risatina. Ms Jordan mi ha proprio fatto girare la testa dopo tutto. Accidenti, anche i più forti alla fine capitolano.

Un'ombra scura passa davanti all'entrata, e per un istante mi convinco che possa trattarsi di Kenny. Forse mi legherà alla sedia per sfruttare al meglio questa galera piena di scartoffie.

«Cruise?». Una voce femminile graffia l'aria.

Mi si gela il sangue prima di voltarmi.

Riconosco quel tono aspro, quell'inflessione dura. Blair. Non ha mai pronunciato il mio nome con un minimo di rispetto.

Mentre mi giro sulla sedia mi preparo a resisterle caparbiamente. Lo sapevo che sarebbe successo. Se fosse dipeso da me, non avrei voluto rivederla mai più, ma la sua insistenza e le sue abilità da stalker rappresentavano la garanzia che le cose sarebbero andate diversamente.

«Posso aiutarti?». Poso gli occhi su di lei. Il cappotto rosso acceso mi abbaglia come fosse un dannato segnale d'allarme che mi indica il pericolo dal quale vorrei essere fuggito molti anni fa – quelle labbra false, quegli occhi ingannatori. Adesso che la rivedo sotto una nuova luce che si chiama realtà, mi appare insignificante rispetto a Kenny – assolutamente scheletrica in contrasto con la mia futura sposa che ha tutte le curve al posto giusto. Di sicuro è orrenda dentro, dove conta di più.

«Che diamine vuoi?», lo dico a bassa voce, per non disturbare i professori che stanno nei loro microcosmi attorno a me.

«Vieni subito al dunque». Sgattaiola dentro e si chiude la porta alle spalle.

Pensa di avermi chiuso in gabbia, e invece io non mi farò alcun problema ad andarmene.

«Ho sentito che hai messo un anello al dito». Solleva le spalle prima di sedersi sulla scrivania proprio accanto a me.

Mi sento a disagio a starle così tanto vicino, a sentire quel profumo familiare che porta con sé un mare di brutti ricordi.

«Senti», tira indietro la testa, «sono qui come amica. Non so come sia successo, ma sono seduta accanto a lei al corso di Arte, chiamalo destino, fato, come diamine vuoi, ma mi ha raccontato delle cose oscene su vari ragazzi e pensavo che lo avresti dovuto sapere».

«Sì, certo». Un tempo mi bevevo tutto quello che Blair mi propinava, ma ho smesso di mandare giù tutte le sue stronzate come fossero gelato non appena ho scoperto che mi stava servendo bugie a cucchiaiate.

«Sì, proprio così. Ha detto che sta allenandosi per diventare la puttana della città e che sta "seducendo il seduttore". Sta cercando di fargli credere che lui si stia innamorando sul serio».

Ho una stretta allo stomaco.

«Non so di cosa tu stia parlando, né voglio saperlo. Perché non te ne torni a Dartmouth, o forse non ti vogliono neppure là?». Non c'era bisogno che lo dicessi. Avrei potuto prendere la mia ventiquattrore e filare via, ma una parte di me voleva spingersi fino in fondo. Dopo tutto, alla fine, sono contento che sia successo. Non so cosa avrei fatto se Kenny fosse entrata nella mia vita, e io fossi stato ancora imprigionato a Blair.

«Sono tornata da te». Spalanca gli occhi come fossero fogne piene di cattiveria e odio. «Sono tornata per *noi.* Abbiamo vissuto quattro anni in coppia».

«Quattro anni che non rivoglio di certo». Chiudo il portatile e lo infilo nella ventiquattrore.

«Abbiamo passato dei bei momenti insieme, Cruise. Non sarebbe dovuta finire così. Potremmo dimenticare tutto quel che riguarda quel ragazzo e tutto quel che riguarda questa stupida ragazza. Potremmo ritornare a essere Cruise e Blair e trascorrere insieme il resto della vita. Non ti parlerò mai di lei, te lo giuro».

Blair dà libero sfogo alle sue fantasie come fosse una strega che cerca di lanciare un incantesimo inoffensivo, e dalla gola mi sale una risata. «Non parlerai della mia fidanzata perché non ci sarai per farlo. Kenny e io siamo fatti l'uno per l'altra, non io e te». Mi alzo, superandola di molto in altezza. «Mi dispiace che non abbia funzionato tra te e quel, chi era? Un giocatore di basket?». Mi dirigo verso la porta e poi mi volto. «Ho sentito che lo hai tradito proprio come hai tradito me. Sembra che entrambi abbiamo avuto quello che meritiamo. Io il vero amore, e tu una bella fregatura». Esco dall'edificio così in fretta che il cuore sembra scoppiarmi fuori dal petto.

Ho fatto bene.

Proprio bene.

18
Reazione a catena

Kendall

Lauren è stata così gentile da prendere una pizza per Cruise e me, così non dobbiamo preoccuparci della cena. Pensa che sia stato orribile quello che ha fatto Blair. Si è spinta fino al punto di dire che la volta prossima che la vedrà le metterà le mani addosso. Ovviamente per un attimo ho protestato, ma se Lauren è determinata a picchiare una cafona, chi sono io per impedirglielo?

Dopo una doccia veloce, mi avvolgo nella mia vestaglia pelosa di Hello Kitty e mi rimetto il mascara che mi si era tolto piangendo al pensiero che Cruise abbia potuto desiderare di sposare una persona vendicativa come Blair. Almeno ha avuto il buonsenso di lasciarla. Non ci vuole un ingegnere missilistico per capire che è totalmente fuori di testa.

Cerco di nascondere le macchie rosse che ho in faccia applicandovi del fondotinta nell'eventualità che Cruise mi chieda cosa c'è che non va. L'ultima cosa di cui voglio parlare è il litigio avuto con la sua ex. Non sono affatto pronta ad affrontare la cosa. Ho troppa paura che Cruise non mi abbia parlato di lei e me l'abbia tenuta nascosta perché forse dentro di sé prova ancora qualcosa. Comunque, Cruise non è un traditore. Lo so per il modo in cui mi ama.

Quando torno in cucina, la pizza si è raffreddata, quindi ne faccio riscaldare uno spicchio. Il piede si impiglia in qualcosa che c'è sotto il mobiletto che regge il microonde, così tiro fuori il guinzaglio non per cani che avevo notato la prima mattina che sono stata qui.

Soffoco una risata alla vista di quello strumento per giochi erotici insoliti.

Tolgo i batuffoli di polvere che ha attorno e lo esamino. Lunghe cinghie rosse e viola sono intrecciate alla catena, che sembra abbastanza resistente per portare a passeggio un elefante.

Piume e spuntoni color lavanda ornano i tre anelli di metallo che pendono dalla catena. Il collare d'acciaio si piega nella mia mano a mo' di sfida perché lo provi e veda come mi sta.

Mi guardo riflessa nel vetro scuro della finestra mentre me lo stringo attorno al collo finché non sento lo scatto dietro.

Immagino che risulti sexy, anche se rappresenta schiavitù e sottomissione. Tiro il collare per toglierme-lo, ma la chiusura si blocca. Mi avvicino a uno specchio e lo rigiro, e a quanto pare la chiusura non ha un meccanismo perché la si possa aprire direttamente.

«Merda», piagnucolo. Di sicuro deve esserci una

chiave per questo marchingegno satanico. Non ho intenzione di andare in giro tutta la vita con un guinzaglio appeso al collo. Giusto? Userò delle tronchesi se sarà necessario. Accade di frequente che la gente si faccia segare dei preziosi che indossa. Anche se qui si tratta di una lamina di acciaio piuttosto spessa, e sembra alquanto difficile che possa venir tranciata senza che nel contempo io ci rimetta la testa.

Il mio telefonino vibra, così lo prendo. Si tratta di un messaggio di mia mamma.

In aeroporto. Viene a prendermi Andrew. Poi veniamo direttamente al B&B. Ci vediamo tra pochissimo. Non vedo l'ora!

Mia madre? Do uno strattone al collare, ma non si allenta. In effetti – si stringe un pochino di più, tanto che adesso sta diventando difficile anche respirare.

Oddio, mi soffocherò. Cruise troverà il mio corpo, con indosso solo questo stupido marchingegno e la vestaglia di Hello Kitty. Poi, ovviamente, comparirà mia madre giusto in tempo per vedere che mi sono strangolata con un gioco erotico. Assolutamente perfetto.

Due fari familiari illuminano il soggiorno.

Cruise!

A pensarci bene, salto sul divano e mi metto la coperta afgana di sua nonna fin sotto al naso. Sono abbastanza sicura che lei non si aspettava che sarebbe tornata utile alla ragazza incompetente di suo nipote per nascondere un gioco erotico.

Oddio – Cruise penserà che sono una cretina. Forse mi cambierà con Blair prima di mezzanotte.

«Ciao, splendore». Prorompe dalla porta con la mano destra abilmente nascosta dietro la schiena e si precipita verso me. Una folata di vento ghiacciato lo segue dalla porta aperta. «Sorpresa». Mi mostra un bouquet gigantesco di rose dal gambo lungo. Ravvivano tutta la stanza con le loro lingue rosso fuoco.

«Oh – quanto mi piacciono!». Sorrido raggiante con la coperta ancora stretta fino sotto le orecchie. «Sono perfette. Davvero, non dovevi». E scommetto che nel giro di un minuto lui sarà più che d'accordo.

Inclina la testa di lato e mi esamina nella scomoda posizione semi-fetale in cui mi trovo. Cruise è splendido con il cappotto scuro, la camicia azzurra che si intravede di sotto.

«Ti senti bene?». Compaiono le fossette che rivelano una certa apprensione. Dalla posizione in cui mi trovo sembra sorprendentemente alto, e incredibilmente bello, come d'abitudine.

«Sto molto bene». Ma mentire a Cruise mi fa sentire una merda. «Be', non proprio così bene». Detesto questa parte perché dovrò rivelargli tutta la verità su quell'aggeggio che porto al collo.

Indietreggia di qualche passo e chiude la porta.

Poi torna verso di me, e mi guarda con un'espressione sexy da togliere il fiato, che resta però severa. Abbassa il mento. Abbozza un mezzo sorriso da maniaco come se sospettasse che c'è qualcosa sotto, così faccio finta di niente e tiro giù la coperta mostrando una finta sicurezza.

«Accidenti, hai iniziato senza di me». Sgrana gli occhi stupito di fronte alla mia disavventura sessuale. E, strano a dirsi, penso di essere riuscita a eccitarlo molto più di quanto non avessi mai immaginato.

«Esatto». Faccio dondolare la pelle soffice come il burro fingendo di aver programmato tutto sin dall'inizio. «Stavo aspettando che mi raggiungessi».

Cruise prende in mano il guinzaglio e mi fa alzare dolcemente dal divano. Mi attira a sé e l'eco della sua risata gutturale mi risuona nella pancia. «Renditi conto che non ho la minima idea di dove sia la chiave». La sua pancia vibra contro la mia mentre lo dice.

«La minima idea?». Deglutisco a fatica al pensiero che passerò il resto dei miei giorni adornata di piume viola.

Abbassa lo sguardo. «Vedo che indossi la vestaglia. Quanto sei stata lungimirante. Altrimenti avrei dovuto tagliarti la gonna per spogliarti».

«Niente tagli». Lo dico in tutta fretta, agitata.

Cruise si lecca le labbra. Mi toglie di dosso la mia ode alla Sanrio, lasciandomi nuda e vulnerabile, e improvvisamente più che consapevole di tutti quei watt crudeli di elettricità che fanno luce dalla cucina.

Cruise mi conduce al guinzaglio per la stanza – lentamente – senza mai distogliere il suo sguardo magnetico che è puntato su di me. Senza vergogna mi guarda intensamente tutto il corpo con occhi che sembrano quelli di un cartografo che sta disegnando la mappa di una distesa di terra.

Mi sento avvampare in viso quando lui accenna un sorriso. I suoi occhi bruciano come fiamme di gas, di un blu intenso come l'oceano. Cruise mi attira verso di sé e mi rigira. Le sue dita calde mi premono in vita come se lui fosse il vasaio e io l'argilla – il terreno perfetto per lui su cui deliziarsi, per creare con me tutto ciò che più gli piace.

Con la fortuna che mi ritrovo mia madre comparirà magicamente sulla porta. Sono sicura che trovare la sua unica figlia femmina nuda, nel salotto di uno strano individuo, con un guinzaglio che le pende dal collo non sarà proprio quello che si sarebbe aspettata. Con molta probabilità penserà che sono trattenuta come schiava del sesso e chiamerà la polizia. I federali trascineranno Cruise in una prigione per pazzi criminali. O più probabilmente, per belli da impazzire. In ogni caso, non voglio pensare a mia madre, né voglio pensare a nessuna ex ragazza stronza. In questo momento, Cruise Elton sta facendo un lavoro incredibile in grado di farmi perdere la testa addirittura senza toccarmi con un dito.

Mi solleva i polsi, li porta dietro la schiena e li lega con una delle cinghie di pelle libere. Deduco che si astenga dall'usare le manette perché ancora un'altra chiave e poi mi avrà relegata per sempre a stare in catene.

«Ti piace tutto questo, Kenny, non è vero?». Lo dice a voce bassa, quasi fosse un rimprovero, e mi sento pulsare dentro al suono della sua voce.

Avvolge due volte il guinzaglio attorno alla sua mano e lo tira con un movimento repentino.

Cruise mi conduce in camera da letto, e io non oppongo resistenza.

* * *

Lo trovo esaltante seguire il mio eccitante ragazzo lungo il corridoio illuminato da una luce soffusa, le mani legate dietro la schiena trovandomi alla sua totale mercé sessuale.

Cruise accende la luce della sua stanza mentre un sorriso demoniaco gli affiora sul viso.

«Niente luci». Ho la sensazione che non sarebbe mai sufficientemente buio per quel che Cruise sta per farmi – e con i polsi legati tra loro, mi auguro solo che lui mi ascolti.

«Luce». Mi bacia la nuca, e il mio corpo trema perché vuole riceverne altri.

«È il tuo compleanno?». Lo dico con abbondante ironia. «Perché a meno che non sia il tuo compleanno, o un'altra festa speciale, sono abbastanza sicura che non ti farò divertire con il mio corpo slavato». Ecco, gliel'ho detto.

Ride leggermente contro la mia nuca. «Hai il corpo di una dea. Voglio guardarti». Si piega avvicinandosi al mio orecchio, e riesco a sentire il suo respiro irregolare che sprigiona un brivido caldo lungo la mia schiena. «Sei quella che è dominata, Kenny. Non hai possibilità di scegliere». Stringe le cinghie finché le mie mani risultano bloccate e mi conduce al letto. Cerco di sedermi, ma velocemente mi risolleva per farmi restare in piedi.

Cruise sorride malizioso e mi guarda con uno sguardo infuocato e seducente. Le sopracciglia formano una *V*, e mostrano l'intento sinistro che bolle dietro quegli occhi blu come topazi.

Fremo ed esulto in ogni più intima parte di me davanti a questa rivoluzione carnale che ho appena scoperto, e adesso eccomi qui, davanti al dio della Garrison con indosso la stessa quantità di indumenti di quando sono nata.

«Giù», ordina.

Mi metto in ginocchio e lui mi tira la testa indietro. Istintivamente, so che sentirò dolore, ma voglio che sia così. Voglio sentire tutto quello che Cruise può darmi – tutto quello che vuole spingere dentro di me.

Mi si avvicina e si sbottona i jeans. Si tocca la cerniera e sembra fare un ghigno malizioso.

«Con i denti», ordina.

E io obbedisco.

Cruise si lancia verso di me, con calma, già duro. Lo prendo in bocca e sento riecheggiare un gemito dentro il suo corpo. Muovo le labbra sulla sua pelle infuocata mentre con la lingua lo accarezzo tutto obbedendo ai suoi movimenti. Respira affannato mentre il suo corpo si piega all'indietro deliziato. Mi passa con forza le mani tra i capelli. I suoi fianchi implorano di muoversi spinti dall'estasi, ma lo tengo bloccato proprio come lui tiene bloccata me.

Io e Cruise stiamo suscitando l'una nell'altro una nuova dimensione di vulnerabilità – di fiducia. Questo angolo buio della fantasia è ancora la struttura forte a cui si appoggia il nostro sentimento, mentre il desiderio ci consuma fin nell'intimo. Cruise porta la polvere da sparo e io porto i fiammiferi. Mentre la stanza brucia attorno a noi, è come se passassimo una mano di vernice, un nuovo strato di intimità sul nostro rapporto.

Un fuoco invisibile brucia in mezzo a noi – inebriante, come se guidassimo una carrozza e cavalcassimo attraverso il sole.

Cruise, facendo attenzione, mi fa rialzare verso di lui molto prima che con un fremito arrivi alla fine della cavalcata.

«Chinati sopra». Dice con voce roca come fosse una semplice richiesta, e io mi rilasso contro di lui, già persa in un totale stordimento dei sensi. «Chinati *sopra*». Lo dice con un tono brusco questa volta, un sorriso malizioso apparso sulle labbra. Suona come un ordine secco che potrebbe avere delle conseguenze se non lo compissi, così mi chino sopra il letto e sento il freddo del piumone sul mio petto; mi si stringe lo stomaco quando lo tocco.

Cruise mi spinge delicatamente in fuori i piedi fino a divaricarmi le gambe, e all'improvviso rimpiango di aver mai posato gli occhi su quelle folli catene. Immagino come devo apparire con il corpo divaricato in questo modo, lui che incombe sopra di me e che può osservarmi con occhi di falco, e mi sento vulnerabile – molto più che per il semplice fatto di essere nuda.

Cruise fa scivolare le sue mani che bruciano sulla mia schiena, giù fino al sedere nudo, e tra le mie cosce. Infila un dito nel mio corpo e poi lo muove dentro e fuori mentre io mi contorco sul letto, e mi eccita facendomi perdere il controllo.

«Ti sto per far venire, Kenny». Lo dice in modo semplice, come fosse un dato di fatto. «Che ne pensi?». Accarezza con il pollice le mie parti intime e delicate, e accende i miei punti del piacere fino a che mi sembra di soffocare.

Si piega verso di me con la sua pelle bollente che si strofina contro la mia coscia. Fa scorrere i polpastrelli delicatamente su di me prima di immergerli di nuovo con decisione.

«Vuoi altro?». La sua voce mi rimbomba dentro. Mi riecheggia nelle ossa mentre il mio corpo aspetta proprio quel qualcosa in più.

Sospiro, incapace di rispondere.

Cruise disegna cerchi deliziosi su di me finché il mio respiro diventa ansimante. A ogni movimento circolare, stringe un po' di più la presa, finché lancio un urlo, e il mio corpo comincia a pulsare in modo incontrollabile. Sono avvolta nella spirale di un bellissimo delirio che voglio non finisca mai. Cerco di stringere le gambe, ma mi blocca con le sue ginocchia. Cruise guida il suo corpo dentro il mio con una foga che mi lascia senza fiato. La mia bocca raspa contro il letto a causa dello sconvolgente stordimento del piacere. Si spinge dentro di me, ripetutamente, e mi tira indietro usando la catena finché la mia schiena si inarca contro di lui. Fa scivolare di nuovo la mano giù dentro di me, e a quel punto esplodo, questa volta insieme a Cruise – entrambi persi nell'estasi, in una sincronia perfetta. Poi crolla su di me, pulsa e freme, e si spinge ancora più in profondità finché il respiro gli torna piano piano regolare.

Cruise mi rotola accanto. I suoi occhi brillano come vetro mentre mi attira a sé.

«Sei uno schianto, lo sai questo?». Suggella le sue parole con un bacio tenerissimo in grado di dissolvere qualsiasi dubbio Blair possa aver cercato di insinuare.

Si sente un fragoroso bussare alla porta d'ingresso, e una voce familiare di donna chiama il mio nome.

«Chi cavolo è?». Cruise si volge verso tutto quel baccano con un'espressione leggermente allarmata.

«Credo che *quella* sia mia madre».

Cruise

«Tua madre?». Abbasso lo sguardo su Kenny, incatenata, con un aspetto più da schiava del sesso che da figlia angelica. Mando un messaggio urgente a Molly perché trattenga la mamma di Kenny e la porti alla casa principale mentre cerco di liberare la figlia da quegli strumenti di tortura e catene che si è autoinflitta.

Ci dirigiamo al tavolo della cucina dove lavoro per liberarla dal marchingegno.

«Bene», dico, scardinando l'ultima catenella dal collare grazie a un paio di pinze a punte piatte. «È tutto quello che posso fare».

«Cosa dovrei dire a mia mamma?». Afferra il collare di metallo che ha ancora bloccato attorno al collo. Kenny ha un aspetto davvero sexy con quel girocollo pesante, di metallo, ma sono sicuro che questo non sia il momento per far notare la cosa.

«Dille che è un capriccio passeggero». Sorrido poco

convinto. «Oppure indossa un dolcevita. Ne ho uno che potrei prestarti».

Kenny è avvolta in un asciugamano ed è a piedi nudi. Ha una fila di spuntoni di metallo attorno al collo, e il mio uccello, vedendola, si sta risvegliando. Se non fosse per l'inaspettata visita, non resisterei.

«Avrò un aspetto ridicolo con il dolcevita». Si morde un labbro. «Inoltre, si insospettirà se cercherò di nasconderlo. Devo farci qualcos'altro». Si precipita in camera da letto per compiere il presunto miracolo di trovare una soluzione facendoci qualcos'altro, mentre io mi rendo utile mettendo in un vaso i fiori che le ho comprato.

Mi prendo un attimo di respiro mentre aspetto che l'acqua riempia il vaso. Fuori dalla finestra della cucina, tre quarti di luna illuminano con la loro luce il mondo innevato. Ripenso alle favole che leggevo a Molly. Kenny è la principessa della mia favola. Sebbene al momento sia una favola leggermente sadomaso. E le favole hanno sempre il lieto fine – nemmeno Blair potrebbe rovinarlo. Sono anche corredate di una strega, e penso di aver appena scoperto qual è il nuovo ruolo di Blair nella mia vita. Spero che quella secchiata di verità che le ho abbondantemente riversato addosso la faccia evaporare.

Kenny rientra nella stanza con indosso un maglione scollato, i jeans, e gli stivali che le ho regalato. I capelli scuri le circondano il viso, e il cerchio d'acciaio con gli spuntoni che ha attorno al collo sembra molto più un oggetto di bigiotteria e molto meno un accessorio osceno.

«Ben fatto». La stringo tra le braccia, ancora stordito da quel gioco erotico così eccitante. «Tua mamma sa di noi?»

«Non ancora». Preme le labbra tra loro. «Le dirò che stiamo uscendo insieme, ma forse dovrei informarla poco alla volta che siamo fidanzati. Mi dispiacerebbe molto ucciderla la prima sera che è qui».

«E va bene». Mi avvicino a lei con un sorrisetto diabolico. «Frustini e catene – buono o ottimo?».

Kenny fa un ampio sorriso e mi attira a sé. «Spettacolare».

* * *

Io e Kenny camminiamo nella notte buia ed entriamo nel bed and breakfast che sta in cima alla proprietà. Mamma è già seduta a tavola in sala da pranzo con una donna che presumo sia la mamma di Kenny, ma i miei occhi devono abituarsi un attimo alla vista di mio padre seduto accanto a lei.

«Papà?». Sono stupefatto di vederlo qui nella casa della mia infanzia senza che mia madre gli urli contro con tutto il fiato che ha in gola per chiedergli il mantenimento del figlio.

Molly entra nella sala con un brasato e patate come se stesse per portare in tavola un'intera cena del Ringraziamento.

«Papà?». La madre di Kenny si porta una mano al petto. «Oddio, questo è Pennington?». Salta in piedi e avvolge sia me che Kenny in un ampio abbraccio. Ha gli stessi capelli scuri di Kenny, ma corti, e gli occhi sembrano miele scuro.

«No – non Pen», dico, ritraendomi. «Cruise Elton». Le tendo una mano, e lei me la stringe leggermente, non troppo sicura di quel che deve pensare di me.

«Lui è il più grande», dice papà, e sento uno strano calore dentro. Non sono certo di essere mai stato presentato come suo figlio prima d'ora. «Kendall, sono contento di rivederti». La abbraccia mentre a me dà una pacca sulla schiena, tanto per non sbagliarsi.

«Oddio!». La donna apre la bocca sorpresa. «Il piccolo Cruisy! Mi dispiace così tanto di non aver fatto due più due. Sono Karen. Sono davvero felice di vederti». Guarda mamma e chiude gli occhi per un attimo. «E tu sei Samantha! Quant'è piccolo il mondo».

«Solo Sam». Mamma le fa l'occhiolino mentre tutti cominciamo a sederci.

«Kendall?». Sua madre fa una smorfia che suggerisce che dovrebbe spiegarle alcune cose.

«Oh...». Kendall deglutisce a fatica prima di sedersi accanto a me. «Io e Cruise siamo... ehm, solo amici».

Amici? Non sono sicuro che mi aspettassi di essere retrocesso a un livello tanto basso.

«Be' adesso – non essere timida», mamma sembra un canarino che canta. «Questi due sono indivisibili con buona pace per tutti». Con un fischio d'approvazione, butta giù il vino. Al solo pensiero di quel che sta per venire adesso vorrei sprofondare sotto il tavolo portando con me anche Kenny. «Praticamente si vede il fumo uscire dall'alloggio privato tanto loro si sbrigano per farsi ammirare in giro».

Ecco il tocco finale.

Lancio un'occhiata a Kenny con un'espressione di scuse scritta in faccia.

Le guance le sono diventate color pomodoro, ma sono le sue labbra sensuali e carnose, le sue perfette curve messe in risalto dal maglione, che mi fanno desiderare di portarla via da qui in fretta nell'eventualità che mia madre abbia un'altra granata carica nascosta nel suo arsenale. Chi l'avrebbe mai detto che Kenny avrebbe avuto bisogno di essere protetta da mia madre, niente meno.

«Farsi ammirare in giro?». Karen lancia un'occhiata a Kenny. Sembra più divertita che arrabbiata, anche se in tutta onestà, non la conosco. Potrebbe anche essere sul punto di fare una sfuriata tremenda per quel che ne so.

«Di' la verità, Kenny». Molly si unisce al divertimento rivolgendo la sua attenzione alla mamma di Kenny. «Qualche settimana fa mi hai detto che sarei diventata zia».

Attorno al tavolo tutti restano senza fiato – e Kenny nel modo più plateale.

Cazzo. Ci stanno pensando mamma e Molly a colpire Kenny a turno davanti alla madre, poverina, che non sospettava nulla. Non sarei sorpreso se saltassero sul primo aereo per Los Angeles dopo questa figuraccia.

«Be' non è vero». Kenny sputa fuori quelle parole

avvelenata contro Molly. «Nessuno sta per diventare zia». E fa una risatina nervosa verso sua madre.

Come diamine fa Molly a saperlo?

Mamma si schiarisce la gola. «Ti chiedo scusa per mia figlia. È sempre portata a esagerare. Non stanno per avere un bambino. Non è vero?».

Ci guarda entrambi, e subito neghiamo la stupidaggine che Molly ha deciso di gettare sulla tavola come fossero i petali di carta colorata che si lanciano agli sposi. «Sono soltanto fidanzati».

«Kendall!». Il viso di Karen avvampa come se avesse preso fuoco.

Merda.

Sembra che mia madre e mia sorella siano riuscite a causare a entrambe le signore Jordan ustioni in viso di terzo grado. Anche se, in base a ciò che dice Kenny, sua madre ha superato già da un po' la fase Jordan della sua vita.

Guardo Kenny, per incoraggiarla a negare quanto detto, se vuole. Di sicuro ne ha l'opportunità. Come minimo potrebbe fare marcia indietro e dire che stiamo uscendo insieme, ma non lo fa. Invece, resta seduta lì emettendo suoni soffocati dalla gola, quasi impercettibili, che mi ricordano quanto vissuto poco prima stasera. Un chiaro flashback di Kenny che si contorce sul letto mi infiamma la mente. Nemmeno il fatto che tutte e due le nostre madri siano presenti in questa sala ha il potere di soffocare quella fantasia-fatta-realtà che si ripete come fosse in tempo reale.

Dubito che confesserò di aver già usato quel guinzaglio. Si tratta di un regalo di Cal, niente meno. Me lo ha fatto come regalo spiritoso per il mio compleanno la settimana prima che arrivasse Kenny. Sin dall'inizio ha affrontato la mia rinascita sessuale come se l'avesse vissuta di riflesso anche lui. È stato il suo modo di dotarmi del necessario per realizzare ogni sua fantasia perversa.

Anche se, col senno di poi, questa qui non era così perversa. È stata fan-cazzo-tastica, e sono assolutamente sicuro che non ne condividerò alcun particolare con Cal.

«Allora è vero?». Sua madre sposta lo sguardo da me a lei.

«Sembra che le congratulazioni siano d'obbligo». Papà si mette la bustina da barista in testa e versa a tutti un bicchiere di vino davvero necessario, compresa Molly, che lo tracanna ancor prima che ci sia la possibilità di fare un qualunque brindisi. «All'amore novello». Papà alza il bicchiere guardando negli occhi la sconsolata mamma di Kenny, ignara di tutto. «Perché non ci dimentichiamo mai il frutto agrodolce della sua vite».

Noi? Agrodolci?

Karen solleva il bicchiere, e si scambiano sorrisi tristi fingendo che siano di gioia. Ho la sensazione che papà fosse un dongiovanni molto prima che scendessi in campo io.

La cena prosegue per lo più senza alcun intoppo, a parte il fatto che la cucina di Molly lascia abbastanza a desiderare. Il cibo è freddo e insipido, molto simile al rapporto che ho avuto con mio padre negli ultimi ventiquattro anni. Kenny è riuscita a grattar via tutta la melma che un tempo stagnava dentro di me.

«Allora, avete pensato al matrimonio?», chiede mamma, riattizzando la fiamma.

«Sono sicura che non siano ancora arrivati a tanto». Karen lancia uno sguardo a Kenny come a dirle che è meglio se non ci siamo arrivati affatto. Sposta la sua attenzione su di me, fredda e dura come l'acciaio. «Cruise? Come pensi di mantenere mia figlia?»

«Mantenere?», Kenny ride sarcastica. «Mi dispiace ma non siamo nel 1955. Cruise non deve affatto mantenermi».

Kenny mi lancia un'occhiata per chiedermi scusa, soprattutto perché la sto già mantenendo, e la cosa non mi pesa affatto. Ben presto la renderò mia moglie e allora il sesso meraviglioso che ci unisce non sembrerà più una specie di forma di baratto con il vitto e l'alloggio.

«Sono un dottorando», mi intrometto. «Mi dedicherò al mio dottorato in autunno. Mi hanno concesso una borsa di studio e al momento sto facendo uno stage come insegnante». Perché mi sembra di aver appena sostenuto un colloquio di lavoro per un noioso posto da dirigente, nonché animale addomesticato nella stanza dei bottoni? Meglio nella stanza da letto, e insieme a Kenny dal momento che lei non è affatto addomesticata come si vede chiaramente dal collare di metallo che le brilla stretto attorno al collo.

Papà mi posa una mano sulla spalla e mi dà una leggera spinta. «Una borsa di studio? È fantastico. Sono molto orgoglioso di te, figliolo».

Figliolo? Vuole proprio vincere la medaglia d'oro stasera.

«Allora il matrimonio...». Karen ci riporta all'argomento in questione, e sorprendentemente si volta verso mio padre. «Alla fine saremo una famiglia». Alza lo sguardo su di lui sorridendo sorpresa come se avesse sempre voluto essere parte della famiglia di mio padre. Mi sento proprio fortunato che questa unione matrimoniale non sia avvenuta anni fa perché con un certo imbarazzo, anche se molto volentieri, starei scopando la mia sorellastra.

A quell'idea sorrido malizioso.

«Siamo sempre stati una famiglia», replica. «Ti andrebbe di fare due passi?»

«Mi piacerebbe molto». Karen si alza come ipnotizzata, e si dirigono verso l'ingresso.

«Che sta succedendo?», scatta Molly. Non è una che si faccia trascinare nel groviglio delle cose imbarazzanti. Le ciglia sono cariche di mascara, e ha in faccia davvero troppo trucco. Vorrei sapere perché diamine fa *una cosa* simile.

«C'è stato qualcosa». Mamma fa un gesto in aria come a dire che non è niente di importante.

«Quale cosa?». Gli occhi di Kenny e i seni sembrano offrire uno spettacolo in 3-D. Non che mi dispiaccia.

«Uscivano insieme», sussurra mamma. «È stato molto tempo dopo che io e lui ci siamo lasciati. Hanno avuto una storia molto passionale che è durata parecchio tempo, e poi all'improvviso lei se ne andò in California, e lui si mise con Jackie».

«Scommetto che lui l'ha tradita». Sibila Molly. «Gli uomini sono tutti stronzi».

«Sii educata». Mamma le dà velocemente una botta su un braccio. «E cos'è quella faccenda del vino bevuto tutto d'un fiato?». Allontana il bicchiere perché sia fuori della sua portata. Non che importi. È stato scolato già da un pezzo.

«Cruise non è uno che tradisce». Kenny solleva la mia mano e se la porta al petto come se io fossi un gommone di salvataggio.

«Cruise è un traditore dichiarato», corregge Molly. «Va a letto con chi gli capita perché il suo uccello è affetto dal bisogno di essere strangolato ogni notte».

«Molly», le dico alterato. Tutte quelle chiacchiere sul fatto che abbia bisogno di una figura paterna mi tornano alla mente, e avrei l'istinto di rinchiuderla a chiave in camera sua per i prossimi quattro anni di fila in segno di rispetto a una sana figura genitoriale.

«Tu pensi di essere tanto perfetto», urla anche lei. «Tu e quella puttana con cui convivi, quando solo un anno fa mi propinavi la nobile arte dell'astinenza e mi portavi in giro a comperare anelli della purezza. Accidenti, di sicuro devi essere saltato su tutte quelle cretinate riguardanti la "castità" come avresti fatto se si fosse trattato di spegnere un fuoco».

«Puoi anche andare adesso». Lo dico a voce bassa perché se la alzo ho paura di perdere il controllo e di rovesciare questo dannato tavolo.

«Me ne vado». Si alza. «Sappi solo che stranamente rispetto di più la tua nuova ragazza che te perché almeno lei è onesta e alla mano. Invece di cercare di comperarmi un anello per mostrare la mia promessa a Gesù, mi ha accompagnato all'ambulatorio gratuito e mi ha fatto prescrivere la pillola». Lancia il tovagliolo sul tavolo ed esce spedita dalla sala.

«Cosa!». Mamma agguanta le stampelle prima di seguire zoppicando la sorella che mi ritrovo e che ha una vita sessuale apparentemente piuttosto promiscua.

«Mi dispiace così tanto». Kenny stende la mano e la posa sul mio braccio per consolarmi.

«Non devi. Molly ha sputato la sua ultima dannata bugia».

«Posso spiegarti tutto». Kenny lo dice tutto d'un fiato prima che possa finire la frase.

Per un attimo mi sento gelare. Non è possibile che Kenny abbia portato Molly all'ambulatorio gratuito per farle prescrivere la pillola.

Kenny socchiude gli occhi. Si morde l'interno delle guance come se volesse farmi capire il contrario.

Oh merda.

«Questo ha qualcosa a che vedere con il fatto che pensasse di diventare zia?», chiedo, ma lei non dice nulla. «Kenny?»

«Ehm...». Si tocca il petto con una mano proprio come ha fatto sua madre quando era nervosa. «È stato una specie di incidente. È una bugiarda...». Le dita corrono sulle sue labbra. «Voglio dire, sono sicura che sia una bella persona nel momento in cui arrivi a conoscerla bene. Solo che io non ho ancora visto quella parte di lei».

Comincio piano piano a ridere, sommessamente.

Mio padre ha un'attrazione piuttosto evidente nei confronti della madre di Kenny, mia sorella fa sesso con ragazzi che non hanno ancora raggiunto la pubertà, e tra tutti ha manipolato Kenny, niente meno, perché la aiutasse a farsi prescrivere la pillola. Merda.

Mi alzo e prendo Kenny tra le braccia.

«La mia famiglia è completamente folle». Do libero sfogo al sorriso che avevo sulle labbra mentre ammiro la straordinaria bellezza sia interiore che esteriore che Dio ha reputato giusto donare a Kenny. Mi chino verso di lei e la bacio sulle labbra finché il mio corpo si sente rimescolare tutto e desidererebbe possederla in tutti e quattro gli angoli di questa enorme casa.

Una leggera risata gorgoglia nella sua gola. «A quanto pare potremmo diventare parenti».

«Forse prima di quanto immagini», dico. «Lo scorso autunno, Jackie e mio padre hanno presentato domanda di divorzio. Stanno solo posticipando la cosa continuando a vivere sotto lo stesso tetto».

Fa un respiro profondo. «Ma è terribile!».

Annuisco, d'accordo con lei. «Allora, non c'è nient'altro che vuoi dirmi? Nessuna notizia su eventuali bambini? Nessun'altra capatina all'ambulatorio?».

Apre la bocca e la richiude immediatamente.

«Non c'è niente che ti tengo segreto», sussurra mentre il viso le si accende come fosse un albero di Natale.

E nel mio intimo, mi chiedo se è proprio così.

* * *

Sabato sera, il Tri Delta fa una festa. Kenny mi ha chiesto di andare con lei, ma le ho assicurato che starò bene anche a casa, a lavorare sulla tesi. Inoltre, ha detto che Lauren le ha chiesto di farle un favore, e non ho voglia di stare nel mezzo di una serata tra ragazze. Ma appena è andata via, ho sentito il vuoto della stanza. Kenny porta l'ossigeno, la vita, insieme con lei. Non riesco a smettere di pensare a tutti quei confratelli arrapati che potrebbero attaccarla come fossero tanti orsi dall'ormone impazzito; e così eccomi qui, pronto a oltrepassare la soglia del vizio.

Il Tri Delta trabocca soprattutto di corpi femminili. Ai tempi in cui usavo il mio scroto come una fionda, questo sarebbe stato un paradiso corretto-agli-estrogeni. Di sicuro è un posto molto più grande e molto più frequentato dove conoscere gente nuova rispetto alla festa organizzata da Pen al Sigma Phi la sera in cui Kenny è arrivata. Questa volta, hanno deciso di farsi vedere tutti quelli che vanno alla Garrison. Anche se, in difesa di Pen, c'è da dire che allora si trattava della pausa natalizia, e la maggior parte della gente era volata a casa per le vacanze. Sono contento che le cose siano andate al contrario per Kenny – quei baci natalizi sono stati il più bel regalo di sempre.

La stanza è piena di un nugolo di studentesse vestite succintamente, e ciascuna di loro mostra un grado diverso e unico di nudità. Sembra che mostrare le spalline dei reggiseni sia imprescindibile, i jeans attillati sono così stretti che bisogna spelarli per toglierli – in coordinato ci sono i perizomi che spuntano fuori da dietro, con i cordoncini, di varie forme e grandezze, che si vedono sui fianchi.

Una disinvolta studentessa infila la mano nella parte posteriore dei miei jeans, e io faccio un enorme balzo in avanti, solo per ritrovarmi con una mora che mi schiaccia addosso il suo morbido seno. Le sue labbra mi arrivano in faccia a una velocità pari a Mach 5 così fuggo via alla svelta.

«Caspita, ragazze». Alzo le mani e mi ritiro verso la parete più vicina, conosciuta anche come zona di osservazione.

Setaccio la sala in cerca di Kenny. Non appena l'avrò trovata, ho in mente di andar via in tutta fretta. Ho tutta l'intenzione di scovare la più bella ragazza della sala e provarci con lei. E se sarò fortunato, forse mi permetterà di trascinarla al piano di sopra per impartirle un'altra lezione privata.

Sono sicuro che oramai è stata inghiottita viva in un mare di testosterone.

Sulla mia destra, un gruppo di ragazzi sta giocando a birra pong. Sollevo una gamba e l'appoggio sulla parete mentre li osservo lanciare una pallina da ping pong verso un mucchio di bicchieri rossi, sempre di plastica.

Lo scopo di partecipare a feste come questa è quello di farsi una scopata. Se i ragazzi hanno una minima propensione a tirarsi giù la cerniera dei pantaloni, per ragioni diverse rispetto a quella di urinare, allora stare per conto proprio e isolarsi non è esattamente il modo giusto in cui procedere. Almeno invitate delle ragazze a giocare con voi. Dilettanti.

«Ciao, bellezza». Blair spunta fuori come fosse un'apparizione. Ha i capelli tirati indietro così stretti che le conferiscono un aspetto spettrale. «Alto, al buio, da solo stasera?»

«Sto solo cercando Kenny».

Fa una smorfia. «Oh, scommetto che proprio in questo momento sta insieme a qualche povero derelitto, pronta a consolarlo ben volentieri con il suo corpo».

«Nei tuoi sogni». Cerco di scappar via, ma mi tira indietro prendendomi per la camicia.

«Allora perché così tanto mistero?». Gli occhi scuri le diventano come due fessure sottilissime. «Immagino che se tu fossi così legato a Kenny, le avresti almeno detto che hai avuto un'ex fidanzata. O forse non sono io ciò che vuoi nasconderle. Forse ti senti solo imbarazzato per la persona che sei stato in passato».

La guardo dritto negli occhi, e mi sembra che la stia vedendo per la prima volta. Il modo in cui le guance le sporgono; le labbra rosse disegnate come se fossero uno squarcio che qualcuno ha inciso sul suo viso.

«Imbarazzato?». Indietreggio. «Per cosa? Per il fatto che ci siamo conosciuti in un gruppo giovanile e abbiamo deciso di conservarci puri per quel momento magico che sarebbe arrivato in seguito, e invece tu hai deciso di dare il tuo corpo in pasto alle masse? Indovina un po', Blair? Alla fine l'ho capito. Mi hai fatto un favore. Senza quel tuo insaziabile desiderio di stipare dentro di te così tanti cazzi, non avrei mai incontrato una persona meravigliosa della quale sono veramente innamorato e che mi rispetta in un modo che non avrei mai pensato possibile».

I lineamenti di Blair si irrigidiscono. Gli occhi le diventano lucidi per colpa delle lacrime, rossi come tabasco.

«È di sopra, probabilmente avvinghiata a qualche ragazzo... o ragazza», sibila. «Non sembra troppo schizzinosa. Ti auguro di avere un fantastico non lieto fine». Blair raggiunge la porta e se ne va come un fantasma.

Di sopra? Forse è solo uno stratagemma per farmi finire vicino a un materasso. Faccio le scale a due a due e apro e chiudo varie porte a caso.

Mi inoltro lungo il corridoio finché i rumori che provengono dalla festa vengono rapidamente sostituiti da un silenzio assordante. Si sentono delle voci bisbigliare dietro le pareti di una stanza vicina... un ragazzo e una ragazza. La porta è socchiusa, così sbircio dentro.

Una capigliatura scura familiare sta davanti a un pezzo di merda alto, molto pelato.

Sono loro. Kenny e Cal.

«Sarebbe solo per questa volta», dice lei seducente, mentre fa scivolare verso il basso una mano sulla sua camicia. Le dita cercano di sbottonargli i jeans, e a quella vista mi sento una stretta al petto. Kenny mi ha appena trafitto il cuore. «Se non dirai nulla, non lo farò neanch'io», sussurra.

Mi appoggio alla parete e cerco di riprendere fiato. Kenny fa una risatina dall'altra parte, e la sua voce mi trafigge.

Il suono della sua risata incide sulle mie stesse ossa un marchio mortale di infelicità, e lascio il più velocemente possibile quel luogo così pericoloso.

* * *

Il mattino seguente sul tardi preparo la colazione per Kenny mentre lei ancora dorme – uova e pancetta, pane tostato con marmellata di fragole, la sua preferita – e a ogni gesto che compio aumenta la mia agonia.

Guardo fuori dalla finestra della cucina verso il cielo grigio, minaccioso, tutto ruggine e ferro che racchiude dolore e incredulità proprio come il mio cuore.

A quanto pare sono costretto a prendere una boccata di aria fresca per schiarirmi le idee e liberarmi la mente dalla disperazione nella quale mi ritrovo. Afferro una penna, e mi trema la mano quando le lascio un messaggio.

"Vado a fare una passeggiata, torno subito". Lo scarabocchio su un tovagliolo di carta il più velocemente possibile, per paura che, se rimango, possano venir fuori i miei veri sentimenti.

È quasi mezzogiorno, e lei è ancora a letto. È tornata dopo le tre. Ho continuato a sperare che venisse in camera mia per chiedermi perché fossi nel mio letto, ma non lo ha fatto. Non sono sicuro di quel che le avrei detto se me lo avesse chiesto. Sono rimasto sdraiato tutta la notte, sveglio, a chiedermi come diamine sia accaduto che il mio cuore finisse schiacciato sotto la pianta del suo bel piedino.

Immagino che Blair avesse ragione – Blair che è stata la prima a strapparmi il cuore dal petto, o almeno così pensavo. L'infelicità che mi ha causato Blair non è nulla a paragone dello straziante dolore che si è radicato dentro di me dopo aver sentito – *visto* Kenny in azione con i miei stessi occhi.

Eppure io lo so che mi ama. Non si può fingere di provare un sentimento verso qualcuno in quel modo.

Non è così?

Esco fuori e una brezza pungente mi trapassa i vestiti con stilettate simili a coltellate ghiacciate.

Il cielo di fine febbraio ha una sfumatura grigia che sembra acciaio inossidabile, come se qualcuno stesse per mettere su Carrington una cappa che ci copra per sempre, e una parte di me vorrebbe che accadesse. I pini riescono ancora a proiettare ombre precise sulla neve, di colore blu e lavanda, un blu profondo, scuro come la notte. Il profumo intenso degli abeti accende l'aria, rendendola fresca e pura.

Mi suona il cellulare proprio quando sto per arrivare al ruscello. Si tratta di un numero che non conosco, ma mi fermo a rispondere prima di arrivare in una zona dove non prende.

«Pronto?»

«*Cruise*? Scusami se ti disturbo. Sono Rayann, la madre di Blair».

Mi si irrigidisce ogni muscolo come se nel sangue mi fluisse cemento. E se Blair si fosse lanciata da una scogliera? O se si fosse presa un'intera boccetta di pillole? Sono sicuro che sarebbe un vero e proprio guaio e, senza ombra di dubbio, vi sarei coinvolto dall'inizio alla fine.

«Sono contento di sentirti». Riesco a fingere il giusto grado di gentilezza. «Che succede?»

«Si tratta di Blair». Piange quando pronuncia il suo nome. «È ridotta molto male. Non mangia più. Non fa altro che starsene avvilita per come ha rovinato le cose tra voi. C'è una qualche possibilità che tu le parli? Magari potresti portarla fuori a cena facendo in modo di sistemare la faccenda». La voce si alza, speranzosa. «Tu lo sai che io e Stan ti consideriamo come un figlio. La gente commette degli errori, Cruise... enormi. Prego sul serio che tu possa trovare dentro al tuo cuore la forza per perdonarla».

Faccio un respiro profondo.

È a questo che si doveva arrivare? Ci si può veramente aspettare da me che lasci una cosa così fantastica come quella che sto vivendo con Kenny per fare un passo indietro e riprendere un rapporto ormai spento con Blair?

«Mi dispiace che stia passando un periodo difficile». Lo dico sul serio. Le cose tra Blair e me non sono sempre andate di merda. «Le auguro davvero il meglio, ma sono del tutto certo che quello che c'è stato tra noi è morto e sepolto».

Ci scambiamo altre frasi di convenienza prima di chiudere la telefonata, e subito metto il dannato telefonino in silenzio.

Papà mi saluta con la mano dal portico e poi mi viene incontro – quindi è finito il tempo per pensare. A ben vedere, forse è meglio che non lo faccia.

«'giorno», dice con un sorriso che gli va da orecchio a orecchio, e ho quasi paura di chiedergli perché è così incredibilmente euforico. Sembra che uno di noi due abbia avuto fortuna con una Jordan stanotte e di sicuro non sono stato io. «Ti dispiace se mi unisco a te?».

Sollevo lo sguardo su mio padre che si presenta in questa nuova veste, il gentiluomo più attempato dai capelli brizzolati, il playboy nuovo di zecca, l'amico.

«Niente affatto». Lo porto verso una panchina che si affaccia sul ruscello che attraversa la proprietà, lento e tranquillo come uno sbadiglio. Mio nonno era solito raccontarmi che si pescavano le trote qui, ma da quando ho tredici anni non ho visto un pesce più grande del mio pollice lì dentro. Il fatto che esso scenda da una vicina collina gli permette di scorrere senza problemi durante l'inverno. Venivo qui di solito dopo la terribile rottura con Blair, poi Kenny mi aveva portato un periodo di pace, e invece adesso eccomi qui di nuovo.

«Hai avuto una telefonata spiacevole?». Indica il cellulare che ho ancora chiuso in mano. Indossa un paio di jeans, il che è inusuale per lui, e un mio berretto da baseball che deve avergli prestato mamma. Ci assomigliamo così tanto che so come sarò tra circa vent'anni... cioè se dovessi mangiare senza regole e mi dimenticassi l'indirizzo della palestra.

«La madre di Blair». Scuoto il cellulare prima di infilarmelo in tasca. «Sta cercando di fare da sensale. Sono sicuro che sia stata Blair a metterla in mezzo».

«Pensi che potreste mai tornare insieme?». Nel dirlo sembra trasalire. Il suo volto è più in carne di come lo ricordavo da ragazzino. Il sorriso è perennemente incastonato tra le pieghe sotto gli occhi. «Non è mai troppo tardi per aggiustare le cose».

«*Mai* è la parola su cui porre l'attenzione. Diciamo che mi hanno dato la sospensione della pena. Un uomo che sta per morire non corre di nuovo verso la ghigliottina».

Ride di gusto, e sono contento di stare qui fuori con lui, a condividere questo momento, anche se si tratta di un momento abbastanza di merda per me. Non che abbia intenzione di uscirmene all'improvviso a parlare dello straziante dolore che sto provando per Kenny.

«Tempo fa ho avuto una relazione con una donna alla quale ho permesso di uscire dalla mia vita troppo presto», inizia. «Non l'ho mai dimenticata. L'ho pensata ogni giorno dopo che l'avevo lasciata andar via». Mi guarda con occhi inteneriti.

Ho la sensazione di sapere esattamente chi sia la persona che ha lasciato andar via, e guai a me se seguirò il suo esempio.

Ho intenzione di lottare per Kenny.

Spero solo che nei suoi occhi trovi qualcosa per cui lottare.

19
Cuore di cristallo, cuore di pietra

Kendall

Uno spiraglio di luce filtra attraverso la tenda e mi sveglia quel tanto che basta per farmi rendere conto che ho un potente mal di testa che mi fa pulsare il cervello.

Mi sono fatta persuadere da Ally a restare con lei alla festa ieri sera, be' dopo che Lauren è scomparsa con Cal. A quanto pare, indipendentemente da quanto ci abbia provato a far cadere Cal inducendolo a scoprire il suo presunto vizietto dei tradimenti, lui si è mantenuto irremovibile nella sua posizione e, così sembra, nella sua relazione. Lauren è schizzata fuori dal ripostiglio e la faccenda si è conclusa con un buon sesso riparatore.

Naturalmente, dovrò confessare tutto a Cruise dal momento che si tratta del suo amico della palestra, altrimenti la prossima volta che ci sarà Cal in giro l'atmosfera è destinata a essere davvero imbarazzante.

Mi faccio la coda di cavallo e vado in cucina. C'è un piatto sul tavolo pieno di uova e pancetta e due grosse fette del pane tostato che preferisco, e il mio cuore si squaglia. Il modo in cui Cruise mi ama è indescrivibile. Con le attenzioni che mi riserva mi sembra di stare in Paradiso.

C'è un biglietto lasciato sul tavolo.

"Vado a fare una passeggiata, torno subito".

Non esito a infilarmi gli stivali e il cappotto e poi esco fuori. Ho bisogno di andarmi a prendere il bacio del mattino. Praticamente è la vitamina necessaria per dare il via alla giornata.

L'aria fuori è frizzante. Tira un vento che mi si avvolge attorno al collo nudo come fosse una sciarpa fatta di ghiaccioli. Se non fosse stato per Cruise, sarei letteralmente morta congelata e senza una casa. Immagino di dover essere grata a Pennington per non aver avuto la lungimiranza di inserirmi nella lista del dipartimento che si occupa degli alloggi – grata per l'emergenza che gli si è presentata all'ultimo minuto sotto forma di festino dove tracannare birra da un imbuto. È così strano come si siano svolte le cose. Sembra che il destino ci abbia messo lo zampino e abbia disposto gli eventi perché concorressero a nostro favore.

Se ci sono mai state due persone che dovevano unirsi e diventare una coppia, quelli siamo io e Cruise.

Sento il brusio di alcune voci attraverso gli arbusti, e seguendo quel suono mi inoltro per un sentiero sterrato.

«Ma non la amo più». La voce di Cruise risuona forte e chiara nel boschetto; mi rimbomba nella testa come fosse un terribile gong. Chi è che non ama?

Mi appoggio al grosso tronco di un pino – il mio cuore già corre all'impazzata per colpa di quelle parole. Di sicuro, non si riferiva a me. Sbircio verso di lui, seduto vicino a suo padre.

«Rimpiango ogni minima cosa», continua. «Onestamente, non so cosa mai abbia trovato in lei. Non penso neppure che sia carina». La sua voce si fa sempre più alta come se si fosse appena svegliato da una lunga ibernazione e non fosse soddisfatto di chi ha trovato sdraiata nel suo letto. «È completamente fuori di testa. Sono sicuro che ne darà la colpa ai problemi legati alla figura paterna, e adesso mi ha messo alle costole la madre. Se c'è una cosa che rimpiango più di tutte, è di averle chiesto di sposarmi».

Mi batte il cuore come se mi fossero scoppiate dentro delle granate. Mi pulsa nelle orecchie e il mondo stesso comincia a deformarsi quando sento un assordante rumore come di tamburi.

Barcollo indietro e inciampo su una radice. Il terreno si muove come impazzito, l'intero universo gira sul suo asse ma raduno tutte le forze che mi sono rimaste e mi dirigo di nuovo verso casa.

* * *

Per i primi venti minuti le lacrime mi escono a fiotti come fossero pioggia, e mi sento travolta da un vero e proprio ciclone di emozioni. Non avevo visto arrivare la tempesta all'orizzonte. Non c'è stato tempo di prepararsi al peggio. Cruise non mi ama più, e adesso gli dispiace di avermi messo quest'anello al dito.

Non sento più nulla dentro, sono come anestetizzata, sono solo il guscio della persona che ero un'ora fa. Passo in modo del tutto naturale dai singhiozzi alla fase delle guance rosse tanto che sembra mi abbiano presa a schiaffi, tutte conseguenze del pianto a dirotto, ma ora devo sforzarmi di smetterla.

Mando un messaggio ad Ally. Mi dice che posso sistemarmi da lei per un po'. Non posso assolutamente rimanere nel bed and breakfast con la sua famiglia, anche se mamma vi ha praticamente preso la residenza. La ragguaglierò della mia tragedia fra qualche altro giorno. Inoltre, non penso di riuscire a trovare le parole per tirar fuori tutto quello che ho dentro, soprattutto non con questo macigno che Cruise mi ha conficcato in gola.

La porta viene scossa, e io mi pietrifico. Mi asciugo il viso con la T-shirt e mi preparo per quel che devo fare ora.

Cruise entra sfoggiando un sorriso triste mentre si toglie il giaccone. Ha un aspetto splendido, divino. Se sono arrivata a pensare che qualcuno bello come un dio come è Cruise Elton potesse amarmi, volermi, è stato solo perché mi ero innamorata perdutamente.

«Guarda chi c'è». Se non sapessi che non può essere così, penserei che sta soffrendo, ma sembra che nel nostro rapporto l'unica che sta davvero soffrendo sono io. Rimane senza parole nel vedere la mia valigia, già chiusa e pronta per essere spinta al mio fianco. «Che succede?». La sua espressione cambia e lui si mostra sinceramente sorpreso, tanto che sono quasi contenta del fatto che desideri vedermi restare, ma ho imparato la lezione.

«Sto semplicemente andando a casa di Ally». Sollevo le spalle, mi passo le dita tra i capelli, sulla nuca, come se non mi avesse strappato il cuore con un coltello e non me lo avesse servito senza volere a colazione. «Sai, mi sto solo togliendo di mezzo. Gira voce che la tua ex sia interessata a far pace».

«È quello che ho sentito». Sale con lo sguardo lungo il mio corpo, lentamente, sospettoso.

«Quindi, immagino che questo voglia dire che sei ancora interessato a lei». Ho un tuffo al cuore... me lo potrebbero legare al collo e così gettarmi in mare perché è diventato come una macina da mulino e affonderei in poco tempo.

Abbassa le sopracciglia per dichiararsi contrario all'idea. «Ti interessano altri ragazzi, Kenny?». Il suo sguardo è preoccupato ma fermo.

Faccio un respiro profondo e anche io lo guardo dritto negli occhi.

Cosa sta succedendo? Questo è Cruise. Appena qualche ora fa, avrei scommesso la mia vita che eravamo la prossima coppia d'acciaio della Garrison, e invece adesso eccoci qui, sembra che ci stiamo friggendo in padella a vicenda, che ci stiamo versando addosso tutto il nostro disprezzo come fosse olio bollente, e solo per puro divertimento.

Le parole che mi hanno così ferita stamattina quando mi è capitato di origliarle ora mi tornano in mente come fossero la puzza di un cadavere in decomposizione trasportata dal vento.

«Potrei essere interessata ad altri ragazzi». Lo dico a bassa voce. «È così che è cominciato tutto questo casino, ricordi?».

Il petto ha un sussulto come se stesse sul punto di ridere, o piangere, ma lo sforzo risulta inutile. «Immagino di essere stato proprio un bravo insegnante».

«Immagino di sì». Abbasso lo sguardo sull'anello di sua nonna che porto ancora al dito e me lo sfilo delicatamente. Non mi ferma né mi prega di non farlo supplicandomi appassionatamente, il che conferma quel che gli ho sentito dire.

Eccoci qui – questo straziante rifiuto è reale. Cruise e tutto il suo amore per me sono stati solo un'altra illusione. Mi sono lanciata verso l'amore credendo che fosse una corazzata capace di resistere alla prova del tempo quando invece si è rivelato essere una barchetta di carta che è scomparsa sotto i miei piedi.

«Suppongo sia stato solo un test», dico, tenendo sollevata per un attimo la fede di platino prima di metterla sul tavolo. «Immagino di non averlo superato perché una seduttrice non si impegna mai».

Cruise sbatte gli occhi un numero impressionante di volte e fa un respiro che sembra durare secoli. «Senti, lo capisco. Non sei pronta. Sei all'università, sei giovane. Vuoi vedere cosa ti offre il mondo».

Gli tremano le labbra, e per un attimo penso che stia per dirmi che è tutto uno scherzo, che ancora mi ama, che dovrei rimettermi immediatamente quell'anello al dito, ma non lo fa. Cruise in qualche modo sta cercando di scaricare tutto su di me perché è troppo codardo per ammettere il fatto che lui non prova più nulla – che non ha mai pensato che fossi carina – che sono pronta a dare la colpa di tutto alla mia infanzia sballata, senza un padre.

«Forse in futuro». Fa un passo in avanti, e io mi ritraggo. «Forse possiamo vedere come andranno le cose».

Il mio cuore implode. Ci siamo, è finita. Mi ha dato il benservito. Cruise Elton ha le palle per guardarmi dritto negli occhi e offrirmi un futuro vago mentre fa a pezzi il mio sogno di un "per sempre".

«Vaffanculo, Cruise». Spingendo la valigia lo supero a una velocità supersonica e apro la porta verso il mondo ghiacciato che mi aspetta per confortarmi tra le sue braccia che sembrano filo spinato.

Mi salgono le lacrime agli occhi, ma mi rifiuto di concedergli l'onore di vederle scendere.

«Kenny, aspetta», supplica.

In qualche modo i miei piedi trovano la forza per portarmi oltre la soglia di casa per un'ultima volta. Mi volto e lo guardo – la sua splendida sagoma mi si fissa nella mente come un segnalibro. Non voglio dimenticare mai quanto faccia male innamorarsi – quanto spunti velocemente la roccia frastagliata quando ci tuffiamo da una scogliera.

«Il mio nome è Kendall», balbetto. «Ma non ti preoccupare. Non dovrai usarlo più. Non resterò qui ancora per molto».

Getto le mie cose nell'auto e me ne vado in tutta fretta dalla Elton House Bed and Breakfast dove i cuori vengono rubati e restituiti, mutilati, per capriccio.

Guido per parecchi chilometri finché non trovo il cartello con scritto "Qui finisce Carrington. Tornate a trovarci!".

Carrington era bella, ma le lezioni che mi ha insegnato sono state dure. Con appassionata impazienza ha guardato il suo nobile figlio strapparmi il cuore con un rasoio affilato solo per il gusto di farlo. Il mondo ha cercato di mettermi in guardia, ma non ho voluto ascoltarlo. Volevo la favola, il sogno. Volevo essere la principessa che Cruise mi ha detto che ero. Mi sono bevuta quella bugia, e invece il cuore mi è stato restituito sbattendomelo in faccia. Sono venuta a Carrington con un cuore di cristallo, pronto a innamorarsi, e Cruise lo ha schiacciato sotto le scarpe. Ma oggi, mentre mi lascio alle spalle Cruise e Carrington per sempre, scambio quel cuore di cristallo con un cuore di pietra.

Nessuno mai più mi farà soffrire.

Farò di tutto perché sia così.

Mi fermo dietro una fila di ginepri e piango per diverse ore tutte le mie lacrime.

La mia massima riecheggia come un ritornello ossessivo: alla fine l'amore non funziona mai.

Detesto aver avuto ragione.

Cruise

Cosa cazzo è successo?

Barcollo verso la porta e osservo lo spazio vuoto dove fino a un attimo fa si trovava la sua auto. Un nugolo di polvere sale sulla collina nella direzione che ha preso quando è fuggita. Torno in casa, ansante, il cuore minaccia di saltarmi fuori dal petto. Avrei dovuto lottare per lei. Avrei dovuto mettere da parte l'orgoglio e mettermi in ginocchio, implorarla che mi tenesse con lei… accidenti, che riservasse per me il martedì se avesse voluto.

Chi era quell'impostore? Non poteva trattarsi di Kenny. Forse ha una gemella, che mi sta prendendo in giro.

A quel punto lo vedo. Sistemato con cura sopra il divano c'è il cappotto di lana che le ho regalato. Gli stivali sono sulla soglia del caminetto come se avesse voluto suggerirmi di usarli per ravvivare il fuoco.

Mi sale un terribile senso di nausea. Come ho potuto lasciare che tutto questo accadesse? Ma d'altronde, come avrei potuto fare diversamente? Sono Cruise la catastrofe, e mandare a puttane le storie d'amore sembra essere la mia specialità. Anche se non sono stato io a tradire Blair, e non sono stato io a tradire Kenny. Ma avrei sopportato tutto ciò che Kenny poteva offrirmi pur di fare parte della sua vita. Mi accontenterei degli avanzi del suo amore ogni singolo giorno della settimana se lei me li concedesse. Ecco quanto sono cambiato rispetto alla persona che sono stato, quando avevo costruito la vita su degli ideali, avevo modelli di riferimento alti e i valori morali per me erano fondamentali.

La mazza da baseball che tengo nell'angolo attira la mia attenzione. Mi precipito verso di essa e la afferro con tutte le mie forze come se da lei dipendesse la mia vita... be', la mia salute mentale. Spacco tutte le finestre di questo nostro nido d'amore, le riduco in mille pezzi proprio come Kenny ha ridotto il mio cuore.

* * *

Fedele alla sua parola, Kenny non si presenta a lezione quella settimana né la seguente. Non mi richiama nonostante le mie telefonate, e sua madre mi tratta in modo piuttosto freddo ogni volta che mi imbatto in lei.

Sono stato rintanato nelle viscere del bed and breakfast per rivedere i libri contabili, come se già non fossi abbastanza depresso. Come avevo sospettato, mamma non ha pagato alcuni conti, e adesso i creditori ci stanno col fiato sul collo. L'ho rassicurata che me ne occuperò io. Non c'è ragione di rimandare l'inevitabile. L'unica domanda è: come farò a conciliare la scuola con un'attività a tempo pieno?

Il mercoledì trovo un biglietto sulla mia scrivania, e per un attimo l'adrenalina mi schizza alle stelle.

"Incontro tassativo. Nel mio ufficio. 15:30. Dottor Barney".

Di sicuro non è il biglietto che speravo di ricevere.

Non vedevo l'ora di trovare qualcosa di natura un po' più erotica con un grosso cuore ciccione e una *K* gigantesca nel fondo della pagina. Sono stato tutta la settimana a immaginarmi che si sarebbe intrufolata nella mia stanza – che tutto questo si sarebbe rivelato nient'altro che un ottimo piano architettato per fare il più spettacolare sesso riparatore del mondo.

Alle 15:30 esatte, entro nell'ufficio del dottor Barney cercando di dimenticarmi dello strazio costante che mi logora dentro da quando Kenny ha spinto la sua valigia fuori dalla mia vita. Mi stampo in faccia un sorriso artefatto e faccio un cenno di saluto con il capo all'uomo dall'aspetto stanco che tiene tra le mani la mia borsa di studio. Devo essere arrivato in anticipo perché le altre sedie sono stranamente vuote. O è così oppure si tratta di un incontro privato. Forse vuole farmi sapere quanto è fiero di me, dato che sto portando avanti il corso di Bradshaw pur continuando a occuparmi dei miei studi universitari.

«Signor Elton». Il dottor Barney alza il mento e mi punta addosso il naso con grande maestria. Ha messo un po' su peso, e le macchie dell'età si sono distribuite uniformemente sul suo viso conferendogli un incarnato abbronzato. «Sono a dir poco sconvolto per colpa di alcune notizie di cui sono stato recentemente portato a conoscenza».

«Merda». Sibilo a voce bassa. «Bradshaw sta bene?». Che diamine sto dicendo? È ovvio che Bradshaw non stia affatto bene.

«Il professor Bradshaw è in remissione». Ritrae le

labbra e il doppio mento freme per l'irritazione. «Cruise, queste notizie riguardano te, e, purtroppo, non solo te».

Fa scivolare una foto ingrandita sul tavolo e il sangue mi si gela nelle vene al primo sguardo.

Siamo io e Kenny quel giorno nella mia aula. Il maglione calato sotto il sedere, le sue gambe che avvolgono la mia schiena, perfettamente pallide. Ho il viso nascosto nel suo collo, e riesco ancora a sentire il piacere che mi pulsa nelle vene come se stessi rivivendo quel momento.

Fa scivolare un'altra foto verso di me. La torre mi guarda con il suo lungo collo eretto, la struttura ossuta del globo. Poi una foto zoomata. Non si riesce a vedere Kenny, ma solo il mio cappotto mentre la sto aiutando a mettersi al centro della struttura d'acciaio.

«E questa». Mi passa un'altra foto della torre, questa volta un primo piano del mio viso rapito nel momento dell'estasi – i lunghi capelli di Kenny che mi sbattono sul collo. «Bene? Che spiegazione puoi darmi?».

Abbasso lo sguardo sulle foto – io e Kenny in posizioni così compromettenti – i suoi splendidi capelli, la sua pelle soffice come piume, quelle labbra per le quali darei la vita solo per poterle baciare un'ultima volta.

Quello che veramente vorrei dire è: "posso averle?" Mi piacerebbe sparpagliarle sul letto, sdraiarmici sopra nudo, incorniciarle, riprodurle, e rivestire le pareti della mia cazzo di stanza con quelle immagini che mi danno le vertigini e mostrano quelli che siamo stati noi un tempo – tutte le nostre avventure che mi circondano come un caleidoscopio erotico.

«Ora che ti ho lasciato senza parole», gratta le nocche delle mani sulla scrivania, «ho un'altra cosa da mostrarti».

Questa volta mi passa un semplice foglio di carta, il programma del corso rivisto e corretto che ho preparato solo per lei.

Merda.

«Come lo ha avuto?»

«Una ragazza mi ha portato tutte queste cose, oggi pomeriggio».

Kenny? Ma come avrebbe fatto a scattare le fotografie? Più probabile che si tratti di Blair. Non mi sorprenderebbe affatto che avesse rovistato tra le cose di Kenny e avesse rubato quel che le serviva. Sollevo il programma come reperto A.

«Cruise, mi dispiace doverlo fare, ma la tua breve carriera d'insegnamento è arrivata a una fine piuttosto indecorosa. Non solo questo, ma ho dovuto mostrare queste prove anche al consiglio d'istituto. Abbiamo deciso all'unanimità, ti è stata revocata la borsa di studio. Sei stato espulso dalla Garrison».

Le sue parole mi arrivano frammentate. La stanza si distorce, si allunga e si contrae, e sto per sbattere la testa sul tavolo nel vero senso della parola perché sembra che mi sia piombata addosso la sfortuna tutta insieme. La cosa buffa è che non me ne frega assolutamente nulla.

«Mi dispiace di averla delusa, dottor Barney». Mi alzo in piedi e faccio un respiro profondo.

«Non sembri particolarmente mortificato».

«Infatti non lo sono». Lo dico in un attacco di onestà. «La scorsa settimana ho perso la cosa più importante della mia vita – a paragone questa è solo una ferita superficiale». Aver esposto la verità in modo tanto stringato mi fa fermare a riflettere. «Le chiedo scusa se le ho mancato di rispetto».

«La signorina mi ha chiesto di darle questo». Mi porge un bigliettino ripiegato.

Lo apro e vi trovo scritto: "Sei stato fregato".

* * *

Venerdì pomeriggio, riesco a eludere lo sguardo vigile di mia madre per andare in palestra con l'intenzione di tormentare ogni singolo muscolo del mio corpo. Le ho fatto sapere che riprenderò la gestione del bed and breakfast. Incrementerò l'attività portandola a un livello totalmente nuovo e le ho perfino suggerito di far prendere aria alle stanze perché è sicuro che può aspettarsi che ci saranno più ospiti. Ho intenzione di far girare di nuovo gli affari. Forse se avessi una maggiore stabilità economica. Forse allora...

Vorrei poter dire che non provo più nulla per Kenny, ma lei è come un marchio a fuoco impresso nel mio cuore, nella mia mente. Mi perseguita nei sogni, nelle ore di veglia. Kenny è il fantasma, quella che è fuggita. Ho la sensazione che la vorrò, la desidererò a lungo fino agli anni della mia vecchiaia e addirittura al momento in cui mi addormenterò per sempre, ma perfino allora, non sarò liberato da questo supplizio.

Mentre entro in palestra ricevo un messaggio da Pen.

Si fa festa. Stasera all'Alpha Sigma Phi. Ci vediamo lì.

Mi arriva un pugno nello stomaco.

L'Alpha Sigma Phi. Dove tutto è iniziato tra Kenny e me.

Cal mi nota mentre entro nella sala dei pesi e mi viene incontro camminando a piccoli balzi. Scommetto che ha da raccontare una storia di lavoretti con la bocca alla quale non credo.

«Tanto che non ci vediamo», dice con un sorriso.

«Ho in agenda di gonfiarti di botte», dico, sedendomi sulla macchina da tortura per allenarmi. Non sono affatto dell'umore adatto per avere un confronto con lui su quanto ho visto quella sera al Delta.

«Per quale ragione?». Tira su un piede e lo appoggia al bilanciere per allacciarsi una scarpa, la sua fottuta scarpa, come se la mia fosse una cosa di poca importanza. Mi fa venir voglia di spingergli la mia di scarpa sul culo. «Allora, ho delle notizie: Lauren dice che ho superato il test». Solleva le sopracciglia, come se questa frase avesse un qualche significato per me.

«Che test?». Metto giù la bottiglietta d'acqua per evitare di dargliela sulle palle.

Sposta leggermente la testa come se si trattasse di un'importante notizia. «L'aggancio fatto apposta, il mezzo approccio fisico... ti servono altri particolari?». Apre le mani come se stesse per volare via, e io vorrei che fosse proprio così. «Sai, un test sul rapporto di coppia».

«Di che cavolo stai parlando?». Non che mi interessi. È improbabile che debba passare un test sul rapporto di coppia a breve.

«Lauren. Mi ha aizzato contro la tua ragazza mozzafiato, poi ha atteso con ansia per vedere cosa avrei fatto. Io l'ho rifiutata senza pensarci, e Lauren è saltata fuori dal ripostiglio come un investigatore privato fuori di testa. Ma è stato carino. Significa che mi ama».

Dentro di me sento che torna la vita. Il viso mi va in fiamme e sono preso da un'euforia incontenibile.

«Kenny ha detto che Lauren le aveva chiesto di farle un favore», lo dico soprattutto a me stesso. «Pensi che si trattasse di questo?». Mi sento il corpo leggero come una piuma, mentre il cuore mi martella in petto come fosse una mitragliatrice.

«Forse». Annuisce con il capo come se stessimo facendo una conversazione normale, come se la mia intera esistenza non fosse appena ritornata a puntare verso Kendall Jordan, il grande amore della mia vita. «E così, sembra che anche io come te percorrerò quella sciagurata navata, amico». Mi dà una pacca sulla schiena, forte e decisa, senza essere minimamente sfiorato dall'idea che qualcosa si fosse incrinato tra me e lui in quest'ultima settimana. «Sono quasi caduto dal letto quando me lo ha chiesto, ma chi cazzo sono io per buttar via una cosa buona?».

Lo guardo stupefatto.

«Congratulazioni». Per la prima volta da quando Kenny è andata via sorrido, e lo sforzo mi fa alzare il cuore in volo. Scommetto che non ha neppure scritto lei il biglietto. «Devo scappare». Scatto in piedi. «Fammi un favore, chiedi a Lauren di portare Kenny al Sigma Phi stasera. E qualunque cosa hai in mente, non dire a Kenny che ci sarò anch'io». Mi precipito verso l'uscita. Cammino a un metro da terra.

«Dove stai andando?», urla Cal con un'espressione sconvolta.

«Devo chiamare qualcuno per farmi riparare delle finestre».

20
Per sempre

Kendall

Il cielo notturno è inondato da una innaturale sfumatura color lavanda che ricorderò sempre come il colore di questo straziante dolore che ho nel cuore. Le stelle brillano numerose in cielo come se questi ospiti luminosi si fossero tutti schierati sopra l'Alpha Sigma Phi. Gli abeti fanno di tutto per attirare la mia attenzione e così si sono rivestiti di una luce brillante come i fiori della salvia. Sembra che tutta la natura stia facendo la ruota, stia mostrando il meglio di sé, mentre la sua innata bellezza ci avvolge come una canzone sintonizzata sull'eternità. Sono profondamente stupita che le cose possano andare così male in un mondo tanto bello. Ma avviene proprio questo. Adesso so per esperienza com'è l'impatto tremendo che si prova dopo la caduta mortale che ho fatto senza volerlo. Cruise ha spinto il nostro amore giù dal precipizio dell'estasi e ha lasciato che cadessi in mezzo alle fiamme, che mi spaccassi la testa sulla battigia rocciosa ogni volta che pensavo a lui.

Non so perché mi aspettassi qualcosa di diverso. Ho fatto scivolare il mio cuore sul tavolo come fosse un'arma carica, e Cruise mi ha fatto un buco in petto con quella stessa arma. Devo darne la colpa solo alla mia assoluta stupidità. Sono stata così ingenua a pensare che potesse funzionare, che fossimo riusciti a far nostra una cosa tanto speciale, e che quella cosa esistesse veramente.

Mi passo le dita sul collo. È ancora arrossato per i tentativi di tirar via il collare. Alla fine sono riuscita a toglierlo infilando ripetutamente la punta di una forcina nel buco della serratura.

«C'è una birra che ti aspetta dentro». Ally mi prende sotto braccio ed entriamo alla festa della confraternita dove tutto è iniziato. Suppongo sia giusto che sia questa l'ultima festa dove andrò alla Garrison. Ho perso le lezioni di tutta la settimana e sono rimasta nel dormitorio di Ally alla Russell Hall. Nessuno lì era un fallito. In base a quel che pensa mamma, è la zia Jackie la fallita per aver tradito suo marito. È venuto fuori che è da un anno che vivono da separati in casa.

Mamma voleva sapere perché Cruise era al bed and breakfast e io da Ally. Penso le abbia detto che doveva far aggiustare le finestre e che io stavo da alcune amiche per quello, ma lei ha capito. Mamma è un'esperta quando si tratta di far fare un atterraggio di emergenza a rapporti in pericolo. E quando salirà sull'aereo che la riporterà in California, ho intenzione di essere lì con lei.

Tutto questo semestre è andato perso. Ho già ricevuto le lezioni per cui non avevo nemmeno pagato... che nemmeno volevo.

Ci sono tanti ragazzi stipati nella sala della confraternita, sovraeccitati dalla musica assordante e dalle oche giulive. L'Alpha Sigma Phi ha un leggero odore di calzini usati e di birra molto simile a quello di Pennington. E parlando del diavolo...

I suoi capelli brillano alla luce, un po' troppo rasati, ma è sempre al sicuro dentro la sua polo col colletto tirato su, e ha un maglione bianco annodato sulle spalle, quindi può essere certo che non verrà confuso da nessuno con il membro di una gang.

«Ho sentito che mio padre ha una storia con tua madre». Annuisce come se accadesse tutti i giorni che le persone caracollino in una nuova relazione come marinai ubriachi.

«Non lo sapevo. Come sta *tua* mamma?»

«Impegnata», sembra pronto a vomitare su richiesta, «con il ragazzo che pulisce la piscina».

«Ahi. Mi dispiace».

«Va tutto bene. Sono sicuro che la prossima settimana sarà il ragazzo del supermercato che aiuta a mettere la spesa dentro gli scatoloni di cartone per portarli in auto. Le piacciono che siano giovani. Il divorzio sarà firmato tra meno di un mese. Quindi immagino che si dovrà festeggiare. Ci sarai anche tu?»

«Festeggiare la fine di una storia? Ma è terribile».

«Hai ragione». Pen china la testa per un attimo, e io mi avvicino e lo abbraccio. Resto in quella posizione un po' più del previsto finché sento il suo petto sollevarsi sotto di me. «È meglio che vada. Vedo una gonna che mi chiama», sussurra, perdendosi tra la folla.

Solo in quel momento noto che anche Ally si è allontanata.

Alzo lo sguardo, e un ragazzo familiare che sembra un adone illumina la stanza dalla parte opposta rispetto a dove mi trovo io.

Lui è qui. Sta venendo verso di me, e con tutta me stessa io vorrei fuggire, ma il mio corpo si è bloccato. La stanza ondeggia, la musica rallenta, ho la sensazione di avere le vertigini, come se potessi svenire da un momento all'altro, proprio lì.

Mi volto in cerca di qualcuno con cui parlare, chiunque... e allora la vedo: Blair. Vorrei proprio parlarle, con un fucile a canne mozze puntato su di lei. A pensarci bene, però, non aveva sbagliato di tanto. In effetti, ha colpito il bersaglio con estrema precisione: Cruise non è mai stato così tanto interessato a me.

Fuggo mescolandomi tra la folla.

Un nugolo di ragazze sussurra mentre lui si avvicina, e scoppia una vera e propria ovazione demoniaca offerta come tributo al professor Elton.

«Ha un'eruzione cutanea sulle palle grande come il Wyoming», dico, superando velocemente quella cerchia di ragazze.

«Kenny», urla lui al di sopra della musica, ma faccio finta di non sentire. Stupidamente, mi metto in un angolo vicino al tavolo dei rinfreschi, stracolmo di alcolici e superalcolici. Qualcosa mi dice che avrei bisogno di tutti i superalcolici che riesco a tenere in mano per cancellare dalla memoria questa sera – e il semestre – almeno temporaneamente.

Ally ha avuto torto. Questa stupida festa è l'ultimo posto in cui dovrei trovarmi.

Mi volto in direzione della porta e mi scontro con un torace che sembra un muro di mattoni.

Indossa una T-shirt bianca e un paio di jeans, la mia combinazione preferita da sempre. Ha un cappellino da baseball abbassato in testa, e le fossette sembrano due pozze scure.

«Coca o Pepsi?». Cruise fa un sorriso simpatico, ma c'è un velo di tristezza dietro.

«Credo che quello che vorresti davvero chiedere è dentro o fuori». Lo trafiggo con una dura occhiata perché lui non starà mai più *dentro*. «Sappiamo entrambi fin troppo bene che il tuo unico scopo nella vita è scopare. Sono sicura che non avrai problemi a trovare un'intera frotta di ragazze disposte a concedersi a te».

Cruise si addolcisce. Un'evidente tristezza traspare dai tratti del viso mentre il petto si gonfia in un sospiro profondo.

«Non voglio una schiera di ragazze». Deglutisce a fatica. «Voglio solo te, Kenny».

«Cazzate». Mi affretto a passargli accanto per andarmene, ma mi afferra per un polso. «Lasciami».

«No finché non avremo parlato». Alla luce fioca gli occhi gli brillano e gli conferiscono un che di animalesco, troppo divinamente esotico per essere umano. Il solo testimoniare un tale genere di bellezza senza imperfezioni mi ferisce ancora più a fondo. Per lui sono stata solo un gioco, null'altro che una tacca sul montante del letto.

«Non mi farò problemi a morderti, quindi fammi il cazzo di favore di lasciarmi andare». Tiro fuori quelle parole a voce così alta, che ben dieci teste si girano nella nostra direzione.

Cruise alza le mani come se si trattasse di una rapina a mano armata.

«Ne ho abbastanza di parlare e ascoltare». Lo vorrei urlare, ma la verità è che ho perso energia. Vedo quanto è bello, vedo la dolcezza nascosta sotto la superficie, e non posso credere che noi due siamo stati solo una bugia.

Dietro la sua spalla scorgo Blair che sorride maligna. Si è avvolta nella mia infelicità come fosse un cappotto foderato di pelliccia, un'esperienza libidinosa fatta a mie spese, morbida al tatto.

«Kenny, possiamo farcela a superare la cosa». Lo dice in modo così calmo e deciso che quasi mi porta a credergli.

«Non c'è niente che dobbiamo superare perché la verità è che so per certo che tu pensi che io sia ripugnante e che abbia "problemi legati alla figura paterna". Oh aspetta... e che vorresti non avermi mai chiesto di sposarti».

Cruise mi guarda. «Ma cosa stai dicendo?»

«Ti ho sentito!». Viene fuori come un ruggito dalle mie viscere. Cruise ha aperto il vaso di Pandora con i mali del mondo in cui avevo racchiuso il mio dolore, e adesso l'ho scoperchiato e gli ho dato libero sfogo come fosse un missile lanciato contro la persona che pensavo di amare... che pensavo mi amasse.

«Non direi mai cose del genere, tanto meno potrei pensarle». I tratti del suo viso esprimono sorpresa, e la bocca si apre come se stesse rivivendo un ricordo. L'ho colto con le mani nel sacco, e se ne è reso conto. «Ti riferisci a una conversazione che ho avuto con mio padre?». Tira leggermente indietro la testa.

«Sì. Volevo farti una sorpresa. Stavo venendo a prendermi il bacio del mattino». Mi si spezza la voce. «Ti ho sentito dire... hai detto che non mi hai mai amata». Ecco fatto, la ferita si è riaperta, quel gusto acido che mi pervade perché questa volta l'ammissione viene dalle mie stesse labbra.

«Kenny...». Sul suo viso una smorfia di dolore. «Non stavo parlando di te. Stavo parlando della mia ex ragazza, Blair». Si accendono le fossette come fossero due allarmi che cercano di avvertirmi della gravità della situazione. «Sua mamma mi aveva chiamato e voleva che io le dessi un'altra possibilità. Stavo solo sfogandomi con mio padre».

Lancio un'occhiata alle sue spalle e mi accorgo del dolore sul viso di Blair, l'incredibile strazio che ci stiamo passando come fosse un testimone. Ma lei ha goduto della mia infelicità. Rivoleva Cruise e ha cercato di infilarsi tra di noi. Mi ha messo contro di lui, e io sono stata troppo veloce a saltare alle conclusioni.

«Io e Blair siamo stati insieme per anni». Fa un passo verso di me, e già voglio consegnarmi a lui. Il suo buon profumo mi implora di farlo. «Uscivamo insieme. Lei non ha mai voluto toccarmi. Diceva che voleva mantenersi pura fino al matrimonio, e io l'ho rispettata. Ho resistito». Lo dice a bassa voce, quasi riluttante ad ammetterlo. «Invece mi ha tradito, apparentemente con diversi ragazzi, e io l'ho scoperto la scorsa estate. Kenny... quando ho chiesto a Blair di sposarmi, lei non mi ha mai detto di sì. E glielo ho chiesto solo perché pensavo fosse il passo naturale da fare nel nostro rapporto. In seguito, ho finito per provarci con qualunque cosa si muovesse. È stato solo quando ti ho incontrata che ho capito due cose». Fa un altro passo verso di me e mi prende le mani. «Uno, che la fine della mia storia con Blair è stata una cosa molto buona. Non l'ho mai amata davvero. E due, che avrei voluto resistere un po' di più e mantenermi puro per te. Ti amo, Kendall. Ti amerò per sempre».

Il cuore mi martella in petto come impazzito al pensiero che a Cruise sarebbe piaciuto avere aspettato me... e che mi amerà per sempre.

«Devo confessarti una cosa. C'è una cosa che non ti ho detto». Faccio un passo verso di lui finché ci ritroviamo vicinissimi. «Quando il mio patrigno mi disse tutte quelle bugie su di me tanti anni fa, non lasciai i ragazzi fuori dalla mia vita perché avevo paura di diventare quella sgualdrina che lui aveva profetizzato sarei stata». Abbasso gli occhi sul pavimento, poi li sposto lentamente su di lui finché li fisso nei suoi. «Dentro di me sapevo che ci sarebbe stato qualcuno per me, e io volevo che mi avesse solo lui. Quando ti ho incontrato, Cruise, ho capito che eri tu quel qualcuno. L'ho capito quella prima sera. Ricordi quando mi hai chiesto se credevo nell'amore a prima vista? Nel profondo del mio cuore, in quel preciso momento, ti ho amato. Quindi, mi sa che credo nell'amore a prima vista, dopo tutto».

«Allora siamo in due». Mi avvolge in un ampio sorriso che mi riscalda il cuore. «Nell'istante stesso in cui ho posato i miei occhi su di te, la mia tesi è andata a farsi benedire».

«Di cosa tratta esattamente la tua tesi?»

«Di quanto sia sbagliato credere nell'amore a prima vista. A quanto pare, l'unico sbaglio è proprio la mia tesi. Ma non ne avrò più bisogno». Cruise mi circonda la vita con le braccia e mi trafigge con quegli occhi che mi ricolmano di un sentimento speciale sotto tanti punti di vista. «Kendall Jordan, mi vuoi sposare?».

Sento tremare le parole nel suo petto, il tono profondo della sua voce che vibra dentro di me come un diapason.

«Sono *Kenny* per te». Gli sorrido. «E sì, sarò onorata di passare il resto della mia vita al tuo fianco». Gli salto in braccio, e lui mi prende da sotto le ginocchia mentre le nostre labbra si incontrano avide. Cruise mi ricopre di baci, appassionati e intensi. Tutto questo è assolutamente come deve essere, una cosa che fin dall'inizio era destino che accadesse. La sua lingua accarezza la mia, delicata e vogliosa. Cruise mi purifica con il fuoco della sua bocca. Questo bacio implora perdono e allo stesso tempo mi ringrazia perché sta iniziando qualcosa di nuovo. Sento crescere il suo desiderio attraverso i jeans, un palo contro la mia coscia destra, e dalla gola mi sfugge un gemito.

Cruise fa un passo indietro e sorride sconsolato. «Ho un'altra cosa che devo dirti». Sospira. Il suo fiato è una carezza sul mio collo velata di tristezza. «Sono stato espulso dalla Garrison».

«Cosa?». Mi scosto e quasi cado per terra, ma Cruise mi afferra, mi schiocca un bacio sulla fronte, sereno e rilassato.

«Una certa studentessa di giornalismo», fa un cenno del capo verso Blair, «ha fatto in modo che quel che ho scelto di fare nella mia vita privata fosse ben documentato».

Mi porto una mano davanti alla bocca, assolutamente scioccata. «Stavi con me, vero?».

Solleva le sopracciglia. «Aveva una copia del programma del corso rivisto e corretto. Come ha fatto ad averla?». Sembra sinceramente perplesso.

«*Quel* programma?». Faccio un respiro profondo. «Un giorno a lezione». Sbatto le palpebre di fronte alla verità che mi si rivela tanto chiaramente. «Mi cadde la borsa con dentro i libri, poi corsi via con te. Era il giorno in cui tua madre si ruppe la gamba. Lei mi riportò i fogli la volta seguente che ci vedemmo, e scommetto che c'era anche quello. Mi dispiace».

«Non devi scusarti». Mi dà un bacio sulle labbra. «Non mi dispiace occuparmi del bed and breakfast per il momento. E sarò felice se sarà quello il mio destino, ma solo se anche tu ne farai parte».

«Certo che ne farò parte». Mi inclino verso di lui e gli sorrido. «Posso riscaldare i letti la sera con il mio corpo».

«Solo il mio letto». Un sorrisetto malizioso sboccia sul quel viso splendido. «Renditi conto che dovrò arrestarti un'altra volta per essertene andata via portando con te il mio cuore».

«Sembra che stia per aver luogo un altro arresto». Lo dico con una voce bassa e carica di desiderio. «Gira voce che tu sia capace di triplicare il godimento, e tutto nella stessa sera. Vero o falso?».

Tira indietro la testa, trattenendo una risata. «Penso che faresti meglio a scoprirlo da sola. Andiamo via di qua e mettiamo a tacere alcune voci». Mi attira a sé, e il suo sorriso si fa dolcissimo. «Fidanzamento... lungo o breve?»

«Molto, molto breve».

Cruise mi stringe contro di sé mentre ce ne andiamo dall'Alpha Sigma Phi baciandoci teneramente. La gente apre un varco mentre passiamo come fosse il Mar rosso e noi arriviamo fuori sotto un letto di stelle cristalline.

«Ritorna a casa con me, Kenny», chiude gli occhi per un attimo come se volesse scacciare il dolore, «e ti prego, non andartene mai più».

Gli accarezzo una guancia con le dita.

Se ci si riflette con attenzione considerando le cose che contano davvero, Cruise Elton non è mai stato un dongiovanni. Ha il viso e il cuore di un angelo, e appartiene a me, per sempre.

Gli circondo il collo con le braccia e sussurro: «Portami a casa».

Ci baciamo sotto quel cielo magico color lavanda.

Per sempre comincia stasera.

Ringraziamenti

A mio marito, mi hai sconvolto la vita. Niente più lanci dal tetto, ti prego.

Sarebbe difficile avere una parte riservata ai ringraziamenti e non dire grazie alla meravigliosa Amy Eye per avermi dato l'ispirazione per avventurarmi in questo nuovo progetto. Mi hai salvata da un imminente tragico destino e da varie altre sciagure. Sei un angelo che appartiene alle schiere più alte. E grazie per aver incluso Kenny e Cruise in *Christmas Lites II*. Sei una persona adorabile.

Naturalmente voglio ringraziare *abbondantemente* Sarah Joy Freese, che merita davvero il mantello da supereroe. Tantissime grazie per tutto quello che fai! Ti avverto, quando ci incontreremo sarà un carosello di abbracci.

A Heather Smiddie Robbins, grazie per la tua abilità come correttrice di bozze stile guerriero ninja. Non ci sono abbastanza lettere nell'alfabeto per esprimere quanto tu sia fantastica. Sei davvero una "*Supa Gurl*".

Ai miei meravigliosi lettori, da cui ricevo benedizioni ogni giorno. Grazie dal profondo del cuore per tutta la vostra gentilezza e il vostro sostegno. Vi amo come foste la mia famiglia.

E grazie a Lui che tiene il mondo nel palmo della Sua

mano – al Suo nome siano lode, onore, gloria e potenza nei secoli. La Tua Parola è come manna per la mia anima affamata. Ti devo tutto.

Indice

Raffaella V. Poggi

Wedding Girl

Raffaella V. Poggi vive in Liguria, in un appartamento sui tetti davanti al mare, con il marito, due figlie, cinque computer e due gatte part-time della vicina. Con la Newton Compton ha pubblicato *Uptown girl* e *Wedding girl*. Il suo blog è www.velonero.com

Volume rilegato di 416 pagine. € 5,90

Una storia piena di ironia e passione: corpo, mente e cuore possono mettersi d'accordo? Eric Nolan è un uomo molto sicuro di sé, convinto di avere tutti in pugno: dalle ceneri delle attività di famiglia ha creato la NETline, la nuova realtà nel mondo dell'intrattenimento digitale. Ora si trova in un momento delicato e non può permettere a nessuno di intromettersi nei suoi affari. L'imprevisto, tuttavia, è dietro l'angolo: si chiama Charlotte McGraw, bionda e bellissima tentazione peccaminosa, pronta a mandare a monte il matrimonio di suo fratello Noah con Jade Kanakis, figlia di un ricco finanziatore della NETline. Ma quando Eric cerca di togliere di mezzo Charlotte, ecco che i guai entrano nella sua vita...

Newton Compton Editori

Lisa Renee Jones

La doppia vita di Amy Bensen
Fuga dalla realtà

Lisa Renee Jones è autrice dell'acclamata *Inside Out Series*, che sarà presto una serie TV. Con le serie *Tall, Dark and Deadly* e *La doppia vita di Amy Bensen* è stata diversi mesi in classifica su «New York Times» e «USA Today». Da quando ha iniziato a scrivere nel 2007, ha pubblicato più di 40 libri tradotti in tutto il mondo. Per saperne di più, visitate il suo sito lisareneejones.com.

Volume rilegato di 256 pagine. € 5,90

«Sento il suo tocco su di me, caldo e dolce, malizioso e bollente. Non devo fidarmi di lui. Non devo raccontargli i miei segreti. Ma come faccio se lui è l'aria che respiro? È ciò di cui ho bisogno.» A diciotto anni, una tragedia ha costretto Lara a scappare da tutto ciò che conosceva e amava e a cambiare identità, diventando Amy. Ma proprio quando finalmente si sente al sicuro, i fantasmi del passato tornano ad assediarla, costringendola a fuggire di nuovo. Su un aereo, disperata per aver di nuovo perso tutto, Amy incontra Liam Stone, un miliardario affascinante e riservato, che la trascina in una relazione appassionata, spingendola oltre i limiti. Vuole possederla. Vuole che lei desideri essere posseduta. Ma se Liam nascondesse qualcosa?

Newton Compton Editori